STEVE
MARTINI

EL TESTIGO

51

STEVE MARTINI

EL TESTIGO

Traducción de
Manuel Lloris

CÍRCULO DE LECTORES

A las Madres, Rita y Betty,
por su interés, solicitud y amor

PRÓLOGO

Son aves que vuelan silenciosamente en la oscuridad, salvajes y feroces. En sus fúnebres desplazamientos, el búho puede arrancarte un ojo durante la negrura de una noche sin luna. Se sabe que, en más de una ocasión, estos animales han atacado al hombre.

Le quedan sólo tres noches para concluir el trabajo por el cual le han pagado el salario de casi un año. Aunque los riesgos son grandes, es el dinero más fácil y jugoso que ha ganado en toda su vida.

Al igual que las cuatro noches anteriores, aparca el coche entre los árboles, a poco menos de un kilómetro del camino. Le abre la jaula a *Harvey*, le afloja las correas y retira la capucha que cubre la enorme cabeza picuda del pájaro. Mantiene el brazo estirado, con el puño protegido por un guante y ligeramente levantado, y con un rápido gesto lo extiende hacia delante. Es la señal para que el ave emprenda el vuelo. Con un movimiento rápido se abre una bóveda de plumas y el enorme pájaro se eleva hacia el cielo. El hombre observa cómo *Harvey* desaparece entre las sombras de los árboles y el firmamento alumbrado por una media luna.

El nombre le viene de un conejo de ficción, de dos metros de alto, que aparece en una antigua película de James Stewart. *Harvey*, el pájaro, es absoluto sigilo, tres kilos de muerte repentina en vuelo.

El hombre escucha y, tras unos segundos, percibe el revelador sonido de alas plegándose, el único ruido que *Harvey* se permite hacer. Es la prueba de que ha aterrizado, unos treinta metros más arriba, en el gran madroño convertido en improvisada atalaya. Este lugar, que sobresale entre los árboles, proporcionará al pájaro un mejor ángulo de ataque.

El hombre cierra el coche con llave y se asegura de que está lo bastante alejado para evitar ser visto por cualquier conductor impertinente o, aun peor, algún *sheriff* del condado en misión de patrulla. Pero el coche se encuentra a un kilómetro y medio de la carretera principal, y por el viejo y abandonado camino de grava nunca pasa nadie, al menos no por la noche. Escogió este lugar tras consultar un antiguo plano de la propiedad que había encontrado en la oficina de registros del condado. Resultaba más conveniente no pedirle demasiada ayuda al propietario. Cuanto menos supiera, mejor para los dos.

Se abre camino entre arbustos y maleza, cruza el arroyuelo, alcanza el tronco del árbol y se prepara para el ascenso. Para evitarse complicaciones, el hombre había dejado todo el equipo de escalada dispuesto desde la primera noche. Se ajusta el broche de la leva del pie, atada a la bota, y comienza a trepar.

Sube sin esfuerzo a través de las ramas del madroño, rojo como la sangre; tres metros, seis, y mientras la cuerda se va enroscando en el suelo como una serpiente interminable. Por eso evita los pinos más altos y los robles más robustos, y por eso escoge el madroño. La corteza es suave y no hay resina que ensucie las cuerdas.

En apenas cuatro minutos se halla en la plataforma cerca de *Harvey*. El pájaro está apostado en una rama.

Comprueba la hora. Casi medianoche. Actuando con rapidez, se desembaraza de la cuerda y se dispone a comenzar. Como máximo quedan cinco horas de oscuridad.

Sin perder un segundo, le arrima el rastro a *Harvey*. Lo ha sacado de un saquito que lleva atado con cordel en el cinturón; es un morralito de piel con brillantes incrustaciones de metal. Contiene sangre, pequeños pedazos de carne y jirones de órganos vitales obtenidos durante el trabajo de la noche anterior. Hasta el momento la cuenta es de cuatro cuerpos. Si hay suerte, esta noche añadirá uno más a la lista.

Con *Harvey* el ritual está firmemente establecido; primero el olfato, después el vuelo, finalmente la muerte de la presa. Si no rompe la pauta, la gran ave regresará al cabo de unos minutos con las garras ensangrentadas.

Sin apenas ceremonia, lanza a *Harvey* hacia el cielo; entonces, alerta, en un silencio pétreo, se queda inmóvil, de cara a los acantilados de basalto desnudo que se levantan del valle, a unos treinta metros al oeste.

Cada vez que *Harvey* emprende el vuelo, se siente intranquilo. Es una ansiedad nacida de la libertad del vuelo, del conocimiento de que, después de todo, esta criatura puede verse sacudida por la temblorosa sombra de un pensamiento: desaparecer en el horizonte para siempre jamás. Como la buena suerte para el afortunado, como el amor de una hermosa mujer hacia su amante, esta ave de presa vuelve a su propietario por una sola razón: porque la compañía no le disgusta. Es una relación punitiva, una relación en la que siempre puede discutirse quién es el amo y quién el criado.

Se esfuerza por atisbar hacia el oeste, a través de la densa atmósfera de la noche, cuando por detrás el pájaro emite un chillido horrible, agudo como el rugido de un puma acorralado y herido de muerte. Aunque el sonido le resulta familiar, le provoca un escalofrío que le recorre el espinazo. A la vez que intenta mantener el equilibrio en la plataforma, se vuelve y a través de la bóveda de hojas observa un lugar situado sesenta metros más abajo, al otro lado del sinuoso arroyo. Durante un instante la mirada permanece fija, con las figuras fundidas en su mente como el fogonazo de un estroboscopio en la noche alumbrada por la luna. Y entonces tiene a *Harvey* por encima suyo, con alas que se resisten a plegarse, con sangre que le gotea de las garras, y en una de ellas el objeto de su frenético vuelo.

El pájaro conserva un precario equilibrio sobre el puño enguantado y el hombre lucha para abrir los dedos de la garra. Le arrebata por fin el objeto que tenía aprisionado en ella y que ahora rueda en su palma enguantada. Un resto cubierto de sangre y apenas reconocible por la forma. El hombre se ve sacudido por un repentino escalofrío de miedo. Sin pensarlo, arroja el objeto al vacío, al agua del arroyo que fluye treinta metros más abajo.

1

En este lugar se respira un casi imperceptible olor a muerte. Moscas como caballos y otros seres voladores y zumbadores abundan bajo el sol de mediodía a lo largo del riachuelo llamado Putah Creek.

Habría podido llegar antes, pero me lo impidió el caos de la carretera, con tantos conductores curiosos, turistas deseosos de sacarle todo el jugo a su largo viaje desde Sonoma Valley.

Nos encontramos a unos ocho kilómetros de la presa que estrangula la corriente del arroyo, ahora convertida en un hilillo que corre entre guijarros y grava del tamaño de una pelota de golf. Las rocas desprenden los primeros calores del día.

Aquí hay gente conocida, pero cuyo nombre ignoro; policías que he visto en la oficina del *sheriff*, en Davenport, durante las últimas semanas. Algunos de ellos se abren paso entre arbustos y maleza que les llegan hasta el sobaco. Es lo que la policía denomina el método de exploración «a franjas» del terreno. Tres agentes caminan separados por la distancia de un brazo peinando la zona en cuadrantes, en busca de cualquier cosa que les llame la atención.

Al otro lado del arroyo, a lo lejos, diviso acantilados que se elevan esculpidos en la lava negra, obra del riachuelo antes de que la presa acabara por domesticarlo. Una maraña de árboles trepa por los acantilados; robles y algunos altos álamos, cuyas ramas lamen los promontorios.

Pero mi atención se concentra en esta parte del arroyo, más allá de una cinta amarilla colocada por la policía alrededor de un grupo de arbolitos. Allí se mueve una única figura, baja, inclinada, que explora el suelo. Lleva un suéter policial azul marino con las letras DOJ blancas en la espalda. Se trata de una mujer de escasa estatura y un tanto rechoncha; pertenece al cuerpo de criminología del Departamento de Justicia del Estado.

Me encamino a esa zona desde mi coche y al hacerlo piso trozos de alambre de una cerca tumbada, cuyos desvencijados postes, hendidos y medio podridos, yacen en el suelo. Un letrero metálico de «prohibido el paso» está también tirado, oxidado hasta el punto de resultar casi irreconocible. Como si hiciera una docena de años que estuviera así, entre barro y basura.

Describo un círculo, manteniéndome a considerable distancia del centro de la búsqueda, hasta dar con un hueco, un buen punto de mira a través de los árboles y la maleza. Los encuentro en una depresión del suelo, caídos de espaldas, los brazos extendidos como en una crucifixión, los rostros encarados al sol abrasador. Dos cadáveres desnudos, blanquecinos, con vetas de sangre coagulada en las cinturas, del mismo color del metal oxidado.

Aquí hay aún más moscas y más insectos, y el hedor de la muerte en el aire del mediodía es intenso.

El cuerpo más cercano a mí, el de un hombre, tiene los puños muy cerrados. Atados firmemente con cuerda, han adquirido el color azul negruzco de la muerte. Los miembros se han estirado casi hasta el punto de la dislocación, tensos por la acción de la que parece ser una cuerda revestida de plástico, muy similar a la utilizada en los asesinatos anteriores. Para conseguir esto se han empleado estacas de metal, como las de una tienda de campaña, tan hundidas en el suelo que de ellas sólo sobresale el extremo en forma de L. Hay un poco de sangre, no mucha, coagulada en la parte inferior del abdomen. De ello deduzco que, como en los asesinatos anteriores, debe haber una quinta estaca que, hundida con fuerza, ha clavado la víctima al suelo. Si la pauta es la misma, ésta habrá sido la causa de la muerte.

Había leído los informes de los otros asesinatos. Por lo visto el autor acostumbra a escoger a parejas de hombre y mujer como sus víctimas, a las que atraviesa con estacas de hierro. Se trata, en todos los casos, de estudiantes universitarios. Los agentes y los psiquiatras que estudian estas cuestiones me dicen que forma parte de un ritual, de una firma que ahora han asociado al menos con otros dos asesinatos dobles, uno cometido en la zona sur del estado, en el condado de Orange, y el otro en Oregón.

No puedo apartar la vista de los dos cadáveres que yacen ante mis ojos, a una distancia de unos diez metros. Más que sentir asco, me fascina la innegable certeza de que esta vez el asesino se ha desviado de su pauta. La mujer tiene unos kilos de más, lo que el juez de instrucción, usando un eufemismo médico, llama un cuerpo «bien alimentado». En la cabeza del hombre se distingue una mata de pelo gris despeinada, desordenada. Esta vez el asesino no ha escogido a los jóvenes, a los estudiantes que antes eran su única presa.

Calculo que el hombre debe de rondar los sesenta, aunque teniendo en cuenta la agonía de la muerte no puedo estar seguro. Respecto a la mujer, a pesar de que su cuerpo revela las arrugas y otros achaques de la edad, me resulta imposible arriesgarme con una cifra. No puedo distinguir su rostro, lo cual parece ser otro de los sellos del asesino. Mientras contemplo la deplorable escena, acuden a mi mente los avatares del destino que me han traído aquí.

Incluso de niño, Mario Feretti ya era un loco hijo de puta, una de esas personas cuya vida es una vela que arde por los dos extremos. En la última semana ha ido creciendo en mí el deseo de haberle negado mi ayuda cuando vino a pedírmela. Ahora, con la tercera pareja de víctimas aún caliente en el suelo, me arrepiento más y más de haber accedido a los ruegos de Mario.

Hace tres semanas vino a verme y a soltarme el rosario de sus desdichas. A los cuarenta y tres años estaba en lista de espera para un *bypass* triple. Casado y con tres hijos en la escuela primaria. Dos miembros de la Junta de Supervisores del Condado querían hacerlo saltar de su posición de fiscal del distrito del condado de Davenport. Gente oportunista, sin escrúpulos, sin límites, sin el menor sentido de la decencia.

En cuanto a mí, no cabía ninguna posibilidad de decirle que no a Mario. Cuando se presentó en mi oficina, seguía siendo el chaval con el que había jugado a pelota en los solares y con quien había hecho excursiones veraniegas en balsa por el río. Mario tenía los ojos hondos e inquietos, dos grandes aceitunas flotando en claras de huevo, y un porte que, a pesar de la inminencia de su naufragio físico, todavía despedía llamas. Y cuando me pidió que me ocupara provisionalmente de su trabajo de fiscal especial del condado –sólo unos meses, hasta que volviera del hospital más sano que una manzana–, me sentí incapaz de rehusar. Ahora estoy pagando las consecuencias.

Volví la espalda a los cadáveres.

A unos diez metros se encuentra un hombre con el rostro curtido por la intemperie y del cual destacan una nariz aguileña y una frente con arrugas tan profundas como surcos.

Mojado como está ahora, Claude pesará acaso sesenta y cinco kilos. De ascendencia vasca, hijo de un pastor emigrante, Claude persiguió con su padre rebaños de corderos errabundos por estas colinas cuando era un crío. Durante los últimos treinta años, se ha pateado las mismas tierras al servicio del condado de Davenport, en calidad de *sheriff* jefe de detectives.

Mientras observo, Claude habla en voz baja con un grupo de agentes, que ahora recopilan instrucciones para ampliar la investigación. Uno de sus ayudantes entrega unos objetos a los agentes: bolsitas y frasquitos de plástico transparente. Estos policías, que no han recibido instrucción en el estudio de este tipo de escenarios, reunirán una serie de elementos comunes del paisaje, como semillas u otras partes de plantas que suelen quedarse prendidos en la ropa y muestras del suelo. Con un poco de suerte, más tarde descubrirán que la ropa de un sospechoso está impregnada de estos elementos.

Claude me ve pero no se acerca a mí, sino que reconoce mi presencia con un simple gesto. Sigue ocupado, como de costumbre, ahora enviando a uno de los agentes con una cámara de vídeo a la zona cercada.

Gesticula con las manos para pedir ángulos concretos, creo que primeros planos de los cuerpos, de las prendas de ropa que están pulcramente colocadas junto a las cabezas de las víctimas; pantalones y camisa plegados como si acabaran de salir de una lavandería, como una madre chocha los doblaría para su bebé. Entonces, lo más extraño. Las medias de la mujer le cubren la cabeza, dándole la vuelta al mentón y al cuello, oscureciendo el rostro. A través de los agujeros de las piernas y bajo la cinta de la cruz, estirada sobre la coronilla, el asesino ha cosido el sostén de la víctima, y las dos copas de la prenda asoman por los agujeros de las medias, formando algo similar a un grotesco par de orejas de ratón.

Ahí me quedo, como congelado en el tiempo, recordando cómo me metí en este asunto al ir a ver a Mario al hospital hace diez días. Respiraba con dificultad. «No tendrás que entablar ningún procedimiento judicial –me aseguró–. Estrecha manos durante la investigación, dales el visto bueno a sus autorizaciones y sus búsquedas. He hablado con los jueces y todos están al corriente.»

Me dijo que le estaban remendando, que al cabo de tres meses volvería a su despacho, tiempo más que suficiente para preparar el proceso si es que llegaba a haberlo.

Me pregunté cómo diablos se le podía ocurrir decir eso, con ese aspecto de muerto en vida. Hacía sólo tres días que el cirujano le había abierto el pecho y le había colocado un *bypass* triple. En ese momento, no era más que un espectro de tono pálido verdoso en contraste con la blancura de las sábanas.

Tenía el rostro enmarcado por un fino y transparente tubo de plástico que se perdía entre su desordenada mata de pelo; parecían los cables de unos auriculares, pero en este caso su función era canalizar el silencioso sonido del oxígeno a través de dos boquillas gemelas, incrustadas en las respectivas ventanas de la nariz. Me quedé mirando una hilera de burbujitas ensangrentadas que se abrían camino penosamente desde el cuerpo a la botella, como un reloj de agua recordándome que mi tiempo junto a Mario era limitado.

Hablamos durante un momento de los asesinatos y de la investigación que se estaba desarrollando. La respiración se le hizo más dificultosa y agitaba la cabeza tanto como se lo permitía su estado. «Enfermo», dijo. Buscaba el botón de llamada a la enfermería. «Enfermo.»

Por unos instantes pensé que Mario se refería a sí mismo, pero luego me di cuenta de que no. Mario Feretti describía el caso en el que ahora me hallo metido, lo que los periódicos de todo el estado llaman ya «el asesino de Putah Creek».

–Los psiquiatras van a disfrutar con este asunto. –La voz me arranca de mi ensimismamiento. Viene de detrás mío, de cerca del arroyo.

Me doy la vuelta. Es Denny Henderson, el número dos de

Dusalt, que observa también los cuerpos tendidos en el suelo. Henderson tiene el cabello rojizo y está gordo, con una figura desdichada. Viste una camisa blanca, tensa como un tambor sobre el barrigón, donde se aprecian unas manchas resecas de comida y algunos restos de espaguetis. Su rostro está marcado de viruelas; una víctima del acné juvenil.

–Denny, ¿cómo estás? –le pregunto.

Responde con un movimiento de cabeza.

–Como en los otros casos. –Fija la mirada en los cuerpos–. El hombre no comete errores.

El fotógrafo de la policía está sacando fotos de la estaca que sujeta el puño derecho del hombre asesinado. Saca dos, la primera desde muy cerca y con la ayuda de una regla, para recoger todos los detalles posibles; la segunda desde más lejos, para obtener una buena perspectiva. Sigue la misma rutina con cada una de las estacas.

–Tarde o temprano, ese tipo acabará jodiéndola –dice Henderson. Habla en un tono frustrado y sus palabras suenan un tanto ilusorias.

Dusalt nos ve juntos y con un gesto le indica a Henderson que se acerque para hacerse cargo de algunos papeles. Supongo que no quiere que Denny hable conmigo durante mucho tiempo. A su manera, Henderson es el chico de los recados de Claude, aunque a él no parece molestarle este trabajo.

Henderson se va en la dirección que le ha indicado Claude, y éste se me acerca ahora.

–Señor Madriani –dice–. Pensé que era necesario que usted viniese. Confío en que ello no le suponga una molestia.

–No lo es –respondo–. Me alegro de que me llamase.

Fingimos, nos intercambiamos la amabilidad de rigor, como si no tuviéramos nada mejor que hacer en lugar de acechar a la muerte en una alegre mañana de domingo.

Me estrecha la mano. En lo tocante a esto, es formal, rígido. Es uno de esos hombres flacos con nervios de acero. Por su expresión transparente y preocupada, se diría que sus peores enfermedades podrían ser úlceras o hemorroides.

–Como es usted nuevo, se me ocurrió que lo mejor sería tenerle informado.

–Se lo agradezco.

A él le han interrumpido una comida familiar en el campo.

No le hace ninguna gracia, pero dice que los suyos lo comprenden. Si eso es verdad, su familia es más comprensiva que la mía.

–¿Sabemos ya quiénes son? –le pregunto. Me acerco a los cuerpos.

–Aún no hay nombres. Cuando hayamos terminado con las fotos los registraremos, para ver si encontramos algún documento de identificación.

Los policías no han tocado nada; no tocarán nada hasta que tengan todos los dibujos y las fotos que constituirán la crónica de la situación de cada objeto alrededor de los cuerpos.

–Los han encontrado unos chicos que paseaban por la orilla del riachuelo esta mañana –me cuenta.

Señala a dos adolescentes, uno de los cuales está siendo interrogado; el otro, a unos seis metros de distancia, se apoya en el maletero de un coche patrulla. El que recibe las preguntas está rojo de excitación, mientras que su amigo presenta un matiz más bien verdoso en las mejillas. Los investigadores los mantendrán separados hasta que concluyan los interrogatorios, para asegurarse de que los dos testimonios son independientes el uno del otro; historias que más tarde puedan ser contrastadas.

–Salieron a cazar codornices –dice Claude–. Se hallaban en propiedad privada, un poco más lejos de lo que ellos creían.

Miro hacia los cuerpos.

–El método, el sistema... ¿Es el mismo que en los casos anteriores?

Claude hace una mueca un poco a la europea, con muchas arrugas y una boca retorcida. Luego asiente.

–Sí, la misma pauta. –Pasa por alto lo evidente, que estos dos cadáveres no pertenecen a estudiantes universitarios.

Es la tercera vez que se comete un asesinato doble en menos de dos semanas, y eso en una comunidad rural donde la mayor noticia suele ser la lista de detenidos por conducir en estado de embriaguez después de un intenso fin de semana.

–Estamos intentando conseguir un molde de la huella de una rueda. Ahí abajo, fuera de la carretera de grava. Un único coche aparcó tras unos arbustos. Es mucho suponer –concede–, pero tal vez la huella la hizo el coche del asesino anoche.

También es posible que la produjera el automóvil de alguna familia que salió de excursión la semana pasada. –Se encoge de hombros–. Dentro de la cerca tenemos además la huella parcial de un zapato.

Esto despierta un poco mi interés.

–Parece de una zapatilla de deporte, bastante pequeña –dice–. Será de uno de los chicos. Se asustaron.

–Es comprensible.

–Dejaron señales por todas partes, como dos pollos en un gallinero.

En el coche patrulla, un técnico en rastreos está haciendo un molde de las zapatillas de uno de los chicos, a fin de compararla con la que han encontrado en el suelo.

Hay movimiento detrás de los arbustos del interior de la cerca, al otro lado del riachuelo. Se trata de una docena de reservistas, parte del cuerpo local de busca y rescate. A ellos también les ha tocado bailar con la más fea. Uno de ellos cruza el arroyo y se dirige a Claude.

–Teniente, debería echarle un vistazo a esto.

El reservista ha hundido en el barro las pesadas botas hasta los tobillos. Viste el equipo habitual en este tipo de trabajo: un mono naranja con cinturones y anillos metálicos para cualquier eventualidad. En la mano lleva una bolsa de plástico. Claude la coge y la examina. Ve una pequeña y retorcida pieza de metal. Parece un fragmento de una pieza mayor. Dusalt hace un gesto.

–¿Qué es?

–Parte de una leva para el pie.

Claude se encoge de hombros, como si no sacara nada en claro de esa respuesta.

–Se utiliza en las cuerdas de escalada. Sería conveniente que cruzase el arroyo y mirase usted mismo.

Claude se adelanta y se aleja de mí mientras sigue hablando con el reservista. Sus voces pierden volumen y no consigo escuchar lo que dicen. Sin prestarme la menor atención, se acercan al arroyo. No sé si debo seguirlos, pero al final decido echar a andar tras ellos, un poco indeciso. Claude se vuelve hacia mí y por su expresión de disgusto me da la sensación de que va a mandarme a freír espárragos por seguirlos: demasiadas huellas desbaratando la escena del crimen.

–He olvidado las botas –me dice entonces con una sonrisa burlona en el rostro.

Él ha venido hasta aquí con el coche familiar, un sedán. Yo también. Sus botas y ropa para el campo se han quedado en una unidad de patrullas del cuartelillo. Se mira las blancas zapatillas de tenis, unas Nike Air de ciento veinte dólares. Se encoge ligeramente de hombros y se mete en el barro hasta la mitad de la pantorrilla a fin de seguir al reservista a través del arroyo. Contemplo mis mocasines de doscientos dólares, hechos en Boston, el primer calzado que tuve a mano cuando me llamaron. Pienso: «El que espera también es útil». La curiosidad tiene un límite. Decido no cruzar la corriente y me quedo más arriba, bien sequito, libre para hacer un repaso a las circunstancias en que me encuentro.

Lo que había empezado como un acto de ayuda a un amigo se ha convertido en una carga que invade todas las dimensiones de mi vida. Mi mujer está furiosa –creo que incluso dispuesta a abandonarme–; mi hija desatendida; mi bufete privado, a treinta kilómetros de distancia en Capital City, hecho unos zorros, y todo porque este favor para el amigo enfermo consume todo el tiempo de que dispongo. Hace dos días llegó el puntillazo, una llamada telefónica a las tres de la madrugada, una voz que no reconocía, la de una enfermera del Good Shepherd's Hospital. Mario Feretti había muerto. Ahora, los jueces del condado de Davenport me tienen cogido de pies y manos hasta que termine este caso.

Observo cómo Claude y el reservista avanzan por entre una densa maleza hasta un árbol enorme. Ya no distingo sus palabras, pero el hombretón que acompaña a Claude le está indicando algo con la mano, señalando hacia la copa del gran árbol. Sigo la dirección del dedo pero no aprecio nada especial. Los de busca y rescate andan pululando por ahí y por primera vez veo a un técnico en pruebas entre ellos. Como a una novia remisa, le están ayudando a hacer algo, le están colocando un cinturón. El técnico protesta ahora en voz lo bastante alta: «No me pagan lo bastante para...». Se pierde el final de la frase. Ahora le ponen un arnés entre las piernas. Claude se ocupa de sostenerle la bolsa de los útiles y de aleccionarle.

Uno de los reservistas extiende una mano y, al moverse, lo

descubro: como una gasa bajo el intenso sol del mediodía, flotando como una tela de araña, un trozo de cuerda que desciende de los árboles. Le están ajustando esta cosa al técnico alrededor de la cintura.

Tres de los más voluminosos miembros del equipo de busca y rescate comienzan a tirar firmemente de la cuerda. El técnico va separándose del suelo y su bolsita se balancea colgada de los pies. Los tres reservistas cantan al unísono una tonada monótona y lúgubre:

Tira, tira, ya mejorará el tiempo...

Antes de haber terminado el primer verso, todos están riendo.

–Despacio –grita el técnico–. Un poco de seriedad.

Su tono de voz es como el de un niño al que están a punto de empujar desde el trampolín.

–Agárrate bien –dice Claude.

Otro coro de risitas. El técnico se encuentra ahora a seis metros del suelo y sigue subiendo deprisa. Tres segundos más y desaparece en la bóveda de hojas, como un transbordador espacial tras una capa de nubes. Desde mi posición todavía lo veo y por primera vez comprendo su escaso entusiasmo por esta tarea. Ahora está a unos quince metros del suelo, suspendido de una delgada cuerda.

Claude se coloca una mano en la frente a modo de visera, pero es evidente que ha perdido de vista al hombre. Poco después patea el barro del arroyo hacia donde yo estoy, en busca de un mejor lugar de observación.

Ríe mientras llega a mi altura. En la escena de un horrible asesinato doble, ésta es la clase de jocosidad que sólo las personas que viven entre el dolor podrían llegar a comprender. Me siento como un intruso. Me compadezco del pobre técnico, que ahora se balancea a más de veinte metros del suelo.

Entonces la veo, sobre su cabeza, en línea recta: una pequeña plataforma de madera colocada en la cruz de dos grandes ramas. De no ser por la cuerda, la plataforma queda perfectamente camuflada en la copa.

Claude se dirige de vuelta al pie del árbol y trata de sacudirse el barro y el agua de las zapatillas a cada paso que da.

Miro de nuevo al técnico.
–¿Qué es eso? –le grito a Claude.
–Probablemente de esos que vienen a observar pájaros. La cuerda parece que lleva ahí bastante tiempo. Algunos de estos tipos están locos, más locos que los pájaros que miran. De todas formas, vamos a asegurarnos.
El técnico ha llegado a la altura de la plataforma. Con una mano agarrada a la cuerda y evitar así cualquier percance, maniobra sin éxito con la otra a fin de alcanzar la atalaya. Por fin, como último recurso se suelta y salta a la plataforma. Rebota fuera de la madera y durante un momento queda suspendido en el aire, sólo sujeto por el arnés de la cintura. Da una vuelta de campana. Busca frenéticamente la cuerda con una mano y al final se aferra a ella y recupera el equilibrio.
Claude ríe para sí.
–Buena jugada –le dice al técnico–. Tienes talento para desenvolverte en las alturas. Decididamente. Llegarás lejos en la vida.
Hay risas generalizadas. Al hombre en el árbol no parecen hacerle maldita gracia. El eco de sus palabras barre el aire.
–Ven tú aquí y hazlo.
–Pero si vas muy bien... –Claude ríe de nuevo en silencio.
Al segundo intento, el hombre aterriza en la plataforma, boca abajo, como una ballena varada en la playa. No se mueve, permanece inmóvil cerca del borde. Creo que descansa, o tal vez el vértigo lo ha dejado rígido.
–¿Qué ves? –le pregunta Claude.
Desde lo alto llega un pesado jadeo y algunas palabras amortiguadas. Luego, un claro mensaje.
–Veo a un tonto del culo con unas zapatillas de tenis todas pringadas de barro. –El hombre no ha perdido del todo su sentido del humor. A pesar de todo, todavía no se ha movido un solo centímetro, aferrado a la plataforma como un gato. Empiezo a pensar si no tendrán que subir a ayudarle. En línea con el sentido del humor de los presentes, me pregunto si no preferirán hacerle bajar de un tiro.
–¿Qué ves? –le pregunta Claude–. Venga, dínoslo y baja.
Pasan algunos segundos y nada. Pero ahora el hombre se mueve un poco sobre la plataforma. Se ha puesto de rodillas, aunque no por ello suelta la cuerda de la mano.

–¿Has encontrado algo? –pregunta Claude–. Dinos qué ves.

Se está impacientando. Otros segundos de silencio, y entonces las palabras se filtran a través del árbol.

–Sangre –dice el técnico–. Aquí arriba hay sangre.

Miro a Claude Dusalt. La sonrisa ha desaparecido de su rostro.

2

Puedo ver que Harry lleva dos días sin afeitarse. Parece un poco mohíno pero contento de verme, al menos de momento. No le faltan motivos para alegrarse. Tengo una orden de libertad para Harry Hinds firmada por un juez del tribunal de apelaciones.

Harry vendrá esta noche a cenar a casa, pues hemos de discutir el reparto de mi bufete hasta que yo logre librarme del caso de Putah Creek. Nikki salió a comprar comida y yo me vine a buscar a Harry.

–Jodido Acosta –protesta.

El honorable Armando Acosta, el juez del infierno, nos la tiene jurada a los dos, a Harry y a mí. Una consecuencia de la mala sangre derramada durante el proceso por asesinato de Talia Potter. Por lo visto Harry no tiene tanta suerte como yo. Desde el proceso, el Coco se ha estado vengando de Harry, que no ha podido escapar indemne de la ira del juez. Siempre tan buen estratega político, Acosta no intentaría nada tan evidente como un ataque frontal contra un abogado con quien ha tenido sus más y sus menos. En lugar de eso, acecha a Harry que, por cierto, sólo desempeñó un papel secundario en el caso Talia, y le pone el cebo a cada paso. Con Harry esto no es difícil.

–Ese tipo es un gilipollas –dice Harry–. Con diploma –añade. Su voz se ha elevado una octava entera al decir estas palabras.

Todos los presentes en la pequeña oficina donde se ficha a los detenidos le han podido oír. Harry no se comportó con mucho mayor tacto ante el tribunal, y por eso se encuentra aquí ahora. El funcionario del mostrador, un suplente de *sheriff* a quien no había visto antes, seguramente estará tomando nota mental. Acosta será informado de esta última ofensa en menos de una hora. Quince años de práctica criminalista no han convertido a Harry en uno de los favoritos de los suplentes al cargo del servicio carcelario.

Harry recoge el pequeño sobre que contiene sus efectos personales de manos del empleado. Lo arrastro por un brazo hacia la puerta, antes de que vuelva a meter la pata aún más.

Por mi parte, yo he conseguido evitar comparecer ante un tribunal presidido por Acosta durante los últimos siete meses, desde el veredicto del caso Potter. Para lograrlo he tenido que redactarle una declaración jurada dos veces. Éste es el sistema que utilizan los abogados de este estado para apartar a un juez de un caso sin declarar las razones. No puedo desafiar a Acosta por la animosidad que me profesa con tan poco disimulo. Si me enfrentara a él en estas circunstancias, provocaría las iras de sus colegas. Así son las reglas tácitas de este Sanedrín al que llamamos sistema judicial.

La exitosa defensa de Talia Potter me ha permitido alcanzar el punto más alto de mi carrera hasta la fecha. La habían acusado de asesinar a su marido, un eminente abogado de esta ciudad y, según los rumores, posible candidato para el Tribunal Supremo de la nación. Era la primera vez que Harry y yo trabajábamos juntos en un caso.

Harry está intentando contarme lo ocurrido en el tribunal, como si el compartir sus triquiñuelas con un oído dispuesto a escucharlas cambiara de algún modo las cosas.

–Lo sé –le digo. Intento mantenerlo callado, al menos hasta que salgamos.

Las relaciones entre Acosta y Harry no han hecho más que deteriorarse. Los dos enfrentamientos anteriores se resolvieron con severas advertencias por parte del tribunal; es decir, rapapolvos en público, en presencia de los clientes de Harry.

Hinds, por razones que no alcanzo a comprender, quizá sólo por ser demasiado tozudo, se niega a seguir el procedimiento de la declaración jurada, y eso al Coco le encanta.

Me tropecé con el alguacil de Acosta en el vestíbulo del juzgado, cuando venía a buscar a Harry. No pudo resistirse a darme su versión de los detalles en el interior de un ascensor abarrotado. «Hinds se puso muy respondón y el juez Acosta no tuvo otra alternativa.» Ésta es la versión de un tipo que hace cualquier cosa por Acosta, incluso limpiarle de vez en cuando los puntiagudos zapatitos... con saliva.

El taquígrafo de la sala registró lo ocurrido, y ésa fue la versión que yo utilicé para obtener el mandamiento de libertad en el tribunal de apelación.

Acosta le había tendido una trampa a Harry con algunas regulaciones estúpidas con respecto a las pruebas. Es una de las especialidades del Coco. Una tras otra, las objeciones de Harry recibieron como única respuesta los martillazos del juez y el rechazo del tribunal. Entonces Harry dirigió a Acosta una lluvia de bien escogidos insultos. Asegura que los soltó en voz muy baja, para sí. Ahora los llama «pensamientos íntimos», como si el Coco en realidad hubiese invadido su intimidad por haberlos oído.

Harry cuenta con mis simpatías en lo referente a este punto. De todas formas, quienes conocen bien al juez podrían corroborar algunos de los términos más descriptivos.

Añade Harry que Acosta tiene el oído muy fino. Por desgracia para él, también lo tenía el taquígrafo. Algunos de los fragmentos más sustanciosos de lo que Harry murmuró terminaron impresos en las páginas del informe del tribunal.

Finalmente, el juez le impuso a Harry una multa de trescientos dólares. No hay discusión alguna acerca de lo sucedido después: Hinds se metió la mano en el bolsillo y de un llamativo monedero extrajo cinco flamantes billetes de cien dólares. Se acercó al banco y dejó caer, uno tras otro, los billetes sobre la mesa, cerca de la gaveta del juez.

Aunque yo no estaba presente, me imagino que los ojos de Acosta se convirtieron en bolas de fuego. No es un cajero de una tienda de comestibles, acostumbrado a contar dinero de esa forma. Con la mirada fija en el montoncito de billetes, le dijo a Harry:

–Supongo que aprendió usted a contar en el mismo sitio donde le enseñaron las reglas de urbanidad, señor Hinds. He dicho trescientos dólares.

Harry levantó la mirada y la clavó en el juez.

–Póngalo en mi cuenta, señoría. Aún no he terminado.

Acosta le obsequió con treinta días de cárcel. Una sentencia sin lugar a dudas excesiva, y así lo ha reconocido también el tribunal de apelación. Ni siquiera un insulto al imperioso orgullo del Coco merece un mes en los calabozos de Capital County.

–Me debes una –le suelto a Harry.

–¿Quieres que te diga una cosa? Si tú le pegas un tiro a ese cabronazo, yo te defiendo gratis. –Harry se refiere a Acosta, naturalmente.

Me alegro de haber salido de las celdas. Las amenazas a los jueces, aunque sean en broma, no les hacen maldita la gracia a los agentes del orden en esta localidad.

Ahora Harry hurga en su cartera y cuenta los billetes que hay en el interior uno por uno, no sea que le hayan birlado algo mientras la cartera estaba en el cajón. Tal es su confianza en la policía. La cárcel no parece haberle afectado gran cosa. Yo creo que, al igual que don Quijote, Harry considera este episodio como un gaje más del oficio, como una parte inevitable de alguna noble causa.

En la escalinata exterior se apiña la multitud de costumbre. Son en su mayor parte parientes o amistades de los que están dentro; no saben si pagar la fianza o reservar el dinero para el alquiler del mes.

Nos abrimos paso entre este ejército de visitantes asiduos y alcanzamos la acera del otro lado del edificio. Nos dirigimos hacia mi coche, una manzana más abajo. Hinds se queja de que necesita una ducha. Por lo visto, no se atrevió a hacer uso de los servicios comunales de la cárcel.

–Después de todos estos años, me gustaría seguir siendo virgen –me dice. Como la mayoría de los abogados de la defensa, Harry tiene sus principios. Una cosa es defender a esa gente, y otra muy distinta ducharse con ellos.

Le sugiero que recoja algo de ropa en su casa, camino de la mía. Puede ducharse y afeitarse en mi baño antes de la cena. Mi mujer, Nikki, nos agradecerá la idea.

Harry se rezaga y por fin se detiene en el quiosco de la esquina. Se une al pequeño tumulto que atosiga al vendedor. Me sablea medio dólar. Al parecer, el presupuesto carcelario no da para un periódico al día. Harry quiere la confirmación de que el mundo ha seguido su marcha sin él durante las últimas cuarenta y ocho horas.

–Dentro de diez minutos tengo que recoger a Sarah en la guardería –le advierto.

–Será cosa de un minuto –me asegura.

Se abre camino a través de la desorganizada cola sin atenerse a la educada costumbre británica de ponerse al final. Avanza con la cabeza gacha y utilizando el hombro a modo de cuña. Harry en una cola es como un topo en época de abrir galerías. Supongo que quiere comprarse el periódico deportivo. Probablemente habrá apostado por teléfono, desde la cárcel. Empuja un poco a uno que tiene delante, y el hombre le lanza una mirada de las que fulminan. Luego la fija en mí, como si yo fuera el que entrena a Harry para el combate.

Esta cara me trae recuerdos del pasado. Nos quedamos los dos inmóviles, mirándonos el uno al otro. Una de esas situaciones embarazosas. Está más viejo, pero supongo que él pensará lo mismo de mí.

Tras unos segundos de desagradable silencio, rompe el hielo.

–Señor Madriani. Cuánto tiempo.

No hay en sus palabras un tono abiertamente hostil, pero de todas maneras me doy cuenta de que si pudiera, este hombre me arrojaría bajo las ruedas de uno de los autobuses que circulan con rapidez en esta hora punta.

Estamos allí, de pie, mientras Harry sigue inmerso en la lectura de su periódico. No estoy seguro de si debería hacer las presentaciones. La mezcla de Adrian Chambers y Harry Hinds podría resultar... explosiva.

–Han pasado algunos años –admito.

–Diez, para ser exactos –me responde.

No había visto a Adrian Chambers desde que fue condenado por perjurio y soborno, y la consiguiente prohibición de ejercer la abogacía. Andará cerca de los cincuenta, aunque parece bastante mayor. Del pelo que le recuerdo, una abundante mata de color castaño, le queda sólo una orla que le rodea la cabeza por encima de las orejas, bien pegada al cráneo, al estilo militar. Después de todo, Adrian fue infante de marina. En la frente se asientan unas sombras sutiles, manchas de la edad como amebas que se arrastran bajo la piel. Le he conocido una sonrisa envarada, las pocas veces que me ha obsequiado con ella. Siempre me pareció una mueca forzada en su rostro. No es que el hombre carezca por completo de sentido del humor; más bien resulta que su principal diversión consiste en denigrar a los demás. Adrian es un ramo de escarnios, uno bien atado.

Después de todos estos años, no le hubiera reconocido en absoluto... excepto por dos rasgos inmutables: sus penetrantes ojos negros, fríos como el acero, y su cuerpo duro y atlético, la magra y mezquina obsesión de un ex infante de marina. Al escudriñarle ahora, mientras nos medimos mutuamente con la mirada, observo que Adrian Chambers se parece muchísimo a la encarnación que Robert Duvall hace del Gran Santini.

–Me he enterado de que ha dejado la fiscalía. –Lo dice como si hubiera estado preguntando por ahí.

–Hace ya algún tiempo.

Se refiere a la oficina del fiscal del distrito, donde trabajé durante más de diez años.

–Lástima. Tenía la esperanza de enfrentarme a usted de nuevo ante un tribunal. He esperado mucho tiempo.

–Todavía voy a los tribunales –le informo–. Pero ahora estoy en el otro bando, en la mesa de la defensa.

–Oh, pero no sería lo mismo –protesta.

Le muestro una mirada de desconcierto, ¿qué otra cosa podría ofrecerle a un abogado expulsado del oficio?

–La sala está abierta al público. Venga y siéntese entre la audiencia. Sílbeme si quiere.

Ahora sonrío ligeramente, con el propósito de darle a entender que la desagradable conversación está llegando a su fin.

Harry ha encontrado lo que buscaba en el periódico. Por su expresión deduzco que pudo haberse ahorrado el esfuerzo y a mí cincuenta centavos.

–Oh, ¿no lo sabe? –dice Chambers.

Espera a que yo diga algo, pero yo no muerdo el anzuelo.

–He vuelto a la profesión. Creía que se lo habrían dicho, sobre todo a usted, después de haberse tomado tanto interés personal en mi caso.

Supongo que mi mirada vacía le produce cierta satisfacción. En efecto, ahora me entero de la noticia.

–Sin embargo, de esto ya hace varios años. Contrariamente a la creencia popular, la vida existe después de la expulsión del colegio de abogados. El Tribunal Supremo del estado dice que estoy rehabilitado.

–Ah.

Le felicitaría, le diría que me alegro de saberlo, pero sería mentir. Y aun peor, él se daría cuenta. Más que ninguna otra cosa, más incluso que su estancia en la cárcel, imagino que no me tiene en gran aprecio por haberle hecho abandonar el ejercicio de la abogacía. Chambers se pasó nueve meses entre rejas por cortesía de un juez indulgente. Aunque su delito fue grave, el tribunal consideró que se trataba de un abogado, uno de los suyos, y sin antecedentes penales. Reglas especiales para gente especial. Seguro que de no haber sido abogado, se habría tirado una buena temporadita en el talego.

–El bufete no es lo que era –comenta–. Un poco más pequeño, no tan ambicioso.

Eso significa que ya no es como en los viejos tiempos, antes del caso de Walter Henley, cuando contaba con docenas de asociados en un despacho de categoría, frente al edificio del juzgado; cuando tenía un socio que se largó con todo mientras a él lo encerraban.

Harry se ha metido por fin en nuestra conversación. A mi lado, Chambers lo mira. Como Harry lleva un traje arrugado y barba de algunos días, no me cabe duda de que el otro lo toma por uno de mis clientes y, en consecuencia, piensa que mi bufete es basura.

–Nada de rencores –dice Chambers–. Quiero asegurarle que no soy rencoroso. Todo olvidado; son cosas que pasan.

–Sí, claro.

–Lo pasado, pasado está –tercia Harry–. Perdona y olvida. –Enarca las cejas, intentando recordar más tópicos–. No guardes rencor. Entierra el hacha de guerra. Benditos sean los que perdonan.

Chambers lo contempla como si se preguntara quién es este gilipollas.

Harry no es de los que te dejan en la duda. Extiende la mano.

–Harry Hinds –se presenta.

Chambers mira pero no toca.

–El perdón conforta el alma –declara Harry–. ¿Le hundió la mala racha? –Le está haciendo la pelota. Debe de presentir una oportunidad comercial, a lo mejor un futuro cliente.

–No. –Chambers lo observa con un desdén absoluto–. ¿Y a usted?

Harry se mira la sucia y arrugada chaqueta, hecha a la medida de un pordiosero sin hogar.

–Oh, no –responde–. Sólo que intento fastidiar a Coco.

Chambers adopta ahora una expresión entre curiosa y burlona. Tal vez se esté preguntando si Harry ha tropezado con alguna ordenanza local sobre el cuidado de las palmeras y de sus frutos.

–Pero alabo su actitud. Representa el primer paso hacia la rehabilitación –suelta Harry.

–¿Y qué es eso? –pregunta Chambers.

–Un remordimiento sincero –responde Hinds–. Resulta también muy útil para la sentencia. Es lo que les digo a mis clientes.

–¿Sí?

Por lo que conozco a Chambers, estoy seguro de que puede conectar y desconectar sus remordimientos cuando le da la gana, al igual que los clientes de Harry. Así fue, sin ninguna duda, como se ganó la rehabilitación.

Chambers me sonríe con unos labios tan tensos como las cuerdas de una guitarra.

–Nos vemos. –Lo dice como si fuese cierto, como si yo tuviera que andarme con más cuidado cada vez que camino por un callejón.

–Lo dudo –contesto–. Ando metido en otro asunto distinto. –Intento ahogar cualquier expectativa de venganza.

Me mira y me lanza una nueva y gélida sonrisa.

–Nos vemos –repite. Le dirige un último gesto despectivo a Harry y se dirige calle abajo.

Tiempo atrás, Chambers había trabajado en casos de campanillas. Aunque la mayor parte fueron delitos cometidos por gente de alto nivel social, también tuvo ocasión de ver la cara más sórdida del crimen. Defendió y logró paralizar el caso de los Ángeles Blancos, un grupo de gamberros acusados del asesinato de un hombre de raza negra en los alrededores de Oak Park. Gracias a su áspera oratoria, Chambers consiguió atraer la ira de los policías y fiscales de la ciudad. Pero ganó el caso, y eso es lo único que realmente le importa a Adrian Chambers.

–Un tipo encantador –comenta Harry–. Me recuerda a Hitler, aunque le falte un poco de su encanto.

–Sí. Con Adrian Chambers la traición está asegurada.

Harry me mira.

–Cada palabra que sale de sus labios es una mentira.

Cuando llegamos a casa, Nikki está tan enfadada que ni me habla. Llegamos tarde a la guardería y a Nikki la llamaron al trabajo para que pasara a recoger a la niña. Conozco a mi mujer, y sé identificar sus expresiones: la de hoy se refleja en unos ojos que podrían traspasarme como si yo fuera un simple agujero en el espacio.

–¿Cómo estás, Harry? –Le coge el abrigo.

–Bien –contesta él–. Muy bien.

Nikki me vuelve la espalda y me deja fuera, en el umbral. Harry me dirige una mirada de reojo, con la que acaso me está insinuando que esta noche la habría pasado mejor en la cárcel que aquí.

–Mmm... Qué bien huele. –Ahora Harry pone cara de apetito. Los olores de la cocina llegan hasta la puerta de entrada.

–Claro que huele bien –digo yo.

Nikki me obsequia con una de esas miradas suyas que significa «muérete», da media vuelta y se encamina a la cocina. Por lo menos ha reconocido mi existencia. Es el primer paso en el camino de la redención.

Durante las últimas semanas, el estrés se ha palpado en nuestra casa; desde que acepté el caso Davenport. He intentado apaciguar a Nikki ofreciéndole a la señora de la limpieza que viniese más a menudo, una vez por semana. He tratado, incluso, de acarrear con parte del peso de las tareas domésticas. La colada se ha convertido en mi feudo: lavar, secar, plegar. Pero el arte del lavado puso fin a mi colaboración. Nikki se volvió a ocupar de la ropa cuando nuestras prendas interiores, pasadas unas semanas, comenzaron a exhibir el color gris de la Confederación.

Estos días Nikki anda ojerosa debido a este intento de llevar una casa y un empleo, de ser madre y padre para Sarah. En fin, que está agotada y nerviosa porque yo ando demasiado inmerso en mi propio trabajo.

–Papi, papi. –Sarah aparece corriendo por el pasillo y se lanza a mis brazos–. Adivina lo que he hecho hoy en la escuela.

Sarah tiene el cabello negro, cortito a la holandesa, y los ojos castaños, almendrados, con un matiz de café denso. Unas escasas pecas transparentes, color gamuza, le adornan el puente de la nariz; en su rostro brilla siempre una maravillada curiosidad. Para mi hija, la guardería es una aventura nueva y audaz, que se renueva a diario. Por la tarde va en autobús, acompañada de la muchacha que vive un poco más abajo, en nuestra propia calle, y que va al instituto. Es la cosa más pagada de sí misma desde Barbie. Como resultado, mi hija habla constantemente de los deberes que tiene que hacer en casa y adorna su cara con una expresión de fatalismo, cómica en sus esfuerzos por parecer adulta. Luego se mete en la habitación de sus juegos y allí permanece durante horas; garabatea rodeada de montones de papel, dándose importancia.

Es la primera noche de esta semana que he llegado a tiempo para verla todavía despierta.

Tira de mí como si fuera un pequeño remolcador, pasillo abajo. Su manita envuelve mi dedo pulgar.

–Mira lo que he hecho, papi. Mira lo que he hecho en el colegio.

–Espera un momento –le digo–. Lo miraré enseguida.

Nikki le pregunta a Harry si le apetece beber algo: cerveza, vino, un refresco.

–Una cerveza me sentaría muy bien –responde.

–Yo la voy a buscar, cariño. Tú estás muy ocupada. –Trato de cortarle el paso en un débil intento de enmienda.

Con un golpe de cadera que no igualaría ni la reina de las yeguas de carreras, me aparta de la nevera y me hace recorrer de espaldas medio pasillo; la ventaja del centro de gravedad de la hembra. Saca un solo botellín de cerveza Coors y cierra la nevera de un portazo. Dos segundos más tarde le está sirviendo la cerveza a Harry, en un vaso alto cubierto de un velo de hielo. La espuma rebasa el borde sin derramarse. Es su manera de indicarme que, en lo tocante a ella, puedo derrumbarme muerto de sed. Empiezo a preguntarme si comeré con ellos esta noche.

En el pasillo, rodeado de penumbra y cerca del teléfono, me quedo quieto por unos momentos para poner orden en mis pensamientos. El día no ha ido bien; primero el encuentro con Adrian Chambers y luego esto. Cojo el listín de la pequeña estantería que está debajo del teléfono y consulto la sección de abogados en las páginas amarillas. Siento curiosidad por saber si Chambers se anuncia en ellas. No, no aparece en la lista. Pero miro la fecha de la guía y decido que fue publicada antes de la rehabilitación de Chambers.

Agarro la guía general y allí encuentro su nombre en letra negrita, en un anuncio comercial.

ADRIAN CHAMBERS
A. C. ASOCIADOS
SOCIEDAD LIMITADA. CONSULTORES FINANCIEROS

Sospecho que fundó esta sociedad durante la época que estuvo en dique seco. Cualquier cosa con tal de ganar un duro.

Cierro el libro y entro en la cocina. Nikki me dirige una mirada que detendría la embestida de un búfalo.

–¿Por qué no le dedicas un poco de tiempo a tu hija? –me pregunta–. ¿Por qué no le echas un vistazo a lo que ha hecho en el colegio?

Yo le devuelvo la misma mirada hostil. Mi propia animosidad comienza a crecer. Me dirijo hacia el sofá donde está Sarah.

Harry, presintiendo el estallido de la discordia doméstica, se ha dejado absorber por la televisión y practica el *zapping* con el mando a distancia.

Me siento en el sofá junto a Sarah, en el cuarto de estar. La niña saca trozos de papel arrugados y doblados de su bolsa de plástico, la que tiene manchas como las de un perro de raza dálmata. Despliego los papeles y comienzo a descifrar letras y números, grandes, gruesos, sin orden aparente y pintados de varios colores. Los números están bien dibujados, pero las letras parecen copiadas de un espejo; casi todas están del revés.

Leemos juntos. Sarah se esfuerza y acierta algunas.

–Muy bien –le digo–. Buen trabajo.

Me obsequia con una grande y amplia sonrisa, como si fuera a reventar de satisfacción, y se pone a dar pequeños saltitos de puntillas, desbordando energía.

–Va bien –le digo a Nikki.

Mi mujer se vuelve hacia mí con una expresión fría en el semblante.

Ha ido de cabeza durante más de un mes, cabreada desde que tomé la decisión de ayudar a Mario Feretti y me sumergí en los casos de Putah Creek.

Después del juicio de Potter y de nuestra anterior separación, Nikki y yo discutimos debido a mi aventura con Talia mientras estuvimos separados. Pasamos largos meses hablando de nuestra relación e hicimos una serie de visitas a un consejero matrimonial. Negociamos un contrato en su presencia, más complejo que una transacción financiera.

Nikki se mostró de acuerdo en no mantener sus frustraciones reprimidas. A cambio, esperaba de mí que desarrollara las destrezas proféticas de un vidente; es decir, su versión idealizada de la sensibilidad masculina.

Yo por mi parte prometí que reduciría las actividades de mi bufete, para repartir mi vida entre el trabajo, Nikki y Sarah.

Durante una temporada, este plan llegó a funcionar. Hicimos algunos viajes de fin de semana, e incluso pasamos cuatro días haciendo acampada en la montaña. El agobio se derritió como la nieve en un día de verano. La paz duró casi tres meses. A partir de entonces, el abogado que llevo dentro escapó como el genio de la lámpara y de nuevo a las andadas, proceso tras proceso. Mis mejores intenciones se habían ido al garete.

Después llegó la llamada de Feretti. El contrato con Nikki quedó literalmente roto.

Mientras, ella siguió calentándome los cascos a cada paso. Lo que más le había molestado fue que, antes de comprometerme con Mario, no hubiera discutido el asunto con ella. Bien, en eso tenía razón.

Desde entonces su ira ha ido aumentando constantemente. Intenté ablandarla con la promesa de que este trabajo era algo temporal, hasta que Feretti se recuperase. A lo sumo, tres meses. Repetía las palabras de mi amigo.

Sin embargo, Nikki distingue a través de la hojarasca como un francotirador bajo la sola luz de las estrellas. Me preguntó si el diagnóstico de los tres meses había salido de los labios del médico de Feretti, si lo había oído yo en persona. Tuve que admitir que no había hablado con el médico y entonces la tormenta estallo de nuevo. Nikki gritó y comenzó a patear la casa bajo el pretexto de que estaba poniéndola en orden, recogiendo los juguetes de Sarah o, mejor dicho, tirándolos contra mí sin llegar a alcanzarme.

Después murió Mario. Desde ese momento nuestra vida ha sido un infierno. Ya no dormimos en la misma habitación.

Está sirviendo la cena, pero sobre la mesa sólo veo tres platos; uno de ellos, el de Harry, rebosante. Él me observa. A lo mejor es cierto que esta noche me toca ayunar. Entonces Nikki nos dice que Sarah ya ha comido, a la vez que miraba en la tele un vídeo de Mr. Rodgers.

Arrimamos las sillas. Descorcho el vino.

–¿Vas a seguir con ello? –pregunta Harry.

Se refiere a mi nombramiento provisional como fiscal del condado de Davenport.

–De momento estoy colgado –afirmo–. Lo cierto es que firmé un contrato indefinido, con la idea de que Feretti volvería pronto.

Arqueo las cejas.

–Ahora las circunstancias han cambiado. Espero que el condado lo comprenda. Mañana por la mañana tengo una reunión con el juez Ingel para comentar el caso.

Derek Ingel es presidente de los jueces que integran el tribunal superior de justicia del condado de Davenport. Los que lo conocen le llaman a su espalda «el prusiano», aunque aún no sé por qué. En estos momentos, el destino de mi práctica profesional reside en sus manos.

Nikki me suelta una mirada, o más bien un relámpago de ira.

–Espera que lo comprenderán... ¿Y si les dijeras que tu mujer no lo entiende? ¿Y si les dijeras que se aparten de nuestro camino y nos dejen en paz? ¡Cuánto quiero a mi maridito, el abogado! Cuando se trata de apechugar con la causa de algún desgraciado muerto de hambre, cualquier esfuerzo es poco. Pero con su familia, cuando tiene que ganarse un sueldo para su familia, entonces desaparecen esos grandes cojones que demuestra en la defensa del jodido cliente de turno. Ah, entonces todo él se transforma en mansedumbre, con el sombrero en la mano y besando el culo del juez. Su señoría esto, su señoría aquello...

Se ha levantado de la mesa y está recogiendo algo de la cocina. Tras ella resuena el eco de su indignada retahíla, como un reguero de ira cada vez más incontenible. Harry me insinúa con la mirada y el ceño fruncido que quizá debería ir y hablar con ella. La oímos rezongar por lo bajo en la cocina.

Le explico a Harry las dificultades, el hecho de que la junta de supervisión que debe designar un sucesor para Feretti está estancada con una larga lista de candidatos. Cada supervisor apuesta por su propio caballo. Nombrar a un fiscal en un condado rural parece ser su manera de coronar a un rey.

–¿Por qué no les dices lisa y llanamente que no piensas seguir con el cargo? –Habla Nikki, ya de vuelta–. ¿Por qué no les cuentas que esto fue un favor que le hiciste a un amigo? El amigo ha muerto y punto. –Arroja el paño de cocina sobre la mesa, sugiriendo que eso mismo debería hacer yo: tirar la toalla violentamente sobre la mesa de Ingel.

Río un poco, intentando sugerir que ese modo de resolver el asunto sería ridículo. Esto la irrita aún más.

–Ya lo hemos hablado antes –señalo–. El tribunal firmó el nombramiento, y fui yo quien lo solicitó.

–A instancias de Feretti –me recuerda ella.

–Hablaré con Ingel mañana. Haré todo lo que pueda para librarme de este trabajo.

–Sí, claro –afirma ella.

Creo que Harry presiente un derramamiento de sangre. A juzgar por la cara de Nikki, la sangre derramada, sospecha, será la mía.

–El *sheriff*... ¿cómo se llama? –tercia Harry.

–Emil Johnson –contesto.

–Parecía un tipo decente... para ser policía –comentario que, viniendo de Harry, implica que el tal Johnson podría resultar un buen apoyo–. Quizá te ayudará a salir de este pozo. A lo mejor puede hablar con sus amigos de la junta, incluso con algunos de los jueces. Después de todo, es un oficial electo.

–No creo que pueda ayudarme mucho.

–Ya estamos –exclama Nikki–. Ni siquiera piensa intentarlo.

Arroja la servilleta sobre la mesa, se levanta y sale de nuevo.

Harry había conocido a Emil en el funeral de Feretti. Me

acompañó para darme un poco de ánimo. Nikki estaba demasiado indignada con Mario por haberse muerto.

En el funeral, mientras me hallaba al lado del ataúd con la familia y los amigos de Mario, sentí un fuerte golpe en la espalda. Me volví y reconocí a Emil Johnson. Johnson es un paleto de quinto grado en este condado rural, y no le faltan barriga y caderas de bebedor de cerveza para demostrarlo. Los votantes le han elegido cinco veces seguidas, lo que probablemente dice más de la circunscripción que del mismo Emil que, por su parte, se ha pasado años luchando contra la oposición de elementos más liberales procedentes de la universidad. Con un poco de suerte se retirará tras haber cumplido otro mandato, a menos que el alcohol acabe antes con él.

–Un día triste, abogado. –Me contemplaba con ojos apesadumbrados, en su rostro de fornido perro basset–. Un hombre con hijos pequeños. –Emil sacudió la cabeza, como si reprobara la injusticia del mundo.

Le presenté a Harry, que al oír la palabra *«sheriff»* se enjugó el sudor de la frente con la mano antes de tendérsela a Emil con un firme apretón. Johnson no pareció advertir la jugada.

–Le hace a uno sentir su propia mortalidad. –Emil estaba de una elocuencia arrebatadora, mirando el ataúd, dándose golpecitos en la barriga, sobre la que lucía una hebilla de latón tan grande como el escudo de un gladiador y con la palabra «Winchester» grabada en ella–. Mario era un buen hombre. Lo echaremos de menos.

Todos los políticos del condado de Davenport lo echarían de menos durante cinco minutos, pensé. No vi a Emil emplear todo su peso político, que es considerable, en favor de Feretti cuando lo hospitalizaron. En lugar de eso, el buen *sheriff* esperó emboscado para ver si los supervisores devoraban a Mario, si iban a hacer lo posible para sustituirlo por sus propios candidatos, viejos amigos escogidos a dedo.

–Estás metido en un buen lío –dijo Harry sin dejar de comer–. Este asunto no tiene buena pinta.

Supongo que hace referencia a lo de haberme pasado a la fiscalía.

Harry apunta a la cocina.

–No vale la pena –asegura.

Quiere decir que por esta historia estoy poniendo en peligro mi matrimonio, mi familia.

–¿Qué puedo hacer?

Esboza la expresión de quien no tiene respuestas. Desde el principio ha dejado bien clara su postura. Nunca ha querido verme implicado en el caso.

Cuando le aseguré por primera vez que se trataba de una cosa temporal, me observó con astucia.

–Eso es lo que Adán le contó a la serpiente –dijo.

Tras escuchar la opinión de Harry, tengo la sensación de que haberme pasado al otro bando, aunque sólo sea por un tiempo y para esta investigación en concreto, representa haber violado una parte sagrada del credo del defensor y haber arrojado una maldición a mi vida familiar.

3

Dos años atrás, Derek Ingel se hallaba trabajando en las profundidades de la oficina del fiscal general, jodiendo con apelaciones criminales para el estado. Encontró la fuente del patronazgo político en un club republicano, donde se creía realmente que los buenos miembros del partido andan con la verdad por delante y fomentan los ideales sociales de Beaver Cleaver.

A partir de entonces Ingel ha ascendido a los cielos judiciales más deprisa que Elías con su carro de fuego. Ahora actúa como el señor de la justicia, sentado en su trono de las cámaras del tribunal superior. No obstante, éstas no parecen muy opulentas, a decir por la silla de madera que se me ofrece ante el escritorio de Ingel.

Me cuenta lo ocupado que está, sin duda para darme a entender que no puede concederme mucho tiempo. Dice que le falta un juez, que ha quedado una plaza vacante en el tribunal.

Entre los abogados locales se rumorea que Ingel está moviendo los hilos para que uno de sus amigos de la oficina del fiscal general ocupe la vacante. En privado ha hecho comentarios que ahora niega, tales como que sólo antiguos suplentes de la oficina del fiscal poseen cualificaciones para ser jueces en el estado. Éstos son sus puntos de vista con respecto a la diversidad profesional y social. Si la estrechez mental constituye una virtud, Derek Ingel es su santo patrón.

Agotamos rápidamente los almibarados preámbulos.

Se reclina en su asiento.

–Veamos, ¿qué desea? –pregunta.

Tiene el talante de Calvin Coolidge, una especie de muñeco cuyo fabricante olvidó programarle una sonrisa. Comienzo a comprender por qué Derek Ingel se ha ganado el apelativo de «el prusiano».

–Se trata de la naturaleza de nuestro acuerdo –le contesto–. De mi acuerdo con el condado.

Asiente larga y lentamente, se quita el reloj de la muñeca y lo coloca boca arriba encima de la mesa, como si estuviera cronometrando algún acontecimiento. Me pregunto si se abrirá el suelo y se me tragará de un momento a otro.

–La muerte de Feretti –añado–. Circunstancias que ninguno de nosotros anticipamos.

–Ah, sí. Una tragedia.

Después nada más. Emite unos cuantos ruiditos, como si dudase de cómo me afectó la muerte de Mario. Metido en el caos del trabajo de mi amigo difunto, con un pie en mi oficina y el otro aquí, a más de sesenta kilómetros de distancia, y encima voy a tener que sacar papel y lápiz para hacerle un bosquejo de mi situación actual.

Pero Ingel no parece tan impenetrable como quiere dar a entender. Lo que realmente desea, imagino, es que me humille. De su rostro satisfecho deduzco que ésta forma la parte más agradable de su trabajo. Abogados vestidos con trajes de tres piezas de rodillas ante él, en sus manos.

Comienzo a exponer el caso: el abogado ocupado, el hecho de que cuando firmé el contrato las circunstancias eran diferentes. Que las dos partes asumieron que yo sólo sustituía a Mario, que ahora estaba muerto. ¿Cuánto tiempo había de pasar antes de que nombraran a su sucesor?

Sigue sentado mientras escucha mis explicaciones, y va haciendo muecas para indicarme que su cerebro está absorto en el asunto.

–Sería conveniente que pudiéramos arreglar la cuestión de mi nombramiento provisional –enfatizo la última palabra–. Pongan algún plazo para el término de mi compromiso. El condado no obtendría ninguna ventaja de un cambio de fiscales en mitad de un caso de importancia. –Le guiño un ojo y añado–: Como el de Putah Creek.

Creo que ya lo ha entendido. No dice nada y sus ojos se muestran inexpresivos. Ingel es una esponja, un ser sin vida. Empiezo a preguntarme por qué me he molestado en venir, cuando podría haberme quedado en casa y hablado conmigo mismo.

Tras unos minutos, cuando ya siento los primeros callos en mi lengua, por fin me interrumpe.

–¿De qué va todo esto? –inquiere–. Concretamente, ¿qué es lo que usted desea?

–Me parece que ya se lo he dicho con claridad. Un plazo para concluir mi servicio aquí.

Me mira como si estuviese prestándome mucha atención.

Vuelvo a la carga.

–Si hay una vacante en la oficina, a todos nos convendría que alguien la ocupara cuanto antes.

Balancea la cabeza en un gesto incierto.

–Me pone en una situación comprometida –suspira.

–¿Por qué?

Le había dado un cuarto de vuelta al sillón giratorio en dirección a sus títulos y honores colgados de la pared. Ahora se gira hacia mí.

–Voy a serle sincero –afirma–. Usted no figuraba entre mis candidatos para este trabajo.

«Estupendo, entonces déjame marchar», pienso.

–A pesar de todo –prosigue–, usted firmó un contrato con el condado que, si no me equivoco, es indefinido.

Quiere decir que no se especificó la fecha de expiración, así que igual pueden ser días, semanas, meses o años.

–Es cierto. Pero cuando lo firmé las circunstancias parecían muy claras. Quedaba entendido que yo me limitaba a sustituir al señor Feretti durante lo que se consideraba como un período de convalecencia tras la operación.

–Ya, pero ¿el contrato recoge eso?

–No expresamente.

–No me venga con juegos de palabras. ¿Lo recoge o no lo recoge?

–No.

–Bien. –Hace retroceder un poco el sillón y contempla el techo–. ¿Y ahora usted quiere salir de escena?

Podría responder que sí, pero su tono y sus modales me imponen y opto por una vía intermedia.

–Me gustaría establecer un plazo razonable, durante el cual el condado podría encontrar un sustituto permanente. Quisiera que el tribunal apoye mi petición; algo que motivase a los supervisores para actuar con rapidez en lugar dejar pasar el tiempo.

–¿Qué plazo considera usted razonable?

–Un mes o seis semanas. –Hago que suene generoso, algo así como los seis días de la obra de la Creación.

–¿Nada más?

Tal vez voy por el buen camino.

–Nada más.

–¿Hay algo que le haga pensar que el condado no está actuando correctamente con respecto a este asunto? La sustitución de Feretti, ¿no es así?

Hago una mueca como quien no está seguro de si debemos entrar en estos detalles.

–Ah, adelante –me invita. Es la primera sonrisa que le distingo. No me fío ni un pelo–. Aquí puede usted hablar de lo que quiera. Entre las cuatro paredes de este despacho las confidencias son sagradas –asegura.

Podría comprobarlo comentándole que me dedico a practicar abortos en mis ratos libres. En lugar de eso, escurro el bulto.

–He oído rumores. Por ahí se comenta que todo el problema es una cuestión de dinero.

–¿Qué ha oído usted?

–Nada en concreto.

Me mira con incredulidad.

La verdad es que sé más cosas. El condado saca una parte considerable de mi sueldo de las arcas estatales, circunstancia que cambiará cuando sea nombrado un titular permanente para el puesto de Feretti. Si tenemos en cuenta el estado de las finanzas locales, los poderes fácticos chuparán de la teta estatal tanto tiempo como puedan.

–¿No tendrá nada que ver con el asunto de Putah Creek? –me pregunta.

–No niego que he considerado esos casos. Una acción criminal conllevaría un prolongado litigio criminal que podría durar un año, o tal vez más. El condado obraría con sensatez si nombrase un fiscal permanente para la junta antes de que las cosas vayan demasiado lejos.

–¿Acaso no se cree usted capacitado para la tarea? –Una sonrisita afectada, imperiosa, aparece en sus labios.

A lo mejor se pregunta si me faltan cojones para el cargo. O lo más probable, está cuestionando mi compromiso; un profesional voluble que ha sido fiscal y abogado de la defensa, y ahora se encuentra de nuevo del lado de los ángeles. Tengo la sensación de que Ingel es uno de esos jueces que quieren convertir la justicia en un cuchillo afilado para los acusados.

–No, no se trata de eso. Estoy a la altura del trabajo –aseguro–. Pero tengo otros compromisos. –Siento curiosidad por saber si esto suena tan mal como pienso: un abogado amante de los trucos.

–Sí, claro. –Me dirige una mirada con el inequívoco propósito de chafarme el orgullo, unos cuantos puñetazos dirigidos al estómago en nuestro cuerpo a cuerpo.

Trago saliva y, con ella, parte de mi dignidad. Con todo, es posible que al final me deje marchar.

–Debo continuar con mi práctica privada –prosigo–. Mi compromiso iba a ser de corta duración. Unos pocos meses. De lo contrario, no habría aceptado el puesto.

Guarda silencio. Sabe tan bien como yo que, una vez en marcha, los casos de Putah Creek se convertirán en una guerra terrestre en Asia, en la que siempre resulta más fácil entrar que salir.

–Me han dicho que es usted un buen abogado –afirma–. Su reputación le precede.

Ahora me está dorando la píldora. En un instante, de Hyde a Jekyll. Es el hombre de las mil caras, más que las de Lon Chaney.

–Sin embargo, soy de esos que no tienen en mucho a los abogados que se acuestan con sus clientes.

Me ha asestado un terrible golpe bajo. Se refiere a la basura de mi pasado; alude a la aventura con Talia, antes de desencadenarse el caso y cuando Nikki y yo estábamos separados. Es una historia del pasado, que dio pie a muchos titulares en los periódicos locales y supuso una cruz para mí durante el proceso Potter. Yo pensaba que era agua pasada, sin ningún interés en estos momentos. Ahora Ingel lo está reviviendo.

No digo nada, sino que permanezco sentado bajo el impacto de la granada.

–Como muestra de cortesía, el juez Acosta me llamó desde Capital City al enterarse de que había sido usted asignado para este caso. Ya irá usted comprendiendo que los jueces hablan entre ellos...

Sí, y por lo visto como cotorras. Ingel y el Coco, Armando Acosta, la respuesta de México al Señor de las Moscas, están en contacto. Tendría que haberlo previsto.

Acosta presidió el proceso de Talia Potter, a quien defendí en Capital City del cargo de haber asesinado a su marido. Sucedió hace siete meses. Previamente, durante la temporada en que estuve separado de mi mujer y mucho antes del proceso Potter, Talia y yo estuvimos liados. Para mi eterna infamia, pues el marido de Talia había sido amigo y benefactor mío. No le conté nada de esto al tribunal, pues la historia había tenido lugar mucho tiempo atrás. Por desgracia, la prensa y el Coco lo averiguaron durante el proceso. Acosta amenazó con despedazarme, y de momento no me ha perdonado el engaño.

–No le gustó que le escogiéramos –prosigue Ingel–. Tiene sus propias razones. –Se refiere a Acosta.

–Me lo figuro.

Ahora mismo me trae sin cuidado el placer que pueda experimentar el Coco. Me hierven hasta los lóbulos de las orejas. Que Acosta haya llevado su arrogancia hasta este lado del río para envenenarme la fuente, me hace pensar en si poseo razones suficientes para presentar una queja ante la Comisión de Ética Profesional del estado. Sin duda, mi función provisional envuelve su infamia entre las protecciones establecidas por la Primera Enmienda.

Cuando protesto, Ingel me responde que existe un motivo para todo esto, relacionado con la implicación del Coco en un caso que no recae dentro de la jurisdicción de su condado.

–Una de las víctimas –señala Ingel–, la alumna de un instituto mixto, era su sobrina.

Me quedo boquiabierto.

–La hija más joven de su hermana –continúa Ingel.

Quiere darme una lección acerca del árbol genealógico de los Acosta, emigrantes mexicanos pobres que se han abierto camino. Pero como las conexiones de la hermana no son tan buenas como las de Acosta, éste ha tomado la iniciativa a fin de administrar un poco de justicia extra.

«Malditos sean todos los habitantes de este planeta», pienso.

–Por lo que sé, el juez Acosta era como un padre para la

muchacha, ya que la madre estaba divorciada. Ahora se siente muy abatido por todo el asunto.

Ingel me mira como si yo tuviera que hacer algo para remediar el desaguisado.

–Lo siento –comento–. Probablemente, el juez se halla en buena compañía.

Noto la mirada clavada en mí.

–Me refiero a los padres de las otras víctimas, los otros chicos.

El mensaje es evidente. Que le diga al juez que se ponga a la cola.

No tarda en llegar una respuesta gélida.

–Vamos a ver si dejamos las cosas claras. Usted puede haber aparecido de la nada, pero ahora se encuentra aquí con un contrato que va a cumplir. De lo contrario, me encargaré personalmente de que responda ante el Colegio de Abogados.

–¿Bajo qué acusación?

–Abandono de un cliente. O mucho me equivoco, o esto constituye todavía objeto de castigo disciplinario. Y no pienso librarme del caso Putah Creek pasando por encima de mociones anteriores, o permitiendo que se cierre el caso para que más tarde otro lo vuelva a reabrir. Si intuyo la menor connivencia o negligencia, le voy a dejar sin licencia profesional. Se dedicará usted a escribir expedientes y a enviarlos por correo a bufetes de otros estados. ¿Ha quedado claro?

–Muy claro. Parece que el condado no tiene la intención de contratar a un fiscal permanente para este caso. ¿Estoy en lo cierto?

Con el gesto me indica que no me va a decir lo que sabe. Coge el reloj.

–Si puedo hacer algo más por usted, no dude en pedírmelo.

Me contempla con una pétrea frialdad, como si fuese una de las figuras del Monte Rushmore. Yo me levanto y aparto la silla.

–Un último consejo –dice–. Habrá mucha gente pendiente de usted.

–¿Por el juez Acosta?

–Sin duda, él ha depositado mucho interés en todo este asunto.

Sí, claro, y a mí me lo está metiendo por el culo.

4

El edificio donde se encuentra el laboratorio de investigación criminal del estado forma una enorme y moderna fortaleza de cemento. No es muy alto, pero sí extenso como un campo de fútbol y rodeado por una cerca de tres metros que divide en dos partes el área del césped.

Estas instalaciones, sólo comparables a las del FBI en Quantico, Virginia, constituyen el territorio del fiscal general del estado.

Claude Dusalt ha organizado este encuentro. Quiere que me familiarice pronto con las pruebas, por si sus detectives necesitan una rápida autorización de registro. El asesino de Putah Creek está atrayendo cada vez más la atención de la prensa, y Claude desea tenerlo todo listo para ponerse manos a la obra en cuanto salte la menor noticia.

Derek Ingel, el Roy Bean de Davenport, ha estado vigilando todos mis movimientos y pidiéndome a todas horas el parte. Sin duda, para pasarle los datos al Coco. Hasta ahora he conseguido mantenerlo a dos velas, porque así me hallo yo también. En estos momentos, la ignorancia resulta una bendición.

Relleno un pequeño formulario y un guarda me da un distintivo de seguridad en una garita de la entrada principal al laboratorio.

Pocos minutos después oigo un tableteo de tacones sobre el cemento. Veo una mujer que avanza por el largo pasillo a través del cristal traslúcido de la puerta de seguridad. Desde lejos parece una secretaria, pero a medida que se acerca sus ojos me sitúan y me voy dando cuenta de que se trata de mi escolta. Es una mujer de baja estatura, un tanto desaliñada, en el umbral de la madurez. Desprende un cierto aire familiar que no puedo aún identificar.

–Señor Madriani.

Su rostro es pétreo y aparentemente absorto en otras cuestiones; pero el tono de su voz me indica que no me hallo ante una recepcionista.

–Kay Sellig –se presenta–. El director me ha pedido que le informe.

Me mira con unos ojos castaños rodeados de algunas arrugas y patas de gallo bajo un cabello entrecano, peinado en cuña seguramente para ahorrarse trabajo. No me ofrece la mano; en lugar de eso, me lee los pensamientos.

–¿No soy lo que esperaba? –pregunta. Es buena observadora.

–No lo sé –miento.

Por fin una sonrisa, no de amabilidad pero sí de satisfacción por haberme adivinado el pensamiento.

En el limitado universo de los forenses, el nombre de Kay Sellig representa una leyenda, una reputación que desmiente la imagen que ahora tengo frente a mí.

Mantenemos una conversación intrascendente mientras me conduce por un laberinto de pequeñas salas en el interior del edificio.

Al ir detrás suyo y verla caminar, recupero la sensación de haberla visto antes.

–Usted estaba allí –digo–. En el arroyuelo.

Asiente.

–Coordiné el rastreo de la escena.

He oído el nombre de Kay Sellig desde hace una docena de años, sobre todo por medio de comentarios burlones en los pasillos de los juzgados. Las historietas bélicas de los abogados, que embellecen al pasar de boca en boca. No obstante, siempre he considerado una muestra de mi buena suerte el hecho de no haberme enfrentado nunca con esta mujer ante el tribunal. En sus años de servicio ha metido entre rejas, las de Folsom o las de San Quintín, a más acusados de lo que podríamos tomar como la parte proporcional que le corresponde.

Doblamos tres esquinas más, caminamos por un corto pasillo, entramos en una sala más amplia y entonces ella aminora el paso. Me parece que hemos llegado.

El lugar se asemeja a un laboratorio de química de una escuela secundaria en un barrio rico. Bajo una luz fluorescente, hay una docena de mesas de acero inoxidable con pernos que las unen firmemente al suelo.

–¿Le ha dado muchos detalles el teniente Dusalt? –me pregunta.

–Hemos mantenido una larga reunión. De momento sólo sé lo que he leído en los periódicos, aparte del contenido de los pocos informes que Mario, el señor Feretti, elaboró antes de su muerte.

–¿Quiere hacerme alguna pregunta, o le ofrezco el relato de los hechos?

Como no he leído todos los informes, prefiero escuchar.

–Está bien. –Comienza a hablar de inmediato sin consultar ninguna nota–. El asesino no suele dejar documentos de identidad, carteras ni bolsos en la escena. Se lo lleva todo, con la excepción de lo ocurrido en el último asesinato doble. Es probable que disponga de un escondrijo en alguna parte donde lo tenga todo guardado. Para identificar a las víctimas siempre hemos tenido que recurrir a sus huellas dactilares.

Se dirige hacia una gran pizarra, uno de esos chismes que se apoyan sobre un caballete portátil de madera. Le da la vuelta a la pizarra a fin de mostrarme la otra parte, cuya superficie de corcho está cubierta de imágenes de brillantes colores colgadas con chinchetas. Varios ángulos del rostro de la muerte, fotografiados en esas mismas mesas de acero inoxidable, mesas para la autopsia en el depósito de cadáveres.

–La primera, la de Jonathan Snider. Diecinueve años. –La señala. La cara conserva la compostura propia de la juventud, incluso ahora.

»Su amiga tenía dieciocho años. Se llamaba Julie Park. –A juzgar por la foto, era una asiática, joven y bonita–. Los encontraron en Putah Creek hace doce días. El asesino no intentó ocultar los cadáveres.

Sigue señalando con el puntero.

–Los dos siguientes fueron hallados cuatro días más tarde. Sharon Collins, veintidós años, sobrina de Acosta. Y Rodney Slate, de la misma edad. De nuevo no se encontró ningún documento de identificación. Los cuerpos fueron arrojados desnudos al suelo.

Dos rostros más de la muerte, esta vez de mayor edad. Sellig me mira.

–Ésta es la pareja que usted vio en el arroyo. Abbott y Karen Scofield.

La cabeza de la mujer exhibe una triste y negra caverna a un lado de la cara, la grotesca visión de un ojo vacío, de una órbita. A su alrededor, en la ceja y la mejilla, se aprecian agudos cortes.

–Por alguna razón el asesino dejó las carteras y el bolso de la mujer. Quizá algo lo interrumpió, no lo sabemos. Scofield y su mujer estaban divorciados. Él era profesor de universidad, un científico. Ornitólogo, creo. –Consulta sus notas por primera vez.

Con un gesto le indico que eso último me ha sonado a chino.

–Estudioso de las aves –explica.

Se acerca a una de las mesas, donde hay una pila de ropa. Podría parecer la colada de cualquiera de no ser por las grandes manchas de sangre seca en la camisa blanca y en los pantalones. Las prendas están clasificadas en distintas zonas de la mesa, dispuestas para ser metidas en grandes bolsas de papel numeradas y marcadas para identificación. Una parte más de la creciente cadena de pruebas.

Observo que faltan los botones de la camisa. Sellig me dice que los arrancó en la escena del crimen y los depositó en una bolsa. Los han llevado al sótano para someterlos a un estudio de huellas ocultas, en el que serán ahumados en una cámara de cola sobrecalentada. La posibilidad es remota, pero tal vez el asesino se descuidó y tocó uno de los botones con las manos desnudas.

Si los políticos locales están preocupados por una chapuza llevada a cabo en la escena del crimen, con Kay Sellig les han sonreído los dioses de la fortuna.

Ella comenta que las manchas en la ropa de las víctimas fueron causadas por el movimiento gravitatorio de la sangre que, al correr por el suelo, alcanzó los cuidadosos montoncitos de ropa colocados junto a los cuerpos. Ni cortes ni desgarrones en esa ropa, ningún indicio de violencia física.

–Siempre sigue la misma pauta. Las víctimas siempre están desnudas en el momento de ser asesinadas.

Han encontrado otra pista. En el lugar donde se cometió el primer crimen, la policía piensa que el asesino pudo haberse dejado inadvertidamente una bolsa de basura industrial, de las que se usan para forrar los contenedores. La encontraron cerca del arroyo, tal vez arrastrada por el viento. Estaba vacía, pero presentaba un agujero en el fondo. Sellig cree que el asesino quizá la utilizó para llevar las cuerdas y las estacas; los utensilios de la muerte. Añade que a lo mejor el agujero fue causado por una de las estacas.

No ha tenido tiempo de examinar las estacas y la cuerda usadas en el asesinato de los Scofield. La cuerda se parece mucho a la de los otros crímenes. Las estacas permanecen en la oficina de huellas ocultas, en el sótano.

–¿Algún indicio de violencia sexual?

–No lo hemos encontrado –responde–. El forense encontró esperma en la vagina de la chica llamada Park, pero el tipo de sangre coincide con el del chico. Además, se hallaron algunos cabellos en el cuerpo de él que coinciden con los del pubis de la chica. –Hace una breve pausa para dejarme comprender lo evidente–. Sus compañeros en el campus de la universidad declaran que la pareja iba en serio. Pensamos que las víctimas mantuvieron relaciones sexuales un par de horas antes de que fueran asesinadas.

–¿Cómo mata a las parejas? –pregunto–. ¿No es un poco arriesgado?

–Probablemente va armado, quizá tenga un cómplice; aún no estamos seguros. Todas las víctimas fueron secuestradas en zonas solitarias o aparcamientos desiertos a altas horas de la noche. En todos los casos fueron los últimos en abandonar una reunión social o un lugar de trabajo. Los crímenes se cometieron en áreas alejadas, excepto el último. Éste, el de los Scofield, resultó más arriesgado. Se acercó bastante a la carretera. –Sellig especula que esto puede deberse a un creciente e insatisfecho deseo de autosuperación–. Pero también tuvo suerte... Estamos buscando automovilistas que puedan haber pasado por allí avanzada la noche; gente que haya visto algo. De momento no hemos obtenido ningún resultado.

Me explica que los expertos en estudios de personalidad, los psicólogos que dedican su vida al análisis de mentes trastornadas, no han descartado la posibilidad de que el motivo de los asesinatos resida en algún tipo de psicosis sexual, a pesar de la carencia de pruebas de violencia de esta índole.

–Algunos piensan que las estacas de metal son símbolos fálicos –dice Sellig–. Según esta hipótesis, lo que hace con ellas es su propia y enferma manera de consumar el acto sexual.

Ya tienen el perfil psicológico del asesino. Hubo una época en que habría concedido a todo esto el mismo crédito que a una echadora de cartas; pero con el tiempo me he convertido en un creyente.

–Excepto en el caso de las dos últimas, no conocía a sus víctimas –indica la forense–. Esto lo han deducido porque los rostros no presentaban golpes ni mutilaciones. Los psicólogos han llegado a la conclusión de que el criminal les destroza la cara sólo cuando los conoce. Cuanto más íntima parece ser la relación, más desfigurados quedan los rostros.

–Dice usted que salvo las dos últimas. ¿Qué hay de distinto con ellas?

–Ya llegaré a este punto. Probablemente es un hombre blanco. Las estadísticas nos muestran que con las mutilaciones, la víctima pertenece casi siempre a la misma raza que el asesino.

Calculan que su edad está entre los veinticinco y los cuarenta años. Cuando los adolescentes matan se comportan en general de un modo violento e impulsivo, un comportamiento totalmente diferente al puntilloso ritual del asesino de Putah Creek. Y una persona demasiado vieja no podría haberse enfrentado a las víctimas masculinas.

Según este perfil del asesino, cabe la posibilidad de que viva solo, aunque en mi opinión, ésta constituye una conjetura casi tierna y romántica. No obstante, los psiquiatras sostienen que los asesinatos sacan a relucir síntomas de alienación. El asesino se ve a sí mismo como un marginado, un hombre que no forma parte de una familia o un grupo. Carece de un ámbito social íntimo. Eso podría explicar por qué siempre mata a parejas: sería su modo de vengarse de la sociedad.

–Creemos que ha pasado mucho tiempo por la zona del arroyo. Es posible que viva cerca, tal vez trabajó allí en el pasado –añade.

Han llegado a esta conclusión tras observar la naturaleza ritual de los crímenes, la meticulosa disposición de los cuerpos en el suelo, el cuidadoso despliegue de la ropa alrededor de las víctimas... Todo apunta a que el asesino se tomaba la cosa con calma, sin prisas, en la confianza de que nadie lo molestaría.

–Considera que esta zona es su feudo –señala Sellig–. Aquí se siente seguro.

Ahora la policía anda buscando pistas relacionadas con esta hipótesis; sondeando, preguntando entre los habitantes de la zona si alguien ha trabajado para los granjeros o ha vivido por allí, o acampado durante una temporada.

Hay una dimensión del perfil psicológico que resulta sumamente preocupante.

–Los asesinos que se apoyan en un ritual –dice la forense– en general no dejan de matar hasta que los cogen.

Es una perspectiva muy poco halagüeña, pero no termina ahí.

–No podemos determinar si se ha vuelto más violento –añade– o si es que conocía a la señora Scofield.

La miro con expresión interrogadora.

–Por lo visto le arrancó un ojo. Aún intentamos explicarnos la razón.

No me había percatado de eso en el lugar del crimen porque la mujer tenía la cabeza envuelta con las medias.

Hablamos de la investigación en términos más generales. Excepto el perfil, la policía sigue dando palos de ciego. Según Sellig no han conseguido ni una prueba que relacione a las parejas asesinadas.

–Los últimos, los Scofield, significan un verdadero problema –señala. Mi interés aumenta–. Su edad. El asesino ha ensanchado sus límites. Ya no se contenta con jóvenes estudiantes universitarios.

–Quizá no se trate de la edad –insinúo–. A lo mejor el punto en común sea el ámbito académico, la universidad.

Sellig pone cara de tomar en consideración mi sugerencia. Pero no deja de estar preocupada. Con los crímenes en serie hay un axioma: cuando los asesinos se apartan del esquema habitual, sus perseguidores tienen más razones para preocuparse. El que el criminal de Putah Creek haya asesinado ahora a una pareja de cincuentones introduce el elemento «azar» en la ecuación que configura la búsqueda. Hablamos de esta cuestión, pero Sellig está bloqueada. Hasta que no reciba el informe de la autopsia no puede sacar conclusiones con suficientes fundamentos.

–¿Y la plataforma que se descubrió en el árbol?

Ella se está quitando los zapatos y caminando al mismo tiempo en dirección a una taquilla en la pared. Por lo visto, incluso los tacones de media altura representaban una concesión más con respecto al código del vestuario con las visitas. En suma, estos zapatos se los había puesto en mi honor. Ahora ya se muestra más amistosa, un poco más relajada. Lo considero una señal de confianza.

Le pregunto si la atalaya entre las ramas está relacionada con los asesinatos.

–Aún seguimos investigando ese punto –responde.

La someto a una pequeña prueba con una nueva pregunta sobre lo que encontraron allá arriba. Ella esboza una mueca.

–Algunas plumas y sangre.

–¿Animal o humana?

–Era animal en su mayor parte, pero también había algunos rastros de sangre humana. Y algunos huesecillos, suponemos que de ave. –En la mirada de Sellig se adivina de nuevo el desconcierto. Como si los cabos sueltos se fueran acumulando uno tras otro–. Hemos enviado los huesos y las plumas al Laboratorio Forense del National Wildlife, en Oregón, para que los analicen.

Al parecer, en todo el país sólo hay dos personas con conocimientos sólidos en esta materia. Una de ellas es una mujer de ochenta y siete años que vive en la Costa Oeste. La otra persona es también una mujer, aunque más joven y discípula de la primera, que ha dejado su trabajo en el Smithsonian y se ha mudado a Ashland, atraída por una especie de laboratorio de investigación de delitos contra la naturaleza y el medio ambiente.

–Dentro de unos días ya tendremos noticias de Oregón –señala Sellig.

–¿Y qué supone usted?

–¿Basándonos en lo poco que tenemos?

–Sí.

–Diría que nuestro hombre no tiene nada que ver con el escondrijo de los árboles.

–Entonces ¿quién lo hizo?

–Por ahora se trata sólo de un presentimiento. Preferiría esperar a los resultados de Oregón.

Lo acepto y no insisto más en este tema.

–¿Encontraron algo similar en las otras dos escenas del crimen, la del condado de Orange y la de Oregón? ¿Una plataforma en los árboles, plumas, huesos?

Niega con la cabeza.

–No. Y hemos regresado a las otras dos escenas de esta zona, en Davenport, por si se nos hubiese escapado algún detalle; pero no había nada, ni plataformas ni cuerdas.

Coge un par de zapatillas de deporte, como las que utilizan las secretarias en la capital para andar deprisa en busca del almuerzo; su manera de practicar aerobic a media mañana.

–¿No subiría usted allí? –pregunto–. ¿A la plataforma?

Asiente. De pronto sus gestos se vuelven crípticos.

Al mirarla, de algún modo intuyo que después de que el técnico exploró la plataforma, ella no pudo resistir la tentación de subir e investigar por sí misma.

–¿Buena vista desde arriba?

–Eso es decir poco. –Una sonrisa astuta. Se dirige a la taquilla y la abre de nuevo. Me imagino que va a guardar los zapatos de tacón, pero cuando se da la vuelta tiene en las manos un largo objeto cilíndrico envuelto en una toalla. Al desenvolverlo veo metal y cristal a un lado, algunas letras, las palabras «Mirador TTB».

–Lo encontramos en la plataforma. Por lo visto el propietario abandonó el lugar a toda prisa. –Me tiende el objeto para que lo inspeccione.

»Es una mira telescópica. De buena calidad. Debe de costar unos mil dólares. Los tiradores las utilizan para los disparos a larga distancia, para ajustar el arma y alcanzar el objetivo sin necesidad de adelantarse ciento cincuenta o doscientos metros.

Le doy vueltas en mis manos mientras la inspecciono.

–Ya han comprobado las huellas –dice Sellig–. Encontramos una borrosa, inservible, con algunas trazas de sangre.

–No entiendo nada.

Se crea un momento de silencio mortal entre nosotros.

–¿Cree usted que quien estuviera allá arriba, en la copa del árbol, está implicado de alguna manera con los asesinatos?

Esboza una mueca que viene a decir que sí, que ésta es una posibilidad bastante verosímil.

–Esa persona ¿puede haber visto al asesino?

Sellig sonríe.

–Eche una ojeada –contesta mientras se acerca a la mira telescópica.

Miro por una ventana con el artilugio. Al otro lado del césped, verde como el de los jardines de Versalles, una secretaria está comiendo su almuerzo, sentada en un banco con una bolsa color marrón. Giro el anillo del foco un par de milímetros y tengo una visión como de agua a través de cristal. La secretaria tiene las mejillas húmedas. Está leyendo un libro de bolsillo que sostiene con una mano. Distingo el título con una claridad meridiana: *Love Story*, de Eric Segal.

Reflexiono por unos instantes sobre los elementos de que dispongo. La magia de este pequeño cilindro que tengo en la mano, la plataforma instalada entre los árboles, junto a la corriente del Putah Creek. El resultado final es la idea de que tal vez en alguna parte anda suelto un involuntario espectador de la muerte, un testigo clave del asesinato de Abbott y Karen Scofield.

5

La oficina del fiscal de distrito del condado de Davenport se encuentra en un edificio clásico en el género de las construcciones oficiales, construido en la década de los treinta como parte del programa WPA[1]. En aquellos tiempos se consideraba algo meramente funcional y hecho para durar muchos años. Posee una especie de gracia que va más allá del tiempo, una arquitectura clásica ajena a los edificios públicos de la actualidad. El exterior es de granito, y su ancha escalinata conduce a un pórtico coronado por tres columnas de piedra. Estas columnas parecen haber servido como símbolo de autoridad en el ámbito de una democracia populista; pero ahora la fachada presenta un tono marrón cochambroso y el interior está deteriorado por el excesivo uso y la negligencia del servicio de mantenimiento.

El edificio se yergue sobre un terreno elevado, enfrente de los juzgados, y a su alrededor hay altos robles y nogales. Estos árboles fueron plantados en el centro de la ciudad el siglo anterior con el fin de aliviar el calor opresivo de los veranos del valle, cuando la temperatura supera con frecuencia los cuarenta grados.

El despacho del fiscal es pequeño; sólo dispone de cuatro auxiliares. Dos de ellos son nuevos, recién salidos de la facultad de derecho, y se ocupan sólo de delitos menores.

También está Roland Overroy. Después de treinta años en el cargo, Overroy forma parte de la petrificada floresta del funcionariado. Perenne madera seca. En este condado, las mociones que cuestionan la competencia profesional de la fiscalía son llamadas «mociones Roland», al menos entre los

1. WPA, Work Progress Administration: Programa estatal creado por Franklin D. Roosevelt en 1935 destinado a solucionar el desempleo mediante una política de grandes obras públicas. *(N. del T.)*

abogados que han tratado con Overroy. Nunca ha visto un expediente judicial para no tener que tomarse la molestia de leerlo; nunca ha pasado un caso por sus manos por el que no haya cobrado más de la cuenta. Sus mejores dotes son una falta absoluta de preparación y una inclinación a ignorar las cosas más evidentes.

Desde que Feretti lo desposeyó hace dos años del rango de delegado en jefe y lo envió a las aguas calmas del tribunal juvenil, Overroy no ha hecho sino escarbar en cualquier pequeño problema en la oficina que luego él pudiese agrandar y hacer público. Y en esta tarea parece estar dotado de la virtuosidad de un director de orquesta.

Esta mañana el equipo de la oficina no constituye un grupo demasiado alegre. Estamos sentados alrededor de la deteriorada mesa de metal que hay en el cuarto donde se toma café, y que hace también las veces de sala de conferencias.

Aunque los conozco a todos superficialmente por nuestra relación laboral diaria, ésta es la primera reunión formal que celebramos desde que ocupé el puesto ahora hace un mes. Me gustaría causar una buena impresión.

Los miro y recibo sólo unos asomos de sonrisa por parte de los dos nuevos, Gary Boudin y Karen Samuels.

Overroy quiere «cazarme»; piensa en qué oportunidades le ofrece el caos causado por la muerte de Mario Feretti. Lenore Goya está hablando por teléfono en su despacho. Enseguida vendrá.

Entre tanto, Overroy se ha apropiado de la única silla cercana a la mía, como si mi autoridad, aunque provisional, se le pudiera contagiar de algún modo.

Sobre el papel, la posición de Overroy ha estado vacante durante estos dos últimos años. En lugar de despedirlo, lo que en la administración de justicia supone infinitas audiencias y bosques de papel, Feretti abolió de un plumazo el cargo como supervisor de Roland. Aunque su salario se mantuvo al mismo nivel, Mario pensaba que el tiempo acabaría minando el orgullo del ofendido. Le estaba intentando mostrar a Roland que su carrera en la oficina había tocado fondo. Pero a este tipo los mensajes tiene que enviárselos la compañía de telégrafos, bien claritos.

–Una auténtica tragedia –dice Overroy.

Se refiere a la muerte de Mario. Sospecho que dio saltos de alegría cuando leyó la esquela. El segundo apellido de Roland es «Duplicidad». Si fuera un político, sería de esos que tala una secoya y acto seguido se sube al tocón para hablar de ecología a la multitud.

–Ese hombre trabajaba demasiado, ésa es la verdad –continúa. Es su modo de dar el pésame–. Se echó demasiada carga sobre los hombros. No quiso compartirla. –Roland ahora mueve la cabeza con solemnidad, preparándose para soltar el último tópico–. Este trabajo puede acabar matándote –sentencia.

No es ése un destino probable para Overroy. A sus sesenta años, no ofrece la menor señal de estar agotado. Una mata de cabello gris plata, un bronceado intenso, ni un gramo de grasa en el cuerpo... He oído que tiene un bote amarrado en el puerto deportivo del río, que durante el verano suele dejar el trabajo antes de las tres para realizar pequeños cruceros. A esto le llama TLA (Tiempo Libre Administrativo), en compensación por las largas horas que presuntamente dedica en casa a preparar casos para el tribunal de menores. Esta historia se había convertido en una broma común entre los de la oficina, pero Mario prefería callar. En efecto, le resultaba más conveniente la ausencia de Roland a tener que tolerar sus interferencias, soportar su infatigable mezquindad y sentir cómo el ambiente de la oficina se enrarecía con su presencia.

Es evidente que Overroy se ha propuesto hacerse con el protagonismo de esta reunión. Se ha encargado de presentarme al grupo al que, en un momento más privado, me describió como «el equipo junior». Asimismo, le ha ordenado a Jane Rhodes, la secretaria de Feretti, que nos traiga algo de comer, café y, si yo lo deseo, una bebida fría de la máquina expendedora del sótano, tres pisos más abajo.

Rechazo el ofrecimiento y les pregunto a Boudin y Samuels cómo andan las cosas en la sección de delitos menores; un poco de charla intrascendente para disipar la tensión inicial.

–Vamos tirando –contesta Overroy por los dos–. Pero me parece que todos estamos de acuerdo en que la oficina necesita mejorar su infraestructura –añade–. Las cosas iban un poco mejor cuando había un poco más de supervisión. –Quiere decir que iban mejor cuando él era delegado en jefe–. En cuanto a la oficina, se habrá dado cuenta de que todos conocemos nuestros respectivos trabajos. Sólo necesitamos un poco de continuidad, alguien que sepa dónde están las cosas y cómo funcionan. –El señor Continuidad me dirige una amplia y cordial sonrisa.

Feretti me había advertido de que Roland venera el escalafón. En su visión del mundo, la longevidad se convertiría en la única medida, el único mérito para el ascenso.

Goya acaba de entrar en el cuarto y permanece de pie detrás de Overroy.

Lenore Goya es una mujer alta y esbelta. Lleva un traje gris oscuro, falda hasta la rodilla y blusa de seda. Todo muy profesional. Su tez morena podría pasar por un bronceado. Tiene la nariz estrecha y los pómulos altos de una modelo. Si no hubiese repasado su expediente, habría podido creer que Lenore es miembro del club de campo de Talia; excepto por sus ojos, que son profundos, negros, penetrantes, con una expresión que delata escasa alegría.

Ha llevado el peso de la oficina desde que hospitalizaron a Mario. Entre sus informes personales y lo que me contó Feretti, he llegado a conocer un poco su vida. Trabajó para otras fiscalías antes de trasladarse aquí; concretamente para dos, ambas en el sur de California. Allí se labró un currículum impresionante. Hija de un barrio latino, se abrió camino, escapó de la ratonera de East Los Ángeles y se licenció con honores en la Universidad Estatal de California. En la misma institución obtuvo un título superior en la facultad de derecho, todo ello con becas. Es madre soltera con dos hijos pequeños. Después de pasar buena parte de su vida en las entrañas de Los Ángeles, ahora busca algo mejor para sus hijos, una vida más tranquila y más segura en una pequeña ciudad.

–No he venido aquí para ponerlo todo patas arriba –les digo. Las primeras impresiones se digieren deprisa y quedan cristalizadas en la conciencia como las huellas de un perro sobre el cemento blando–. Si las cosas salen tal y como deseo, se encuentran ustedes ante un compañero de trabajo provisional. Como si fuese una de las ángeles de Kelly.

Estas palabras arrancan algunas risas.

Roland se relame al notar en los labios el sabor de la oportunidad. Boudin y Samuels inclinan la cabeza en un gesto afirmativo. Goya es un enigma; sus ojos me escrutan de arriba abajo, calibra todas mis palabras. Creo que la señora es una cínica. Es posible que nos entendamos, después de todo.

–No habrá cambios en las responsabilidades de cada uno. Espero no verme sujeto al puesto el tiempo necesario para tener que introducirlos.

Incluso estas afirmaciones dejan indiferente a Goya que, apoyada contra la puerta, mantiene la misma gélida expresión.

–Únase a nosotros –le digo–. No muerdo. Tome asiento.

–Estoy cómoda así –responde.

Jugamos un poco al gato y al ratón.

Dada su actitud, me salto la parte habitual de todo funcionario estúpido respecto a la política de puertas abiertas. Goya escucharía el sermón y lo interpretaría correctamente: cháchara burocrática. En cuanto a Overroy, en todo el mundo civilizado no existen bastantes cerraduras para mantenerlo fuera de mi despacho.

–¿Cómo tiene el horario? –Miro a Goya.

–¿Por qué?

–Tenemos que hablar de la tramitación de los delitos de mayor gravedad.

Ella consulta su agenda. Hoy en día los abogados la llevan a cualquier sitio, lo mismo que los pastores baptistas con sus biblias.

–Tengo tiempo el lunes por la mañana, antes de salir hacia el tribunal, a las nueve. ¿En su despacho o en el mío?

–En el suyo. –Le concedo el espacio de su pequeño feudo en mi esfuerzo para unirla al grupo.

–¿Por qué no me uno a ustedes? –Roland ya está intentando meter las narices. Si ha de trepar de nuevo a la poltrona, sabe muy bien que es ahora o nunca.

–No creo que necesitemos robarle tiempo a Roland. ¿Qué piensa usted? –la miro.

Su respuesta es un claro y directo «no». Me parece que esta mujer no soporta a los idiotas.

Overroy se muestra cabizbajo y por el rabillo del ojo dirige a Lenore miradas asesinas. Sólo por unos instantes, eso sí; pronto vuelve a ponerle buena cara al mal tiempo.

–Es verdad –concede–. Estoy muy ocupado.

Los asistentes se levantan de las sillas y se dirigen a la puerta.

–Oh, una pregunta. –Es Overroy, que ya sonríe de nuevo–. Si lo atrapan, ¿quién hará de «Shiska Bob»?

No sé de qué habla.

–El asunto de Putah Creek. ¿A quién asignarán el caso?

Dudo si cree realmente que puedo asignárselo a él. Tal vez está sembrando la discordia en la oficina, su manera de devolverle la pelota a Goya.

–¿Cómo le ha llamado? –pregunto.

Es todo sonrisas.

–Humm. –Una mirada burlona–. Ah, eso. «Shiska Bob» –repite. Yo asiento con la cabeza–. Salió de uno de los chicos de la brigada de homicidios del jefe, del *sheriff*. Cuando se trabaja allí una temporadita, a uno se le contagia su sentido del humor.

Lo dice tan campante, como si quisiera describirnos una imagen. Creo que a Roland le gustaría mucho que viéramos el cuadro que forman él y sus estúpidos amigotes de homicidios, trasegando cerveza, hablando de las interioridades de la oficina, de los casos más brutales, de la verdadera basura.

Tiemblo al pensar en lo que Feretti habría dicho acerca de este titular, «Shiska Bob», apareciendo en la portada del periodicucho local, el *Journal*, al que el mismo Mario llamaba «el orinal de Davenport».

–No me importa de dónde proceda –le digo a Roland–. No quiero volverlo a oír. –En la sala se produce un silencio sepulcral–. Puede usted transmitirle el mensaje al mandamás de homicidios. Con el *sheriff* ya hablaré yo mismo. Tenemos que acordarnos de los familiares de las víctimas, seres humanos con quien debemos tratar. No debemos ser nosotros los que propiciemos más dolor. Ya se sentirán lo bastante furiosos si no solucionamos pronto el caso.

–Lo haré –dice Roland–. Por supuesto. –La sonrisa ha desaparecido de su semblante.

Por el momento, he sorteado la cuestión de a quién le será asignado lo de Putah Creek; pero Goya me sigue mirando. Como de costumbre, Overroy ha abierto el surco para plantar la semilla de la discordia.

Mi hija será un pétalo de rosa, a diferencia de las tímidas violetas, las de siete u ocho años engalanadas con sus colores púrpura.

Sarah lleva un tutú rosa, una faldita rígida que se extiende como las aspas rotatorias de un helicóptero en su cuerpecito sin caderas. Bajo este atuendo, unas medias amarillas con un tono verdoso, tan estrechas que ni siquiera me cabrían en el brazo. Sin embargo, a ella aún le quedan grandes, y le forman arrugas en las larguiruchas piernas como si fueran la piel de una manzana vieja.

Mientras yo me acabo de vestir, Nikki se mantiene ocupada con la cámara, tomando fotos de los traspiés, las piruetas y las poses de Sarah frente a la chimenea del cuarto de estar. Esta noche es la coronación de medio año de lecciones, un mes de ensayos y cientos en el reparto. El estudio de danza para niños presenta *Alicia en el país de las maravillas*. Para poder hacerlo, el propietario del estudio ha alquilado la sala de actos del instituto. Éste es el único local lo bastante espacioso en la ciudad para acoger a la legión de padres orgullosos, abuelos, hermanos y primos que acudirán al acontecimiento.

Mi vista tropieza con el pasillo y con los restos de la fiesta de anoche. Tuvimos invitados con niños pequeños que, con la colaboración de Sarah dejaron la mayor parte de la casa hecha unos zorros. El pasillo es la misma imagen de la devastación. Ken y Barbie yacen en el suelo medio desnudos. Sus ropas forman un sendero que conduce a la sala y más allá, como el rastro de una agonizante tribu de liliputienses errantes por el desierto.

–¿Tienes las entradas? –me pregunta Nikki.

Rebusco en mi cartera. No están.

–Pensaba que las tenías tú –contesto.

–Te las he dado mientras te afeitabas.

Miro en el cuarto de baño y allí están, sobre el estante junto al lavabo.

–Las tengo.

Oigo suspirar a Nikki en el otro cuarto, un suspiro que traducido a palabras significa que yo acabaría perdiendo la cabeza si no la llevara pegada al cuerpo. En los últimos tiempos, es posible que mi mujer esté en lo cierto. Parece que el trabajo se está cobrando un precio, dividido como me tiene entre dos empleos, en un mundo esquizoide en el que soy medio defensor, medio acusador. Y todos los días un millón de kilómetros de un trabajo al otro.

–¿Has pasado por el banco?

–Oh, mierda. –Lo susurro pero Nikki me oye de todos modos.

–Te pedí que sacases algo de dinero al volver.

–Lo sé, se me ha olvidado.

–¿Qué vamos a hacer sin dinero en metálico? Tendremos que sacarlo de alguna parte.

–Lo cogeremos del que hay para la compra.

–Y te olvidarás de reponerlo.

Mientras habla, repaso el intrincado rincón de los sobrecitos colocados en el cajón superior del tocador. Del sobre en cuya cubierta se lee «comida» extraigo treinta dólares.

–Es el colmo, Paul. –Nikki está detrás mío, en el umbral de la puerta–. No te pido gran cosa –dice–. Yo llevo la casa, cocino y trabajo. En cambio tú no puedes acordarte de parar en el banco en tu camino de vuelta.

–Está bien. Me he olvidado. Dame un respiro.

Paso por delante de ella y me encamino a la sala de estar, donde hace un rato he dejado la corbata. Sarah está viendo la televisión con el volumen muy bajo. La CNN, es el mismo espacio de noticias que el que retransmitían después de la cena. A Nikki no le molesta la televisión con tal de no tener que oírla. Últimamente, cada vez más, el escaso tiempo de que dispongo lo dedico a ver la tele con el sonido muy bajo, y sólo lo elevo si parece que van a anunciar una crisis mundial. Forma parte del precio de la paz en nuestro hogar.

Encuentro la corbata, me detengo un momento y observo a mi hija. Tiene rizos negros, peinados y acicalados como los de una princesa de un cuento de hadas. Los ojos de Sarah, castaños y centelleantes, están fijos en la pantalla. Sigo la dirección. En algún lugar remoto, niños cadavéricos y doloridos, que mueren de hambre con las barrigas hinchadas y los ojos redondos y ausentes.

Sarah contempla la escena con extrema atención. La comunión de los inocentes. Cambia el paisaje y surge una cabeza parlante en la pantalla. Sarah me mira ahora mientras yo me peleo con la corbata.

–Papi, ¿qué les pasa a esos niños?

–No tienen comida.

Antes de dar esta respuesta, he pensado que es mejor coger este toro por los cuernos en lugar de intentar endulzarlo con mentiras.

–¿Por qué no? ¿Por qué no hay alguien que les dé de comer?

–No hay bastante comida donde viven.

–¿Por qué no hay alguien que les lleve comida?

–Hay hombres malos allí, con armas.

–¿Por qué no hay alguien que quite a los hombres malos?

El debate circular de las naciones en una cáscara de nuez.

–Eso resultaría muy complicado –respondo.

Con la mirada me muestra que eso es lo primero que no ha comprendido. Al igual que la mayoría de los niños, Sarah sólo despliega egoísmo como instinto competitivo cuando se enfrenta a la rivalidad de los contrincantes en sus juegos. A un nivel más innato, Sarah es un océano de empatía. En el juego tranquilo y solitario del que tanto parece disfrutar, sus muñecas están casi siempre enfermas, vomitando. Todas sufren de un catálogo completo de enfermedades. Cualquier excusa resulta buena para hacer de madre dedicada.

Para Nikki y para mí, Sarah es una letanía de pequeños regalos: pétalos aplastados, tallos rotos y cosechas de pedazos de papel coloreados y perforados; muestras de devoción plegadas y envueltas en todos los colores que encuentra a mano. Esta noche, a Sarah no le importa tanto la ejecución de su danza como el hecho de representarla. Le importa su logro. A los cinco años, los niños no parecen tener una idea clara del amor incondicional que inspiran en sus padres. Yo creo que, en la limitada visión de la realidad de Sarah, ella siente la necesidad de ofrecernos algo a cambio de ser aceptada; una compensación parcial por nuestros constantes gestos de afecto. No se da cuenta de que ya nos compensa bastante con su mera existencia.

Suena el teléfono en la cocina y Nikki acude.

–Un momento –responde. Se vuelve hacia mí. Me mira como si dijera: «Que no sea lo que pienso». Me pasa el auricular.

–Hola.

–¿Señor Madriani? Soy Claude Dusalt.

–Sí.

–Siento molestarle en casa a estas horas. Es muy importante. Tenemos una serie de pistas en una furgoneta, cerca de la universidad. Parecen estar relacionadas con el asesino de Putah Creek. Necesitamos una autorización judicial, esta noche. ¿Podría reunirme con usted en su despacho dentro de media hora?

Trago saliva y miro a Nikki. Me está observando con un cinismo ya conocido. En mi rostro, en la cara que pongo, lee el mensaje de otra decepción.

–Entiendo. Estaré allí dentro de media hora.

Dusalt cuelga.

–Tengo que ir –le digo a Nikki–. Se trata de una pista muy importante y necesitan una autorización.

–En fin –contesta ella, encogiéndose de hombros.

Comienza a recoger el abrigo y el bolso.

Durante el transcurso de los años, he aprendido que con mi mujer no son tanto las palabras sino los actos los que transmiten las verdaderas emociones. En su tono de voz se advierte poca hostilidad, más bien resignación. Pero en estos momentos, prepara su partida con Sarah y se mueve de un lado a otro de una manera rígida, signo inequívoco de una ira profunda y reconcentrada.

–Lo siento –digo–. Son cosas que pasan.

–Sí, claro –responde. Coge a Sarah y las dos se dirigen a la puerta–. Será mejor que te des prisa. No quedaría bien que llegases tarde.

–¿No viene papi? –Mi hija está mirando a su madre con sus grandes ojos almendrados.

–Papi tiene cosas más importantes que hacer –le dice Nikki.

Ahora Sarah me mira a mí fijamente.

Me aflora una sonrisa apenada. Me inclino para abrazarla y decirle que lo siento.

Antes de que pueda hacerlo, Nikki la empuja hacia el coche, en el garaje, como el pastor que guía a un corderillo. Al cerrarse la puerta tras ellas, oigo las últimas palabras de mi mujer.

–Papi tiene trabajo esta noche.

Otra entrada en el debe del libro del amor paterno.

6

–Quiero que dejen la furgoneta donde está –digo–. Por el momento bajo vigilancia, hasta que haya concluido la autorización. Nadie debe tocar nada sin mi consentimiento. ¿Entendido?

Claude tiene a Denny Henderson tomando notas, mientras los tres caminamos con rapidez y subimos la escalinata del edificio administrativo del condado. Las luces de la fachada ya se han encendido, aunque todavía no ha oscurecido del todo.

–Necesitaré un buen taquígrafo, alguien que pueda tomar dictados y que sepa cómo redactar una autorización judicial. –Me dirigo a Henderson–. ¿Tenemos a alguien?

A su vez, Henderson mira a Claude, que afirma con la cabeza.

–Sheila Aikens –dice–. La de más edad entre las empleadas de su oficina. Feretti trabajaba con ella y estaba muy satisfecho.

–Encuéntrela, traígala. Quiero que la furgoneta esté vigilada a todas horas. Y consiga el registro del propietario.

–Ya tenemos los documentos del vehículo –señala Dusalt.

Llegamos a la oficina.

Dusalt saca un librito de notas de uno de sus bolsillos.

–La furgoneta es una GMC del 73. El propietario se llama Andre Iganovich. –Añade con rapidez una dirección en la zona oeste de la ciudad–. Hace dos horas que tenemos el apartamento bajo vigilancia. Nos van a enviar una foto de su permiso de conducir para identificarlo. ¿Lo cogemos si asoma las narices?

–No. Primero los pasos legales. Una orden judicial de registro de la furgoneta. Después, suponiendo que lo que encontremos dentro sea valioso, otra orden de registro para el apartamento. Si no ha levantado el vuelo, lo detendremos durante el registro, una vez tengamos la orden.

–¿Y si aparece por la furgoneta?

Eso no está tan claro. No podemos permitir que se lleve el vehículo con todo su contenido.

–Entonces habrá que detenerlo. Interrogarlo, pero no arrestarlo. –Me muestro inflexible–. No quiero que ningún juez nos eche a perder el caso por haber actuado precipitadamente.

Claude mira a Henderson.

–Pasa la voz –le ordena.

Como una sombra en un día nublado, Henderson desaparece en un despacho vacío desde donde usará el teléfono.

Veo asomarse una cabeza al final del pasillo, con unos mechones negros iluminados a contraluz por el neón de la oficina; un par de ojos que nos contemplan. Me lo había supuesto: Lenore Goya. Con la misma rapidez con que se asoma, se retira a la soledad de su santuario.

Claude y yo nos sentamos ahora en la antigua oficina de Feretti.

Él no había visto antes esta faceta de mi persona. Hasta la fecha me he mostrado pasivo, a la espera de que me pidieran ayuda. Pero ahora Ingel y Acosta me atosigan y yo me estoy volviendo, por utilizar la jerga actual, más «proactivo».

Al entrar he observado que Claude ha reunido a varias personas en la oficina anexa; otro agente con un uniforme que no reconozco y un segundo individuo, un tipo fuerte a lo Babe Ruth, en camisa de trabajo a rayas azules. Son los testigos presenciales, los que encontraron la furgoneta y su terrible contenido.

–Necesitaremos a Sellig –digo–. Que Henderson la haga venir.

No quiero arriesgarme con uno de los técnicos del condado. Si el caso contra el asesino de Putah Creek comienza aquí, estoy decidido a construir unas bases sólidas, sobre datos tan firmes como el cemento, nada que ningún astuto abogado de la defensa pueda suprimir en una vista meses antes del proceso.

–Ahora cuénteme lo ocurrido.

Claude vuelve a repasar su librito de notas.

–Al parecer nuestro hombre, Iganovich, es un emigrante ruso. Llegó a este país hace cuatro o cinco años. Su expediente está limpio. En realidad, sólo hemos encontrado una licencia estatal de guarda jurado sin permiso de armas, expedida el pasado octubre. –Dusalt sacude la cabeza–. ¿Se puede pedir más? El tío ni siquiera reside legalmente en el país y trabaja en seguridad.

–Ya nos ocuparemos de su residencia más adelante. ¿Cómo encontraron la furgoneta?

Empiezo a buscar posibles problemas: es la mentalidad del abogado, que se ha puesto en marcha.

–Todo está muy limpio.

–Vaya, qué bien.

–El agente Dandrich, ese de ahí, trabaja en la policía de la universidad. –Es el uniforme que no he reconocido–. Hace dos días vio la furgoneta estacionada en uno de los aparcamientos universitarios. Eran las dos de la madrugada, y ese espacio en concreto está reservado sólo para las horas diurnas. Pensó que el propietario a lo mejor estaba trabajando por la noche, de modo que no le dio mucha importancia al asunto. Miró la rueda trasera; la encargada de los parquímetros la había marcado con tiza. Ayer volvió el agente, ya que era su turno, y la furgoneta todavía estaba allí. Le habían puesto una multa en el parabrisas. Volvió a mirar las ruedas y descubrió que el coche no se había movido. Las normas de la universidad conceden veinticuatro horas de aparcamiento continuo, pasadas las cuales el vehículo queda a disposición de las autoridades de tráfico. Así que llamó a un servicio de grúas del centro de la ciudad.

Claude indica que se trata de un taller comercial que tiene un contrato con la universidad.

Sigo atentamente la historia que se me revela. Tengo los pies apoyados en la hoja de madera del escritorio, de la que he tirado para este propósito.

–En este punto interviene Harold. ¿El señor «Llaveinglesa»? –Habla del hombre de la grasa y camisa a rayas que espera con los otros.

–El señor Harold es cuidadoso de veras. Una vez lo denunciaron unos tipos resentidos porque se les llevó el coche. Desde entonces, siempre hace un inventario de los efectos personales que hay en el interior del vehículo antes de llevárselo del aparcamiento. Insiste en hacerlo en presencia de uno de los policías del campus.

–Un tipo confiado.

–Entonces Harold y el agente... –consulta sus notas– Dandrich le echan un vistazo más cuidadoso a la furgoneta. Uno de ellos descubre que la ventanilla del lado del pasajero, en la puerta trasera, ha sido aplastada.

–¿El agente no lo vio el día anterior?

Claude niega con la cabeza y se encoge de hombros.

–Ya se lo he preguntado. Dice que la furgoneta estaba aparcada cerca de una de esas columnas de cemento del garaje. No podía ver la ventanilla a menos que rodeara la columna.

–Vaya, que no sabemos cuándo la rompieron.

–No. De todos modos, cuando Dandrich y Harold se dan cuenta de cómo está el cristal, sienten interés, meten un brazo y abren por dentro.

–¿Aún estaba cerrada con llave la furgoneta?

Afirma con un movimiento de cabeza.

–¿Qué cree usted que encontraron? –Claude me mira, y se crea una prolongada pausa.

Hago una mueca como diciendo: «A mí que me registren».

–Una toalla en el asiento del pasajero, toda llena de lo que parece sangre seca. Pero eso no es todo. En la parte trasera, a simple vista... –Pronuncia estas últimas palabras con las manos extendidas, en señal de sinceridad– encuentran un montón de estacas de tienda de campaña, las pequeñas en forma de L, y al lado, recogida en el suelo, ¡bingo!, una cuerda de nailon de unos diez metros.

Enarco una ceja; tal vez hayamos dado con un verdadero filón.

–¿Dónde están ahora las estacas y la cuerda?

–No hemos tocado nada –responde–. Lo hemos dejado todo tal cual lo encontramos.

–Bien. Tráigame a Sellig enseguida. Dígale lo que me ha dicho a mí sin ahorrar detalles. Y no quiero que nadie más toque esa furgoneta. ¿Entendido? También dígale que necesito un informe, una comparación con la cuerda y las estacas que se hallaron en la escena del crimen. Las escenas de los otros crímenes, para ser más exactos. Y me gustaría disponer de él cuanto antes. Dígale por último que necesitamos el informe para obtener una orden judicial de detención de ese individuo.

Si hemos de registrar el apartamento del ruso, el informe de Sellig constituirá la piedra angular de cualquier petición de una orden judicial y, en última instancia, del arresto del sospechoso.

Claude hurga en sus bolsillos. Encuentra un frasquito con pastillas, un medicamento. Se encamina hacia la nevera, pasillo abajo. Pasan unos minutos. Me levanto, estiro las piernas y salgo al pasillo. Claude se halla a una docena de metros, ante la puerta de la nevera. Por lo visto se ha tomado las pastillas, pero ahora no está solo. Lenore Goya le está hablando y los dos parecen agitados. Veo que a Claude le cuesta introducir una sola palabra en la conversación. Ella me descubre y se interrumpe. Un momento después desaparece en el interior de su oficina y cierra de un portazo.

Claude se mete en el bolsillo el frasquito de la medicina y vuelve hacia mí.

–¿Qué pasa?

Dusalt compone un gesto y se encoge de hombros, como si no prefiriera hablar. Insisto.

–Tiene curiosidad. Quiere estar al corriente del asunto de Putah Creek, saber qué pasa.

–¿Se lo dijo usted?

–Claro, ¿por qué no?

–¿Tal vez debería usted invitarla a que se nos uniera?

–No lo sé. –Claude es la viva imagen de la vacilación. Presiento que en la conversación con Lenore Goya hubo más hostilidad que deseo de conocer.

–Un pequeño orgullo herido –dice Claude.

–¿El hecho de que me nombraran a mí para ocupar la plaza libre?

Asiente.

–Claro. Feretti cae enfermo y lo primero que hacen es traer a alguien de fuera. Ni siquiera se lo consultaron. Ella llevaba el peso de la oficina incluso cuando Mario estaba aquí.

Eso me hace enarcar una ceja.

–Hacía tiempo que Mario rodaba cuesta abajo –explica Claude–. Goya llegaba donde él no podía, y le solucionó algunos asuntos delicados. Ahora se siente algo más que un poco traicionada.

Alguien llama a la puerta.

–Pase –digo.

Abre una mujer que lleva el pelo revuelto, desgreñado. Su cara me suena; pienso que quizá sea la mujer de la limpieza. Tiene muchas arrugas y bajo los ojos destacan unas bolsas más grandes que las de un supermercado. Su vestido sin duda procede de la beneficencia. En conjunto, la mujer parece un completo adefesio.

–¿En qué puedo servirla?

–¿Es usted Madriani? –De entre los labios mal pintados le cuelga un cigarrillo mientras habla.

–Sí, soy yo.

–Me han llamado al asilo. –La vuelvo a mirar y pienso que sin duda el asilo es el lugar que le corresponde–. Estaba visitando a mi madre.

–¿Quién es usted?

–Sheila Aikens –contesta–. Dijeron que usted me necesitaba. ¿Me quiere aquí dentro o fuera?

Bajo el brazo acarrea una gran carpeta, de esas que se pliegan como un acordeón, muy gruesa. Sobre el otro hombro, un bolso colgado. Con la mano libre sostiene una taza de café manchada de carmín.

Miro a Claude como preguntando si esto es lo mejor que tenemos. Él me sonríe a modo de disculpa.

–Puede usted instalarse fuera –le digo a Sheila–. La buscaré cuando la necesite.

Está cubriendo la alfombra de cenizas y no se decide a moverse.

–Oh, claro. –La ronca voz tiene todo el encanto del sonido del papel de lija contra la madera. Su carencia de inflexión me sugiere algo como: «Vaya hombre, tanta prisa para nada».

Cierra la puerta.

–¿De dónde diablos ha salido?

–Tendría usted que preguntárselo a Feretti –me responde Claude.

–Resulta un poco tarde para eso.

Dusalt se encoge de hombros, en muestra inequívoca de que temas como éste recaen fuera de su ámbito.

Aunque no es bueno pensar mal de los muertos, tras la deplorable ética profesional de Roland Overroy y ahora por la visión de Sheila Aikens rondando en mi puerta como el olor de Pepe Le Pue, comienzo a considerar el estilo administrativo de mi amigo difunto desde otra perspectiva.

–¿Dónde estábamos?

–Cuerdas de tender la ropa y estacas de metal.

–Sí.

Apuro mi meticulosidad al inquirir sobre el lugar exacto del interior de la furgoneta en que se encontraron estos objetos.

–No hemos tocado nada –dice Claude–. Todo se hallaba ahí a la vista, en la parte trasera.

Claude se ha puesto un tanto a la defensiva.

–El vehículo se encontraba abandonado –añade–. El tipo no puede esperar que no miráramos. No necesitábamos una orden judicial para registrar el interior.

Le miro y sonrío.

–¿Dos días en una plaza de pago?

Claude palidece un poco.

No deseo andar buscando un juez complaciente, alguien que acepte un argumento tan frágil sólo para ver cómo lo rechaza más tarde el tribunal de apelación. En la comunidad jurídica, los jueces que promulgan mandatos se parecen a los rabinos del antiguo Talmud, cada uno con su reputación relativa. Escoge a uno que no goce de gran consideración y al final lo pagarás caro.

–¿Le ha preguntado usted directamente al señor Harold qué procedimientos utiliza para hacer el inventario de los vehículos que se lleva con la grúa?

Claude asiente.

–¿Hace la lista de los objetos personales cada vez que retira un vehículo?

–Sin dejarse ni uno.

Le dirigo una mueca de escepticismo.

–¿Sin excepción?

Confío en Claude, pero he presenciado demasiados casos en que la policía amaña los hechos de manera que encajen a la perfección.

–Siempre. Invariablemente –asegura Claude.

Claude sabe qué le estoy preguntando; si tiene confianza en su fuente de información, si es capaz de firmar una declaración jurada, afirmando esos hechos bajo pena de perjurio, que luego pueda ser revisada por un juez de un tribunal superior.

–Harold espera fuera –dice–. ¿Quiere hablar usted mismo con él?

Claude me está sometiendo a prueba. Quiere comprobar si este brillante abogado de la defensa convertido en fiscal confía en él.

–No. –No muerdo el anzuelo–. Con los datos de usted ya tenemos bastante. –Una pequeña inversión en confianza–. Andamos bien, al menos de momento. Un vehículo correctamente confiscado y sujeto a un inventario de rutina. Encontremos lo que encontremos, lo habremos hecho legalmente.

Es una de las excepciones que permite la ley. No resultará necesaria una autorización judicial para la toalla, la cuerda ni las estacas halladas en la furgoneta. Si damos por sentado que nuestro juez conoce la ley, Sellig dispone de libertad para ejercitar su magia sobre estos objetos.

A Claude este pensamiento le hace sonreír. Los veleidosos dioses del proceso criminal le han bendecido.

–Pero aún debemos examinar las fibras y cabellos de la furgoneta. Y para eso sí necesitamos la orden.

Me da la razón con un gesto. Hasta ahora todo marcha bien.

Henderson y su grupo, que vigilan el apartamento de Iganovich, nos pasan informes cada hora. El hombre no ha hecho acto de presencia en su casa ni en la furgoneta. Claude apuesta a que el tipo está en México bebiendo margaritas.

–Si usted se viera amenazado, ¿se quedaría tan tranquilo?

–No.

Sin embargo, se sabe que quienes violan la ley hacen estupideces con mayor frecuencia de lo que cabría suponer.

Estoy ocupado componiendo mentalmente lo que voy dictándole acto seguido a Aikens, que está inclinada sobre una vieja Selectric IBM más cubierta de ceniza que el Vesubio. La mujer fuma como una chimenea mientras teclea la declaración jurada para que la firme Claude que, entre tanto, ha consolidado ya el relato de los hechos con los dos testigos y los ha enviado a casa.

Mi único objetivo es convencer a un magistrado imparcial de que existe una probabilidad razonable de que la furgoneta contiene las pruebas de un crimen. Con esto, nos concederá la orden judicial. Después rastrearemos el interior, tomaremos huellas y compararemos las marcas de los neumáticos con las encontradas en los casos anteriores. Todo con la esperanza de descubrir una relación con los asesinatos del Putah Creek.

Ahora dicto de unas notas que he tomado a mano, a partir de ideas que se me han ocurrido durante mis charlas con Claude y las declaraciones de los testigos.

Mientras hablo, observo a Dusalt con un ojo y con el otro el papel que va desapareciendo por el rodillo de la máquina. De esta forma me aseguro de seguir al pie de la letra los detalles que relataron el agente de la universidad y el señor Harold.

Claude asiente continuamente a medida que repaso el escenario descrito por todos ellos. Él debe estar de acuerdo con esta declaración, porque si algún juez piensa que ha mentido, tropezará con grandes problemas.

Aikens me maravilla un poco. A pesar del cigarrillo, sus dedos se mueven a toda velocidad por el teclado, y sólo ha usado una vez la tecla de corrección en dos páginas. Me estoy formando una nueva opinión y lamento mi prematuro juicio en cuanto a las dotes de mando de Mario. Esta mujer conoce su oficio.

–¿Qué le parece Lockyer? –pregunta Claude–. Es fácil, nos concede autorizaciones a cualquier hora. Una perita en dulce.

Dusalt va lanzando nombres en mi cajón de sugerencias, abierto a fin de encontrar a un juez que nos facilite la orden judicial.

Niego con la cabeza.

–No servirá para este caso. Lockyer puede resultar conveniente para una banda de ladrones de coches o una redada de camellos. Pero ha sido fiscal antes. En ese caso los tribunales de apelación lo analizarían con lupa. Quiero un magistrado neutral, al margen del asunto, que le pueda dar el visto bueno a la declaración jurada.

En realidad ya tengo a mi juez, al que he llamado mientras Claude estaba en la otra habitación con los testigos. Frances

Kerney presidió hace tiempo el tribunal superior del condado y se sabe que forma parte de una reducida lista de candidatos para el de apelación. Cuando este caso llegue a este tribunal, probablemente ella ya esté presidiéndolo. Lo que decida durante el proceso recibirá sin duda alguna el sutil beneficio de la duda por parte de sus colegas. Una opinión cínica quizá, pero en un caso tan importante como éste hay que agarrarse a un clavo ardiendo.

Kerney está disponible. Tengo su horario desde el mediodía hasta última hora de la tarde y, por si fuera necesario, el teléfono de su domicilio. Me siento dispuesto a arrastrarme por los suelos si hace falta.

Casi a la vez que le pongo el punto final a la declaración, oigo un ruido detrás de mí: la puerta giratoria de la entrada pública. Me vuelvo. Es Kay Sellig, acompañada del agente al que he ordenado llevarla en su coche patrulla. La cortesía no ha fallado. Ya tiene hecho un análisis preliminar de las cuerdas y las estacas de metal.

Sellig deja caer su pequeño maletín de piel sobre el escritorio de Aikens y se dirige a mí con una sonrisa de satisfacción en sus labios.

–No sé quién es –anuncia–, pero se ha colgado con su propia soga.

Soy todo oídos. Le digo a Aikens que se tome un descanso. Ella saca de su bolso un paquete de Camel y sale de la habitación. Durante los próximos cinco minutos, las acciones de las compañías de tabaco subirán cuatro puntos.

Mi atención se concentra en Sellig.

–¿Qué ha encontrado?

–Por lo visto utilizó todo lo que tenía a mano. De lo contrario, no es más que un estúpido –responde–. La clave es la cuerda de tender.

–¿Se le puede seguir la pista?

–Como a un reguero de migas de pan en una cueva.

Esbozo la misma sonrisa que muestra Kay Sellig.

–Está compuesta de haces de hilos, estrechamente entrelazados y envueltos en un revestimiento de plástico blanco. No hay dos fabricantes que usen el mismo número de hilos ni esa composición.

De su maletín extrae una única página mecanografiada.

–La cuerda que se encontró en la furgoneta tiene ciento veintiún filamentos interiores, nueve tipos diferentes de plástico y un filamento de metal. –Me mira–. Es idéntica, en todos los aspectos, a la cuerda que sirvió para atar a las cuatro primeras víctimas de Davenport.

–¿A los chicos?

Por su expresión, primero afirmativa y después meditabunda, comprendo que su respuesta exige una nueva pregunta: ¿Y los Scofield? Sellig no hace ninguna referencia sobre este punto. Al menos disponemos de un mínimo fundamento, aunque no nos lo explique todo.

–Está bien –comento–. Pero no es concluyente. Puede que baste para asegurarnos la orden judicial de la furgoneta, e incluso la del apartamento del ruso. ¿Es muy común ese material?

–Esta cuerda en concreto sólo la fabrica una empresa. Otra cosa diferente son los puntos de venta al público, unos ocho mil sólo en este estado, tal vez cuarenta mil en todo el país.

Mi gozo en un pozo. Un buen abogado de la defensa disfrutaría de una jornada gloriosa con estos datos. Un juez con sentido crítico a quien se le pidiera la orden judicial podría llegar a la conclusión, tras sopesar los hechos, de que como máximo las estacas de tienda de campaña y la cuerda únicamente prueban que al señor Iganovich le gusta ir de acampada.

Pero Sellig sigue sonriendo. Por su cara presiento que aún no ha terminado.

–En cuanto al plástico blanco que reviste la cuerda, eso es otro cantar –dice–. Cuando se aplica a los filamentos, está caliente. Sin embargo, cuando se enfría se encoge mucho.

Ha dejado lo mejor para el final.

–¿Y qué?

–Los hilos exteriores de los filamentos dejan su huella en el plástico caliente y blando del interior del revestimiento. Las marcas impresas más bonitas que haya visto usted en su vida. Y lo mismo ocurre con las huellas dactilares, pequeñas huellas dactilares por todo el interior del revestimiento de plástico.

Entre nosotros se crea un silencio brevísimo, durante el que Claude y yo digerimos las palabras de Sellig. De pronto,

Dusalt supera su asombro y expresa con palabras nuestros pensamientos compartidos.

–El propietario de la cuerda en la furgoneta tiene los días contados.

Sellig nos muestra una foto, aumentada en un ochocientos por ciento, de dos trozos de revestimiento de plástico con los filamentos extraídos. Parece una paja gigante, excepto por los pequeños bultos y nódulos del interior de cada tubo. Es una sección del revestimiento de plástico sin los filamentos.

Incluso con mi inexperta mirada me doy cuenta de que en los dos fragmentos las pautas son exactamente las mismas: nódulos y bultos todos en el mismo lugar.

–Son dos extremos concordantes de una misma cuerda –concluye Sellig–. La de la izquierda forma el fragmento final del rollo encontrado en la furgoneta. La de la derecha fue recogida de las muñecas de Sharon Collins, la última estudiante asesinada. Los otros fragmentos, tomados de los chicos. –Sellig se refiere a los estudiantes–. Resulta concluyente –afirma–. Todas coinciden. Fragmentos continuos cortados de una misma cuerda.

No tendré que arrastrarme ante un juez para obtener una orden judicial.

7

Cuando acompaño a Claude y Emil Johnson al tercer piso, un técnico en rastreos está colocando ya cinta amarilla para bloquear uno de los extremos del pasillo próximo al apartamento de Iganovich.

Cojo a Claude por un brazo y le susurro al oído.

–Deberíamos hacer venir a Sellig enseguida.

Afirma con un gesto y le da rápidas instrucciones a un policía que se encuentra en el pasillo.

Dos agentes especiales ataviados con ropa negra de asalto, armados con M-16 y dispuestos a todo salen del apartamento. Uno de ellos está descargando el arma, cuyos proyectiles de plomo se expanden como masilla cuando alcanzan su objetivo.

Obviamente, el sospechoso no está en casa. Esperamos fuera. Sellig aparece al poco rato, escoltada escaleras arriba por un agente uniformado. Lleva bajo el brazo un objeto que parece un portafolios de pequeño tamaño. Entra en el apartamento y la seguimos. Yo tengo las manos en los bolsillos.

Me siento un tanto ridículo, encorsetado en este llamativo chaleco de cintura a cuello. Emil me ha pedido que me quede, por si surgen problemas durante el registro. Creo que se trata más bien de un esfuerzo para evitar cualquier responsabilidad.

–Se ha difundido la orden de busca y captura contra Iganovich –me informa.

Todo gracias al mandamiento judicial que conseguí mediante los datos del informe de Sellig.

–Cuidado con la puerta.

Emil pide presencia policial en ese punto. En el umbral hay un cuenco con comida de gato, sobre la que se extiende una capa blanquecina, y moscas, moscas por todas partes. Sin embargo, la sensación más abrumadora del lugar es el hedor, algo así como carne podrida o una fosa séptica con fugas.

Claude se ha cubierto la boca con un pañuelo. Está intentando abrirse camino entre tanta porquería hasta la ventana del lado opuesto del cuarto. Al abrirla, se produce una ligera corriente apestosa que me abofetea cuando llega a la puerta. Junto a ésta, en el pasillo, hay apilados periódicos de varios días. Están envueltos con una cubierta de papel blanco y enrollados; aun así, puedo distinguir las fechas de dos de ellos y tomo nota mentalmente.

El lugar está mal amueblado y es diminuto; lo que un propietario honesto anunciaría como un estudio pequeño. En el cuarto de estar hay un sofá cama que no parece haber sido plegado en años, acontecimiento que puede haber coincidido con el último cambio de sábanas. Una pequeña mesita para el café –resulta difícil imaginar que haya descansado frente a un pulcro sofá en algún remoto pasado– ha sido trasladada a un rincón. Ahora está cubierta de correo atrasado, periódicos y platos sucios, algunos de los cuales contienen restos de comida.

Hago algunos equilibrios al cruzar este desorden, con sumo cuidado para no tocar nada hasta que Sellig, que ahora abre su diminuto maletín y extrae de él unos guantes, haya terminado su trabajo.

Ha requerido la ayuda de dos técnicos en rastreos, y entre los tres toman fotografías y señalan con exactitud la colocación de los objetos en el cuarto. Uno de los auxiliares maneja una cámara de vídeo, con la que camina por todas partes tomando imágenes de las habitaciones. Con lo pequeño que es este lugar, esta tarea no debería ocuparle más de treinta segundos en la cinta.

Algunos vecinos, los más curiosos, pasan ahora por delante de la puerta y miran hacia el interior. Uno de los agentes uniformados les pide que se retiren, que vuelvan a sus apartamentos o que abandonen el edificio. Alcanza la puerta para cerrarla, pero Emil le dice que no lo haga.

–¿Quiere matarnos? –murmura para sí mismo–. Este sitio apesta como el culo de mi tía Matilde.

Sellig está ocupada sacando con cuidado ropa del armario. No parece un vestuario extenso: dos pares de pantalones hechos jirones y una chaqueta ligera. Supongo que debe de estar buscando manchas de sangre. No hay nada. Le dirige unas palabras a uno de los técnicos del condado, y el hombre regresa poco después con una aspiradora manual que dispone de una cajita con un filtro muy tupido diseñada para las pesquisas policiales. El técnico aspira uno de los pares de pantalones con el artilugio y cuando termina saca el filtro y lo introduce en una bolsa de plástico. Otro colega marca la bolsita para poder identificarla más tarde, y el proceso comienza de nuevo con otra prenda.

Están buscando pruebas; un poco de arena, un fragmento de caña del río, algo que pueda ser observado después en el microscopio y que sirva para relacionar a Iganovich con Putah Creek. Algo que corrobore lo que indica la cuerda de tender ropa. Envuelven por separado los pantalones y la chaqueta y lo colocan todo en bolsas.

Tengo las manos metidas en el fondo de mis bolsillos, para no caer en la tentación de tocar alguna cosa. Desearía poder pensar lo mismo de Emil, que sigue manoseando pequeños objetos en un cajón entreabierto de la cómoda; baratijas que deben de pertenecer al sospechoso. Saca un rosario, lo mira y acto seguido se gira hacia mí.

–Igual resulta ser un monaguillo, el jodido tipo.

Deja caer el rosario encima de la cómoda mientras se ríe de su propia gracia. Confío en que ya hayan fotografiado esa superficie, pues de lo contrario los psiquiatras pronto andarán dándole vueltas a la hipótesis de que aquí vive un chalado religioso, un tipo que echa los gorigori después de cada asesinato. Johnson y sus impertinentes deditos me van a echar encima a toda la archidiócesis.

–¿Qué opina usted? –le hablo a Claude un tanto por lo bajo a medida que me acerco a él, en un rincón del cuarto.

–Creo que el hombre está de viaje, un viaje sin regreso.

Enarco una ceja.

–El Departamento de Estado nos ha informado a primera hora de esta mañana que el tipo posee dos pasaportes: uno soviético, de antes de la caída de la Unión, y el otro ruso, expedido por el gobierno actual. Eso fue lo primero que intentamos encontrar, pero tras registrar todos los cajones, armarios y ropa que se ha dejado, no los hemos visto en ninguna parte.

Salvo unos pocos indicios de cuya procedencia no estarán

seguros hasta examinarlos con el microscopio, Sellig me informa que no han hallado gran cosa.

Henderson llega jadeando y resoplando después de haber subido las escaleras al trote. Quiere saber qué instrucciones hay que darles a los agentes apostados en el área a la espera de la posible aparición del ruso.

–Manténgalos donde están hasta una nueva orden –dice Claude–. Después que se vayan. De todos modos, parece poco probable que aparezca la presa.

–¿Sabemos si cuenta con otro vehículo? –Claude le hace esta pregunta al agente de paisano que tiene a su lado.

–No lo sé.

–Lo comprobaremos.

Su voz destila un cierto retintín, como si insinuase que esta idea debería habérsele ocurrido antes a alguien.

Emil se enfada.

–¿Será hijo de puta? ¿Cómo no lo ha hecho antes?

–Compruebe si figura otro vehículo matriculado a su nombre además de la furgoneta –ordena Claude–. Si la respuesta es afirmativa, hagan circular los números de la matrícula, sobre todo entre los agentes que forman el cerco.

–Y enseguida –interviene Emil–, que parece que aquí hay demasiado cachondeo.

–Quiero dar con él antes de que nos descubra –señala Claude–. Si vuelve a casa habrá que detenerlo aprisa y sin ruido.

–Pues claro –responde Emil–. No queremos ni un jodido tiro en la calle con civiles o rehenes de por medio.

No abro la boca, pero el corazón me dice que nada de eso es posible que ocurra. Los detectives que han hablado con el jefe de Iganovich, en la empresa Ajax Security, nos han informado que hace dos días que el ruso no acude al trabajo. A pesar de las prudentes acciones emprendidas por Claude Dusalt para ocultar nuestra presencia aquí, creo que el señor Iganovich se ha dado el piro.

Henderson se vuelve y ve un teléfono colgado de la pared detrás de mí.

–¿Puedo usarlo?

Es muy corpulento y no está en forma. Removerá tierra y cielo para evitarse otro recorrido por la escalera.

Claude se ha ido en otra dirección. Emil observa a uno de los técnicos del condado. Sellig está en el cuarto de baño registrando un armarito con espejo que hay encima del lavabo. El técnico se encoge de hombros.

–Ya hemos examinado el teléfono –dice.

–Está bien, puede usarlo –accede Emil.

Yo me quedo mirando el teléfono por un segundo antes de que Henderson lo descuelgue, y entonces algo llama mi atención.

–Espere un momento.

Henderson se detiene en seco.

–En un cuchitril como éste tendría que haber un teléfono de disco rotatorio.

Emil examina el teléfono.

–En Costco este modelo cuesta treinta y nueve dólares con noventa y cinco centavos.

–Cierto –afirmo.

Pero cuando Henderson se dispone a descolgar el auricular lo detengo cogiéndole la muñeca. Me saco del bolsillo una minigrabadora más pequeña que un paquete de cigarrillos y que uso para dictar con rapidez fuera de la oficina.

–Por favor, desconecten la aspiradora y guarden silencio.

El lugar se sume en un silencio sepulcral. Sellig sale del cuarto de baño para ver qué ocurre. Por su parte, Claude me mira, y yo me llevo un dedo a los labios, como si quisiera hacer callar a un niño.

El semblante de Emil expresa dudas acerca de mi cordura.

Pongo en marcha la grabadora.

–Paul Madriani, 23 de julio. Son las... –miro el reloj– siete cuarenta y cinco de la tarde. Nos encontramos en el apartamento del sospechoso Andre Iganovich.

Aprieto el botón de «pausa», cojo el auricular del teléfono y, en lugar de marcar un número, aprieto un botón que está en el centro de otros situados bajo el teléfono. Acerco la grabadora al auricular. Una serie de ruiditos en la maravilla de cuarenta dólares obran lo que con toda certeza Andre Iganovich se arrepentirá de haber hecho: marcarme el último número al que llamó antes de emprender el vuelo.

Estoy ocupado grabando los ruiditos que me darán el número si nadie contesta, o si quien esté al otro lado del hilo cuelga cuando oiga una voz. En lugar de eso, al cabo de tres cortas señales aparece un mensaje grabado.

–Air Canada. En estos momentos todos nuestros empleados están atendiendo a otros clientes. Por favor, espere unos instantes y su llamada será atendida en el mismo orden con que se ha recibido. No cuelgue, por favor.

8

Tres días después del registro en el apartamento del ruso, me veo aquí en la oficina abriéndome camino entre el montón de correspondencia acumulada. Clasifico los documentos que no pueden esperar.

Claude aún se ocupa de comprobar la lista de pasajeros de Air Canada y detectar cualquier pista que le lleve al paradero de Iganovich. Un ruso no se iría al sur, a los cálidos climas mexicanos. Canadá resulta mucho más lógico, según Dusalt; desde allí es más sencillo desplazarse a las fronteras de su país natal.

De pronto se proyecta una sombra sobre mi despacho, como una nube negra en pleno día de verano. Lenora Goya está de pie en el umbral de la puerta.

Con el dedo índice le da golpecitos a su reloj.

–Nuestra reunión –dice–. ¿Recuerda? –Su tono delata cierto enfado, el de una mujer a la que le gusta la puntualidad.

–Sí, voy un poco atrasado con las cuestiones administrativas.

De hecho, he estado repasando hojas de disposiciones para la oficina y estadísticas mensuales de casos para los auxiliares. No resulta una perspectiva halagüeña. Cada vez se me hace más claro que no puedo permitirme el lujo de perder a Goya. Sin ella la oficina se convertiría en un arroyo sin la proverbial canoa.

La sigo a su despacho. Allí es donde acordamos reunirnos.

El cubículo presenta el ambiente de un armario que en lugar de abrigos contiene montones de carpetas de expedientes apiladas contra las paredes.

–Supongo que no tardaremos mucho –dice ella–. Tengo que presentarme en el tribunal dentro de tres cuartos de hora.

–Me pareció buena idea romper el hielo –le respondo–. Una discusión general acerca de la oficina, ideas para mejorar el trabajo. Por ejemplo, ¿qué cambiaría usted, si pudiera?

Se le abren mucho los ojos, pero su asombro parece algo burlón. Me recuerda a Gilda Radner al final de su carrera en el papel de Emily Litella.

–¿Quiere usted saber lo que pienso de la oficina? –se extraña.

Yo la animo a hablar con los ojos.

Se ríe.

–En dos palabras: una mierda.

Me sonríe y al hacerlo muestra una dentadura perfecta, con dientes iguales, simétricos, blanquísimos. El sueño de un dentista.

Le devuelvo la sonrisa.

–Eso es constructivo –le digo–. A lo mejor podría darme más detalles.

–Está bien. –Comienza el recital y con dos dedos de una mano va cogiéndose un dedo tras otro de la otra–. No disponemos de suficiente personal. Trabajamos demasiado. Este año los casos de crímenes graves han aumentado un veintiséis por ciento. Hace tres años que no nos aumentan el sueldo; en realidad, hablan de despidos y de restricciones en las prestaciones sanitarias.

Me cuenta que todos los abogados defensores en la parte norte del estado saben que no podemos sacar adelante todos los casos que tenemos acumulados.

–En cuanto a mí, me gustaría trabajar en otro despacho, preferiblemente con vistas al edificio del juzgado. –Reflexiona un momento–. Una hora para el almuerzo un día por semana no estaría mal, pero eso es secundario. Y por supuesto, me gustaría ocupar su cargo.

Me la quedo mirando desde el otro lado de la mesa. Ella me devuelve la mirada, con la sonrisa colgada de los labios. Debe de ser su idea de una toma de posesión cerebral, a la mexicana.

–Usted me ha pedido sinceridad –se justifica.

Mario Feretti estaba en lo cierto. La mujer va al grano.

–¿Es usted uno de los candidatos? –pregunto.

–Sea realista. Usted conoce a la gente que gobierna este condado. ¿Se los imagina nombrando a una mujer hispana para esta posición? –Ríe al pensar en ello–. Ah, y otra cosa.

Ya que me lo pregunta, le diré que o se libra usted de Roland o me ofrece impunidad por asesinato. Porque como no se lo cargue, me encargaré yo misma de matar a ese hijo de puta. Va persiguiendo a todas las secretarias como un perro muerto de hambre.

Completamente cierto. Otros auxiliares ya me habían señalado antes que en el último año tres buenas taquígrafas han abandonado la oficina.

Intento darle a Goya algunos puntos positivos.

–Usted mantiene en pie la oficina –le digo–. Mario, el señor Feretti, hablaba muy bien de usted.

Sonríe un poco al oír esto.

–Mario era un príncipe. Lo echaré mucho de menos, todos lo echaremos de menos.

Parece que su amargura deja a Mario al margen. En su expresión denoto un verdadero afecto, una prueba de que la muerte de Mario ha provocado un gran vacío profesional en la vida de esta mujer.

–Tenía una enorme confianza en su talento para el trabajo.

Lenore sonríe de nuevo.

–Sí, confiaba tanto en mí que le pidió a usted que lo sustituyera cuando cayó enfermo.

–Sabía que usted no podría ocuparse del cargo y atender el calendario de los delitos de gravedad al mismo tiempo –explico–. Mario confiaba en usted para resolver esos delitos.

–Mario no contaba con otra alternativa –replica ella–. No podía hacer frente a todo el trabajo y el condado no le concedía más ayuda que chicos recién salidos de la universidad, y sólo porque éstos cobran poco.

Le recuerdo que Overroy no es un chico recién salido de la facultad de derecho, que lleva en la oficina casi treinta años. Sin embargo, a pesar de su antigüedad en el escalafón, los casos más importantes se los asignan a ella.

–No me hable –contesta–. Vuelva dentro de otros treinta años y todavía rondará por aquí. Usted sabe tan bien como yo que en este lugar la palabra «relevo» no existe en el diccionario mental de Roland.

En la cuestión Roland Overroy pincho en hueso o, más bien, en nervio.

–Hace siete años que trabajo aquí. En dos ocasiones me

han pasado por alto cuando ha habido un ascenso. Siempre se justifican alegando que no tienen dinero.

Es más probable que se deba a que Roland no quiere retirarse; pero esto no se lo puedo decir a Goya. Si se difunde el rumor de que algo así ha salido de los labios del jefe, o si se lleva a cabo una maniobra para jubilarlo, Roland podría demandar al condado por discriminación basada en la edad. Para él eso supondría retirarse de su servicio al condado con nota de sobresaliente; además, incrementaría su pensión que, de todos modos, ya alcanza una cifra de seis dígitos. No me extraña que el estado se encuentre al límite de la quiebra.

Animo a Goya a que aguante un poco más, al menos por un tiempo, y mientras yo haré lo que esté en mis manos.

–Sí, claro –suspira–. Pero cuando se presenta un caso importante, un caso de primera página a lo largo y ancho del estado... En fin... –Se le pierde la voz, pero la expresión de su rostro me cuenta el final de la frase.

La fama que ha alcanzado este caso reconcome a Goya. Unas pocas y discretas conversaciones con los inquilinos del edificio, y los periodistas ya habían completado la historia con el nombre de Iganovich en los titulares. La foto del individuo ha aparecido esta mañana en la primera plana del *Times*. Goya sabe que el éxito en casos como éste constituyen la base de las carreras jurídicas legendarias.

–Lo que más me duele es que ni siquiera me dijeron una palabra –me dice.

La miro, incitándola a hablar.

–Cuando barajaron nombres a espaldas de Mario, ni siquiera vinieron a hablar conmigo. Me refiero a los supervisores del estado. Se fueron a buscar alguien de fuera. –Asesta un golpe sobre la mesa y sus ojos adquieren la tonalidad y el frío del acero–. Imagino que debería haber aprendido la lección. –Ahora inclina la cabeza–. ¿Sabe? El año pasado estuve a punto de marcharme. Quería presentarle a Mario mi dimisión. Me convenció de que no lo hiciera y le obedecí. Fue un error, un gran error.

Yo no estaba al corriente del asunto. Como otras muchas cosas que Mario nunca llegó a contarme.

Rápidamente recupera la compostura. Me sonríe mientras en su interior la frustración recupera su espacio habitual.

–Quizá no he tenido una buena semana –dice.
–Estamos a lunes.
–¿Comprende lo que quiero decir?
Ambos reímos por un momento. Distingo mucha rabia contenida tras ese vivo ingenio que me muestra. No presiento animosidad contra mí, y me pregunto si yo me comportaría de la misma manera si me encontrase en su lugar.
–Veré lo que puedo hacer –prometo.
Ella consulta la hora.
–Tengo que ir al juzgado.
Recoge unos cuantos documentos y un montón de expedientes de una pila.
–Lenore.
Me mira.
–Haré lo que pueda.
–Sí, claro.

9

Para ser un vago de nacimiento, Roland Overroy exhibe una vitalidad desacostumbrada en la persecución de la oportunidad política. Desde el fallecimiento de Mario, ha removido hasta la última piedra con tal de acercarse a la gente de influencia de este condado. No ha disimulado en absoluto su intención de figurar entre el grupo de candidatos al cargo de Feretti.

Yo he hecho todo lo posible por mantenerlo alejado de los asesinatos de Putah Creek, pero ahora descubro que ha estado intrigando a mis espaldas. El *sheriff* no se ha librado de la presión de Roland en lo referente a este caso. Le ha convencido de que en estos momentos resultaría políticamente conveniente celebrar una reunión entre los agentes de la ley y los familiares de las víctimas.

–Es una metedura de pata –le digo a Johnson en su despacho. Estamos solos–. Se convertirá en un desastre. Nos tendremos que enfrentar a un puñado de padres y parientes furiosos y desconcertados; familias que a estas alturas echarán la culpa de lo ocurrido al primero que se ponga a tiro.

Overroy ha demostrado ser más astuto de lo que yo había supuesto. En lugar de adoptar una postura abierta con el apoyo de Johnson ante la junta de supervisores, se ha colocado en la posición de aconsejar al *sheriff* con respecto a las consecuencias políticas de estos asesinatos. Sin duda, este movimiento le permitirá obtener todo el respaldo que necesita.

–Ellos desean una reunión –dice Emil–. ¿Qué quiere que haga? No puedo negarme.

«Ellos», en la quejumbrosa jerga de capitulación de Johnson, significa el programa del condado para el «testimonio de las víctimas», un engendro burocrático autosuficiente que ha producido cantidades incesantes de dinero para una horda de curanderos de almas y pseudoconsejeros. Esta gente obtiene autorización de los afectados para someterlos a tratamiento, y el estado, bajo el «decreto de compensación», corre con los gastos.

–Roland se reunió ayer con Maggie Wilson –me cuenta Emil–. Todo está arreglado. La reunión tendrá lugar esta tarde.

Wilson es la coordinadora del grupo en este condado, la réplica femenina de don Corleone. Entre todos los abogados de la defensa que intentan evitar largas condenas para sus clientes, Wilson representa el papel de «Atila, rey de los hunos», una mujer que desoye cualquier llamada de atención por parte del comité de vigilancia. Por desgracia, para Maggie Wilson la justicia equivale a la más cruda venganza.

Levanto la vista al cielo.

–Dígales que yo he reventado la reunión, écheme la culpa a mí. Dígales que nos veremos en privado cuando llegue el momento adecuado, es decir, cuando dispongamos de detalles concretos que revelar. Ahora no tenemos nada que decir.

Esto lo detiene por unos instantes, el tiempo necesario para reconsiderar sus salidas.

–Roland considera que es una buena idea –alega.

–No esperaba otra cosa de él –señalo–. Overroy no tiene la menor idea de los preceptos de un juicio justo. No se le ha ocurrido pensar que una reunión pública con los familiares de las víctimas atraerá a la prensa como un charco de agua atrae a los búfalos. Envenenará a todos los miembros potenciales del jurado en más de mil kilómetros a la redonda. Desde el último doble crimen, la vida en Davenport se ha convertido en un número circense. Un tipo con buen ojo comercial se hizo con el listado de los estudiantes universitarios, y ahora se dedica a venderles por correo una pistolita que causa un impacto de sesenta mil voltios. Por si fuera poco, está diseñada como un paraguas plegable, sin duda su versión de *Cantando bajo la lluvia*.

Emil está repantigado en su mullido sillón giratorio y sus pies calzados con botas camperas reposan sobre la mesa, encima de un montón de informes policiales y de denuncias que han recorrido el largo camino hasta las alturas de su despacho.

–Escúcheme, Paul. –Su voz adopta el tono de una homilía

sureña–. Tampoco es para tanto. Les estrechamos la mano, les damos unos golpecitos en la espalda y les decimos que estamos en ello las veinticuatro horas del día. Eso es cierto. Joder, esa gente sólo pide alguna garantía y un poco de reconocimiento público de su dolor.

Empiezo a preocuparme. Emil está hablando ya como uno más de los del programa, con las mandíbulas cerradas y un acento sureño; otro más en ese grupo de ignorantes sensibleros.

–A los jueces no les gustará –le advierto–. Será un circo. Publicidad perniciosa antes del proceso.

En general, los jueces no se implican hasta más tarde, pero a menudo hacen una excepción si el caso resulta muy notorio. Una reunión de estas características crearía el caldo de cultivo perfecto para nuevos y variados argumentos para lograr apelaciones. Me imagino los ojos de acero de Ingel y su inmediata llamada telefónica al enterarse de todo esto.

Emil me observa con una ceja enarcada. Me he ganado su atención. La ira de las túnicas negras. Piensa un momento, sopesa el furor de cuatro jueces del Tribunal Supremo y el de la organizada multitud dispuesta al linchamiento, constituida por los del «testimonio de las víctimas» y sus seguidores.

–Bueno, entiéndase usted con ellos. Háblele al tribunal y le comprenderán –me dice–. A usted lo respetan.

Ahora Emil me acaricia los riñones, luz del sol y mierda sureña.

–Escuche, Emil. –Intento serenar mi voz; mi más exquisito esfuerzo en favor de la razón–. Yo he tratado con esa gente antes. No se darán por satisfechos. Déles un foro público y nos harán papilla a los dos.

–Se preocupa usted demasiado. Se trata de una pequeña reunión íntima. Confíe en mí, todo saldrá bien.

Desde el martillazo que indica el inicio de la reunión, el encuentro con los familiares de las víctimas adquirió el decoro de un combate de lucha libre en el barro.

Como yo suponía, Maggie Wilson acorraló a Emil con una muchedumbre formada por activistas de la comunidad, líderes universitarios y cualquier otro elemento en busca de una causa por la que luchar. A este grupo se le sumaba una audiencia comparable a la que reúnen las noticias de las cinco.

Claude y yo nos situamos en la parte trasera, no muy lejos de Roland Overroy, a quien vi acechar en las sombras, detrás de una columna.

Maggie Wilson se apropió de un asiento en la primera fila; un púlpito para un líder de multitudes, un buen lugar para asar un perrito caliente sureño. Cuando Emil le ofreció unírsele en la tribuna, ella sonrió y rehusó cortésmente la invitación.

Luego apareció la prensa. Wilson animó a los chicos de los micrófonos a que se los colocaran a Emil a un dedo de la boca. Los periodistas lo acribillaron a preguntas acerca de Iganovich y su paradero actual. El público comenzó a hurgar en los detalles de la investigación y pidió más datos, tales como el procedimiento del asesino para cometer los crímenes o los objetos que habíamos encontrado en las escenas. Esto representaba llegar demasiado lejos, a un territorio en el que Emil no podía responder a las preguntas por razones obvias. Entonces el público comenzó a envalentonarse y, tras unos minutos de ataques incesantes, el orgullo sureño de Emil se batió en franca retirada. Pidió una pausa, el tiempo necesario para lamerse las heridas en un rincón.

–Hija de puta –refunfuña cuando se nos une en la parte trasera del recinto. Resopla fuerte. En los sobacos parece llevar el arnés de una mula de tiro, a decir por el tamaño de los cercos de sudor–. Cabrones, me están jodiendo a base de bien.

Yo podría decir que se lo había advertido, pero con lo cabreado que se siente, igual me tumba de un puñetazo.

–¿Ideas? –nos pregunta.

La gente está ocupada consiguiendo café y visitando el lavabo. De momento Emil parece aliviado porque, al menos, no se le han meado encima.

Claude lanza una sugerencia.

–Podríamos sacar de aquí a las familias de las víctimas, llevarlas a otra sala más recogida. De esta forma eliminaríamos toda legitimidad a esta turba y a la reunión –dice–. Anuncie que ahora los familiares van a hablar con otras autoridades.

Con esta maniobra, Emil sólo tendrá que enfrentarse a los parásitos oportunistas, las plañideras en prácticas y los buscadores de causas perdidas. Se les proporcionará veinte minutos para dar rienda suelta a su oratoria de campaña, y se les regalará con admoniciones periódicas de que no deben poner en cuestión ni replicar a «Johnny la Ley».

Emil considera la idea y acaba enviando a Claude y a dos auxiliares a que se enzarcen con las familias en una reunión privada, lejos de la prensa y el público. Entre tanto, él se dirige de nuevo a la tribuna y yo me vuelvo para beber unos sorbos de agua en el surtidor del vestíbulo. La gente aún sigue arremolinada en las puertas y, al tratar de abrirme paso, tropiezo con los hombros de un tipo. Nos detenemos y él me mira con unos mortíferos ojos negros, que reflejan la imagen de la Inquisición española.

–Señor Madriani –saluda con un tono hosco y pensativo a la vez.

Se diría que mi nombre le sale de la boca con la afectación de un Don californiano de los de antes. Armando Acosta lleva el pelo bien repeinado hacia atrás, un traje oscuro, a rayas, impecable, y en el bolsillito de la chaqueta un pañuelo marrón a juego con la corbata de seda. Con lo que cuestan los gemelos de su camisa, yo podría jubilarme; por no hablar del reloj de oro, que valdrá unos tres mil dólares.

Durante unos instantes me quedo sin palabras. Resulta una situación embarazosa.

–Juez. –Es todo lo que acierto a decir. Me inclino en forzada deferencia.

El Coco lleva a una mujer cogida del brazo, con la misma tez oscura y un gran parecido a él. Sospecho que se trata de su hermana, la madre de Sharon Collins. No hay presentaciones. No estamos en plan amistoso. En lugar de eso, él le susurra algo a la mujer y enseguida ella se separa de nosotros y entra en la sala de actos.

–Quiero hablar con usted –dice.

No es un ruego. Me apunta al rostro con un dedo y retrocede abriéndose camino entre los cuerpos que aún se agolpan en la entrada. Encuentra una zona más tranquila en el exterior del edificio, al lado de la escalinata. Se detiene y se vuelve hacia mí.

–No sé cómo ha llegado usted hasta aquí –me dice sin más rodeos. Se refiere a mi nombramiento como fiscal–. Yo habría buscado a alguien... –busca la palabra adecuada– más competente. ¿Ha hablado con el juez Ingel?

Le respondo afirmativamente con una mueca.

–Entonces ya sabrá usted por qué me encuentro aquí.

–Lo sé. Y me gustaría expresarle mis condolencias.

Me contempla con un rostro en el que se mezcla la maldad con una agria sonrisa.

–No necesito sus jodidas condolencias –me responde con una voz de la que ha desaparecido todo rasgo de inglés afectado–. Puede usted derramarla sobre los mamones que hay ahí dentro. Lo que quiero es ver el expediente, todo lo que sepa la policía respecto al caso Collins. –Su expresión es gélida. Es consciente de que no le puedo entregar ese documento, ya que con la investigación judicial en marcha eso constituiría un delito.

–Se está haciendo todo lo posible –le aseguro.

–¿Sí?

–Sí.

–Puedo ayudarle un poco.

–¿De qué manera?

–Conozco a algunas personas en Capital County, gente que me ha ofrecido su ayuda. –Me está insinuando que le ofrezca trato de preferencia como parte implicada en el caso.

Sigue hablando sobre algunos policías, viejos amigos, que están dispuestos a seguir pistas durante su tiempo libre, como un favor personal. Sin duda, a cambio disfrutarán de menos trabas a la hora de solicitar una autorización de registro o cuando acudan a su tribunal. Ésta es la moneda corriente en las salas de justicia.

Según él, Davenport no es más que un condado de pastos y vacas.

–Usted sabe tan bien como yo que sus recursos son limitados. No tengo ninguna intención de sentarme a esperar que cierren el caso de mi sobrina.

–Nadie piensa cerrar el caso.

–Entonces no le importará que consulte el archivo.

–Usted sabe que no puedo permitirle hacer eso.

–¿No puede o no quiere?

Mientras formula la pregunta, me quita pelusa de la solapa de la chaqueta, como si quisiera indicarme que no hago nada a derechas, nada que esté a la altura que él desea, ni siquiera en cuanto a mi atuendo.

–Señoría. –Retrocedo un paso. La pelusa de mi ropa me pertenece–. No quiero discutir con usted ni ponerle trabas. Los dos sabemos que los expedientes de un caso abierto no son públicos. Sólo están a la disposición de los agentes encargados de investigarlo.

Sus ojos son dos gotas frías, los de un sumo sacerdote azteca a punto de realizar un sacrificio en el altar de piedra. En este momento, seguro que está calibrando los muchos medios por los que un juez puede joder a un triste abogado. Sospecho que le habrá hecho promesas a su hermana que, debido a mi intransigencia, no va a poder cumplir.

–Lo que había imaginado de alguien como usted –dice al fin. Me pone el dedo índice enfrente de la cara; un dedo largo, refinado y, en este momento, tembloroso de ira–. No me siga jodiendo.

Su semblante es frío, espectral. Un segundo después, los tacones de sus zapatos retumban en la escalinata mientras se vuelve y comienza a alejarse de mí.

Contra lo que mi buen criterio me indicaba, he aceptado meterme en la jaula de los leones con Claude, una sala de conferencias más pequeña que se halla no muy lejos del salón de actos. Desde allí nos llega el sonido de voces y golpes contra la mesa. Emil está sufriendo su propio calvario con los de la prensa.

Nos sentamos en torno a la gran mesa que hay en la sala. El padre de Julie Park, un médico del sur de California, ocupa uno de los extremos. A su lado, los Snider, y después la señora Collins y el señor Acosta. Junto a éste se sienta la madre de Rodney Slate. Me han dicho que el padre está ingresado en el hospital debido a una grave enfermedad del corazón que, sin duda, se habrá agudizado tras la muerte de su único hijo.

Acosta guarda silencio y me clava su mirada pensativa a cada momento. Siempre ha sido un hombre esclavizado por las apariencias. Una cosa es romper las reglas, meter las narices en los archivos oficiales, y otra venir aquí vociferando y pidiendo sangre como uno más de la chusma. Eso no sería correcto. Preferiría vérselas conmigo a puerta cerrada, en presencia de Ingel. Aquí permanecerá callado, a la espera del momento oportuno; escuchará a los demás, siempre en su papel de jurista modelo, la encarnación del comedimiento y los buenos modales.

Entre los asistentes también se encuentra un chico joven sentado junto a la señora Snider, con quien guarda un gran parecido. Imagino que se trata del hermano mayor de la víctima, Jonathan Snider. Al otro extremo de la mesa se sienta un hombre vestido con un traje azul de sarga que ahora está haciendo circular tarjetas de visita. Empuja una en mi dirección.

GEORGE CAYHILL
DECANO AUXILIAR PARA
ASUNTOS ESTUDIANTILES

Se ha colado en la reunión con la excusa de representar los intereses de la universidad.

Una mujer a su lado se quita las gafas de sol y deja al descubierto unos pómulos altos y prominentes y unos grandes ojos de color avellana, un poco enrojecidos supongo que por un llanto reciente. Es alta y esbelta, más alta que yo, y sus rasgos resultan femeninos y atractivos. Tiene una espesa melena castaña, que le cae en ondas generosas sobre los hombros cuando la deja libre. La boca no desentona con el resto de las facciones, grande y de labios gruesos. Me da la sensación de que este rostro disfruta de un porte clásico; no presenta la afectada belleza de una chica de portada, sino algo más especial. Posee una mirada intensa, como si detrás de esos ojos hubiera mucho más que una cara bonita. Apenas se ha maquillado. Se percibe un tono saludable en su aspecto, como el de las campesinas endomingadas que aparecen en las fotos de los años cuarenta. Me hace recordar imágenes que he visto recientemente en la televisión, imágenes de Geena Davis.

De repente, se vuelve hacia mí y me sorprende observándola. Sonríe, y al hacerlo se le forman hoyuelos en las mejillas. A través de la mesa me tiende una mano de dedos delicados y finos.

–Me presentaré: soy Jeanette Scofield. –Lo dice con un tono franco, algo así como esto es lo que hay, nada de pretensiones.

Es la viuda de Abbott Scofield. Sin duda, él salió ganando con este matrimonio. Esa mujer que está sentada a la mesa ante mí podría pasar perfectamente por la hija del difunto.

Se dirige al hombre que se halla junto a ella.

–Mi hermano Jess. –El individuo me da un apretón de manos tan fuerte como el abrazo de un oso.

–Jess Amara –se presenta.

Me doy cuenta de que Claude está mirando a la mujer de forma directa. Intercambia movimientos de cabeza con el hermano, lo que me da a entender que posiblemente ya se conocen.

–Señores –dice Claude–. Me gustaría que estuviéramos aquí reunidos bajo mejores circunstancias. –No lleva notas consigo y está intentando conseguir una buena primera impresión para estos desagradables momentos. Se le nota bastante molesto con Emil por haberle metido en este atolladero–. Ahora mismo tenemos a más de un centenar de agentes trabajando las veinticuatro horas del día para capturar al asesino. Contamos con todos los recursos de que dispone el estado a través de la oficina del fiscal general, y puedo afirmarles que disponemos de pistas sólidas.

Una docena de ojos están fijos en Dusalt, a la espera de algo más que una dosis de estadísticas. Kim Park, el padre de Julie Park, se agita nervioso en su asiento; pero la interrupción, con voz de barítono, procede de otra parte.

–Teniente. –Es el hombre que me acaban de presentar con el nombre de Jess Amara–. Creo que podría abreviarnos estas explicaciones. Lo que nos dice ya ha salido en la prensa. Este hombre, el sospechoso, ¿cómo se llama? –Se esfuerza por pronunciar correctamente.

–Iganovich –responde Claude.

–Sí, Iganovich. ¿Qué nos puede decir de él?

Claude mira a Amara con exasperación, como si el otro le hubiera ganado la partida con artimañas.

–Debería presentarle a los demás –dice–. Para aquellos de ustedes que no lo conozcan, el sargento Amara es miembro de la policía de Davenport.

Ahora comprendo por qué Claude ha recibido a Amara

con tanta frialdad. Sabe que éste, gracias a los rumores que circulan en su departamento, dispone de más información acerca del ruso y de otros aspectos del caso que la aparecida en la prensa local y en la televisión.

Todas las miradas recaen en Amara. De pronto, este grupo de huérfanos afligidos ha encontrado un punto de apoyo común, alguien que forma parte de las instituciones y que, como ellos mismos, ha sufrido una pérdida personal en esta historia.

–¿Lo van a detener pronto? –pregunta Amara.

–Tenemos pistas –le contesta Claude–. Y hemos alertado a la policía de todo el país.

–Entonces, ¿creen que se ha marchado de aquí?

Los otros observan y escuchan, dejando las preguntas para quien sabe formularlas.

–Hay razones para creer que se ha marchado.

–¿Saben adónde se ha ido?

–Seguimos algunas pistas –Claude pisa tierra firme de nuevo.

Según la información facilitada por Air Canada, la policía piensa ahora que Iganovich se ha dirigido hacia el norte. Los agentes no pueden confirmar que tomó un avión, pues sin duda utilizó un nombre falso para comprar el billete. Entre los dos países existe una frontera abierta que no requiere pasaporte. En el apartamento del ruso, la policía ha encontrado dos tarjetas de crédito a su nombre. Iganovich sabe que usar cheques significa dejar un rastro demasiado evidente. Las autoridades han congelado su pequeña cuenta bancaria a fin de prevenir transferencias, ya que sospechan que así fue como pagó el billete de avión. Cuando uno huye, no hay nada mejor que el dinero en metálico. Si lo dejan sin fondos, creen que pronto emergerá a la superficie y cometerá alguna estupidez con el propósito de conseguir dinero.

–Pero ¿han concentrado ustedes la atención en una zona concreta? –Insiste en la geografía.

–Tenemos una cierta idea –responde Claude. Es evidente que no piensa decir nada más. Si Amara sabe algo, tendrá que ser él quien lo diga.

–¿Tiene usted idea de lo que buscan? –Habla Park, pero no se dirige a Claude, sino a Amara.

El oficial se encoge de hombros dando a entender que eso no es cosa suya.

Park presenta una expresión de desconcierto como la de un perro faldero cuando el dueño le mueve la pelota de un lado a otro demasiado rápido. Es una expresión que he visto antes en los ojos de los seres queridos que buscan respuestas en las horas y en los días que suceden a un brutal asesinato.

–Ese hombre –continúa Park–. Ese Ivan Iganovich.

–Andre –interviene Claude–. Creemos que su nombre es Andre Iganovich.

Park recibe el dato sin excesivo interés.

–Por lo que dice la prensa, era un guarda jurado de la universidad. ¿Es cierto? –pregunta.

Claude pone cara de estar de acuerdo.

Park parece no comprender que el asesino de su hija ostentase esa posición en la universidad.

–Doctor Park, nosotros no contratamos directamente a ese hombre. –Habla Cayhill desde el otro extremo de la mesa–. La universidad contrata los servicios de una firma de seguridad privada, con la misión de vigilar algunos edificios de propiedad universitaria.

Nada de esto le importa al doctor Park y a su esposa. La mujer se encuentra como en otro mundo, apenas protegida por un manto de pena. Aún no se ha hecho a la idea de que veinte años de tierno amor yacen bajo una losa de fría piedra a dos manzanas de distancia.

–Lo importante –tercia Cayhill– es que el sospechoso, el señor Iganovich, no era un empleado de la universidad, sino de la empresa de vigilancia. –Sonríe ahora como cualquier vendedor de Fuller Brush.

–No –puntualiza Park–. Lo importante es que mi hija está muerta.

–Oh, claro, claro –balbucea Cayhill–. No quería decir... en fin, ya sabe lo que quería decir.

Cayhill está ocupado en dominar el balanceante caballito de madera de la educación y la responsabilidad civil; un adelanto de las bases de la defensa que han diseñado los abogados de la universidad, precavidos ante la prematura posibilidad de una querella civil contra la institución. En estos momentos, nada más lejos de las intenciones de Park, que mira a su esposa con un ceño fruncido que viene a expresar: «A quién diablos le interesan detalles como estos en una pesadilla como la que estamos viviendo ahora». Sus miradas todavía mantienen la esperanza de que algo de lo que aquí se diga pueda aliviar un tanto el dolor de la pérdida.

Se trata de la búsqueda perpetua de los sobrevivientes a las tragedias cuando se ha cometido un asesinato; la búsqueda de una explicación para una muerte al azar, de un elemento racional que al menos les proporcione alguna justificación para un acto al que de otro modo no le encuentran sentido alguno. Los Park aún no han alcanzado el estadio del cinismo. Eso irá llegando cuando los días y las semanas se conviertan en meses, mientras el proceso de la justicia concluye su siempre lentísima obra.

De pronto se oye un clamor en la sala contigua, donde Emil se encuentra reunido con la prensa. Uno de los auxiliares del *sheriff* ha abierto la puerta de nuestra sala y la algarabía llega hasta nosotros por unos instantes, hasta que el hombre cierra de nuevo la puerta. Se dirige a Claude y le desliza un papel, un mensaje.

–Disculpen –dice Claude después de leerlo–. El señor Madriani me sustituirá en mi ausencia. Enseguida regreso.

De pronto me convierto en el centro de la atención general.

–Tengo una pregunta –dice Amara–. ¿Sabemos cómo entró el sospechoso en el país?

Me quedo sin saber qué responder, con el rostro inexpresivo.

–No –digo al final.

–Para cruzar la frontera y trabajar aquí, por lo general un emigrante necesita a un avalador. Un pariente o un amigo, tal vez un empresario.

–Estoy seguro de que los detectives ya tienen en consideración ese detalle. –En realidad no lo estoy, pero tomo nota mental para preguntarle después a Claude acerca de ello.

Los presentes comienzan a divagar y se acumulan las conversaciones en grupos más reducidos. Se están transmitiendo el dolor común. Park habla con Amara discretamente sobre el asunto de la emigración, avaladores, etc. Apunta algo en un pedazo de papel que se ha sacado del bolsillo. Mientras lo observo, me pregunto cuál será el propósito de todo esto. Los psiquiatras me habían advertido que los familiares de las víctimas reaccionan con frecuencia de maneras previsibles. Cuando la incredulidad que les produce el hecho, suspendida durante largo tiempo en sus mentes, acaba disolviéndose, no desaparece; se transforma en ira, y ésta a su vez en obsesión.

Claude ha vuelto. Se sienta y me susurra al oído unas palabras apenas audibles.

–Váyase a casa y prepare equipaje para varios días. Mañana a las diez hemos de coger un avión.

No añade nada más, pero al mirarlo comprendo el mensaje por la expresión de su rostro. En algún lugar de este planeta, Andre Iganovich ha salido a la superficie.

10

Después de tres días y cuatro llamadas telefónicas, por fin he conseguido ponerme en contacto con Kay Sellig. Por lo que puedo leer en sus ojos, me dispongo a recibir malas noticias.

–Eso en lo que se refiere a armas especiales y tácticas –dice.

Me está mirando, apoyada en una de las mesas metálicas de su reino de acero inoxidable, donde nos hallamos esta mañana. Está hablando de las curiosas circunstancias que rodean la captura de Andre Iganovich.

Me siento ansioso por oír lo que deba decirme, pero tengo prisa.

–Estoy de camino al aeropuerto –le digo–. Mi vuelo sale en menos de dos horas.

–¿Vancouver?

Afirmo con la cabeza.

Salgo hacia la Columbia Británica con Dusalt. Parece que la estrategia de mi compañero de viaje, apretar las tuercas a las finanzas del ruso, ha rendido un fruto espléndido. Las autoridades canadienses detuvieron a Iganovich ayer por la tarde, después de un altercado nada menos que con dos guardias jurados de unos grandes almacenes. La detención la llevó a cabo la Policía Montada del Canadá, como consecuencia de conducta sospechosa relacionada con la sustracción de una bufanda en los grandes almacenes Hudson Bay Company. A Iganovich no se le acusó del hurto, pero la policía descubrió que existía una orden de busca y captura contra él, expedida por las autoridades estadounidenses.

–Entonces puedo decir que al menos hemos cogido a uno de los dos. –Sellig habla con rostro inexpresivo al darme esta noticia.

–¿Un imitador? –pregunto.

Asiente.

La información no me sorprende. Era algo que había percibido antes, aquel día en el umbral de la puerta de Iganovich, mientras la policía registraba el interior.

Me sacudo el sueño de los ojos. He estado al teléfono con el Departamento de Estado, en Washington, desde las seis de la mañana. Me han aleccionado con respecto al tratado de extradición entre Estados Unidos y Canadá. Iganovich está mostrando los primeros síntomas de una futura batalla diplomática. Se niega a aceptar la extradición.

–Quería darle la noticia a usted primero –dice Kay–. Aún no se la he comunicado a ninguno de los detectives. No puedo soportar los llantos.

Tiene razón. Emil y compañía han estado ocupados durante las veinticuatro últimas horas proclamando la versión oficial ante cualquier periodista dispuesto a escucharla. En su opinión, los ciudadanos de Davenport y los estudiantes de la universidad ya pueden sentirse seguros otra vez, ya que según todos los indicios el asesino ha sido capturado. Les están diciendo a los líderes de la comunidad que ya pueden volver a dedicarse a lo que mejor saben hacer: negocios.

–¿Está segura? –le pregunto a Sellig.

–Los datos no resultan concluyentes –afirma–. Nada que pudiera presentar ante un tribunal. Pero las discrepancias siguen amontonándose. Si me pregunta por mi opinión, la respuesta es que sí. Alguien ha estado imitando a nuestro asesino. Y no soy yo la única que sustenta esta hipótesis. ¿Ha hablado usted con Lloyd Tolar, el forense?

Niego con la cabeza.

–Pues debería hacerlo.

–¿Cómo podría reproducir un imitador tantos detalles; las ropas plegadas, el tipo de cuerda, las estacas? –pregunto.

En los casos de crímenes en serie es normal que la policía retenga ciertos detalles para que no lleguen a la prensa ni al público; una manera de poner a prueba a los confesores compulsivos, la pequeña y escogida legión de locos que componen la plaga de todo caso sensacionalista.

–Puede haber obtenido suficientes datos de las fotos publicadas. Hay docenas de ellas; incluso dos en revistas nacionales que mostraron a las víctimas clavadas al suelo, aunque la mínima ética profesional que les queda les indujo a ocultar los rostros y los genitales. Había primeros planos de las estacas, de la cuerda y de la ropa plegada y dispuesta en forma de arco, como un halo que rodeara la cabeza de las víctimas.

Sellig se dirige a otra de las mesas de acero inoxidable. La superficie está dividida en tres secciones, cada una de las cuales con varios fragmentos de cuerda y algunas estacas de tienda de campaña, nuevas y brillantes. La cuerda es del tipo de la que usaba mi madre para tender la ropa en nuestro jardín cuando yo era niño; haces de hilo envueltos en un revestimiento de plástico blanco.

Coge cuatro de las estacas y las coloca sobre otra mesa. Se asemejan a las restantes, pero un amolador las ha afilado hasta el punto que parecen puñales.

–Éstas fueron utilizadas para matar a las cuatro primeras víctimas, las estudiantes universitarias.

Quedan otras dos estacas en este grupo, también procedentes de una tienda pero con las puntas más redondeadas. No presentan ninguna modificación.

–Estas dos fueron las que se usaron para matar a los Scofield. –Enarca una ceja y avanza unos pasos hasta el extremo de la mesa donde, en bandejas de plástico, hay clasificados varios fragmentos de cuerda–. Es cuerda de tendedero. Se puede adquirir en diez mil tiendas del país. Salvo que estos trozos –su mano se cierne sobre las dos primeras bandejas, las de la cuerda con que se asesinó a los estudiantes– pertenecen a la misma cuerda, cortada en segmentos. La misma que se encontró en la furgoneta de Iganovich, así como en Oregón y en el condado de Orange. Por las apariencias, Iganovich los mató a todos.

Recuerdo sus palabras al respecto, la declaración jurada que nos sirvió para registrar el apartamento del ruso.

–Las señales de estiramiento de los filamentos de hilo en el interior del revestimiento de plástico concuerdan.

Se encamina hacia la última bandeja, que contiene la cuerda que sirvió para sujetar a Abbott y a Karen Scofield al suelo.

–Aquí tenemos un tipo distinto de cuerda –señala–. Ciento veintisiete filamentos de plástico y una composición química distinta. Es de otro fabricante.

Espera un momento, una pausa para que yo pueda digerir el efecto de sus palabras.

–Se equivocó en lo predecible, en lo que no podía distinguir en las fotos: las partes enterradas de las estacas y la composición de la cuerda.

No digo nada, me limito a escuchar. No es lo que me gustaría oír. Estoy pensando que a lo mejor el tipo sólo compró otra cuerda, o quizá se le rompió la amoladora.

Pero Sellig barre mis esperanzas.

–Existen demasiadas discrepancias –dice–. El hecho de que los estudiantes no llevaran nada encima, ni carné de conducir, ni carteras; ninguna identificación. Sin embargo, encontramos el bolso de Karen a su lado, con el monedero y el carné de identidad. En cuanto a Abbott Scofield, llevaba toda la documentación en uno de los bolsillos de los pantalones.

La policía todavía no ha encontrado ninguno de los efectos personales de las víctimas en el apartamento de Iganovich. Ésas son las primeras cosas que buscan, pues constituyen pruebas concluyentes. Ahora están comprobando si el ruso alquiló alguna otra propiedad, a lo mejor una taquilla en la estación de autobuses.

–Nada encaja –reconoce Kay–. Ni la edad de los Scofield, ni la ubicación de los cuerpos, cerca de una carretera comarcal.

Al principio Sellig pensó que tal vez se debía a que el hombre se estaba volviendo más atrevido. Ahora ya no se muestra tan segura.

Y hay más. A Sellig le desconcierta el perfil del caso.

–Todos los datos de los primeros asesinatos concuerdan con Iganovich como anillo al dedo. Pero para mantener la coherencia, debemos recordar que el asesino no conocía a ninguna de sus víctimas. Las pautas que hemos establecido nos dicen que no se dedicaba a presas conocidas. –Me mira con el dedo índice sobre los labios fruncidos–. Si eso es verdad, ¿por qué mutiló a Karen Scofield, por qué le arrancó un ojo?

Sellig ha consultado con los psiquiatras y todos están de acuerdo. Opinan que el asesino mutiló el cuerpo y le arrancó el ojo porque conocía a su víctima, y ella a él. No encuentran otras versiones para explicar esta desviación de la norma.

–Hay algo más –le digo.

Sus ojos se clavan en mi rostro.

–Los periódicos en la puerta del apartamento de Iganovich, el día en que la policía registró la casa.

Había observado la presencia de los periódicos al entrar en el apartamento. Contra la puerta, un montón de diarios locales enrollados, sin que nadie los hubiera leído. Dos de estas ediciones matinales se habían cebado en el caso del asesinato de los Scofield. A mí me pareció extraño que Iganovich dejara estos periódicos en el suelo del pasillo. A menos que el hombre estuviera escondido en alguna otra parte de la ciudad o los alrededores durante esos días.

Se lo digo a Sellig.

Le he pedido a Claude que elabore una lista de las llamadas telefónicas del ruso para examinarla. Aquí intuyo algo raro. Una vez más, no es concluyente, pero sí apunta en una dirección definida. Por lo visto, la llamada telefónica de Iganovich a Air Canada, hecha desde su apartamento, se realizó dos días antes del asesinato de los Scofield.

–O bien el tipo cree en la planificación a largo plazo –dice Sellig–, o ya se había marchado cuando las dos últimas víctimas fueron asesinadas.

–Necesitaré una copia de su informe en relación con esto –le comunico–. En cuanto le sea posible.

–Se la enviaré por fax a su despacho esta misma tarde.

–La leeré con todo detalle cuando vuelva de Canadá. Hasta entonces, esto debe quedar entre nosotros.

No hay duda sobre este punto. La prensa volvería a echarse encima nuestro, y sin pistas del segundo asesino nos encontraríamos de nuevo en un atolladero.

Se crea un momento de frío silencio en la habitación antes de que Kay Sellig vuelva a hablar. Lo hace con un tono de voz claro y enfático.

–Necesito su ayuda para convencer al *sheriff* y a las autoridades locales. Tenemos que empezar a buscar a un segundo asesino –dice.

11

Vancouver es una ciudad de vivos cielos azules, vastas ensenadas y majestuosas casas antiguas que se alinean a lo largo de sinuosas calles adornadas con una doble hilera de árboles. He estado aquí antes con mis padres, cuando era niño, y recuerdo el lugar por sus anchas y verdes avenidas, como terciopelo segado; por sus techos, los techos de los más antiguos e imponentes edificios, con su pátina cobriza.

Es un día cálido y una neblina marrón, mitad bruma y mitad algo más siniestro, se levanta sobre las brillantes aguas de la cala Burrard.

–¿Cuánto puede durar esto? –pregunta. Claude y yo estamos en el taxi que nos ha traído del aeropuerto, atrapados por el denso tráfico del centro de la ciudad.

–Hasta ahora nunca me había ocupado de una extradición –le digo–. Quizá cuando la realidad se le imponga, Iganovich dejará de poner problemas.

Claude me mira y me dedica la típica sonrisa que los adultos reservan para los cuentos de hadas infantiles.

Le he confiado la historia a Claude durante el vuelo, pero le he pedido que no se la cuente a Emil, al menos no todavía. Me ha prometido que no lo hará. Considerando las desafortunadas aventuras del *sheriff* en el terreno de las víctimas, creo que Claude cumplirá con su palabra.

El taxi se detiene en doble fila frente a un edificio imponente, un obelisco de cemento que extiende cuarenta plantas en busca del cielo. Ya en su interior, subimos al piso veinticuatro. Detrás de un cubículo de cristal, vemos a una mujercita sentada cuyo mentón apenas sobresale por encima del mostrador.

–El señor Madriani y el señor Dusalt, para una entrevista con el señor Jacoby –anuncio–. Nos está esperando.

–Un momento. –Coge el teléfono.

El señor Jacoby es consejero de la Corona y director de la oficina regional del Departamento de Justicia en esta provincia. Por suerte para ellos, nuestros hermanos del norte no reciben en su suelo a muchos asesinos múltiples en fuga procedentes de Estados Unidos. Debido a la notoriedad de este caso, el señor Jacoby me ha comunicado por teléfono que ha recibido instrucciones de Ottawa a fin de ocuparse él mismo de los trámites de extradición.

–El señor Jacoby se reunirá con ustedes enseguida –nos informa la mujercita–. Pueden esperar aquí.

Matamos un par de minutos contemplando el entorno y entonces oigo una voz a mis espaldas.

–Caballeros.

Me vuelvo y veo a un hombre alto, esbelto, con una incipiente calva gris. Ha doblado una esquina y se apresura hacia nosotros con las manos extendidas en señal de bienvenida.

–Señor Jacoby. Paul Madriani. –Le estrecho la mano.

–Oh, por favor, llámeme Herb –dice. Tiene un acento que podría pasar por británico.

Le presento a Claude. Los tres intercambiamos las cortesías de rigor.

–Deben de estar cansados –dice–. Vayamos a mi despacho. Allí podremos hablar y ustedes podrán sentarse cómodamente y relajarse.

Nos guía por un pasillo flanqueado por pequeñas oficinas, versión canadiense del «para ser del gobierno, ya está bien». El mobiliario es clásico, institucional, en su mayor parte imitación a madera. Distingo la mano de obra presidiaria en este trabajo.

No obstante, la vista que ofrecen los despachos resulta tan hermosa que pondría verde de envidia a Lenore Goya. Una panorámica del bullicioso puerto surge ante la vista cada vez que pasamos por delante de una puerta abierta.

Jacoby ocupa un gran despacho que hace esquina; ventajas de su alta posición.

–¿Cómo está nuestro hombre? –le pregunta Claude–. ¿Lo han interrogado?

–Se encuentra bien. Lo hemos interrogado, pero muy poco –contesta Jacoby–. Sin embargo, parece muy nervioso. Balbuceó algunas palabras cuando lo arrestamos, aunque incoherentes. Para nosotros todo aquello no tenía ningún sentido. Tomamos algunas notas.

Jacoby capta por completo nuestra atención.

–Para ser más preciso debería consultar el informe del arresto.

Claude me mira como diciendo que a lo mejor hemos encontrado algo bueno.

–Habla con sus abogados cada día y se muestra dócil. A nosotros no nos ha dicho nada desde que sus abogados se hicieron cargo de él.

La ley canadiense se asemeja a la nuestra en que las dos siguen el modelo británico. Durante los arrestos hay que leer los derechos al sospechoso, informándole de que cualquier cosa que diga puede ser utilizada contra él ante los tribunales.

Según Jacoby, Iganovich comentó algo inmediatamente después de su detención, mientras los guardias jurados que lo retenían hasta que llegase la policía local le leían sus derechos.

–¿Ha pedido un abogado? –pregunto.

–De oficio.

Dejo escapar una mueca de extrañeza. Esto no encaja con mi imagen de la gente que defiende a los desamparados en casos de detenciones ilegales en nuestro país.

–Nuestro sistema es un poco distinto al suyo –explica–. Aunque el sospechoso también cuenta con un abogado americano.

Mis ojos se abren con una expresión de sorpresa.

–Oh, sí. Ha llegado esta mañana. Dice que fue contratado por la familia.

Claude y yo intercambiamos una mirada dubitativa.

–¿Quién es? –pregunto–. El abogado americano.

Jacoby niega con la cabeza.

–Aún no le conozco. Es posible que tengamos ese placer esta tarde. Ya que vienen ustedes de tan lejos, también quisiera presentarles al abogado canadiense de Iganovich, el señor Lloyd Benson-Harrington. Más tarde nos acercaremos a la cárcel y podrán hablar allí con los dos, antes de que se reúnan con su cliente. Incluso quizá podamos entrevistarnos con Iganovich.

A Claude le ha gustado eso último. Su primera oportunidad de conocer al hombre en persona.

Jacoby repasa unas hojas más de su carpeta.

–Aquí está –dice–. El informe de la policía. –Lee siguiendo con el dedo índice el texto a lápiz, hecho con letras mayúsculas y grandes a fin de facilitar su lectura–. No se trata de una confesión –afirma–. Yo no conozco los hechos, pero podría constituir una admisión. Para nosotros carece de sentido.

–¿Qué dijo? –pregunta Claude.

–Se resistió al intento de arresto de los guardias jurados. Fueron necesarios dos para tumbarlo. –De nuevo pasa el dedo por las líneas del informe–. Lo cogieron, lo esposaron y... –lo busca– aquí está. Cuando lo levantaron del suelo dijo: «Han encontrado mi furgoneta. Yo no la he tocado desde hace más de una semana, se la presté a otra persona. Ellos la usaron, no yo». Eso es todo –declara Jacoby–. Como le dije, resulta un galimatías.

Claude me dedica una amplia sonrisa.

–No exactamente –señala.

Jacoby nos mira. Le explicamos el asunto del vehículo de Iganovich.

–Ah. Eso es importante.

–Me gustaría que el señor Dusalt hablara con los guardias de los grandes almacenes y obtener así declaraciones juradas –digo.

Esto servirá para fijar sus percepciones de los hechos y evitar los estragos que el tiempo causa en la memoria. También se desmentirá así cualquier alegación de la defensa respecto a una posible involucración o coacción del estado en el momento de conseguir las declaraciones.

Claude me será útil para este trabajo ya que tal vez más adelante necesitaré un testigo. De no existir la ética en mi código, ésta sería la maniobra perfecta para sacarme del problema en que estoy metido. Si no usase a Claude como testigo, acabaría por tener que recusarme a mí mismo, me retirarían del cargo y Nikki me lo agradecería durante los cien años próximos.

–Por supuesto –dice Jacoby–. Los traeremos aquí. –Se refiere a los dos guardias–. Uno de ellos no se encuentra muy bien. El sospechoso se resistió a acompañarlos.

–¿Son heridas graves?

–No estoy seguro. Herida en una pierna o algo así. Y algunas quemaduras.

–¿Quemaduras?

–Sí. Eléctricas. Una de esas pistolitas, como los pinchos para el ganado. Consiguió tocar con ella a uno de los guardias cuando intentaban inmovilizarlo.

–¿La tiene usted?

–¿Eh?

–La pistolita. ¿La recuperaron?

–Ah, claro. Está con el resto de efectos personales.

–Nos gustaría verla –dice Claude–. ¿Sería posible que nos la lleváramos? –Su voz se eleva un poco, como si fuese consciente de que esta petición es cuestionable.

–¿Más pruebas? –pregunta Jacoby.

–Probablemente.

–Desde luego. Cualquier cosa que esté en nuestras manos.

–En ese caso –añade Claude–, también desearíamos algunas fotos de cualquier huella que el arma haya dejado en el cuerpo del guardia.

–Bien –asiente–. Supongo que habrán iniciado los trámites para completar la petición de extradición. –Cambia de tema.

Le aseguro que estamos en ello. He hablado con Goya para pedirle ayuda a mi regreso; un dulce para tenerla contenta hasta que pueda hacer algo más por ella.

–Bien –responde. Me contempla con una expresión de seriedad a fin de asegurarme sobre la importancia de este punto.

–En los casos de extradición –afirma– el mal reside en los detalles. Los documentos mandan.

Tiene razón. Es la ley de la letra gótica en su máxima expresión. La esfera más rígida de las ordenanzas es la gobernada por estatutos impresos en los que el estricto seguimiento y el respeto por los procedimientos marcan la diferencia entre el éxito y el fracaso, entre la condena y la absolución.

–Hay un elemento interesante –dice Jacoby–. Un tanto delicado, pero será mejor que lo abordemos ahora...

–¿De qué se trata?

–El tema de la pena de muerte.

Lo miro.

–No sé si es consciente de que la pena capital es un asunto con una relevancia específica en este país. Canadá la abolió hace algunos años. A veces, complica el problema de las extradiciones.

Le devuelvo la mirada. Jacoby sabe que ahora estoy muy pendiente de sus palabras.

–Seguro que esto no representará un problema en el caso que nos ocupa –digo, con un tono casi interrogante.

Esboza un gesto.

–No se confíe demasiado. Forma parte del acuerdo de extradición entre nuestros países. Ambos pueden negarse a extraditar al sospechoso si éste va a ser ejecutado en su país. Todo perfectamente legal. Se trata de una cuestión más bien política, que no tiene nada que ver con el proceso formal de la extradición.

Mis ojos buscan a Claude, a quien la cara arrugada y flaca casi se le ha caído sobre la mesa. Los abogados del Departamento de Estado de Washington no nos han dicho nada acerca de este inconveniente.

–Yo creía que ya les habían informado –señala Jacoby.

–Conocía la ley –digo–. Pero no era consciente de que podría constituir un problema en este caso concreto.

–Yo espero que la vista para la extradición se desarrolle sin dificultades. Hemos hablado de las pruebas y parecen sólidas. Esto puede ser estipulado por declaración jurada, pero –Jacoby se detiene aquí para darle efecto a lo que dice después– nuestra ministra de justicia, aunque es una mujer dura, insiste en que no le encuentra ningún beneficio social a la pena de muerte. –Arquea una ceja, como queriendo mostrar su desacuerdo con esa postura.

–¿Cree usted que existe la posibilidad de que su ministra de justicia pueda negarse a extraditar a Iganovich, a menos que nosotros garanticemos que no será ejecutado? –pregunto.

–Cabe esa posibilidad.

–No estará hablando en serio –tercia Claude–. Este hombre ha asesinado a seis personas y usted nos pide garantías de que no habrá ejecución si el tribunal lo condena. ¡Lo dudo!

Le doy un rodillazo por debajo de la mesa. Como a la mayor parte de sus colegas, la diplomacia no resulta el más evidente de sus encantos.

–Compréndanlo. Se producirá mucha controversia y la prensa le prestará mucha atención a este caso mientras se debata en nuestros tribunales.

Arquea una ceja, su manera de insinuarme que los políticos

canadienses están sujetos a las mismas fuerzas de gravedad política que los estadounidenses: se derrumban con la presión. Lo estoy observando y me pregunto cómo le voy a dar la noticia a Emil Johnson y a las fuerzas vivas de Davenport. Cómo les diré que, sin importar lo remota que sea la posibilidad, en los mares políticos en los que a ellos les gusta nadar, tal vez yo tenga que capitular respecto a la pena de muerte para un asesino frío como el acero.

Si los conozco, y creo conocerlos bien, presiento que nos encontramos al borde de un juego internacional en el que el único interrogante será quién parpadea primero.

La cárcel de la ciudad de Vancouver es un edificio de piedra de cinco plantas situado en el antiguo centro de la ciudad. Los edificios a su alrededor, muchos de ellos de ladrillo envejecido, se hallan en un estado ruinoso.

Jacoby camina delante. Ha llamado por teléfono para anunciar nuestra llegada. Una vez en el interior habla con un guardia, un hombre de uniforme aseadamente planchado, camisa azul claro con charreteras de rango y pantalones negros.

Nos conduce por entre puertas de acero de varios centímetros de espesor, como esclusas de aire, todas controladas desde un cuarto detrás de un cristal espejado por una cara. Pasamos por una zona para visitas; unos internos hablan con sus respectivos familiares, mujeres y niños.

–Éste es el cuarto principal de conferencias –dice el guardia–. Los esperan dentro.

Abre la puerta. Hay dos mesas de metal que se tocan por un extremo, atornilladas al suelo. Alrededor, sillas de madera desgastada. El abogado canadiense de Iganovich se ha detenido aquí en su camino desde el juzgado, como un médico que estuviera pasando visita.

Jacoby hace las presentaciones.

Benson-Harrington tiene todo el aspecto de ser un hombre amable, profesional en su cometido, sin exudar verdadero veneno.

Claude se ocupa de abordar al sospechoso. Andre Iganovich está sentado a un extremo de la mesa. Presenta una expresión agria y no muestra el menor interés en participar de estos rituales sociales. No me cabe duda de que su abogado aprueba este comportamiento distante.

Iganovich tendrá unos treinta y cinco años. Su cabello es castaño, cortado al cepillo, y su rostro es de lo más corriente, un tanto vulgar, delgado y estrecho, con los ojos negros y hundidos, algo atormentados por los sucesos acaecidos durante los últimos días. El único rasgo excepcional de esta cara son los dientes, manchados de un feo gris con tonos marrones, espaciados como las estacas rotas de una cerca. Como en tantos otros de los países empobrecidos de Europa, ésta es una imagen que se parece sumamente a la de esos cuadros del siglo pasado, a esas fotos que yo he visto en daguerrotipos amarillentos, con figuras de campesinos de la llanura y muchachos de la montaña enviados a luchar y a morir en la Guerra Civil.

Me sonríe fugazmente de una manera que me produce un ligero escalofrío por todo el cuerpo, que me pone de punta hasta la pelusa del pescuezo. El hombre tiene un aspecto bastante peligroso. Un aspecto que irradia el mismo mensaje asesino de un tiburón surcando velozmente las aguas; una mirada que me hace suspirar de alivio por no estar a solas con él en la misma habitación.

Detrás de mí oigo que se abre la puerta.

–Ah –Benson-Harrington parece muy animado–. Su colega americano –dice–. Permítanme que les presente.

Me vuelvo y la sonrisa de mi rostro se desvanece como la llama de una lámpara de gas. Ahí ante mí, en el mismo umbral de la puerta, se encuentra el ya conocido aunque avejentado rostro de Adrian Chambers.

–Ya nos conocemos –dice. Luego, al igual que su cliente, el abogado me ofrece sólo una mueca afectada y sin humor.

12

El zumbido de los motores me adormece mientras Claude y yo viajamos desde el sur de Vancouver, pero fluctúo entre el sueño y el rostro burlón de Adrian Chambers.

Iganovich se ha negado a hablar sobre el asunto de la extradición. Sin duda, siguiendo el consejo de Chambers y el del más reservado Benson-Harrington. Desde su punto de vista, hay poco que perder más allá de la buena voluntad de un estado que quiere ejecutar a su cliente.

Claude se hunde un poco en su asiento, cuyo respaldo ya está inclinado hacia atrás al máximo. Ladea la cabeza en mi dirección y me formula la pregunta que he estado esperando.

–¿Cómo se conocieron? Usted y Adrian Chambers. –Como todos los presentes en la reunión, Claude se dio cuenta de la hostilidad que flotaba entre Chambers y yo.

–Viene de lejos.

–La mala sangre suele venir de lejos.

–Una buena e impactante defensa puede ser muy útil para un bufete –le digo–. Puede atraer nuevos clientes. Pero en este caso hay, además, una bien inspirada venganza. Algo sacado del infierno de Dante.

–Cuéntemelo –me pide.

Por su tono deduzco que Claude cree sentir ahora un interés personal o profesional por el asunto.

–Tiene que comprender a Chambers –le comento–. Es un hombre obsesivo hasta el punto de la autodestrucción. Tal vez eso le da una ventaja sobre el resto del mundo: esta voluntad de llegar al exceso en la consecución de una causa.

Por la mirada que me dirige, intuyo que Claude no entiende nada de lo que le digo.

–Hay una historia detrás. No sé si es cierta. Hace años, cuando Chambers comenzaba su carrera profesional, defendió a uno de ésos con motos y cazadoras de cuero. Gente metida hasta el cuello en asuntos de drogas, que traían desde México en los tubos de escape de sus Harleys. Repito, era al principio, y Chambers aún no contaba con una buena clientela. Como sea, los representó cuando los cogieron en una redada, cobró un pequeño anticipo y se puso manos a la obra.

»En casos difíciles de defensa criminal suele pasar que, si pierdes, tu cliente piensa que para ese viaje no necesitaba compañía y que él mismo no lo hubiera hecho peor; y si ganas, entonces considera que has ganado porque era inocente. En ambas situaciones, siempre existe una justificación para no pagar al abogado. Chambers deshizo los cargos en una primera moción para suprimir pruebas. Les envió la factura y no le hicieron caso. Les envió otra. Nada, como si no existiera. Por lo visto, Chambers se las arregló para atraerlos a su despacho. Eran tres. Al final acabó cobrando.

–¿Cómo?

Hago una mueca.

–Dicen que Chambers los recibió con dos pistolas, una semiautomática con el cargador lleno, a fin de mantenerlos a raya, y un revólver con sólo una bala en el cargador. Hizo que se pusieran de cara a la pared y procedió a jugar a la ruleta rusa con ellos. Hasta que saldaron la deuda.

Claude traga saliva.

–Más expeditivo que el arbitraje –dice–. ¿A qué cantidad ascendía la deuda?

–Al parecer, cuatrocientos dólares.

Me mira con los ojos muy abiertos.

–Así comenzó todo.

–¿Y no le pasó nada?

–Sus clientes no eran de los que se van corriendo al colegio de abogados o a la policía.

–Con ese tipo de clientela uno no tiene que preocuparse de la ley –observa Claude.

–¿Se pregunta por qué no lo mataron más tarde?

Por su semblante puedo entender que eso lo ha considerado como una posibilidad muy tangible.

–Yo diría que vieron en Chambers una auténtica furia, un hombre muy cercano a la locura, un lunático. A lo mejor temían que si se acercaban a él de nuevo, les estaría esperando con un lanzallamas. Por eso los indios no mataban a los locos; los veían como algo próximo a los dioses. Imagino que aquella noche los motoristas presenciaron su propia mortalidad en los ojos de Adrian Chambers. Todo se reducía a una simple conclusión; enfrentarse con aquel tipo sencillamente no valía la pena si lo que había en juego eran sólo cuatrocientos dólares.

»Después de esa historia –prosigo–, Claude empezó a llevar siempre una pistola de nueve milímetros, cargada. El *sheriff* le concedió la licencia y él se encargó de que el mundo lo supiera. Cinco meses más tarde, los tres tipos llamaron de nuevo a su puerta. Como los jinetes del Apocalipsis, habían estado transportando droga en camión por la autopista que va de Barstow a Bakersfield hasta que unos perros de la policía rastrearon la mercancía. Como ya tenían antecedentes, ante ellos se abría la perspectiva de unos cuantos años de condena. Sin embargo, cuando esta vez llegaron al despacho de Chambers, traían consigo un fajo de billetes que hubiera bastado para asfixiar a un caballo. Se lo dieron a Chambers, todo.

–Suena como una historia de éxito a la americana –apunta Claude–. ¿Qué pasó para que este Horatio Alger se le echara a usted encima?

–Hace diez años Chambers era una figura cada vez más destacada en los círculos jurídicos de Capital City. Entonces ya contaba con una buena tajada de los mejores casos de la defensa criminal de la ciudad: legisladores frente a fiscales demasiado celosos de su trabajo, el grupo de los cabilderos, muchos políticos y sus cohortes... Ganó mucho dinero. También se creó muchos enemigos, en su mayor parte agentes de policía hartos de sufrir sus abusos ante el tribunal.

»Como ocurre con frecuencia, Chambers perdió de vista los detalles. Uno de sus clientes era Walter Henley, un contable y, por lo visto, intermediario de un grupo de cabilderos que buscaban favores del Capitolio.

Claude me escucha atentamente ahora que le hablo de basura en las altas esferas de la sociedad.

–La oficina del fiscal del distrito –prosigo–, en la que yo trabajaba por entonces, vigilaba a Henley y a dos importantes personajes que mostraban claros signos de soborno y extorsión. Queríamos a Henley para atrapar a estos últimos.

»La teoría de la defensa de Chambers no resultaba nueva ni original. Se imaginó que podría mantener a Henley y los otros juntos bajo el mismo paraguas de la defensa, meando al viento en lugar de sobre todos ellos. Creía que iba a poder seguir así indefinidamente. Yo le ofrecí la inmunidad a Henley y lo llevé a declarar ante el Tribunal Supremo. No podía acogerse a la Quinta Enmienda. Tenía que contarnos lo ocurrido o acabar en prisión.

–Eso lo dice todo del honor entre ladrones –comenta Claude.

–Chambers cayó en la red cuando se acercó a Henley con una gran suma de dinero en metálico que los otros clientes le ofrecían si mentía ante el tribunal. Lo que Chambers no sabía es que Henley tenía el teléfono pinchado. Los agentes le habían tendido una trampa, como pequeño pago por todo el dolor que había causado durante todos aquellos años.

Claude toma la palabra.

–¿Chambers se tomó muy personalmente la intervención de usted en el caso?

–Tenía buenos motivos para hacerlo. Yo lo había estado intentando durante cinco años. Salió del trance con nueve meses de cárcel más la expulsión del colegio de abogados, aunque al final consiguió que esta última pena quedara reducida a cinco años de inhabilitación.

–Pues no salió tan mal librado –señala Claude.

–Él no opina lo mismo.

Claude se queda callado por un momento, perdido en sus cavilaciones, como si estuviera intentando encajar las piezas de un rompecabezas.

–Hijo de puta –exclama–. Se supone que formamos un equipo. Luego abro el periódico y me encuentro con que me ocultas cosas.

Estoy en la oficina de Emil Johnson, con Claude. El *sheriff* tiene en la mano un diario plegado con el que aporrea la mesa frente a mí.

–Me siento como un imbécil cuando tengo que enterarme de cosas como ésta a través de la prensa. Los periodistas me llaman y yo no sé de qué diablos me están hablando.

En la primera página del *Times* de esta mañana, al lado de la noticia del arresto de Iganovich en Canadá, aparece una columna complementaria bajo el titular:

LAS AUTORIDADES ESTÁN BUSCANDO
A UN SEGUNDO ASESINO
QUE IMITA AL PRIMERO

–¿Por qué coño no me contó nada de esto?

–Yo mismo no lo sabía hasta una hora antes de salir para Canadá, hace dos días.

–De todas formas podría haberme llamado. En Canadá hay teléfonos, ¿no se lo ha explicado nadie?

Leí el primer párrafo de la noticia mientras Emil me calentaba los cascos con sus protestas.

Davenport.

Según fuentes próximas a la investigación de los asesinatos de Putah Creek, se está barajando la hipótesis de que un segundo asesino, imitador del primero, se encuentra en libertad. Posiblemente él ha sido el autor de las muertes de Abbott Scofield y su ex mujer Karen. Scofield era profesor de la Universidad Estatal y fue hallado muerto junto con su ex esposa a principios de semana. Los cuerpos desnudos de la pareja fueron hallados por dos adolescentes que habían salido de caza por Putah Creek, lugar en que se cometieron los cuatro asesinatos anteriores cuyas víctimas fueron estudiantes universitarios. Fuentes fidedignas señalan que la policía explora la hipótesis de un segundo asesino debido a las discrepancias existentes respecto a las pruebas descubiertas en la escena del crimen.

Por fortuna para nosotros, estas «fuentes fidedignas» han marcado una línea divisoria en cuanto a la divulgación de los detalles. A medida que voy leyendo, no puedo creer que Kay Sellig tenga nada que ver con todo esto. Me pregunto quién más de su entorno ha podido estar al corriente de nuestra última conversación. Claro. Fiel a su palabra, Sellig me envió por fax una copia de su informe mientras yo estaba en Canadá. Durante los dos días de mi ausencia, el fax estuvo boca arriba, entre otros papeles, encima de la mesa de mi despacho. De modo que cualquiera entre la docena de personas que trabajan en la oficina pudo ver el documento y leerlo.

–La próxima vez que tenga información, pásemela –gruñe Emil–. ¿Entendido?

Lo miro, pero ni siquiera le concedo la satisfacción de un mudo y huraño asentimiento. En el fondo, Johnson es un fanfarrón. Ahora está tensando los límites externos de su autoridad, comprobando si al final cedo terreno. Ni hablar.

–Y otra cosa –añade–. No nos quedaremos de brazos cruzados esperando por culpa de esa mierda de la pena de muerte. –Claude le ha informado de nuestra conversación con Jacoby en Vancouver–. ¿Qué diablos les vamos a contar a las familias? Que algún idiota con traje de rayas firmó un tratado, allá en Washington, para que no podamos ejecutar al asesino que despedazó a su hijo. ¿Es eso lo que vamos a decirles a los padres? No, no hay trato. –Su ceño expresa pura ira–. Que ese cabronazo vuelva aquí y se enfrente a la pena de muerte.

En realidad, esta decisión la ha de tomar el primer fiscal del condado, que en este momento resulto ser yo. Pero se trata de un asunto de peso, un asunto que afecta a la permanencia de los cargos electos de esta circunscripción.

Johnson tiene prisa porque debe asistir a una reunión fuera de la oficina. Está buscando su carpetita, en la que guarda el discurso que ha de pronunciar en el Rotary Club.

–¿Dónde coño la he puesto?

Por fin la encuentra.

–Dígales, repito, dígales que no hay trato. Y averigüe quién le soltó a la prensa toda esta mierda. –Golpea el periódico con un dedo–. Seguro que no fue uno de los míos.

A ojos de Emil éste parece ser el único beneficio de no saber qué se cocía. Él y su entorno están libres de toda culpa.

Se encuentra ya en la puerta.

–Ya tenemos bastantes problemas con este hijo de puta de Park. –Se dirige a Claude–. Infórmele. Cuéntele lo que ha hecho ese gilipollas de ojos achinados. –Se marcha.

Claude me mira e inclina la cabeza.

–La prensa ha divulgado algunos comentarios despectivos de Park sobre Emil.

–Bueno, si me preguntasen a mí ahora, yo los suscribiría –me queda muy poca simpatía hacia Johnson a estas alturas–. Ya va siendo hora de que este hombre acepte un buen consejo.

–Park también ha contratado a un abogado canadiense –me dice Claude.

–¿Qué?

–Esta mañana nos ha llamado el Departamento de Justicia de Canadá. Jacoby. Se ha entrevistado con un abogado que representa a unos familiares de las víctimas. El individuo quería saber qué pasaba con Iganovich.

–Esto se está enredando demasiado –suspiro.

–¿Podrían causar problemas en Canadá con el asunto de la extradición?

–Podrían molestar mucho a alguna gente muy poderosa.

–La especialidad de Maggie Wilson –dice Claude.

–Podría limitar nuestras posibilidades de lograr la extradición de Iganovich con alguna artimaña. ¿Qué le dijo Jacoby a este abogado?

–No lo sé. No entramos en detalles.

–Entérese.

Me preocupa que le haya comentado algo sobre las cláusulas del acuerdo relacionadas con la pena de muerte; o que el abogado pueda tropezarse con ellas sin la ayuda de Jacoby. En ese caso, estoy convencido de que se armará un follón de mil diablos.

Son las ocho y media de la mañana y por el teléfono interno me saluda la voz de la recepcionista.

–Tiene una llamada –anuncia–. El juez Ingel.

Descuelgo el auricular. Al otro extremo del hilo se encuentra la secretaria de Ingel. Me dice que no cuelgue, que el juez se pondrá enseguida, que están intentando transferirme una conferencia.

Un instante después se oye una voz que suena como grava en una carretera polvorienta.

–Madriani, ¿está usted ahí? –Su tono me indica que se siente furioso por alguna razón.

–¿Señoría?

–Nos gustaría saber qué demonios está pasando. –Oigo un ruido de fondo parecido a una respiración, como si Ingel no estuviera solo.

–Perdón –digo–. ¿Quién está en la otra línea?

–El juez Acosta –contesta–. ¿Quién iba a ser?

El Coco resulta todo un personaje. Como le he prohibido que meta las narices en mis archivos, ahora utiliza a Ingel para pinchar mi teléfono.

–¿Qué quiere? –pregunto.

–Nos han llegado rumores –responde «el prusiano»–. Al parecer, se está preparando para llegar a un trato con los canadienses acerca del asunto de la pena de muerte.

–¿Quién se lo ha dicho?

–Tenemos nuestras fuentes. –Esta vez es la voz de Acosta.

Ya me imagino cuáles deben de ser esas fuentes. Emil ha hablado con Ingel. Es su manera de asegurarse de que yo me convierta en el único responsable del problema con la extradición.

–Bien, le han informado mal –replico–. Y Emil lo sabe. Ya le he dicho que no habrá tratos. ¿Quiere Emil que se lo rubrique con sangre?

–Cuidado con lo que dice –me advierte Ingel. Está ofreciendo una pequeña exhibición de autoridad delante de Acosta, diciéndome que no había razón alguna para impedirle el paso a mis archivos–. El juez Acosta no le estaba solicitando una copia; sólo quería echar un vistazo –dice–. Después de todo, tiene un interés legítimo en el caso.

–Lo sé concedo–. El mismo que cualquier otro familiar. A lo mejor tendría que colgar de la pared del juzgado todos los contactos policiales, claves e informes de que disponemos, de modo que los familiares puedan leerlos al mismo tiempo.

–Ya basta –dice Ingel.

–¿Ve usted a lo que tengo que enfrentarme? –le suelta Acosta a Ingel. Durante largos segundos me mantienen al margen de la conversación. Los dos coinciden en que soy un inútil que no quiere colaborar, y mientras el inútil los está escuchando.

Se trata de un intercambio predecible entre dos legisladores, gente que nunca establece límites a sus posiciones de poder y privilegio; pero no entre dos jueces.

–Entonces, ¿cómo piensa hacerlo volver? –Acosta quiere saber qué estrategia voy a adoptar para conseguir la extradición.

–El Departamento de Estado está presionando a las autoridades canadienses –respondo–. Esperamos que al final accedan a entregarnos al sospechoso sin condiciones.

Un sonido bien audible al otro extremo de la línea me muestra que Acosta no confía demasiado en mis palabras. Comienzo a pensar que este tipo preferiría verme fracasar. Me parece que en él los lazos familiares no son tan fuertes como el deseo de darme una buena patada en el culo.

–¿Y qué me dice del asunto del doble asesino del que hablan los periódicos? –pregunta Ingel.

–De momento es una hipótesis –afirmo–. Discrepancias en algunas pruebas.

Hablamos de esto. Sin revelar detalles, le aseguro a Acosta que este tema no parece afectar al caso de su sobrina. De nuevo sonidos escépticos al otro lado de la línea.

–¿Nos mantendrá informados? –pregunta Ingel.

–En la medida de lo posible.

–Sí, seguro –protesta Acosta–. Lo mismo que con mi acceso a los archivos.

Ingel le consuela un poco y se despide de mí, como si me insinuase que ya puedo colgar mientras ellos me difaman un ratito en privado.

Cuelgo.

Durante los minutos siguientes me silban las orejas.

Han pasado algunos días, y ahora sólo me queda seguir el consejo de Kay Sellig; es decir, hablar con el forense del condado, el doctor Lloyd Tolar.

Tolar es un médico que ocupa además una cátedra en la facultad de medicina. Ejerce de patólogo para el condado con un contrato por el que presta servicios como juez de instrucción, un cargo que compagina sin dificultad con sus clases universitarias. Por lo visto, cuenta con la ayuda de algunos estudiantes para cumplir con el contrato, y a cambio la universidad recibe dinero del condado. Un arreglo muy cómodo.

Cuando llego a la oficina de Tolar, me acomodan en una sala de recepción y me dicen que el médico ha salido un poco tarde de una clase que ha impartido en otro edificio. Llegará de un momento a otro.

Al cabo de unos minutos siento una presencia a mis espaldas. Al volverme me encuentro con un jovencito en bata blanca de no más de veinticinco años.

–¿El señor Madriani?

–Sí.

Doctor Jamison. –Me estrecha la mano–. Soy uno de los internos que ayudan al doctor Tolar. Hoy no podrá atenderle; un problema de última hora. Me ha pedido que le recibiera y contestara a todas sus preguntas. Podemos utilizar su despacho.

Antes de que pueda abrir la boca me veo metido en una gran estancia de cristal situada al otro lado de recepción. Jamison enciende la luz.

–Así que usted es el fiscal en funciones del distrito. –Me mira de arriba abajo, como si me juzgara rápidamente–. ¿Ha venido usted aquí por lo de Putah Creek?

–Sí. No he recibido una copia de patología concerniente a los dos últimos asesinatos, Abbott y Karen Scofield. –Le cuento que Kay Sellig me había aconsejado hablar con el forense, ya que por lo visto hay algunas cuestiones pendientes que aclarar antes de poder terminar el informe. Enarco una ceja–. E información de que quizá exista un segundo asesino.

Parece mayor de la edad que tiene, seguro de sí mismo, bastante arrogante.

–Algunos de nuestros hallazgos –dice–. No estábamos seguros de si los quería usted por escrito en un informe médico o, por el contrario, prefería oírlos en persona. Es un problema de discreción.

Se refiere a la práctica de retener un informe, en este caso una autopsia, con el propósito de que no se entere el adversario en el juicio. Por lo general estos documentos aparecen después durante el proceso.

–¿De qué estamos hablando? –pregunto.

–Pruebas médicas muy claras de que esas víctimas no fueron asesinadas en el lugar donde se encontraron los cuerpos, sino trasladadas allí más tarde. –Habla de los Scofield–. El asesino los apuñaló primero, luego intentó encubrir el asesinato con las estacas de metal. Fue un trabajo bien hecho, pero no tanto. –Un cierto orgullo profesional le induce a hablar así.

Jamison no consulta ninguna nota, está enterado de los detalles. Sospecho que ayudó a Tolar con la autopsia.

Le pido que me cuente más cosas.

Continúa explicando que hallaron una contusión en la cabeza de Abbott Scofield y pruebas de que estaba inconsciente cuando fue apuñalado. No ocurrió lo mismo con la mujer. Los dos fueron asesinados con un cuchillo de un solo filo, muy agudo, de unos veinte centímetros de longitud. Después clavaron las estacas en las heridas profundamente, hasta atravesar los cuerpos, con el propósito de hacernos creer que se trataba del mismo método que en los casos anteriores.

–Sellig tenía razón: esto es dinamita –digo–. ¿Puede usted retener...?

–Podemos ofrecer una descripción genérica de los hechos y omitir las conclusiones. –Lo dice como si no fuese la primera vez que manipula un informe.

Sopeso los riesgos. Una vez que figura por escrito ya no hay manera de eliminarlo.

–Por ahora y hasta que sepamos quién va a leer el informe, será lo más conveniente.

13

Esta mañana tomo nota mental de que, en cuanto llegue al despacho, debo poner a Lenore Goya al corriente de los últimos detalles del caso Putah Creek. Necesitaré ayuda experta para las declaraciones juradas y el resto de documentos relacionados con la extradición. Antes de dirigirme a la oficina, paso por delante del teatro y el campo de fútbol de la universidad.

Casi dos kilómetros después tuerzo por una avenida con tres hileras de árboles; las ramas de unos robles gigantes se tocan sobre el centro de la calzada, a unos treinta metros de altura. El lugar parece un parque público, pero hay hileras de majestuosas residencias, algunas de estilo georgiano con grandes columnas blancas y otras de estilo colonial clásico. No bordean la calzada, sino que se yerguen al final de más de un kilómetro de pulcro césped. El paisaje constituye la versión Davenport de las viviendas para profesores universitarios, gente que tiene un contrato fijo, una seguridad que le resulta desconocida al ciudadano medio de este país. Aquí residen profesores con salario público, personas que adquirieron estas mansiones hace cuatro décadas por una cantidad ridícula y que ahora disfrutan de una comodidad monástica.

Me detengo ante una casa colonial holandesa enorme, con unas buhardillas más grandes que algunas de las viviendas que he visto en otras partes. Una mujer mayor, con el cabello recogido en un moño, me abre la puerta.

–¿Está la señora Scofield?

–¿A quién debo anunciar?

–El fiscal Paul Madriani. –Le entrego una tarjeta de visita con el sello del condado impreso, y la mujer desaparece mientras yo permanezco en el umbral. Después de entrar en la casa ha echado la cadena de seguridad.

Regresa al cabo de un buen rato.

–Pase, por favor.

La sigo por un espacioso pasillo hasta la sala de estar, espaciosa y atestada de objetos que componen toda una vida de trabajo. Si algo predomina en este lugar son las aves: grabados en madera, libros, litografías y un original óleo sobre la chimenea. Águilas calvas, cuervos, lechuzas, aves cantoras... Si existe y tiene plumas, es muy probable que se encuentre entre estas cuatro paredes.

La casa da muestras de haber sido un caserón señorial años atrás. Sin embargo, ahora se ha quedado anticuada, como si sus propietarios hubieran encontrado algo mejor que hacer con su tiempo y dinero que invertirlos en decorar o restaurar.

–Mi hija estará con usted enseguida. –Antes de que pueda volverme a mirarla, la anciana ya ha desaparecido.

Me paseo por la estancia para distraerme y contemplo los diferentes recuerdos. En una mesita junto al sofá hay una foto en blanco y negro; muestra un hombre de cabello oscuro con unos pantalones que parecen de montar. Cojo el marco para observarlo más de cerca. El hombre es guapo y joven, y se halla de pie en un campo de hierba alta. Apenas si lo reconozco al compararlo con las sombrías fotos de la autopsia. Abbott Scofield en tiempos más juveniles y felices.

–Se la hicieron justo después de su matrimonio con Karen...

Me giro y ante mí, en el umbral, veo a Jeanette Scofield.

–La primera señora Scofield. Se casaron en el cincuenta y ocho.

–Lo siento –le digo–. A veces la curiosidad me vence.

Coloco la foto en su sitio.

–No tiene importancia. –Acompaña su respuesta con un movimiento de mano–. Era un hombre atractivo, ¿verdad?

–Pues sí –afirmo.

–Todo el mundo lo decía. –Ladea la cabeza como una niña en edad escolar–. Mi madre se oponía a nuestra boda, pensaba que era demasiado viejo para mí. –Se crea un violento silencio, como si con estos comentarios ella se viera forzada a revaluar el verdadero alcance de su pérdida.

Cambia rápidamente de tema y pide disculpas por su aspecto. Lleva un chándal muy holgado con algunas manchas de barro y una toalla alrededor del cuello bastante sucia.

También tiene una mancha de barro en la barbilla. Las zapatillas deportivas son viejas y muy usadas. El pelo lo lleva prendido a los lados y recogido detrás por una cola de caballo bastante suelta. Se enjuga el ligero sudor de la frente.

–Estaba en el jardín –dice–. Es uno de mis vicios. –Esboza una ligera sonrisa–. ¿Puedo ofrecerle algo de beber?

Declino. Es alta, casi dos centímetros más que yo, incluso sin tacones.

–¡Mamá! –La mujer aparece en la puerta como si hubiese caído del cielo. Probablemente, estaba escuchando la conversación–. ¿Te importaría traerme un vaso de té frío? ¿Está seguro de que no le apetece nada?

–Seguro, gracias.

Sonríe.

–Por favor, siéntese. –Me señala el sofá mientras ella toma asiento en un sillón de orejas muy acolchado, en ángulo frente a la chimenea.

–¿A qué se debe su visita? –pregunta–. Ya he hablado con la policía, con su teniente ¿Dusalt? –Al parecer no recuerda muy bien el nombre.

–Exacto. He leído su informe, pero todavía quedan algunos cabos sueltos.

–¿No es esa una tarea más propia de un detective?

–Pasaba por aquí.

–¿Se trata de un ejemplo de eficiencia judicial? –Sonríe.

–Algo así.

De sus mejillas va desapareciendo el color del ejercicio y del aire libre. Cruza las piernas; los pantalones son de hombre y le vienen grandes, con bastante tejido para darse dos vueltas con él en cada pierna. Se reclina en el sillón.

–¿Qué quiere saber?

–Información general. He pensado que, mientras avanzamos en el caso, podría resultarnos útil conocer un poco mejor el trabajo de su marido. ¿Podría usted ayudarme? ¿Qué hacía él exactamente?

–Ah. –Asiente a la vez que entrelaza las manos y apoya la barbilla en ellas. Tiene los dedos largos y finos–. Abbott era ornitólogo. –Sonríe como si pensase que tiene que deletrear la palabra, pero no estoy apuntando nada–. Su vida, su auténtica pasión, era el estudio de las aves, como usted mismo puede apreciar. –Abarca la sala al extender la mano–. A veces me pregunto si me hubiera querido más de haber nacido yo con plumas.

Enarco una ceja.

–No –se apresura a añadir, leyéndome el pensamiento–. Nuestro matrimonio fue muy feliz. Él tenía su trabajo y yo lo tenía a él. Los dos conseguimos lo que queríamos.

Vuelve la madre con el té, en un vaso alto y delicado con mucho hielo. Lo coloca en la mesa junto a Jeanette y con los ojos nos pregunta si vamos a permitirle sentarse con nosotros.

–Sólo será un momento, mamá. –Su mirada se clava en la madre y ésta, sin abrir la boca, gira sobre sus talones y vuelve a desaparecer. Jeanette se dirige a mí en voz baja.

–Es como una sombra –dice de buen talante–. Me está volviendo loca. Le he dicho que no se preocupe, que puede regresar a Fresno cuando quiera; pero no hay manera.

Sonrío. Ella se encoge de hombros.

–¿Dónde estábamos?

–El trabajo de su marido.

–Oh, sí. Abbott era un profesor con contrato fijo. Aunque daba clases para estudiantes de licenciatura, dedicaba la mayor parte de su trabajo a la cátedra de zoología. También era miembro del cómite de contratos laborales en el claustro de la universidad. Una persona muy activa.

Todos estos detalles habían sido recogidos en el informe de la policía por Claude y sus muchachos.

–¿Usted declaró que no se le ocurría nadie que pudiera desear la muerte de su esposo?

–Exacto. No se me ocurre nadie. Seguramente, los padres de los cuatro estudiantes asesinados habrán dicho lo mismo acerca de sus hijos. Señor, ¿quién puede predecir la conducta de una mente trastornada como la del autor de estos crímenes?

Describe por unos minutos a Iganovich apoyándose en lo que ha leído en la prensa; me pregunta si lo he visto, si he hablado con él.

–Lo vi, pero no hablamos. Sus abogados no lo hubieran permitido.

Al parecer, aún no ha leído el artículo del *Times* de esta

mañana. No me sorprende, ya que los periódicos del sur del estado no tienen mucha circulación por aquí. Lo oirá en las noticias. Por esta razón he querido venir a hablar con ella, antes de que se entere a través de los medios de comunicación.

–Siento cierta curiosidad por la primera señora Scofield –digo–. ¿Siguió relacionándose con su marido después del divorcio?

Se trata de un tema que la policía no investigó a fondo después de los asesinatos.

–¿Le extraña a usted que se vieran?

Hago un gesto para indicar que eso forma parte de mi pregunta.

–Debería ponerse en el lugar de Abbott y Karen. Su relación era más bien comercial. Trabajaban juntos. –Esto no figuraba en el informe–. En el ámbito personal el divorcio supuso una simple separación de caminos, pero después continuaron siendo amigos.

–¿Dice usted que trabajaban juntos?

–Sí. Karen no contaba con una formación profesional ni académica y, sin embargo, había pasado veinte años trabajando con Abbott en la misma área de estudios. Él confiaba en Karen para redactar sus escritos y para llevar a cabo cualquier trabajo de campo. Ella era una fotógrafa excelente y muchas de las imágenes que aparecen en los libros de Abbott son obra suya. También lo son algunas de las que hay en esta sala.

–Y a usted no le molestaba que esa relación profesional continuara.

Me dedica una sonrisa.

–¿Por qué habría de desconfiar?

Me pregunto si su actitud inocente al decir eso se debe a pura ingenuidad o si, por lo contrario, ésta es una de esas almas limpias para las que la vida no supone realmente ningún reto.

–¿Sabe usted en qué estaba trabajando su marido cuando murió? ¿En qué proyecto concreto?

–No, no tengo la menor idea. ¿Por qué está usted tan interesado en todo esto? –Ahora se ha inclinado hacia delante, curiosa por averiguar adónde voy a parar con mis pequeñas tentativas.

–Como le he comentado antes, me gustaría aclarar unos cuantos detalles sueltos. Hemos estado intentando descubrir qué es lo que Abbott y Karen hacían antes del rapto aquella noche. Tal vez había algo que los puso en una posición comprometida, algún tema que estuviesen investigando y que como fuera los colocó en el camino del asesino.

–Sinceramente, me temo que no sé nada de su trabajo. No era una cosa que yo compartía con Abbott.

Oigo cerrarse una puerta en alguna parte, al fondo de la casa. Alguien ha entrado. Un instante después, Jeanette mira en la dirección por la que se acercan unos pasos.

–Oh, Jess –dice–. Me alegro de que hayas venido. El señor Madriani está aquí para hacerme algunas preguntas.

El rostro de Amara denota cualquier tipo de sentimiento menos el de alegría al verme.

–He visto un coche oficial del condado ahí fuera y me preguntaba si había visitas. –Ya, toda una coincidencia fortuita–. ¿Tiene usted noticias sobre la muerte de Abbott?

–Nada de lo que me esté permitido hablar. No obstante, estoy seguro de que habrá seguido el desarrollo de los acontecimientos.

–¿Le ha sido de ayuda mi hermana?

–Me ha aclarado algunas cuestiones.

–Lo que pasó durante las horas que precedieron al asesinato –tercia Jeanette–. El señor Madriani deseaba averiguar en qué estaban trabajando Karen y Abbott. Le he dicho que no lo sabía.

–¿Lo sabe usted? –le pregunto a Amara.

–Abbott no me hablaba de su trabajo. En cuanto a Karen, no llegué a conocerla. –Me mira y no se sienta–. ¿Alguna cosa más?

–Por el momento, no.

–¿Ya tiene lo que necesitaba?

Respondo con un gesto afirmativo.

–Le acompañaré a la puerta –me dice. No cabe duda de que me está echando de la casa.

He descubierto por qué Claude siente tan poco entusiasmo por este hombre. Amara no sólo se dedica a su trabajo de policía, sino que también anda metido en negocios, con una compañía de comercio asiática que posee inversiones en el condado. El tipo de cosas que no le gustan a Claude; un policía implicado en otros asuntos que le reporten ventajas potencialmente lucrativas para su jubilación.

En la escalinata de la entrada me vuelvo para ofrecerle la mano a Amara, que no corresponde a la cortesía.

–No quiero parecer poco cooperativo –dice–, pero si ha de volver, llámeme antes. Me gustaría estar presente. No quiero que nadie altere a mi hermana de manera innecesaria.

–Comprendo.

Me cierra la puerta en las narices.

Es casi mediodía. Camino de la oficina me pregunto por qué Amara se muestra tan hostil, si es que se trata de su talante habitual o es que hay algo más. Sin embargo, no puedo pensar mucho en ello porque al pasar por delante de los juzgados, veo a tres tipos conocidos en una esquina junto a un semáforo. Uno de ellos lleva el pelo largo hasta los hombros y recogido en una cola de caballo al estilo indio. Es Benny Sánchez. Con él se encuentra su hermano Ernesto. Los dos son propietarios de una agencia de finanzas conocida por sus tratos con policías a ambos lados del río. Los he visto en la ciudad con los rifles enfundados. Persiguen a los clientes díscolos con el celo de un cazador de ciervos. Dos elementos fijos en el paisaje judicial de la zona.

Su presencia alrededor de los juzgados no me sorprendería si no fuese por el tercer hombre que está hablando con ellos, bajito y rechoncho, a quien tengo de espaldas cuando atravieso la intersección. Con todo, puedo reconocerlo. Creía que se había marchado hace tres días de regreso a su casa en el sur. Es Kim Park.

14

Le he rogado, le he implorado, pero Lenore Goya se muestra inflexible. Dice que se marcha aunque, después de mucho discutir, me ha prometido que volveremos a hablar del tema antes de grabar en piedra su dimisión y enviarla al departamento de personal.

Nos hemos reunido todos para un pequeño ritual que se celebra cada año para honrar a las secretarias. Roland Overroy insiste en que este almuerzo forma parte del protocolo de nuestra oficina. Nadie excepto él mismo siente verdaderos deseos de asistir, y las secretarias menos que nadie. Nos hallamos en Capital City, al otro lado del río. Overroy nos comenta que no existe ningún local digno de la ocasión en Davenport. Tiene un gusto muy refinado.

Saudi's es uno de los restaurantes más caros de la ciudad, y sin duda Roland le saca todo el partido. Ha pedido pequeños crepes bañados en salsa de albaricoque y caracoles como aperitivos, a dieciocho dólares la ración servida en un plato de postre para niños. Todo ello regado con tres botellas de Burdeos, de las que él ya se ha bebido las tres terceras partes. Tiene el rostro arrebolado y está cada vez más gilipollas.

Sus ojos persiguen a una mujer obesa con una apretada falda y que ahora pasa por nuestra mesa. Le da un golpecito a Boudin en el brazo, mueve el dedo pulgar en dirección a la mujer y en voz alta suelta: «Da la sensación de que tiene dos gatos callejeros peleando en un saco».

El chistecito va acompañado de la risa estúpida del borracho. Boudin me dirige una rápida mirada y después contesta a Roland con una sonrisa nerviosa.

La situación ya sería bastante mala si Overroy corriera con los gastos de la fiesta. En lugar de eso, ha pedido que la comida se pague con los fondos sobrantes de nuestra contribución al café diario que se sirve en la oficina. Aún no ha llegado el almuerzo y ya ha gastado más de los setenta dólares a que asciende el fondo.

Goya se ha distanciado lo más posible de Roland en la mesa, supongo que para evitar la tentación de matarlo.

–Teniendo en cuenta la oferta que le han hecho, Lenore, creo que debería invitar usted.

Overroy es todo voz y gestos. Sus manos vuelan de aquí para allá a lo tonto y se le oye desde el otro extremo del restaurante. Le está hablando a Goya de la propuesta de asociación que le ha ofrecido su nuevo jefe.

–Claro, Roland. Cuando se hiele el infierno. –Es la respuesta de Goya al gorrón.

Overroy ríe. Ella no.

Lenore está considerando la oferta de una de las grandes firmas de Capital City. Aunque lo mantiene muy en secreto, he oído rumores, probablemente los mismos que le han llegado a Roland, de que le han puesto sobre la mesa un salario que supera en un cuarenta por ciento al que percibe en nuestra oficina, además de la posibilidad de convertirse en socia de la firma. Sin duda, le concederían un despacho con una vista que iría mucho más allá del cemento y ladrillo rojos actuales. Comparado con todo eso, lo que yo dispongo para retenerla significa muy poco. Le serviría los testículos fritos de Overroy para almorzar, si esto pudiera contribuir a que reconsiderase su decisión.

–Tenemos que hablar sobre el caso Putah Creek. Tengo datos que pueden ayudarle.

Roland me está regalando con su experiencia. Un hilillo de vino se le desliza barbilla abajo mientras comenta el asunto, y en su rostro se dibuja una sonrisa confiada. Da por sentado que, con la marcha de Goya, aumentará su autoridad en la oficina y recibirá casos de mayor importancia. Aprieto un poco los dientes; no quisiera montar el numerito precisamente aquí.

Ayer lo pillé metiendo las narices en el caso de Iganovich, mientras devolvía una llamada del Departamento de Justicia del gobierno federal, por el que pasa toda la correspondencia camino de Canadá. El fiscal general de Estados Unidos constituye el conducto diplomático para todas las comunicaciones formales que conciernen la ley internacional de extradición.

Reprendí a Roland durante cinco minutos y le ordené que no volviera a entrometerse en el tema. Él alegó que se trataba de una emergencia, algo que no podía esperar. Le volví a leer la cartilla y pareció debidamente arrepentido; dijo que sí, que comprendía. Pero con Roland sospecho que estas manifestaciones de sumisión sólo valen hasta la próxima estupidez.

Llegan los menús. Overroy me recomienda la langosta. Me dice que es deliciosa y acompaña la palabra con un beso a sus propios dedos, como si fuese un *chef* de cinco tenedores. Al precio que están, ya pueden resultar exquisitas.

Se ofrecen algunos brindis. Goya lo hace por las secretarias, por su silenciosa contribución al funcionamiento de la oficina.

Overroy, para no ser menos, lanza otro brindis.

El mío es discreto, va dirigido a Lenore Goya y representa un desvergonzado intento de chantaje emocional apelando al sentimiento de culpa.

–Para una gran abogada –exclamo–. Una persona a quien respetamos y a quien echaremos mucho de menos. –Con la cabeza señalo a Lenore.

Goya coge su vaso, se lo lleva a los labios y me sonríe. A pesar de todo lo ocurrido, no me guarda ningún resentimiento.

–Sinceramente, debo decir que trabajar con vosotros ha sido un placer, una de las etapas más destacadas de mi vida –declara con una sonrisa–. Aunque eso incluya también casos que pesarán para siempre en mi memoria. –La sorprendo dirigiéndole a Overroy una mirada de soslayo, hostil; sin embargo, el hombre está totalmente concentrado en la tarea de extraer un caracolito con un instrumento a medio camino entre un cascanueces y unos alicates.

Harry Hinds ha cruzado el río en respuesta a mi llamada. Cree que tal vez me siento dispuesto a regresar a nuestro despacho y viene a animarme a que haga lo que debo; en pocas palabras, a que salga huyendo de este lugar.

Nos reunimos en mi oficina a puerta cerrada. En el exterior, se puede oír la voz de Overroy mientras cuenta un chiste verde con fingido acento mexicano.

–¿Te has metido en algún pequeño lío? –me pregunta Harry.

–¿Qué te hace pensar así?

–Si sigues con el mismo ritmo de pérdida de personal, dentro de unos meses este lugar parecerá una ciudad fantasma, contigo y una oficina vacía.

–Tonterías –contesto–. Nadie contrataría a Overroy.

Se ríe con la ocurrencia.

–Tengo un plan –anuncio.

–También lo tenía Hitler, pero su plan terminó cuando salió del búnker y lo hicieron papilla. ¿Por qué no les dices que se metan el caso donde les quepa y vuelves al lugar al que perteneces?

Quiere decir al lado bueno de la justicia, con los criminales decentes, aquellos que quebrantan la ley de manera honesta. Debo reconocer que, en determinados momentos de las últimas semanas, la idea me ha parecido de lo más atractiva.

–Los supervisores autorizarán la contratación de otra persona –comento–. A tiempo parcial, para echar una mano en el asunto de Putah Creek. Piensan que así ahorrarán dinero, ya que el sueldo no comporta la cotización a la Seguridad Social.

–¡Estupendo! Quieren encontrar algún estúpido que quiera agarrar una úlcera sin seguro médico.

Enarco una ceja y lo miro fijamente. Al cabo de unos instantes de silencio telepático, las ondas de mis pensamientos han alcanzado el interior de su cráneo.

–Eh, eh, espera –exclama–. Ni en broma. Tengo mi propio bufete, eh. –Lo remarca con mucho énfasis.

Le muestro unos ojos de amistad defraudada.

–Eres increíble –dice–. Estoy arrojando mierda contra el viento, intentando mantener tu bufete a flote mientras tú estás aquí, ¿y ahora quieres que me una a ti en este paraíso de retrasados mentales?

En estos últimos días, Harry ha estado supervisando a dos jóvenes abogados que ha contratado para resolver mis casos menos importantes.

–Son tres mil al mes por media jornada –añado.

Distingo en la expresión de su rostro el señuelo del dinero. Pero vacila sólo un instante.

–Ni hablar.

A pesar de mi diabólica tentación, me esperaba una respuesta así de Harry. Siempre desconfía de todo lo que huela a gubernamental. Para él, firmar para el Estado supondría lo mismo que hacer tratos con el diablo. No me deja alternativa. Tendré que ir y arrastrarme ante Goya.

No me queda hombría, pero al menos he resuelto el problema. Han pasado dos días y mis rodillas aún sienten el dolor psíquico de haberse arrastrado por el duro suelo de la oficina de Lenore. Harry ha vuelto a mi oficina para traerme documentos que debo firmar con respecto a casos ya cerrados.

Alguien llama a la puerta.

–Pase.

Asoman la cabeza y los hombros de Overroy.

–Paul, tiene que venir un momento –dice–. Hay un pequeño lío en la sección de servicios generales del condado.

Por lo visto se han presentado dos individuos con sus carretillas para llevarse muebles del despacho de Overroy. Éste se deshace en sonrisas y miradas radiantes, con lo que expresa la esperanza de que yo zanje este desagradable asunto. Cuenta con un despacho suntuoso, más grande que el mío. Feretti no se lo quitó cuando lo degradó de su cargo.

–No hay ningún error, Roland, han venido para llevarse los muebles.

Pone cara de carta entregada en un destino erróneo.

–¿Qué?

Su rostro no muestra la menor señal de inteligencia; más bien, parece el de un alce en el camino de un tren de alta velocidad.

Lo diré más despacio esta vez. «Lee mis labios», pienso.

–Han venido para trasladarle –explico.

–¿De qué está hablando?

–Usted se traslada al fondo del pasillo, a la oficina de Lenore. –Le sonrío; una sonrisa irónica que le da la bienvenida a las paredes de ladrillo y a las montañas de expedientes, pedazo de asno. En un mundo más justo, Roland ocuparía el armario de los abrigos y se alumbraría con una bombilla desnuda.

Emite unos sonidos ininteligibles. Me observa como si oliera a una rata, como si por fin empezara a comprender.

–Espere un momento –exclama–. ¿Qué coño pasa aquí?

Harry me mira.

–Tal vez debería dejaros solos –sugiere.

–No. –Con la mano le indico que permanezca en su sitio–. Se trata de un traslado de oficina, eso es todo. Ocurre a todas horas en este país de mercado abierto –sonrío.

–¡No me joda! Dígame qué está pasando.

–Como le he dicho, un traslado de despacho.

–Sí, hombre –responde–. ¿Me ha tomado por un imbécil?

Lo miro como si no estuviera seguro de ello.

Harry se ha quedado a un lado, lejos de la línea de fuego.

–¿Qué he hecho yo para merecer esto? –Roland cambia de táctica, se muestra más blando; un cachorrito herido con unos grandes ojos castaños clavados en mí.

–Nada –contesto–. No se trata de un castigo. –Envuelvo esta mentirijilla con una inclinación de cabeza y se la entrego.

–Hace dieciséis años que estoy en ese despacho.

–En ese caso, debería apetecerle un cambio.

–¿Por qué no vino a verme y comentármelo antes de llamar a los operarios? –se lamenta–. Esto en realidad resulta muy poco profesional. –Ahora juega al burócrata herido.

–Fue una decisión administrativa, Roland. Nada que requiriese consultas.

–Paul. –Suena profundo y sentimental–. Todo esto no me parece correcto. –No hace más que moverse inquieto en el umbral de la puerta. Ahora se adelanta, entra, quiere llegar a mi corazón. Deja la puerta entornada y con las manos aferra el borde de mi mesa para razonar conmigo–. No puede hacerme esto. Llevo aquí muchos años. –Mira hacia atrás, como si tuviera miedo de que alguien estuviera escuchándolo todo–. Escuche –me dice en tono de confidencia–. Si necesita usted otro despacho, coja el de Goya. No, no. Mejor todavía, el de Boudin o el de Samuels. Oh, sí, ése está muy bien, el de Samuels. Él tiene poca antigüedad.

Su voz no se eleva más allá de un susurro, no deja de mirar a todos lados y por encima del hombro, como si los dos fuéramos expertos en el refinado arte de la negociación. Aquí reside la esencia del Roland que todos amamos, el que regatea con las pertenencias de terceras personas.

–No, no hay trato –imito su tono de voz bajo y suave

mientras discutimos el gran secreto del siglo–. Necesito el suyo –murmuro.

–Hijo de puta. –Lo suelta en un grito estentóreo. Se aparta de mi mesa y se pasea por el despacho pateando el suelo–. Jodido fiscal. Todo esto es una mierda. –Roland ha recuperado la forma habitual.

–De mierda nada –le digo con la más genuina sinceridad–. Necesitamos el espacio.

–¿Para qué?

–Oh, se me había olvidado. Supongo que no se habrá enterado aún. Lenore no se marcha.

Me mira como si le hubiese atravesado un rayo.

–Sí –añado–. Creí que la noticia le alegraría. Es cierto, se queda con nosotros. En cuanto disponga de una ocasión para proponerlo oficialmente a la Junta de Supervisores, Lenore será designada nuestra nueva oficial mayor. Trabajará conmigo en los casos de Putah Creek y lo hará desde su nuevo despacho.

Demasiados golpes a la vez para Roland. Pasan algunos segundos antes de asimilar lo que está escuchando, pero cuando lo hace sus ojos rezuman fuego, llamas invisibles como el vapor recalentado de un vehículo con motor de alcohol.

–Esto es una gilipollez –balbucea.

–Otra cosa –añado–. Los expedientes del despacho de Lenore. Ahora le pertenecen a usted. Tiene que comparecer ante el tribunal el lunes por la mañana, a las nueve. Buena suerte. Y no deje que se le escape ningún detalle, ¿eh?

Harry me observa con una expresión maliciosa y oportunista, en la que se reflejan las ganas de asumir la defensa de uno de los acusados del lunes por la mañana y aplastar así la otra mejilla de Overroy.

Kay Sellig deposita un maletín tras la puerta de mi despacho. Acaba de llegar del aeropuerto en taxi. Parece cansada, agotada.

–¿Cómo le fue en Ashland? –pregunto.

–Se prestaron a ayudarnos. Ahora pregúnteme qué significa todo. –Se encoge de hombros–. Unas piezas más que añadir al rompecabezas, pero a saber dónde encajan. Primero la sangre.

Sellig ha pasado dos días en el sur de Oregón, hablando con expertos del Laboratorio Forense para la Fauna Nacional. Allí analizan la sangre, los huesos y las plumas que encontramos en la plataforma de la copa del árbol próximo al lugar donde murieron los Scofield.

–En su mayor parte era animal; en concreto, de un ave –dice–. Pero no de un ave doméstica. Eso está descartado.

Es decir, no se trata de la sangre de un pollo o de cualquier otra ave que se pueda adquirir en tiendas o supermercados.

–Este detalle desbarata nuestra teoría de que pudo tratarse de una matanza ritual –prosigue Sellig–. No es que resulte imposible, pero generalmente los practicantes de estos ritos utilizan animales domésticos, que se encuentran con toda facilidad en una granja o en el patio trasero de una casa. Animales silvestres, hum, eso es otra historia. No parece nada sencillo cogerlos o adquirirlos.

»Hay otro dato más –señala–. Detectaron trazas de sangre humana. Del tipo común, A. Creemos que procede de Karen Scofield, la de Abbott era del tipo 0.

–¿No podría ser del individuo del árbol?

Niega con la cabeza.

–No. El análisis de las secreciones indica que su tipo es B. Bastante poco común.

–No me diga que se puso a mear desde allá arriba, en una esquina de la plataforma. –Intento comprender cómo han conseguido esas muestras del hombre.

–No anda usted muy desencaminado. Mascaba tabaco. Lo escupía en bolitas negras que quedaron esparcidas por toda la plataforma. Pudimos analizar la saliva.

–Recuérdeme que nunca cometa un delito en el área de su jurisdicción.

Sonríe con disimulada satisfacción. Está vaciando el maletín sobre mi escritorio a fin de encontrar las notas que ha tomado a este respecto.

–Los huesos proceden en su mayor parte de aves pequeñas y jóvenes. Este punto ha sido confirmado también por el gran número de plumas de muda enviadas al laboratorio. Entre las muestras enviadas no figuraban plumas del lomo ni de debajo de las alas del animal, todas ellas necesarias para el vuelo.

–De modo que tenemos entre manos a un asesino de pajaritos.

–No de cualquier pajarito –contesta Kay–. Aves de presa.

La miro.

–Examinaron las plumas y no cabe la menor duda. Pertenecían a halcones peregrinos. Polluelos a los que les faltaba un par de meses para volar por sí solos. Una especie en peligro de extinción protegida por el gobierno federal.

Sellig aprovecha para indicarme que el laboratorio también ha mostrado interés en saber quién mató a estas aves.

–Si acaban agarrándolo, puede pasarse una temporadita entre rejas en una cárcel del gobierno federal.

–Tendrán que ponerse a la cola –contesto.

–¿Cree que ese individuo mató a los Scofield?

–¿Y usted qué opina?

–Es posible. Supongo. A lo mejor lo descubrieron mientras cometía un delito contra las leyes federales sobre la naturaleza. Hay gente que ha matado por menos de eso.

–Sin embargo, tendrá que admitir que el hombre no se andaba por las ramas y estaba bien preparado.

–¿Lo dice por las estacas y la cuerda?

Hago una mueca de afirmación. Si quien se hallaba en el árbol asesinó a los Scofield, no perdió un segundo para clavarlos al suelo con estacas y conseguir así el efecto de un crimen de imitación. Me da la sensación de que, en realidad, el individuo del árbol no fue el asesino, sino un mero testigo de los hechos. De momento son muchas las preguntas sin respuesta.

Llevo casi una semana estancado con la preparación de los documentos necesarios para la extradición de Iganovich. Debo decidir si vamos a acusarlo del asesinato de los Scofield. Si no consigo demostrar su culpabilidad y nos los devuelven, no podré juzgarlo por estos mismos crímenes después. De acuerdo a la ley, se necesita saber qué pasos se van a seguir antes de que se conceda la extradición.

–Después de todo, tal vez lo hizo Iganovich –digo.

Ella niega categóricamente con la cabeza. Se muestra inflexible en este punto.

–Las discrepancias siguen aumentando –señala–. No pudo matarlos a todos. Además, ahora ya sabemos cómo consiguió someter a las parejas.

–¿Cómo?
–Una pistolita eléctrica. Según nos ha informado su jefe en la compañía de seguridad, al ser extranjero, la ley no le permitía llevar un arma de fuego en el trabajo, de modo que usaba esa pistola.
Se me agrandan los ojos y ella se da cuenta. Ya le he contado lo de la pistolita confiscada a Iganovich por las autoridades canadienses.
–Exactamente –asiente.
Le pregunto si ya la ha recibido.
–Nos la enviarán en cuanto la examinen.
Las leyes de este estado sólo establecen unos requerimientos mínimos para la posesión de una pistola eléctrica. No se necesita licencia de armas ni permiso alguno.
–¿Cómo la introdujo en el avión?
–Contiene pocos componentes metálicos. Seguramente, superó el control de los detectores sin mayores problemas.
–Representa un alivio saber que nos encontramos en buenas manos al viajar en avión –gruño.
–De cualquier manera, los expertos opinan que las víctimas fueron abatidas con este tipo de arma.
–¿Hasta qué punto resulta efectiva?
Esboza una mueca.
–Produce calambres locales en algunos grupos de músculos y un dolor intenso. Las víctimas caen al suelo con pérdida casi total de la conciencia, estado en el que permanecen durante un período de entre tres a quince minutos, según la duración de la sacudida.
–Tiempo suficiente para arrastrarlos hasta la furgoneta y atarlos.
Sellig coincide conmigo.
–¿Se produce algún ruido?
–Como el de un palo al aplastar un insecto en el jardín.
Reflexiono unos momentos y por fin lanzo la pregunta que Kay está esperando.
–¿Se encontraron señales similares en los Scofield?
Niega con la cabeza.
–Ni una.
Otra razón en que apoya su convicción de que Iganovich no mató a los Scofield.

–No tiene sentido esperar más –digo–. Hay que traer al ruso. Completaré la solicitud de extradición basándome solamente en los asesinatos de los cuatro estudiantes. Le diré a Emil que ya no se trata de una simple conjetura y que mejor será que comencemos a buscar al segundo asesino.

Se desatarán las fuerzas del infierno.

15

Han pasado cinco semanas desde mi viaje a Canadá. Ahora me encuentro en el juzgado de Capital City concluyendo un caso. Un acuerdo con el fiscal del distrito; un tema menos del que Harry tendrá que preocuparse. Terminamos y me dirijo al baño.

Me lavo las manos en el lavabo a la vez que me miro en un espejo con el azogue manchado.

Oigo una conversación en el pasillo. Hay algo familiar en una de las voces, una aversión que no logro precisar. Se acercan. Me apresuro a secarme las manos.

De pronto se abre la gastada puerta de madera y por el espejo distingo a un joven de veintitantos años, corpulento y con granos y pelo que más bien parecen púas. Lleva más clavos en su cazadora de cuero que los que tiene una rueda para la nieve. Cuando pasa por la puerta me doy cuenta de que su cuerpo cubre todo el marco.

Le sigue de cerca Adrian Chambers. Me ve y se detiene en seco. Su labio superior, ribeteado con un bigote, se frunce en una débil sonrisa. En el cristal manchado del espejo la imagen posee una esencia transparente, etérea; la de una visión de las más bajas regiones de la humanidad.

Chambers se come media frase de la conversación con su cliente y desde la puerta estudia la parte posterior de mi cabeza. Siento que se me eriza el vello de la nuca.

–Bien, bien, consejero. ¿Usted por estos andurriales? Habría creído que con su influencia utilizaría los lavabos de la parte trasera. Se refiere a los que no tienen pintadas como estos, sino grifería dorada; los que emplean los jueces en los pasillos privados detrás de sus cámaras.

Por fin avanza un poco hacia el tipo con granos, que se encuentra ya ante un urinario.

–Disculpe mi incortesía –se burla Chambers–. Mi cliente, el señor James Sloan. Le presento a Paul Madriani.

No me molesto en mirar al chico.

–Encantado –digo.

El de los pelos en punta es, probablemente, un pedófilo al que habrán cogido merodeando por los lavabos de algún colegio. En este punto de su carrera Chambers se halla, sin ninguna duda, muy ocupado trepando de nuevo por la escala judicial.

–El señor Madriani es muy importante aquí. Es el fiscal del distrito del condado de Davenport.

El chico ya se ha inclinado en el urinario de su elección, el del fondo. Me dedica una mirada inexpresiva, a la que sigue un pequeño escalofrío, más bien un temblor. No puedo determinar si eso tiene que ver con las funciones propias de su cuerpo o si constituye una muestra de su actitud hacia la ley. Estoy convencido de que Chambers le daría mi dirección y número de teléfono si dispusiera de ellos.

–Pensaba llamarle –comenta Chambers–. ¿Es cierto lo que he oído decir? ¿Que no piensa acusar a Iganovich de los dos últimos asesinatos, el del profesor y su mujer?

Apareció en todos los periódicos matinales. Emil y yo habíamos acordado no prestarles atención, no ofrecer información pública acerca de las nuevas historias de un segundo asesino. Nos limitaríamos a dar vagas referencias a la carencia de indicios suficientes y a una investigación en marcha.

–En fin, Adrian, ¿qué puedo explicarle? Si lo ha leído usted en la prensa, será verdad.

Sigo dándole la espalda. Hago una bola con la toalla de papel y la tiro a la cesta de basura.

–¿Qué pasa? –sonríe–. ¿Es que ha tropezado con dificultades a la hora de atar los cabos sueltos? ¿O tal vez está aguantando el tipo por si la acusación del asesinato de los estudiantes no llega a buen puerto? Entonces, quizá piense en arreglarlo acusando a Iganovich de los dos últimos crímenes.

Me vuelvo y le miro directamente a los ojos.

–Vamos, Adrian, no invadiría su feudo por nada del mundo. «Arreglar» las cosas siempre ha sido su especialidad.

Deja de sonreír en el acto. Su rostro está a poca distancia del mío, y nos observamos sin parpadear ni desviar la mirada.

Por fin habla.

–Señor Sloan, debería usted saberlo. Nuestro amigo aquí presente es una persona muy recta. El señor Ética.

Le habla a su cliente sin mirarlo. El chico tiene problemas para colocarse la polla en el sitio. Lleva una docena de cremalleras en la cazadora y no se aclara con la única de los pantalones.

–Un verdadero santo –prosigue Chambers.

Por fin pasea la mirada por la larga fila de urinarios. Ha perdido su audiencia. El chico necesitará un cirujano si intenta forzar un poco más la bragueta.

Chambers se vuelve hacia mí rápidamente, en un intento de desembarazarse de la comedia que se desarrolla en el otro extremo del lavabo. No se limita a mantener un rencor. Lo fomenta, lo abona, lo cultiva, lo observa crecer hasta que domina su vida como el cáncer domina los cuerpos.

–No me extraña que parezca un poco preocupado –dice–. Se encontrará en apuros con el estatuto de extradición. Se le está acabando el tiempo.

Se refiere a los sesenta días de trámites fijados como límite para el tratado. Según la ley, si la vista no se ha llevado a cabo durante este período de tiempo, que se inicia a partir del arresto del acusado, Iganovich puede quedar libre por decreto del tribunal.

–No es necesario que se preocupe tanto por nosotros –contesto.

–Oh, no me preocupo. –Me contempla como si guardase un as en la manga–. Dígame, ¿está usted dispuesto a prescindir de la pena de muerte?

–No apueste por ello.

Pasa casi rozándome camino de la hilera de retretes.

–En ese caso –dice– todo resulta un tanto bizantino. No conseguirá traerlo aquí para que sea juzgado en este país.

–Yo no me mostraría tan seguro.

–Es curioso lo de los canadienses –sonríe–. Una gente tan sensible; tan orgullosos y tercos...

Suelta un poco más de veneno que, sin lugar a dudas, sobrepasa por completo las puntiagudas entendederas de su joven cliente.

–Creo que nuestro amigo se encuentra metido en un verdadero atolladero –continúa–. Un caso que no puede resolver. Aunque también es cierto que eso no constituye ninguna novedad –se dirige hacia un retrete.

–Yo en su lugar me andaría con más cuidado, Adrian.

Se vuelve hacia mí y me clava una mirada con toda la sucia intensidad de que son capaces sus ojos.

–¿Por qué?

–Porque si no anda con cuidado, va a perder la mejor parte de usted cuando tire de la cadena.

El chico suelta una sonora carcajada. Es la primera y única cosa que ha entendido.

Agarro mi maletín, que había dejado sobre el toallero, y salgo dejando a esa maravilla con granos riéndose solo, peleándose aún con la cremallera y mirando la puerta del retrete, que se ha cerrado de golpe.

Pero Chambers tiene razón en una cosa, aunque hasta el momento no sabe de la misa la media. Tengo un problema. Con todas las discrepancias que se presentan en los asesinatos de los Scofield, incluso los claros indicios contra el ruso pueden no resultar suficientes. Si el abogado defensor sabe manejar con destreza la teoría de que alguien cometió todos estos asesinatos, se podría llegar a la conclusión de que la policía todavía anda buscando al verdadero asesino. Con tiempo y una mente ágil, el defensor seguro que encontrará explicaciones válidas para las estacas y la cuerda que hallamos en la furgoneta del ruso. Con este telón de fondo, los asesinatos de los Scofield se convierten en una llave inglesa dispuesta a apretarle las tuercas a mi caso.

Dicen que el tiempo todo lo cura. Mi relación con Nikki no está curada, ni mucho menos, pero tal vez hayamos superado ya lo más escabroso de mi última metedura de pata, al recoger los restos de la vida de Mario Feretti. Han tenido que pasar casi dos meses para alcanzar este punto, en el que ella se ha dignado a ayudarme en un aspecto de los casos de Putah Creek. Con un tono bastante sarcástico, ha llamado a esto una «excursión familiar».

Esta noche me he ofrecido a entretener a Sarah en mi despacho mientras Nikki trabaja en el ordenador. Sarah se coló por la puerta como si hubiese entrado en Disneylandia.

–Aquí está –señalo.

En el centro de uno de los espacios vacíos del laberinto

que forma mi oficina, se encuentra un ordenador portátil procedente de la casa de Karen Scofield.

Denny Henderson y Claude se pasaron casi toda una tarde registrando la casa en busca de pistas acerca del trabajo que estaba realizando la pareja antes del asesinato. No sacaron nada en limpio, excepto unos cuantos papeles que Claude está estudiando y el ordenador, que él me envió aquí.

Antes de fisgonear y para evitar el riesgo de perder información vital, he pedido ayuda a Nikki. En sus diversos empleos ha manejado todo tipo de ordenadores. Pensaba comenzar un *master* en informática, pero de momento sus planes están en el aire a la espera de que yo encuentre tiempo para colaborar en las tareas de la casa.

–¿Sabes qué *software* usaba? –me pregunta respecto al ordenador portátil de Karen Scofield.

Me encojo de hombros y señalo un montón de pequeñas cajas de cartón y libros que Claude se llevó del apartamento junto con la máquina.

Comienza a pasar páginas, a leer los índices de los libros. Yo permanezco a su lado, de pie, sintiéndome como una planta en su maceta.

Me mira por encima del hombro.

–Vete a jugar con tu hija –dice.

Sarah está en mi mesa, enarbolando una grapadora, un fajo de papeles y un lápiz. De vez en cuando me llama y me entrega importantes pedazos de papel cubiertos de un galimatías que asegura poder descifrar, números y unas pocas letras, algunas de las cuales aún están escritas del revés. Esta noche jugamos a los bancos, y ella es la cajera. La comedia dura casi una hora, hasta que Sarah se cansa del jueguecito. En el cuarto de al lado, Nikki todavía sigue enzarzada con la máquina. Por fin, mi hija empieza a bostezar y se quita los zapatos, señal inequívoca de que el sueño ya está rondando. La pongo en el sofá de la zona de recepción y la tapo con mi abrigo. Cinco minutos más tarde está dormida.

Me dirijo a la oficina, me siento en la silla de mi mesa y cojo el teléfono.

Claude contesta al segundo timbrazo.

–Soy yo. ¿Ha encontrado algo?

–No mucho. Correspondencia personal casi todo. Unas cuantas cartas. Hay una cosa.

–¿Qué?

–Dos cartas dirigidas a un laboratorio comercial de sur con sendos pedidos de ratones vivos.

–¿Ratones?

–Sí, no cabe duda de que a la señora le daba por los ratones.

–Para experimentos, a lo mejor. Scofield era un científico.
–Mi profundo e impenetrable conocimiento de la ciencia.

–Es posible –responde Claude–. Pero ¿tres mil en un período de cuatro meses?

–¿Tres mil? ¿Qué podría hacer alguien con tres mil ratones?

Emite un insondable sonido desde el otro lado de la línea, dando a entender que no tiene ni idea.

–A lo mejor se los comían. Podría ser el aperitivo de moda entre los estudiantes.

–¿Encontró rastro de ellos en la universidad, en el despacho de Scofield o en el laboratorio?

–No, pero eso explica lo de las bolitas.

–¿Qué bolitas?

–Grano, bolitas de grano para el ganado. Encontramos sacos de noventa kilos, todavía cerrados, y una gran cantidad de polvo de grano, como si hubiera habido más sacos antes en un rincón del laboratorio.

–No entiendo.

–A los ratones les encanta el grano. Mi padre alimentaba con él a los cerdos. Tenía toneladas. Los ratones siempre lograban romper los sacos cuando los almacenaba en el granero. Se ponían las botas.

–¿Cree usted que los Scofield le daban grano a los ratones?

–No lo sé. Según me han dicho, hay un par de estudiantes que ayudaban a los Scofield en sus proyectos. Mañana enviaré a Henderson para ver si puede localizarlos. Quizá puedan darnos alguna pista.

–¿Algo más?

–No, nada.

–¿Es todo lo que había en su despacho?

–Sí, y lo he leído todo tres veces.

–De momento, guarde los documentos en el armario de las pruebas –indico–. Le veré por la mañana. Para entonces supongo que ya sabré si tenemos algo en el ordenador.

Nos despedimos y cuelgo el teléfono.

Oigo un tecleo afuera: Nikki sigue trabajando. Entro para enterarme de cómo va el asunto. La pantalla del ordenador portátil está toda cubierta de menús. Echo una ojeada por detrás del hombro de Nikki y observo largas listas de palabras iluminadas al cambiar ella las pantallas.

–Supongo que estás buscando ficheros, cosas que grababa para almacenarlas o imprimirlas.

–Exacto.

En la mitad inferior de la pantalla sobresale algo de entre los símbolos estándar de tres a cuatro letras. La palabra «PEREGRINO».

–Ahí –señalo–. ¿Qué es eso?

Pulsa unas teclas y aparece una pantalla limpia. En la parte superior se observa el nombre del directorio, PEREGRINO, con la designación del disco duro, la letrita «C:».

–¿Podemos meternos en el directorio? –pregunto.

–Eso es el menú. Podemos entrar, pero no nos servirá de nada.

–¿Por qué no?

–Porque está vacío –explica.

–No lo entiendo.

–De haber ficheros, aparecerían listados aquí, en el menú, por el nombre del fichero.

Nikki retrocede otra vez hasta el directorio principal.

–Ahí está, grande como un archivo pero sin fichas. ¿Y esto? –Señala otra entrada: PEREGRINO 42.

–¿Qué es?

–No es el listado del directorio. No se ve la designación DIR, parece un fichero mal colocado –observa Nikki–. A lo mejor alguien pulsó una tecla por error y almacenó el dato en el directorio base sin querer.

–¿Podemos llamarlo?

Vuelve a emprenderla con el teclado y esta vez aparece una carta en la pantalla. No hay ningún saludo ni información sobre la dirección del destinatario; sólo el nombre «Bill».

Comienzo a leer la carta, con la sensación de estar interrumpiendo un diálogo entre dos viejos conocidos. En ella aparecen referencias a asuntos que ya han tratado en envíos anteriores, pero sin ofrecer claves concretas sobre ellos. Intento extraer lo que puedo leyendo entre líneas.

Querido Bill:

En cuanto a su carta del 9 de febrero, tres pares están ahora en su lugar. Otros siete han sido atendidos individualmente. Si todo sigue así, estaremos a pleno rendimiento a principios del verano y en posición de observar el progreso de manera continua.

Si puede enviar otros cuatro pares antes de la primavera, creemos poderlos poner antes de las nevadas. Esperamos su respuesta.

Karen

–¿Entiendes algo? –me pregunta Nikki, mirándome.

–No estoy seguro. Representaría una gran ayuda si pudiéramos averiguar lo que hay antes de esa carta. Otras piezas en la cadena de la correspondencia.

–Se trata de una conjetura solamente –responde–, pero a lo mejor el autor numeró en secuencia lo que contiene cada materia, cada fichero con su número separado.

–¿Existe algún modo de saber qué más había en el directorio PEREGRINO? ¿Podemos recuperar los ficheros perdidos?

La manera en que arquea las cejas indica un alto grado de dificultad.

–¿Podrías intentarlo? ¿En esta oficina? –pregunto–. El ordenador no puede salir de aquí.

Me mira como si me recriminara el hecho de que no confíe ni siquiera en mi propia mujer.

–¿Cuándo tengo que venir para hacerlo?

–Puedes hacerlo por la noche, mientras yo me encargo de cuidar a Sarah.

Me doy cuenta de que estoy tensando el arco de la tolerancia de Nikki. Me observa casi asombrada de que haya tenido valor suficiente para expresarle esta petición. La audacia del abogado.

Se encoge enérgicamente de hombros.

–Sólo una vez, y luego se acabó –dice–. Después terminas este caso. El paso siguiente es que yo vuelvo a la universidad así caigan rayos y centellas. ¿Entendido?

Asiento. De acuerdo.

–Lo digo en serio –advierte–. No me importa en qué problemas te metas. O te vuelves a tu bufete y no te enredas en otra historia, o lo nuestro habrá terminado.

Cinco días después estoy en el antiguo despacho de Feretti, encerrado con Lenore Goya a fin de preparar el futuro proceso de Andre Iganovich. En Vancouver llevan tres días liados con un proceso de extradición que en principio debía durar únicamente dos. Cada hora recibimos competentes y detallados informes de Denny Henderson, a quien Claude ha enviado a Vancouver sólo para eso.

Lenore y yo trabajamos en la vista preliminar, en que pondremos a prueba los datos recogidos hasta el momento frente a un magistrado imparcial. El objetivo es obtener una orden de detención del ruso y conseguir que el tribunal superior lo juzgue por cuatro asesinatos en primer grado.

Con toda probabilidad, esto no sucederá antes de cinco meses.

Suena el teléfono exterior, el de la «línea roja».

–Hola.

Es Henderson, nervioso y sin aliento.

–No va usted a creerlo. –Respira como si acabara de participar en una prueba olímpica–. Está en la calle.

–¿Quién está en la calle? ¿De qué me habla?

–Iganovich. El tribunal le ha concedido la libertad hace cinco minutos.

–¿Qué?

–Un problema con la documentación.

Se me hiela la sangre en las venas. Todos los documentos enviados a Canadá han salido de este despacho.

–Despacio. Cuénteme lo ocurrido.

–La defensa presentó una moción al final de la vista, a la que llamaron «moción por falta de evidencias» debido a un defecto de la documentación. Apareció de la nada. Jacoby se quedó anonadado. Los abogados de Iganovich descubrieron que la copia certificada del decreto de acusación no era correcta.

–Pero ¿de qué está hablando?

–La sección del código penal, el decreto de asesinato que nosotros enviamos para acusar al ruso, resultó ser un estatuto antiguo que fue anulado y vuelto a redactar en otros términos.

Oh, mierda. Me lo digo a mí mismo, en silencio, dentro de ese lugar reservado a todo el pánico íntimo. Lo que Henderson me está diciendo es que alguien se ha cargado el sencillo trabajo de copiar el estatuto y certificarlo para su uso en la vista canadiense.

–Espere –digo. Cubro el auricular con la mano–. ¿Quién copió los estatutos para la documentación de la extradición? –Estoy hablando con Lenore.

Mueve la cabeza dando a entender que no sabe nada.

–Las copias se hicieron antes de que usted me incorporara al caso. ¿Qué ha pasado?

–Han soltado al ruso.

A Goya se le agrandan los ojos.

–Encuentre a quien reunió los documentos. Tráigame al responsable.

Lenore sale camino de la sección de taquigrafía.

Hablo de nuevo con Henderson.

–¿Dónde está Iganovich ahora?

–Se marchó del juzgado con sus abogados. Los seguí escaleras abajo. No perdieron el tiempo: cogieron un taxi y desaparecieron. Jacoby hizo que dos agentes los siguieran, para intentar no perderlos de vista.

–No puedo creerlo –suspiro–. ¿No podían retenerlo?

–Según Jacoby, no. Dice que todo el problema residía en los documentos. No paraba de repetirme que el demonio se esconde en los detalles, aunque no sé muy bien a qué se refiere con eso. –La voz se pierde un poco, como si hubiera apartado la boca del auricular–. Está aquí, ¿quiere hablar con él?

Enseguida me llega la voz de Jacoby.

–¿Oiga? Lo siento, amigo, pero no pude hacer nada para evitarlo. Con el estatuto de los sesenta días a punto de expirar, el tribunal no tenía más remedio que soltarlo. Debería usted alegrarse de no haber asistido a la vista. Su señoría estaba muy furioso. –Jacoby habla del juez canadiense–. Tres días de su tiempo a la mierda, y encima tiene que dejar al acusado libre por culpa de un detalle técnico. No ha resultado un espectáculo agradable, no señor.

Pido disculpas por el enredo. Le aseguro que investigaré lo ocurrido hasta el fondo.

Mientras hablo con Jacoby mi mente retrocede en el tiempo y me acuerdo de la orgullosa actitud de Chambers en el lavabo. De repente me doy cuenta de que por entonces él ya estaba informado del problema. A lo mejor hacía semanas que lo sabía y estaba esperando el momento oportuno para saltar y cerrar la trampa.

Jacoby quiere averiguar cuánto tiempo necesitaré para obtener una nueva autorización de arresto.

–Comprenderá usted que, dadas las características del individuo, preferiríamos que no pasease libremente por nuestras calles... durante demasiado tiempo.

–Tardaré una hora. Se lo enviaré por fax. La nota diplomática del Departamento de Estado puede tardar un poco más.

Se trata de un requerimiento para efectuar un arresto provisional en un país extranjero, un trámite previo a una nueva vista de extradición.

Lenore vuelve seguida de Irene Pérez, una de las taquígrafas. Su expresión refleja temor; intuye que está metida en un lío sin saber las razones.

Les pido que aguarden un momento.

Pulso el botón del interfono. Se pone Jane Rhodes.

–Consígame el número del Departamento de Estado en Washington, el de los abogados que se ocuparon del caso Iganovich. Esperaré.

Irene Pérez comienza a temblar. Igual me ensucia la alfombra si no la tranquilizo un poco.

–Siéntese y relájese. Estaré con usted en un par de minutos.

Rhodes me habla.

–¿Quiere que llame yo misma?

Gracias a Dios, por fin un poco de eficiencia.

–Sí. Llámeme cuando los encuentre. Dígales que se trata de una emergencia. Si se encuentran en una reunión, dígales que no hay más remedio que interrumpirla.

Irene Pérez tiene veinticinco años, es madre soltera de un niño al que he visto en la oficina en alguna ocasión familiar. Es una mujer agradable y cumplidora. En estos momentos se siente aterrada ante mí, al otro lado de la mesa.

–No la hago responsable –comienzo–. Fue culpa mía por

no haber comprobado la documentación. Sin embargo, tengo que averiguar cómo ocurrió. –Explico el jaleo que se ha armado en Vancouver debido al documento de marras.

–No debería usted culparse a sí mismo –responde.

La miro como agradeciéndole su absolución y le pido que me cuente lo ocurrido.

–No se encontraba entre los papeles que usted revisó.

–¿Por qué no?

–Porque los libros de los códigos estaban siendo puestos al día. Las partes anuales. –Se refiere a los pequeños boletines que salen anualmente con las nuevas leyes, y que se insertan en los anexos de la parte trasera de cada volumen–. Estábamos sustituyéndolos. Todos los libros aparte, en la biblioteca. –Habla como si fuese la responsable de este proyecto.

–¿Qué ocurrió entonces? –pregunto.

–Llamó un abogado de Washington, creo que del Departamento de Estado. Dijo que necesitaba la sección del código para completar el paquete de la extradición antes de enviarlo a Canadá. Insistió en que lo necesitaba para el día siguiente, así que se lo enviamos por correo urgente.

La miro de soslayo.

–Se supone que este tipo de llamadas debe atenderlas un abogado, Irene.

–Y así fue, pero no usted, porque en aquel momento no estaba en la oficina. –Me contempla con sus grandes ojos aceituna, inocentes–. El único abogado disponible entonces era Roland, el señor Overroy. Él se encargó del asunto.

Me quedo sentado con la mirada fija en Irene. Se crea un silencio sepulcral, y maldigo y lamento en mi interior el destino cruel que arrebató ese documento de las competentes manos de Irene Pérez.

16

Centro Mundial para Aves Rapaces. Resulta un nombre bastante poco probable para una organización; pero Nikki me pasa un pedazo de papel con este título, junto con un nombre y un número de teléfono. Es la información que ha obtenido del directorio «PEREGRINO», de los ficheros que faltan del ordenador de Karen Scofield.

–Creo que se carteaba con este grupo –dice.

Nos encontramos en la cafetería del juzgado de Capital City, durante una pausa para almorzar. Yo estoy cerrando uno de mis antiguos casos a petición de Harry. Es la primera vez que cruzo el río desde hace más de un mes y, aunque me parece extraño, me siento a mis anchas.

–Ese sitio está en Boise, Idaho –dice Nikki–. El número de teléfono lo he obtenido de Información. Aparece en el listín actual. Llamé anoche y me respondió un contestador automático.

–Bastaba con que te hubieras ocupado del ordenador.

–No hay cargo adicional –dice. Me dedica una sonrisa maliciosa–. Ahora cumple con tu parte y termina el caso.

En el pedazo de papel no figura ninguna dirección escrita, sólo un apartado de correos.

–¿Cuánta correspondencia pudiste recuperar?

–Fragmentos aquí y allá. Los ficheros del *backup* estaban incompletos.

–Habría sido estupendo saber qué decían esas cartas.

–Date por satisfecho con esto. –Saborea el yogur a pequeñas cucharadas, dándole vueltas a la cucharilla en la boca y con el vasito de plástico con la marca «Yoplait» delante. Alrededor de nuestra mesa comienza a arremolinarse la gente para ocupar espacio y tomar un almuerzo ligero.

–¿Cómo fue *Fern Gully*?

Se ríe de mí. Ya se las arregló para que cumpliera mi palabra de entretener a Sarah mientras ella trabajaba con el ordenador anoche. Se trajo una docena de libros infantiles, de esos que tienen letras tan grandes como las que los aviones de publicidad dibujan en el cielo. Y además una cinta que pasé en el vídeo de la oficina. Estuve acampado en mi despacho con Sarah enroscada en mi regazo, leyendo y viendo el vídeo hasta que, después de dos horas, la niña se quedó dormida.

Nikki terminó la tarea de extraer los ficheros perdidos a primera hora de la mañana siguiente.

–He conseguido su nombre y el del centro gracias a una etiqueta para el correo que Karen escribió en el ordenador. Decía «William», y supuse que sería el «Bill» de la carta. Todo forma parte del mismo directorio.

La miro.

–Algo hemos adelantado.

–Menos da una piedra.

Le doy la razón.

–Esta tarde pondré a Dusalt a trabajar en ello.

Nikki está observando el periódico que he extendido sobre la mesa. Lee de abajo arriba.

–Espero que no entre en tus planes presentarte como candidato para algo estatal. –Es una pulla sobre el titular que aparece en mitad de la página del diario.

EL FISCAL DEL DISTRITO COMETE
UN GRAVE ERROR.
EL SOSPECHOSO EN LIBERTAD

Forma dos grandes columnas en letra negrita o, en otras palabras, una soga de cáñamo alrededor de mi cuello.

–Nada más lejos de mi intención –aseguro.

Lamento el día en que crucé el río hacia Davenport y me eché sobre los hombros el trabajo de Feretti. Nikki y Harry tenían razón. Sólo el orgullo me impide reconocerlo abiertamente.

–A este paso tendré que adoptar de nuevo mi apellido de soltera –dice Nikki.

Ha visto el «Orinal de Davenport», que esta mañana me ha puesto por los suelos. Los periódicos más importantes, procedentes del sur, y las emisoras de radio también han relatado la historia tal y como ha ocurrido; dicen que Iganovich se encuentra bajo vigilancia y que probablemente lo vuelvan a detener en cuanto los documentos estén preparados. Era el mejor giro que podíamos darle a los acontecimientos, considerando la situación actual.

Aquí la historia resulta diferente. Los periódicos locales me han dejado a la altura del betún. La culpa de que Iganovich se halle en libertad ha recaído por completo en la oficina del fiscal y sobre todo en el propio fiscal, que soy yo. Emil Johnson hace unas declaraciones en el periódico de esta mañana; la libertad de Iganovich, dice Johnson, «representa un fracaso de nuestro sistema jurídico». Para Emil, el sistema jurídico y los organismos encargados del cumplimiento de la ley (sobre todo el suyo) constituyen entes distintos y separados. Emil posee un talento especial para el arte de la política. Los votantes no lo verán mucho tiempo en la escena de este naufragio.

Ingel se me ha echado encima; se ha pasado una hora entera gritándome a través del teléfono. Me ha dicho que esta locura me perseguirá cuando vuelva a mi trabajo en Capital City, que supondrá un estigma en mi carrera, y que Acosta está esperándome. En cuanto a él mismo, insinúa que llamará a la Oficina General de la Fiscalía del Estado para que investiguen los errores que provocaron la puesta en libertad del ruso, y que yo tendré que responder a todas las preguntas. «A mí me parece un caso de flagrante negligencia», han sido sus últimas palabras antes de colgar.

Miro hacia la caja registradora, la cinta transportadora de bandejas y clientes. Distingo a Lenore Goya. No se encontraría en esta parte del río si no contara con un motivo importante. Me está buscando afanosamente con la mirada; yo levanto un brazo para atraer su atención, nos ve y se abre camino hacia nosotros.

–Siéntese –le digo.

Saluda a Nikki con la cabeza y le dirige una cálida sonrisa. Lleva el bolso colgado de un hombro y con un movimiento de cabeza se sacude los mechones de pelo negro que le invaden la cara.

–No hay tiempo –dice–. Tenemos problemas.

–La situación no puede empeorar demasiado.

–No se juegue usted la casa. Acaba de llamar Jacoby. Anoche los agentes perdieron a Iganovich. Se les escurrió.

Corro como un desesperado camino del garaje para regresar a Davenport y averiguar lo que pueda sobre el nuevo contratiempo. El tribunal me ha concedido un aplazamiento para la sesión de esta tarde.

Junto a mi coche me aguarda una figura de pie, cuya identidad no adivino bajo la tenue luz de los tubos fluorescentes en este búnker de cemento. Me acerco. El rostro del hombre se vuelve en la penumbra. Es Armando Acosta.

–El alguacil me dijo que venía usted hacia aquí.

–Las noticias vuelan.

–Quiero hablar con usted, enterarme de qué diablos ocurre en Canadá. Es usted un maldito incompetente.

Por un momento me pregunto si ya sabe lo de la huida de Iganovich. ¿Dispondrá de mejor información que yo?

–Tengo prisa.

–Ha echado a perder la extradición. Dicen que tendrá que comenzar de nuevo. ¿Cuántos meses tardará?

Lo miro. Aún no se ha enterado. Cree que lo peor es el retraso de todo el proceso, y en realidad mi calvario empezará cuando le llegue la noticia de la fuga del ruso.

–Se lo advertí –gruñe.

Hace referencia a Ingel y a los supervisores de Davenport, a los que pidió que no me nombraran a mí. Por mi parte, comienzo a desear que le hubieran hecho caso.

–No tengo tiempo ahora.

Paso por delante de él y abro la puerta del coche. Me coge por el hombro y yo le aparto la mano. Estamos más cerca que nunca de iniciar una pelea física. Nos contemplamos intensamente durante un segundo, en el que la lava se desliza por la mirada. Después se aparta un poco con los ojos aún brillantes como ascuas. No es su hermana lo que le preocupa; el Coco está furioso porque no me arrodillo ante su autoridad.

–Se lo advertí –le tiembla la voz. Casi me mete un dedo en el ojo–. Le dije que si lo jodía todo me lo iba a cargar.

Me hallo al volante, con la puerta cerrada y el motor en

marcha. Él sigue hablando con la cabeza asomada por la ventanilla, bajada para poder maniobrar sin aplastarlo contra el coche de al lado. A estas alturas, no me faltan ganas de hacerlo.

El coche arranca y se aferra con las manos a la ventanilla.

–Acudiré al fiscal general –dice–. Una demanda formal, una queja en toda regla. Pediré que se investigue su conducta. El fiscal general tendría que haberse encargado del asunto desde el principio. Se lo van a comer, ¿me oye? Se lo van a comer.

Comienza a gritar mientras retrocedo en mi plaza de aparcamiento. Intento actuar como si Acosta no estuviera ahí, como si no existiese.

Al conducir hacia la salida aún me llega su voz solitaria, desnuda de cualquier rasgo de su acostumbrada afectación y elegancia. Vomita veneno detrás de mi coche y la estructura del garaje reproduce el eco.

–El fiscal general, cabrón, hijo de puta. ¿Me oyes? Tendrás noticias del fiscal general.

Harry me sustituirá esta tarde ante los tribunales. Lenore, Claude y yo nos hemos reunido en el despacho de Emil Johnson, que no cesa de dirigirme severas miradas desde su sillón, preludio, imagino, de otras cosas que aparecerán en la prensa. Johnson ha colocado los dos pies encima del escritorio, enfundados en dos botas de piel de serpiente con punteras de plata. Un vaquero de lujo.

Denny Henderson está relatando desde Vancouver los detalles de la desaparición de Iganovich.

–Fue a eso de las cuatro de la madrugada. Se les escurrió a los dos agentes que vigilaban el motel. –La voz de Henderson por teléfono suena como si saliera de una tubería–. Ellos piensan que recibió ayuda.

Emil es todo oídos.

–¿Lo ayudaron a escapar?

–Sí.

¿Qué clase de ayuda recibió?

–Creen que eran dos. Los agentes no tienen ni idea de su identidad, pero uno de ellos efectuó una maniobra de distracción: incendió un contenedor al fondo de la calle. Los agentes pensaron que se trataba de un edificio y abandonaron la vigilancia durante un par de minutos para comprobarlo. Por la mañana descubrieron que Iganovich se había largado. El empleado de recepción dice que lo vio salir con dos tipos en un sedán último modelo.

–Estupendo –exclama Emil–, parece que tendrían que contratar a ese recepcionista para funciones de vigilancia; al menos se entera de lo que pasa a su alrededor. Siga atento y llame en cuanto se produzca una nueva noticia. –Pulsa un botón y se hace el silencio–. Maldita sea –gruñe. Ha sacado los pies del escritorio y ahora aprieta la barriga contra el borde–. Al menos eso explica el asunto de los Scofield.

–Ejem. –Claude lo mira–. ¿Por qué?

–Eran tres. El ruso se cargó a los chicos y los otros dos a los Scofield.

En la mente de Emil la cosa ya está resuelta. Igual ha decidido incluso servirle la idea a la prensa antes de que los canadienses puedan revelar que Iganovich se ha fugado.

–¿Por qué? ¿Cuál sería el móvil? –pregunto.

–Están locos –afirma–. Ustedes vieron los cuerpos. Díganme si esos parecen actos de gente cuerda, de mentes lógicas.

Lenore se burla de esto.

–Si trabajan juntos, ¿por qué no encontramos pruebas en el apartamento del ruso o en la furgoneta? Los forenses habrían descubierto cabellos, huellas o cualquier otra cosa. Y si trabajaban juntos ¿por qué usaron una cuerda diferente para los Scofield? ¿Por qué clavaron las estacas sobre heridas previas?

Emil le dedica una sonrisa burlona con la que le insinúa que si quiere unirse al club y jugar con los chicos, lo mínimo que debería hacer es no llevarle la contraria.

Pero Goya ha aprendido deprisa. Un día después de unirse al grupo de trabajo, ya había digerido todos los informes de las pruebas existentes. Ahora podía escupirle a Johnson los hechos con la seguridad de un ordenador.

Emil refleja la sensación de querer dejar de lado todos esos detallitos molestos. Sin embargo, Lenore tiene razón: algo está pasando aquí. Algo más de lo que sabemos.

–Bien. ¿Qué hacemos ahora? –pregunta Emil.

–Esperar –respondo.

–¿A qué?
–A ver qué dicen los canadienses.
–Eso le puede ir bien a usted –replica Emil–, pero algunos debemos revalidar nuestro cargo público, tenemos que presentarnos a la reelección. –Enfatiza el acento en esta última palabra.
–No dentro de dos días.
–La gente es inconstante –declara–. Tiende a recordar cosas como ésta.
Se refiere a cuando los rivales en las elecciones procuran recordarle a la gente historias así. Emil desearía darle un giro favorable al asunto antes de que los detalles del desastre se fijen en la opinión pública como bloques de cemento.
–¿Y qué pasa si vamos corriendo a la prensa y al día siguiente lo vuelven a capturar los canadienses? Quedaría usted en ridículo –señalo.
–De todas formas, la jodieron ellos. Se les escapó ante sus narices. No pienso esperar para recordar a los periódicos que la única razón de que el tipo ande suelto es una equivocación que cometieron usted y los de su oficina.
–Yo tengo otra pregunta –dice Claude.
–¿Sí? –Emil se muestra impaciente por escuchar esta última contribución.
–¿Qué pasa si el tipo comete otro asesinato en Canadá?
Emil abre mucho los ojos. No ha tenido en cuenta esta posibilidad.
–Hijo de puta –exclama–. Convocamos una conferencia ahora mismo y nos adelantamos.

La nota diplomática y la autorización de arresto han llegado a Canadá. Claude y yo hemos convencido a Johnson para que no haga declaraciones prematuras y aguarde al menos un día para su conferencia de prensa. Pero si mientras tanto los canadienses no encuentran a Iganovich, no podremos mantener el secreto por más tiempo.
De momento, estoy entregado a otras tareas más inmediatas; en concreto, Roland Overroy y su incompetencia.
–Puede ocurrirle a cualquiera –afirma.
Ahí concluye su excusa para remediar el error que dejó en

la calle a Andre Iganovich; por no haber consultado los anexos anuales al código, y en especial el estatuto vigente para casos de asesinato.

Son casi las seis. Le he dicho a Roland que se quede para hablar conmigo, y he esperado hasta que casi todos los miembros de la oficina han salido para casa. Ahora lo tengo enfrente de mí para responder de sus interferencias en los casos de Putah Creek.

–¿Qué esperaba usted? –pregunta–. En mis actuales condiciones de trabajo no doy abasto. Me coloca usted en un cuchitril al fondo del pasillo y exige que trabaje bien. Al menos podría pedirle a Lenore que se ocupe de algunos de sus antiguos casos.

Le recuerdo que el error crucial en este asunto se cometió antes de que él se encargara del trabajo de Lenore, cuando aún disponía de tiempo para hacer sus cruceros en el delta.

Se queda como si tal cosa.

–Usted sabe que yo estaba trabajando en estos casos. ¿Por qué no me comentó lo de la llamada de Washington? –Se lo pregunto en tono mesurado, intentando controlar la antipatía que me provoca.

–Porque ya había zanjado el tema. –Su actitud es despreocupada y da a entender que el episodio ya ha concluido. Su idea de zanjar el tema se reflejó en enviar un estatuto revocado hace nueve años.

He llegado a preguntarme si este contratiempo fue calculado a manera de venganza o producto de pura negligencia. Pero este cabrón es tan idiota que ya he descartado cualquier sospecha.

Ahora comienzo a cuestionarme acerca de las nuevas historias, las filtraciones a la prensa de nuestras teorías concernientes a un segundo asesino, a un imitador. Tales revelaciones no van más allá de lo que Overroy parece capaz de pensar, me parece. La suya constituye una santa cruzada, en la que intenta rehacer su orgullo y su poder.

Le comento que hay gente detrás de esas declaraciones que ya ha solicitado una investigación del fiscal general. La noticia no parece afectarle mucho, como si toda la responsabilidad de la oficina recayese en mí. Estoy seguro de que a Roland no le costaría nada producir una docena de respuestas astutas, todas ellas con el objetivo de presentarme a mí como el único culpable.

Lo echaría a la calle de manera fulminante si no fuera por la Comisión de Servicio Civil. A ellos les gustan los castigos graduales, un millón de pequeñas faltas documentadas por escrito una docena de veces y con sesiones de asesoramiento, para que el culpable pueda comprender lo que hizo mal. Tan obsesivo y prolongado resulta el proceso, que Roland y centenares como él se van grabando muescas de incompetencia en los brazos de sus poltronas a manera de insignias honoríficas. Para detallar todos los errores que comete en un solo día, yo necesitaría jornadas intensivas de trabajo. Y de este modo, Roland ha sobrevivido casi tres décadas y ha visto desfilar a cinco fiscales de distrito diferentes.

–Si quiere echarle la culpa a alguien –dice–, échesela a la muñeca.

Le dirijo una mirada interrogante.

–Pérez –señala–. Su responsabilidad es meter los anexos en los libros. No puede desviarse de esa tarea. Debería usted reprenderla a ella. –Una de las joyas de la corona de Roland: culpar a otros de sus propios errores.

Suena el teléfono por la línea privada. Se trata de Claude, que me llama desde la prisión del condado.

Mientras escucho a Dusalt, puedo observar en Overroy los primeros signos de ira trabajados con esfuerzo. He oído decir que a veces le organizaba escenas a Feretti cuando la situación lo requería. Al final enterraban el hacha de guerra, olvidaban el asunto y Overroy continuaba comportándose del modo habitual.

Escucho con interés lo que me cuenta Claude. Overroy intenta averiguar algo sobre esas noticias tan suculentas espiándome el rostro. Sin embargo, mantengo una inexpresividad absoluta.

–Llegaré ahí dentro de cinco minutos. –Cuelgo.

Roland no se pierde detalle. Antes de que haya colgado ya está hablando de nuevo.

–La próxima vez que alguien llame con toda urgencia, no haré nada sin consultarle antes.

–¿Prometido?

Eso lo irrita aún más.

–Desde que vino, usted se ha comportado como un auténtico cabrón. –Un insulto para abastecer la caldera–. Tiene miedo de que me concedan el cargo de Feretti. Desde que llegó ha estado siempre detrás mío persiguiéndome. Me ha hecho encargos denigrantes. Coge usted a un abogado sin experiencia de la oficina y le confía los mejores casos. Pero claro, usted y ella... –Se muerde la lengua sin terminar la frase.

En el cerebro se le revuelven las escasas células grises que posee. Si acusara a Goya de obtener un ascenso a cambio de favores carnales, abriría la puerta a una querella por acoso sexual presentada por ella. Roland lo sabe. Antes de que él pudiera abrir la boca, Goya lo plantaría ante un tribunal federal amparada bajo el Título VII. Todo este asunto lo consume, el hecho de que Goya ocupe su antigua posición. Con Roland, la cuestión no está relacionada con méritos personales obtenidos sin esfuerzo alguno. No, la verdadera medida del éxito para él consiste en provocar la caída en picado de las carreras de los que le rodean.

–¿Qué quiere que le diga, Roland? ¿Quiere usted que le exprese mi sincera valoración sobre sus habilidades? No le gustará oírlo, pero si es lo que desea... lo tendrá. –Me encojo de hombros–. Usted no es un portento de abogado. En una escala del uno al diez, a lo sumo le concedo un dos. Es usted un vago y un incompetente. Carece de iniciativa. –Miro al techo como si repasara una lista mental previamente confeccionada–. Y supongo que tendría que añadir que, en general, resulta usted un pesado, una auténtica molestia. ¿Queda claro? Y ahora que hemos terminado, lo pondré por escrito y lo archivaré. ¿Satisfecho?

Me observa con unos ojos brillantes y redondos de loco.

–Es usted un gilipollas –exclama–. Un gilipollas total.

–Sí, un gilipollas, pero sepa que no le pierdo de vista. De manera que le aconsejo que abra bien los ojos y haga de su capa un sayo. –Estoy enfadado y mi voz adquiere un volumen bastante superior al habitual. Antes de darle tiempo a que me responda, remarco mis últimas palabras–. Apártese de mi vista. Tendrá mi informe mañana a primera hora.

De este modo pongo fin a la sesión.

Su salida resulta teatral, como la de un actor histriónico hinchado por su maravillosa interpretación. Cierra la puerta a sus espaldas con tal ímpetu, que el cristal tiembla a punto de romperse.

Espero hasta que se pierde el eco de sus pasos. Acto seguido descuelgo el abrigo y me dispongo a reunirme con Claude, que me está esperando en la prisión del condado. Si por culpa de ese estúpido error de Roland, Iganovich hubiera cometido un crimen en Canadá, ahora yo estaría en condiciones de presionarle para que solicitara la jubilación anticipada. Sin embargo, tal como se presentan los acontecimientos, me parece que los hados han derramado hoy toda su esencia sobre Roland Overroy.

La llamada de Dusalt ha sido breve y directa. Andre Iganovich ha sido entregado, esposado y encadenado, a la cárcel del condado de Davenport hace menos de tres cuartos de hora.

Como Hawkeye y Chingachgook, aunque no tan morenos y menos esbeltos. Benny Sánchez y su hermano exhiben su audaz perfil ante los fotógrafos de prensa arremolinados en busca de un ángulo adecuado para esa foto especial, que mañana adornará la edición de sus respectivos periódicos. Los equipos de la televisión acaban de llegar y comienzan a preparar los focos. Yo los observo por una ventana de las que tienen un espejo por la otra parte, desde un cuartito requisado por Claude.

Los hermanos Sánchez posan en la zona de recepción y les narran a los periodistas cómo capturaron a Iganovich. Se lo llevaron de su habitación en un motel bajo las mismas narices de la policía canadiense, y cruzaron la frontera entre los dos países burlando el dispositivo especial de vigilancia. Digamos que éste no es el mejor momento para recordar la ilegalidad de tales acciones.

Claude me señala que Emil se enfrenta a un cruel dilema. No sabe exactamente qué hacer con estos dos hombres; si arrestarlos por secuestro o condecorarlos.

–Veinte mil dólares –añade Claude–. Ésa es la cantidad que les pagó el doctor Park por seguir al ruso durante el proceso de extradición y esperar a que se les presentase la oportunidad de traerlo aquí. Me he entrevistado con Park. Lo tengo en una habitación de la parte trasera, por si usted desea verlo y hablar con él.

Comenta que Park está deshecho, dispuesto a purgar su delito en la cárcel. Según Dusalt, al doctor le torturaba la idea de que llegáramos a un acuerdo respecto a la pena de muerte.

–Dijo que no confiaba en el rigor de nuestros procedimientos, que temía que nos mostráramos blandos. Por eso decidió tomar cartas en el asunto. ¿Quiere hablar con él?

–No. El daño ya está hecho.

–¿Lo acusará de algo?

–No creo –contesto.

En realidad, me enfrento al mismo problema que Emil. Si se le acusa y se le juzga, cualquier tribunal razonable otorgará a Park el premio Nobel.

–¿Alguien ha hablado con Jacoby? –pregunto.

–Por poco me arranca la cabeza –responde Claude–. Dice que las autoridades de Ottawa se sienten «ultrajadas». Ésa fue la palabra. Tuve que jurarle por lo más sagrado que nosotros no teníamos nada que ver con el secuestro; pero creo que se siente más que receloso. Me advirtió que presentará una nota de protesta al gobierno federal y exigirá a la vez que se les entregue al sospechoso a fin de cumplir los trámites debidos. Quiere saber si nos mostramos de acuerdo con ello.

Hace sólo unos años una nota así habría sellado nuestro destino. Primero, Iganovich habría sido devuelto a Canadá para completar el proceso de extradición, y después nos quedaríamos bloqueados por un tribunal federal hasta que ese proceso finalizara. Sin embargo, el Tribunal Supremo ha cambiado las normas.

En un caso en el que estaba implicado un médico mexicano y el asesino de un agente del departamento antidroga, el Tribunal Supremo dejó las puertas abiertas al rapto como remedio aceptable para conducir a los fugitivos ante los tribunales de justicia de nuestro país.

Claude está mirando también a través de la ventana, por encima de mi hombro.

–Ha llegado Emil –anuncia.

Johnson entra como si todo esto de venir y preocuparse del bienestar de los borrachos enchironados formara parte de sus rondas habituales, pan de cada día. A mitad de la entrada principal sonríe con sorpresa fingida. Qué coincidencia, aquí está la prensa. Toda la pantomima de una película muda. Dirige a las cámaras una ancha y luminosa sonrisa. Les estrecha las manos a los Sánchez y reparte golpecitos en la espalda y felicitaciones a diestro y siniestro. En esta postura, los tres se hacen multitud de fotos que inundarán las periódicos de mañana. Los dos hermanos presentan un aspecto de no haber dormido en tres días; corbatas arrugadas, pantalones sucios y barbas como alambres. De pie al lado de Emil parecen los parientes pobres de Pancho Villa gozando del abrazo de oso de George Patton.

No alcanzo a escuchar la conversación, pero puedo ver que Emil evita las preguntas. En mitad de una sonrisa forzada se forman en sus labios las palabras «Sin comentarios».

Por fin se desembaraza de la multitud y se dirige a la puerta que lleva a nuestro cuartito. Claude pulsa un botón y se oye el ruido del picaporte al abrirse. De repente, nos invade una explosión de sonido, de voces, una descarga de preguntas del exterior.

–Mañana tendré algo más que contarles. –Es la despedida de Emil–. Mañana –repite–. Ya ha conseguido entrar, y da un portazo con la autoridad del acero galvanizado, con lo que logra aislarnos del clamor procedente del exterior. La sonrisa desaparece del rostro del *sheriff*.

–Qué cerdos –protesta–. Debería meterlos en una bañera, darles una buena ducha y luego rociarles el pito con un poco de DDT. –Se dirige a Claude pero con la mirada fija en la puerta, como si aún tuviera delante a uno de los hermanos Sánchez.

Luego se vuelve y me ve.

–Ayúdeme, fiscal. –Hace una breve pausa para ordenar sus pensamientos. No esperaba encontrarme aquí–. En menudo follón nos han metido. Los periódicos quieren averiguar si estamos implicados en esta pequeña incursión en Canadá. Lo mismo que preguntarme si todavía pego a mi mujer. Malo si lo hago, malo si no lo hago. Si declaramos que no hemos participado en el secuestro, nos tomarán por un puñado de gilipollas; pero si afirmamos que bendecimos la hazaña, Park y Sánchez me llamarán embustero. Y entonces incluso quedaremos peor. –El dilema le obliga a sacudir la cabeza–. ¿Qué haría usted, consejero?

–Creo que ha manejado bien el asunto –le tranquilizo.

Mis palabras le animan.

–Una complicada situación internacional –prosigo–. Lo mejor es que de momento hablemos lo menos posible. No tiene sentido que nos indispongamos con nuestros vecinos del norte o con el Departamento de Estado.

Ninguno de estos dos grupos puede votarle en las próximas elecciones, pero de todas formas Emil parece aceptar mis razones. Por ahora. Se quita la gorra del uniforme y con la palma de la mano enjuga el sudor de la cinta.

–¿Podrá usted sentarlo en el banquillo?

Respondo afirmativamente con un gesto.

–¿Por crímenes capitales? –Quiere decir si puedo solicitar la pena de muerte.

–Sí.

–Entonces quizá todo este jaleo no resulte tan mal.

–Los canadienses armarán mucho ruido –afirmo–. Grandes titulares.

–Que se jodan –replica Emil. Ésa constituye su versión de la doctrina Truman.

–Dios nos coja confesados cuando el próximo fugitivo se marche hacia el norte –interviene Claude.

–Mientras no proceda de este condado... –tercia Emil.

Dusalt me mira.

–Tendrá que llamar a Jacoby por la mañana y decirle que no vamos a devolver al sospechoso.

–Exacto– concluye Emil.

17

Lester Osgood es un juez de capacidad limitada. Lo pasaría mal en cualquier escenario donde no fuera el protagonista. Pero esta mañana Adrian Chambers y yo nos presentamos ante él en su reino provisional, una sórdida estancia situada en el sótano de la cárcel del condado.

El lugar sirve de sala de tribunal extraordinario en casos de alta seguridad juzgados en esta zona de jurisdicción. Hemos venido aquí para procesar a Andre Iganovich.

El ruso permanece esposado a una silla de metal que a su vez está fijada en el suelo. Lleva un mono carcelario de color naranja, y la palabra «prisionero» aparece estampada en grandes letras a lo ancho de la espalda. Tiene la cintura amarrada por otro juego de esposas y los pies con argollas, de modo que al caminar haga sonar tantas campanillas como los renos de Papá Noel. Tras él hay dos corpulentos funcionarios desarmados.

Chambers se sienta a una mesita cerca de su cliente. Entre los dos, un intérprete designado por el tribunal; una mujer que traducirá al prisionero cualquier cosa que se diga en la reunión.

En el pasillo aguarda una manada de periodistas de prensa y televisión, lo que ofrece al proceso una cierta atmósfera circense.

Osgood repasa los documentos que se apilan encima de su escritorio. Nos dice que no dispone de mucho tiempo, que a las ocho y media debe comparecer en el juzgado. Propina el martillazo de rigor sobre la superficie metálica de la mesa y un centenar de conversaciones mueren en mitad de la frase.

–Señor Chambers, ¿está listo su cliente?

Yo me quedo en pie solo y lo bantante separado como para no invadir las confidencias que Chambers y su cliente se susurren al oído.

–Preparados, señoría.
Osgood me mira.
–La acusación está preparada –asiento.
–¿Dispone usted de una copia de la información, señor Chambers?
Adrian la exhibe para indicar que ha recibido el documento de acusación en este caso concreto.
–¿Podemos prescindir de una lectura formal? –pregunta el juez.
Chambers se muestra generoso. Con su asentimiento permite a Osgood saltarse una lectura de todos los detalles contenidos en un informe criminal, algo ciertamente voluminoso. En lugar de eso, se lanza a los puntos esenciales con lenguaje más sencillo.
–Señor Iganovich.
El ruso levanta la mirada y la fija en el juez. No parece muy alterado por la situación. Yo diría que mucho menos que Chambers.
–¿Es usted Andre Iganovich?
La intérprete se lo traduce al oído. Breve pausa.
–*Da*.
–Sí –traduce la mujer.
–¿Ha utilizado alguna vez otro nombre?
Otra traducción seguida de una intensa mirada del acusado. De pronto una luz brilla en sus ojos.
–A veces llamarme hijo de puta –responde. Sonríe. Algunos de los periodistas sueltan una carcajada. Osgood los contempla con severidad.
El juez le pide al acusado que hable en su lengua natal, que se olvide de su inglés defectuoso y de los chistes baratos.
–Será mejor para el expediente –asegura–. Se lo preguntaré de nuevo: ¿se le ha conocido alguna vez bajo otro nombre?
Iganovich le dedica una sonrisa cautelosa y después lo mira, algo que en algunos países podría interpretarse como un intento de seducción de hombre a hombre. No parece muy intimidado por la actitud de Osgood. Posiblemente, haya sido sometido a peores interrogatorios en su país de origen.
A la traducción le sigue un *nyet* y el «no» de la intérprete. No tiene ningún alias, o al menos eso dice él.

–Andre Iganovich. Se le acusa de cuatro asesinatos en primer grado.

Osgood procede a la lectura de las fechas de los crímenes y de los nombres de las víctimas, los cuatro estudiantes universitarios Julie Park, Jonathan Snider, Sharon Collins y Rodney Slate.

–¿Entiende usted la acusación?

Tiene lugar una pequeña conferencia mientras la intérprete media entre Chambers e Iganovich.

–*Da* –asiente Iganovich.

Es lo último que logro entender. De pronto, un *stacatto* de palabras ininteligibles, aspavientos grandilocuentes, sacudidas de cabeza e intentos de cubrirse el rostro con las manos esposadas para resguardarse de las calumnias. Hacia el final de la exhibición me dirige breves miradas sesgadas, venenosas, y entonces escupe al suelo en mi dirección.

–Ya basta –dice Osgood.

–Sí. Ah... ah...

La intérprete intenta ganar tiempo a fin de recopilar el exuberante discurso antes de reproducirlo.

–Sí, entiendo –traduce–. Pero no es... ah. Yo no lo hice. Yo no he matado a nadie. Son mentiras. –La intérprete busca la palabra exacta y al final dice «basura». Es posible que el ruso haya utilizado términos más enérgicos y que ella se acoja a la licencia poética–. No es verdad lo que dicen, lo que dice ese hombre. Es un mentiroso, un... ah...

Doy por sentado que la expresión «ese hombre» se refiere a mí. La mujer levanta la cabeza como si quisiera encontrar en el aire el adjetivo exacto.

–Un jodido embustero.

Hasta ahí la licencia poética. Omite el escupitajo y se limita a observar los restos en el suelo, que flotan sobre algo como un huevecito verde en su propio jugo. Por lo visto existen ciertos límites incluso para la traducción textual.

–Señor Iganovich. No toleraré el lenguaje soez en mi tribunal. Nos reunimos aquí por una razón: llegar al fondo de este asunto y determinar la verdad. No tiene usted que preocuparse, porque recibirá un juicio justo.

Osgood se expresa en un torrente de tonos tranquilos, el vivo retrato de la bien compuesta autoridad paternal.

Iganovich lo contempla como si del desayuno se tratase, y para terminar le dedica otra mirada seductora. Se diría que al acusado le atraen los hombres poderosos, y quizá hasta le gustaría encontrarse a solas con Osgood en esta sala inclinado sobre la mesa con la toga levantada por detrás. Como mínimo la mitad de los miembros de la asociación de abogados del condado le concederían la oportunidad, si de ellos dependiera.

El juez informa al acusado de la variedad de confesiones ante la ley: inocente, culpable, inocente por motivos de enajenación mental, *nolo contendere*. Le pregunta a Iganovich si ha discutido este asunto con su abogado.

La intérprete afirma que sí lo ha hecho. Antes de poder acabar, él dice «inocente». Mira con arrogancia a un lado y sostiene una expresión condescendiente en su rostro, como si quisiera indicar que ésta no ha sido su última palabra, su declaración final sobre el asunto. Después me ve a mí y me dedica una sonrisa irónica que deja entrever una especie de estaca rota de una cerca, un mapa desdentado del viejo mundo. Me mira como si me estuviera tomando las medidas para un ataúd.

A Nikki le encantaría todo esto. No hemos hecho más que empezar y ya estoy recibiendo amenazas psíquicas de muerte. Ésta fue una de las razones que la impulsaron a insistir en que dejara mi trabajo en la oficina del fiscal del distrito en Capital City, hace doce años: el temor a que uno de mis acusados consiguiera mi dirección y la usara para intimidarme. Amenazas que a mí, con el tiempo y la experiencia en el puesto, me sonaban más y más ociosas.

–¿Está dispuesto su cliente a formular un alegato, señor Chambers?

–Lo está, señoría.

Muy bien. Osgood recita un cargo tras otro. Cada acusación de asesinato en primer grado es contestada por la intérprete con un «inocente» y anotada en el expediente, tras habérselo oído decir a Iganovich en un pésimo inglés. El ruso ha hecho caso omiso de los consejos anteriores, y el juez se ha dado por vencido.

–Señor Chambers, en cuanto a todos y cada uno de los cargos, ¿se une usted a su cliente en todos sus alegatos?

–Sí, señoría.

–¿Han tenido la oportunidad de hablar de posibles fechas para una vista preliminar? –Osgood nos dirige la pregunta a los dos, a Chambers y a mí.

–No, señoría –contesto.

–Señoría, en este momento, antes de abordar la cuestión de una vista preliminar, el acusado quiere elevar una solicitud de libertad bajo fianza –anuncia Chambers. Mientras habla va tachando puntos pendientes en su agenda. Distingo otras anotaciones debajo de las ya marcadas.

Osgood me dirige una mirada de sorpresa, a la que yo no puedo menos que corresponder. Chambers no puede estar hablando en serio. Un sospechoso que huyó a Canadá y se escudó tras la muralla china de la extradición, y él pide que lo pongamos en la calle. A estas alturas no sé quién podría resultar más sospechoso: Iganovich, que puede matar de nuevo, o Kim Park, que contrataría a alguien para liquidar al ruso así que pusiese el pie en la calle.

–Señoría, no deberíamos ni siquiera considerar la posibilidad de una libertad bajo fianza. –Presento un rostro distendido con una sonrisa, como si se tratase todo de una broma–. Me refiero a los problemas que se generarían, al hecho de que el acusado representa una amenaza pública, de que él mismo se ha convertido en el blanco de las iras de esta comunidad que se halla al borde de la histeria.

–No constituye una amenaza pública –advierte Chambers– hasta que, y a menos que, resulte condenado. En este país todo el mundo goza de la condición de inocencia hasta que se demuestre lo contrario. Hubiera creído que el señor Madriani, un reconocido paladín del lado de la defensa desde hace años, sería consciente de ello y no lo olvidaría con esa aparente facilidad.

Ve que le dirijo una sonrisita burlona.

–Me alegra que el señor Madriani encuentre tan graciosa esta moción –dice–. Quizá así le resultará más fácil encontrarle algún término medio razonable a la cuestión.

–¿No existe una sección en el código? –Osgood repasa torpemente el libro que tiene enfrente suyo sobre el escritorio.

Un estado que dispone de una ley para cada cosa y un juez que no conoce una sola de esas leyes. Como otros tantos jueces de los condados rurales de este estado, Osgood comenzó a ejercer la abogacía de una manera bastante mediocre, pero su buen instinto político lo llevó a ocupar uno de los tres juzgados municipales. En las reuniones de la asociación local de abogados actúa como un gallito, distante de los que no considera sus pares en la esfera social, lo cual incluye a cualquiera que quede por debajo del Tribunal Superior. Ni la más remota posibilidad de que deje ir al acusado. Tal vez no conozca la ley, pero se sabe al dedillo los teoremas de la política de un condado pequeño. Denegará la fianza incluso si tiene que basar su decisión en la vieja doctrina escolar: «mala suerte».

Le indico que consulte la sección doce sesenta y ocho del código penal.

Hojea frenéticamente el libro, su Biblia.

–En casos de homicidio –añado–, en los que la prueba resulta evidente y existen fuertes indicios de culpabilidad, el acusado no podrá ser puesto en libertad bajo fianza. Yo argüiría que este caso es uno de ellos, señoría.

–Aquí está –dice Osgood–. Ya sabía yo que habría un estatuto al respecto.

Lo muestra como si el público le tuviera que conceder un punto por haber superado la pregunta. Y así cada día que Osgood entra en la sala de un tribunal.

–No obstante, las pruebas no son evidentes –objeta Chambers–. Y a decir verdad, los indicios de culpabilidad no poseen tanta credibilidad en este caso.

Con los ojos Osgood me dice: «¿No esperará que le aplique el estatuto a los hechos?». Comienzan a formarse pequeños relámpagos de pánico en su mirada, sin saber qué camino tomar a partir de ahí.

Intento calmarlo.

–No constituye un criterio lo suficientemente substancial, señoría. En este caso, la cuestión de si las pruebas son evidentes o si los indicios de culpabilidad son fuertes se convierte en si existe la mínima evidencia para sostener el veredicto de la pena capital.

Lo guío por el laberinto verbal de las estacas y la cuerda encontradas en el vehículo del acusado, de la alfombra ensangrentada del asiento delantero y del hecho de que los forenses han relacionado estos objetos con los cuatro crímenes.

Cuando concluyo, Osgood se siente plenamente convencido y comparte mi opinión. Ahora hace un gesto confiado con la cabeza, dando a entender que el tema estaba claro desde el principio y que él es un juez que ha llegado a una conclusión.

–Señor Chambers, el fiscal del distrito se ha expresado de manera convincente –declara–. Considero que la sección del código es aplicable a esta vista.

Chambers se levanta de la silla e intenta hablar.

La mano de Osgood se yergue en el aire y lo contiene, como un buen agente de tráfico. No quiere oír nada que pueda hacer tambalear su decisión. Si pudiera, se pondría cera en los oídos y comenzaría a canturrear.

–Incluso si presentase la mínima inclinación por dejar en libertad a su cliente –mientras habla dedica alguna que otra mirada a los de la prensa, que toman notas frenéticamente–, que no es el caso –esto último lo expresa con tono severo, con sentimiento y las mejillas a lo Richard Nixon–, la ley se muestra clara. No puedo decretar la libertad bajo fianza para su cliente. La moción queda denegada.

Chambers se sienta, le habla a su cliente y por medio de la intérprete se produce un intercambio de susurros. Iganovich se siente limitado por algo más que un idioma extranjero, pues las esposas y las ataduras le impiden gesticular libremente.

–¿Por dónde íbamos? –pregunta Osgood.

–Había que fijar una fecha para la vista preliminar –recuerdo.

–Ah, sí. –Se dirige a Chambers–. ¿Cuánto tiempo desea para preparar la defensa?

Chambers no lo oye, ya que aún sigue dialogando con su cliente.

–Disculpe, señor Chambers, si no le importa...

Por fin Chambers mira al juez.

–¿Cuánto tiempo necesita para presentar su caso en una vista preliminar? Estamos intentando fijar una fecha.

–Ésta me parece una discusión poco productiva –contesta Chambers.

–No si usted desea una fecha.

–Ya tenemos una –replica Chambers.

Osgood se está cabreando. Puede que no conozca la ley,

pero sí tiene claros los modales que exige en su tribunal. No piensa tolerar semejante comportamiento por parte de un abogado.

–Abogado –dice–. Estamos intentando fijar una fecha para una vista preliminar. Si no puede ayudarnos, daré por sentado que su caso estará listo dentro de... –piensa un momento– dos días. –El precio por tocarle las narices a un juez–. Y lo fijaremos para...

–La vista preliminar tendrá que llevarse a cabo dentro de diez días –contesta Chambers–. El acusado rehúsa aplazamientos.

Osgood se queda fulminado. Mira a Chambers como si no estuviera seguro de haber oído bien.

–Señoría. –Me acerco a la mesa–. Es imposible que este caso esté preparado en diez días. Se trata de un caso de pena capital. La vida de un hombre está en juego. ¿Entiende esto el acusado?

–Lo entiende –afirma Chambers–. Si debe permanecer entre rejas pendiente de la vista preliminar, el acusado rehúsa a todo aplazamiento. –Me mira y sonríe.

–Ridículo –digo.

Chambers se encoge de hombros.

–El fiscal del distrito tiene la elección; diez días para la vista preliminar o la libertad de mi cliente, exento de toda acusación.

Chambers está recitando la ley. Según las normas estatales, un acusado que rechaza aplazamientos tiene derecho a una vista o acusación en el plazo de diez días. De lo contrario, se le tiene que dejar en libertad.

–Es absurdo –repito. Osgood se encoge de hombros–. Hable con el abogado, señoría. Pregúntele si comprende las consecuencias de lo que pretende. –Me preocupa la posibilidad de una apelación posterior.

Osgood hace lo que le sugiero a través de la intérprete. Entre ésta y Chambers se produce un breve diálogo inaudible. Lo que queda claro y no precisa de traducción es que Chambers lleva la voz cantante, mientras que Iganovich mantiene una actitud pasiva y asiente a las palabras de su abogado. Su expresión se tranquiliza a medida que escucha. Contesta en tono de resignación.

–Entiendo –dice la intérprete–. Comprendo a mi abogado. Rehúso a cualquier aplazamiento.

–Señor Chambers, espero que sepa usted lo que está haciendo –dice Osgood.

–Lo sé –Chambers le dirige una sonrisita burlona–. Sé lo que estoy haciendo, señoría.

–Su hombre resulta todo un jodido especialista en el arte de los chanchullos –declara Claude. Así describe a Adrian Chambers.

Le he pedido a Dusalt que investigue discretamente a Chambers; en concreto, cómo se hizo con la defensa de Iganovich. Si bien me pregunto cómo va a pagarle, no albergo duda alguna de sus deseos por obtener el caso. Aparte de fastidiarme, conseguirá una publicidad que no tiene precio en un caso que, sea cual sea el resultado, significará un gran avance en la tarea de recuperar una reputación arruinada.

–El ruso tiene a una anciana tía abajo en el valle. Ése fue su contacto para entrar en el país y la clave de Chambers para involucrarse en el caso. La mujer tiene noventa y dos años y chochea bastante; pero es el pariente más cercano del ruso.

Por lo visto su nombre apareció en la prensa después de que registramos el apartamento del ruso. Un periodista espabilado lo sacó a la luz echando mano de unos documentos de la compañía donde trabajaba Iganovich. La entrevistaron y habló por los codos, sobre todo acerca del carácter de su sobrino.

–¿Ha hablado usted con ella?

Abre su libro de notas.

–Al parecer Chambers aterrizó en la puerta de su casa con un maletín lleno de contratos la mañana misma en que se divulgó la noticia. A este tipo no le gusta perder el tiempo –concluye Claude.

–¿Firmó ella?

Asiente.

–Y encima no le costó un centavo.

–Hombre generoso.

–Un verdadero príncipe.

–¿Qué le contó él?

–Que podía ayudar a su sobrino. Que estaba convencido de que Iganovich no había cometido los crímenes porque tenía un rostro honesto. Su fotografía salió en los periódicos de esa mañana, procedente de la agencia que concede las licencias para los guardas de seguridad en el estado. –Se detiene por un segundo–. La anciana firmó en todos los puntos marcados. Le otorgó a Chambers plena autorización para actuar en el caso con la sola condición de que Iganovich aceptara y ratificara los contratos.

–Lo que naturalmente hizo –apunto.

–Claro. Oh, y otro papelito.

Del bolsillo se saca una hoja plegada del tamaño de una carta y me la entrega. La abro y la leo. Es un contrato firmado por Chambers y la tía del ruso, por el que se le conceden al abogado todos los derechos literarios y de imagen relativos a los asesinatos de Putah Creek y al proceso de Andre Iganovich.

–Bueno, al menos ya sabemos cómo piensa cobrar –dice Claude.

–¿Diez días? –pregunta ella–. Sea realista. Creía que nos concederían al menos noventa. Tengo la agenda a reventar.

Lenore Goya ha entrado en mi despacho, cuya puerta está abierta. Está buscando unos documentos, algo que se ha dejado en alguna parte con el revuelo de mi regreso de la primera sesión con el ruso.

Mira aquí y allá y remueve mientras murmura por lo bajo. Lenore deberá acarrear gran parte del peso de la preparación en los próximos nueve días, sin olvidar otras obligaciones y algún desorden que irá creando Overroy, hundido hasta las cejas en varios de los antiguos casos de Goya.

–También yo pensaba que dispondríamos de más tiempo.

La animo comentándole que al rehusar el aplazamiento, Chambers juega con cartas marcadas.

–Estupendo –contesta–. Le dará nuevo sentido al término consejo incompetente. Más razones para que el acusado apele.

Los dos sabemos que todo esto son tonterías. Chambers está loco... como un zorro.

–Sabe exactamente lo que se hace –dice ella–. Nos está conteniendo. Los huevos contra la pared.

Lenore tiene razón, sin duda. Chambers no está tan loco como parece.

–Alguien que hace una cosa así en un caso de pena capital. –Hace una mueca con la cabeza–. Cuando le hicieron la circuncisión tiraron a la basura la parte equivocada. –Hasta aquí la opinión de Lenore Goya sobre el abogado Chambers.

Toma asiento en la silla frente a mi escritorio y comienza a poner los pies en el suelo, ya de vuelta desde la estratosfera. Ésa constituye una de sus mejores características como profesional del derecho ante los tribunales. Cuando presiente que la va a dominar la ira, sabe controlarse deprisa y disimular de manera que la sala no aprecia el más mínimo cambio.

Sonríe por fin y se anima.

–En fin. Seguro que Osgood le sirvió de mucha ayuda.

Levanto los ojos al cielo para confirmar sus sospechas de que la actuación del juez fue la propia de un inútil.

–Casi tuve que llevarlo de la mano para que le preguntase a Iganovich si comprendía los riesgos de reducir el tiempo de espera. El juez estaba a punto de marcharse de la sala sin mencionar siquiera ese punto.

Ahora que Osgood se ha visto implicado en el caso tendrá que cargar con la vista preliminar. Será el castigo que le impondrá el juez presidente por permitir que Chambers pusiera patas arriba el calendario del tribunal.

Comentamos esta posibilidad.

–Si le asignan la vista, se encontrará en un apuro de mil diablos. El primer indicio del miedo es la hostilidad, y eso le hará volverse contra nosotros.

Lenore está en lo cierto. Me imagino a Osgood representando su papel ante la prensa; una sonata judicial concebida para cubrirse las vergüenzas con un tema frecuentemente repetido: el fiscal presentó el caso, presentó los cargos y ahora no se siente preparado para sacarlo adelante. De paso, aprovechará para entonar una loa en pro de las tareas del juez sobrecargado e incomprendido.

–Cada vez que esgrima el martillo y se encuentre con las manos llenas de mierda, nos echará la culpa. –Me dirige una mirada fría y dura–. Osgood podría soltarlo –añade.

Le contesto con una inclinación ligera de cabeza.

–Es lo único que no hará. Aunque tenga que decretar a regañadientes una orden de retención para obligar a Iganovich a pasar por el proceso, y de paso cargarnos a nosotros con la culpa de los defectos de forma, no soltará al ruso. Nos convertirá en los responsables del apuro en que se halla el tribunal, nos pisoteará siempre que le resulte posible, pero no cabe duda de que enviará este caso al Tribunal Superior.

Lo que me asusta es que la orden de retención pueda resultar defectuosa, basada en indicios marginales que no podremos sostener en caso de apelación, algo que podría acabar invalidado dentro de dos años tras un costoso proceso y una condena.

Lenore y yo hablamos de las probables defensas que esgrimirá Chambers en la vista preliminar. Coincidimos en que no sacará a la palestra sus mejores caballos para este primer espectáculo. Cualquier sorpresa fatal para nuestro caso –una coartada potencialmente creíble sugerida por un testigo sorpresa, un experto forense capaz de leer en las hojas de té–, todas estas bazas se las reservará para el proceso. El peso de las pruebas del estado en una vista preliminar no basta para arriesgarlo todo a las primeras de cambio. Si Chambers dispara y falla, nos habrá mostrado sus cartas, una valiosa información que preferirá guardarse para el proceso. Él pretende que seamos nosotros quienes le enseñemos nuestra mejor información, cosa a la que podemos vernos obligados dado el poco tiempo disponible. Con sólo nueve días de preparación por delante, la treta no constituye nuestra primera estrategia.

–Nos pegará duro con lo de los Scofield –señala Lenore.

Estoy de acuerdo.

–Supone una oportunidad de oro para confundir a un juez incompetente –admito–. Si Chambers se muestra hábil, intentará que Osgood nos haga más preguntas de las que podemos contestar acerca de estos asesinatos no resueltos. La prensa se pondrá las botas.

–Nos dejarán por los suelos.

Levanto los ojos y los clavo en los suyos.

–Tal vez no.

–¿A qué se refiere?

–Eso no sucederá si no se celebra la vista preliminar –digo.

Durante unos instantes noto el desconcierto pintado en su rostro, pero después parece acercarse a las profundidades de mi mente.

–Un gran jurado –dice.

Sonrío.

Desde hace dos décadas, el gran jurado se ha convertido en un vestigio en desuso en los procesos criminales de este estado. En los setenta, un Tribunal Supremo de inclinación liberal decretó que todo acusado tenía derecho a una audiencia ante un magistrado objetivo –una vista preliminar–, incluidos los acusados por un gran jurado. Hace dos años, un grupo de ciudadanos cabreados echaron a los liberales del tribunal, al votar la restauración del gran jurado de lo criminal con la dignidad de antaño.

Distingo un brillo especial en los ojos de Lenore.

–Resulta perfecto –sonríe–. De esta manera le damos con la puerta en las narices a Chambers y lo hacemos esperar en el pasillo.

Los acusados de crímenes tienen derecho a declarar frente a un gran jurado, pero no pueden disfrutar del consejo de un abogado durante el acto. Como la Inquisición de antaño, las audiencias de los grandes jurados son a puerta cerrada, secretas, no sólo para los abogados de la defensa, sino también para la prensa y el público.

–Y de ese modo perdemos de vista a Osgood. –El pensamiento le hace sonreír de nuevo. Ningún juez se sienta en las audiencias para presidir un gran jurado.

–Gracias a la Providencia por sus pequeños favores –suspiro.

De pronto parece más alegre y su rostro refleja buen humor. Ha advertido que existe una alternativa a la siempre molesta audiencia pública.

–No quisiera pecar de abusón –digo–, pero me gustaría pedirle algo más. En estos momentos usted está más familiarizada con las pruebas que yo. –Me dedica una mirada cautelosa, como si temiera que la volviese a sobrecargar con nuevo trabajo–. ¿Cree que cabe la posibilidad...? –La estudio durante unos instantes antes de proseguir, mientras reflexiono–. ¿Cree usted que existe algún modo de presentar las pruebas del caso Scofield ante un gran jurado?

Sus ojos reflejan el más absoluto desconcierto.

–¿Quiere usted cargarle esos crímenes al ruso? –me pregunta.

Niego con un gesto.

–No. Lo que quiero decir es si usted puede idear un argumento, una teoría que nos permita extendernos en los detalles, presentar las pruebas físicas del asesinato de los Scofield ante un gran jurado sin acusar a Iganovich de ser el asesino.

Continúa perpleja, sin poder imaginar por qué deseo hacer tal cosa.

–No lo sé –contesta–. No, así de repente. Controlamos los trámites, pero eso sería ir muy lejos. Un jurado de apelación que leyera la transcripción más tarde podría cuestionar la validez de estos datos. Incluso podría hallar prejuicio si considera que usamos las pruebas para incriminar más a Iganovich sin acusarlo de las muertes.

–Entonces, usted no lo recomendaría.

Mueve la cabeza aún un tanto desconcertada.

–¿Por qué me lo pregunta?

–Nada. Sólo era una idea.

Terminamos la reunión. Goya me deja meditando en mi despacho.

Es lo que los fiscales profesionales llaman una «tienda de la policía». Enterrada dos plantas por debajo del Departamento del *sheriff* del condado de Davenport, al fondo de un largo corredor marcado con signos sobre defensa civil desfasados y casi ilegibles, hay una puerta de madera sólida, sin paneles de cristal ni ventanas ni inscripción indicativa alguna. La abrimos y entramos.

Lenore se encuentra detrás de mí. La miro.

–¿Qué piensa?

–Para la fiesta que nos espera, me parece bien. ¿Cuántos agentes tiene arriba? –le pregunta a Claude.

–Durante el turno de día en la oficina, diez o doce.

Por lo visto hemos dado con la sala del gran jurado. Con la decisión del Tribunal Supremo de hace quince años, estos cuartos con fachadas sin ventanas y diseñados para el secreto fueron cayendo en el olvido. El paso del tiempo ha hecho que se convirtieran en salas de tribunal, o que se las apropiasen otros usos burocráticos.

Yo he decidido citar aquí al gran jurado, en el sótano de la oficina del *sheriff*, por razones de seguridad. Desde que nos devolvieron a Iganovich, hemos recibido más de una docena de amenazas contra su vida.

Cerramos con llave las puertas y volvemos arriba. Tras el mostrador para el público nos espera Emil Johnson.

–Abogado, ¿podría dedicarme unos minutos? –Me señala con el dedo y se pone en marcha camino de su despacho.

Le doy un codazo a Lenore para que se nos una y los dos seguimos los grandes pasos de Emil.

Ya dentro, cierra la puerta y nos indica que tomemos asiento.

–¿Qué he oído acerca de un gran jurado especial? ¿Le pasa algo al que tenemos ahora?

–¿El sistema del hombre clave?

Afirma con la cabeza.

«Hombre clave» es el proceso de selección que permite a unos cuantos jueces poderosos y políticos electos colocar a sus amigos, y en algunos casos a sus familiares, en el gran jurado del condado.

–No funcionará, Emil.

–¿Por qué no?

–Porque el acusado tiene derecho a un gran jurado representativo; es decir, compuesto de todos los estratos de la población. ¿Le ha echado una ojeada a su gran jurado de los últimos tiempos? Es más blanco que la nieve. Y sólo aparecen dos mujeres. –No menciono que una de ellas es la amiguita de un supervisor del condado–. Ni negros ni hispanos.

–Dos tercios de ese jurado fueron designados por los jueces del Tribunal Superior. ¿Me está diciendo que eso no es lo bastante bueno?

–Los amigos blancos de los jueces blancos...

Esto lo pone en guardia. Por su expresión deduzco que mis palabras no quedarán entre estas cuatro paredes y serán mascadas, junto con panecillos rancios y lechuga pasada, en la próxima reunión del Lincoln Club, en compañía de todos los sacros pilares del condado.

–La política no tiene nada que ver con ello, Emil. Lea

«Smith contra Texas» y «Alexander contra Luisiana» –le digo–. Son decisiones del Tribunal Supremo de Estados Unidos. Confieren al acusado el derecho a cuestionar la composición del gran jurado que le acusa. Puede presentar una moción para exponer la raza de los componentes, así como el procedimiento empleado para elegirlos. Si no resulta representativo, cualquier acusación quedará anulada. Doy por sentado que no querrá usted repetir todo el proceso.

Mueve la cabeza.

–Lo haremos a su manera.

En última instancia, Emil es un pragmático.

18

–Veamos qué tenemos –digo.

–Por lo que a mí respecta, no gran cosa –admite Claude–. Como me temía, no son más que un grupo de excursionistas.

Al parecer, sus contactos telefónicos con el Centro Mundial de Aves Rapaces no han resultado muy fructíferos.

Lenore ha vuelto de la biblioteca y ahora se apoya en el borde de mi mesa. Claude ha tomado asiento en una de las sillas para los clientes, al otro lado.

–He hablado con la policía de Boise –dice Dusalt–. Se trata de una reserva y un centro de investigación ornitológica. La policía no sabe mucho de ellos. Me entregaron unos pocos informes y me mostraron el sitio en el mapa.

–¿A qué se dedican, exactamente?

–Según los agentes, crían rapaces.

–Tal como lo dice suena un poco raro –Lenore le dirige un guiño.

–Aves de presa –se corrige Claude.

–Lo sé. –Sonríe.

–Halcones, buitres, aves de presa. Crían los polluelos, los dejan crecer y luego los sueltan en los bosques. Una obra de caridad –dice Claude–. Por lo que me han comentado, el centro es el único en su especialidad. Acogen aves de todas partes del mundo, las crían y al final cumplen su misión, que es reordenar el equilibrio ecológico.

–¿Llamó al centro? ¿Habló con alguien?

–Sí. –Vuelve a consultar sus notas–. Intenté hablar con este tipo, William Rattigan.

Si Nikki está en lo cierto, éste debe de ser el «Bill» que aparece en los archivos informáticos de Karen Scofield.

–Estaba fuera, en viaje de negocios. Supongo que es quien manda en aquel sitio, el director. La mujer que se puso al teléfono se mostró amable, con ganas de ayudar, pero no sabía gran cosa. Abbott Scofield era representante regional del centro en esta zona, y miembro de la junta directiva que preside Rattigan. Trabajaron juntos en algunos proyectos.

–¿Le dijeron adónde había ido Rattigan?

–A la Costa Este, a una conferencia. Tengo el teléfono del hotel donde se hospeda. Llamé pero había salido. Le he dejado un mensaje para que se ponga en contacto conmigo cuando regrese.

–¿Algo más? –pregunto.

Niega con la mano y vuelve una página de su librito de notas; está vacía.

Miro a Lenore.

–¿Qué ha encontrado usted?

Se ha pasado casi toda la tarde en la biblioteca de la universidad.

–Adivine cuántos listados.

Con un gesto le dejo claro que no tengo ni idea.

–Cinco.

Goya ha estado examinando la versión informática de la *Guía de Publicaciones Periódicas*, en busca de referencias sobre el Centro Mundial de Aves Rapaces en revistas u otras publicaciones.

Del bolso saca un bloc largo y estrecho, plegado por la mitad. Lo abre. Hay varias cuartillas cosidas con grapas por el extremo superior izquierdo.

–Lo más interesante lo encontré en la revista *Audubon*.

Abro el artículo fotocopiado y lo comienzo a leer.

Lenore me quita las páginas de las manos, pasa unas hojas y me pone el bloc delante, al tiempo que con un dedo señala una de las fotografías.

Miro la foto. Se trata de una torre de madera construida al borde de un precipicio rocoso. Destaca la silueta de un hombre que trepa por una escalera improvisada. Leo el pie de foto:

EN EL GROUSE PARK DE IDAHO, EL ORNITÓLOGO ABBOTT SCOFIELD TREPA A UN COMEDERO DONDE COLOCARÁ MÁS ALIMENTO PARA LOS HALCONES PEREGRINOS.

–Si le interesa mi opinión –dice Lenore–, estoy convencida de que éste era el proyecto en el que estaban trabajando cuando fueron asesinados.

Lenore ha entrado en mi despacho.

–¿Qué planes tiene para el almuerzo? –pregunta.

Cojo el abrigo.

–Me toca pagar a mí –señala. Yo he invitado en los dos últimos almuerzos.

–No pienso discutir.

–¿Sabe una cosa? Lo que hablamos el otro día, los datos sobre los Scofield. Puede que haya una manera de introducirlos ante el gran jurado.

–Hablaremos por el camino –contesto, y los dos nos dirigimos hacia la puerta.

–Se trata de una artimaña –afirma ella. Yo enarco una ceja.

–Le estaríamos lanzando un ataque al otro bando. Bueno, un poco. –Aclara que eso no supone engañar al tribunal.

–En el amor y en la guerra todo está permitido –declaro–. Dentro de unos límites. ¿Qué ha pensado?

Ninguno de los dos poseemos suficiente información sobre los entresijos de un gran jurado. Para encontrar a la gente más entendida en la materia deberíamos retroceder una generación de abogados, la mayor parte de los cuales están retirados.

–«El pueblo contra Johnson» –dice Lenore–. Lo que se conoce por la Carta Johnson.

He visto el caso antes, en alguna parte, pero no recuerdo lo que reglamenta.

Me lo explica. Al parecer, los tribunales han sostenido que aunque el acusado no tiene derecho a un representante frente al gran jurado, sí tiene el derecho de pedir que toda prueba que pueda apuntar a su inocencia se presente ante el gran jurado que, a su vez, puede decidir estudiar con detalle la prueba o no hacerlo.

–¿Qué es la carta Johnson? –pregunto.

–Es el mecanismo que los tribunales idearon para poner en funcionamiento los requerimientos del caso. Si el acusado le envía una carta al fiscal solicitando que ciertas pruebas, consideradas favorables a la defensa, sean entregadas al gran jurado, el fiscal no puede negarse. Debe revelar los datos. Si se opone, la revocación es automática. La acusación será aplastada.

Lanzo un agudo silbido.

–Una verdadera bala de plata –afirmo.

Lenore asiente.

Hemos llegado a la puerta de la calle.

–¿Adónde quiere que vayamos? –pregunto.

–¿A Quiche Alley? –sugiere.

Es un local donde sirven comida ligera, ensaladas y sopas, que se encuentra a una manzana de aquí.

–Lo que no comprendo –dice ella mientras caminamos hacia el restaurante– es por qué quiere usted hacerlo. Lo de Scofield podría resultar explosivo. Confunda a un jurado con eso y Chambers se convertirá en el mejor abogado defensor del país.

–Muy probable.

–No acusaremos a su cliente del asesinato de los Scofield, sino que admitimos la posibilidad de que exista otro asesino en libertad. Si yo fuera el abogado defensor, me encantaría.

–Exacto. ¿No cree usted que Chambers no ha visto ya esa salida? Tendría que ser tonto. De todas formas, el daño que haría queda como una incógnita.

Caminamos un poco en silencio, y al cabo de un par de minutos vuelvo a hablar.

–¿Qué van a decir doce almas inocentes y objetivas cuando tengan delante la evidencia sobre los Scofield, mezcladas y revueltas en un tribunal con el otro testimonio, las pruebas físicas? ¿Estallará en nuestras manos o quedará inerte?

Se encoge de hombros.

–Precisamente –digo. Le dirijo una mirada de soslayo mientras caminamos–. Por eso quiero presentar lo de Scofield ante un gran jurado, para ver qué pasa.

Se detiene, me observa, calcula la estrategia y sonríe.

–Interesante –mueve la cabeza–. Ya le comienzo a entender. Él no está allí. Chambers no está allí para ver cómo lo hace usted.

Sonrío.

–Una especie de jurado fantasma –digo.

Reemprendemos el paso.

Es la última moda entre los tiburones del oficio que quieren hacerse millonarios en pleitos en los que hay indemnización por medio. Alquilan a grupos de ciudadanos para que se encierren durante varios días con los abogados. Éstos extraen un muestreo antes del proceso, comprueban qué teorías y qué pruebas pasarán el examen del jurado y trazan de este modo la mejor estrategia a seguir. Lo mío resulta un tímido inicio en el uso de esta herramienta de litigio.

–Además, no nos costará ni un centavo –afirmo–. Sólo tenemos que idear la estrategia para que Chambers pida que la evidencia del caso Scofield salga a relucir ante el gran jurado.

–Eso no será muy difícil –responde ella.

Me detengo y la miro.

–Muy fácil –sonríe–. Le enviamos una carta diciéndole que no pretendemos presentar el caso Scofield ante el gran jurado, pues no le vemos el sentido y en cambio consideramos que puede confundir al jurado. Le citamos a Johnson y le dejamos que se lea esta ley.

Le devuelvo la sonrisa. Lenore Goya ha aprendido deprisa a comprender el temperamento y las tácticas de Adrian Chambers. Al igual que reaccionan los tiburones al sentir la sangre cerca, su carta generará la más rápida Carta Johnson jamás vista en este estado.

–Invito yo –digo.

Lenore se ha ganado el almuerzo.

19

Chambers ha recurrido a la llamada «Carta Johnson» tan deprisa que resulta difícil creer que manos humanas hayan podido hacerlo.

Lenore está que no cabe en sí de alegría al comprobar que su plan ha funcionado. Qué digo; a medida que leo el escrito me doy cuenta de que va más allá incluso de lo que Goya había previsto.

–Probablemente espera que presentemos una moción por medio de una objeción –comenta Goya.

Cree que Chambers se prepara para nuestro golpe en el tribunal, nuestro supuesto alegato para mantener las pruebas del caso Scofield fuera de la vista del gran jurado.

–Ya puede esperar sentado –le digo a Lenore. La carta de Chambers es inequívoca. Nos ha abierto la puerta. No podrá quejarse de que las pruebas del caso Scofield no vienen al caso o perjudican a su cliente–. Si no conseguimos que pique el jurado, podemos izarla y dejarla ondear.

Me refiero a toda la cuestión, los detalles y las discrepancias en el caso Scofield. Los dos, Lenore y yo, nos estamos preguntando si seremos capaces de convencer a un jurado de la existencia de otro asesino que imita al primero. Con un poco de suerte, se nos brindará la ocasión de un ensayo para comprobarlo.

Lenore también me ha dado algunas malas noticias en esta reunión. Por lo visto Kay Sellig, muy atenta a lo que ocurre en el Departamento de Justicia, sospecha que han recibido la carta de queja del juez Acosta, una protesta formal en relación con mi modo de tramitar la extradición del ruso. Kay no tiene ni idea de cuál será la reacción del fiscal general; por el momento, la carta representa una bomba de relojería sobre la mesa de la fiscalía. Sólo me faltaría la mala prensa de una inspección gubernamental.

Sin embargo, ahora me concentro en la carta de Chambers. Como si hubiera sido disparada por una escopeta de cañones recortados, la carta lleva una carga de gran fuerza expansiva. Chambers ha probado el sabor de la derrota en su fallido intento de obtener una rápida vista preliminar, y desea intentar llevar su caso ante el gran jurado. En mi opinión, esto constituye un error.

Aparte de las pruebas físicas halladas en la furgoneta de Iganovich, figuran las palabras que el ruso soltó cuando lo atraparon en Canadá. Los dos guardas jurados que lo tuvieron bajo custodia lo oyeron. Aunque es discutible que tales declaraciones puedan representar una confesión en firme, un jurado sí podría darles el valor de reconocimiento de culpabilidad. No resulta necesario mucho esfuerzo para llegar a la conclusión de que al acusado no le preocupaba el vehículo, sino el contenido del mismo.

Ahora Chambers utiliza su Carta Johnson a fin de darle un giro favorable a esas declaraciones ante el gran jurado. Pretende sostener que su cliente estaba preocupado por la idea de una multa de estacionamiento, por haber abandonado su vehículo. Según esta improbable versión, Iganovich pensó que ésta era la causa de su detención en Canadá. Se apoya en el hecho de que el inglés del acusado es muy rudimentario y que se encontraba en un país extranjero. En realidad, otras personas estacionaron la furgoneta y no le dieron el resguardo a Iganovich; éste pensó entonces que el asunto era de mucha importancia, lo cual avivó sus temores y le produjo una gran ansiedad. De ahí sus confusas declaraciones en relación con el vehículo. Tonterías. Concedo que Chambers tiene mucha imaginación pero, con todo, su versión resulta poco plausible.

Como cabe esperar de él, su historia no identifica al tercer hombre, a la persona que presuntamente aparcó la furgoneta.

–Esto plantea una cuestión –señala Lenore–. ¿Cómo piensa convencer de esta historia a un jurado durante el proceso?

En efecto. Iganovich no estará presente en el estrado, de forma que no podrá representar la improbable escena. Es de suponer que se convertirá en una canción de estribillo único, cantada aquí y sólo aquí, ante el gran jurado.

–A lo mejor cuenta con otro testigo –aventuro–. Un amigo que declarará ser el que aparcó el vehículo.

Lenore frunce el ceño.

–¿Incriminándose a él mismo?

Muevo la cabeza para indicar que no se me ocurre ninguna otra explicación.

–Tendremos que esperar a que abran la lista de sus testigos en el proceso –dice Goya.

–Tal vez no. Para que las pruebas puedan presentarse ante el gran jurado, deben ser admisibles durante el proceso. Tenemos derecho a conocer la fuente de su testimonio antes de ser llamado a declarar.

–¿Qué quiere decir? ¿Le obligamos a identificar ahora al presunto conductor de la furgoneta? –pregunta.

–Es una posibilidad.

–Existe otra salida –afirma Goya–. Podría eliminar el párrafo de la carta, retirarlo de la mesa por el momento. –Lenore supone que, cuando Chambers se vea acorralado, eso es lo que hará.

Tal vez tenga razón. Resulta una práctica conocida, una artimaña de la defensa: la presentación en el último minuto de un testigo conveniente que constituya una coartada. Una invitación al perjurio tan antigua como la misma ley.

La legislatura de este estado ha intentado enfrentarse al problema durante años, promulgando leyes que exigen la presentación previa de la lista de los testigos, y tiempo para que el fiscal compruebe su credibilidad antes de que suban al estrado. Pero incluso estas leyes se ven soslayadas a veces por los mismos jueces, en su esfuerzo por ser justos, por concederle al acusado la última palabra.

–Pidámosle algo a Chambers –digo–. Una prueba de qué testigos corroborarán la historia de la furgoneta estacionada.

–¿Ponerlo contra las cuerdas?

Hago un gesto afirmativo.

Al ver su expresión entiendo que le gusta la idea.

Por ahora, no obstante, hay algo en la carta de Chambers que me parece más perturbador. La he leído y releído por todos los ángulos, tanto que las esquinas están ya sobadas. Al volver a observarla me asalta el incómodo y desasosegado presentimiento de que algo no anda bien.

–Su carta es como un mapa de carreteras. Me preocupan las particularidades.

–Cómo conocía los detalles –asiente ella–. Yo también me lo pregunto. –Ella lo ha advertido al igual que yo.

–¿Cómo estaba al tanto del contenido del informe de Scofield? –pregunto–. Ha sido declarado secreto. No acusamos a su cliente de esos asesinatos. –Esbozo una mueca–. Así que Chambers no tiene acceso a los detalles de estos últimos crímenes.

–Podría ser una buena corazonada de su parte –sugiere Lenore–. Por ejemplo, sabe que hemos comparado los extremos de la cuerda utilizada para atar a las cuatro primeras víctimas al suelo. En estos casos, esa información figuraba en los informes de la policía. Lo mismo puede decirse de las estacas de metal; las que usó para matar a los universitarios estaban afiladas.

–Es posible. Puede tratarse de una simple deducción. El hecho de que no acusáramos a Iganovich del asesinato de los Scofield le dice que no conseguimos relacionar la cuerda y las estacas empleadas con los casos anteriores.

Eso es lo que está pensando. Tiene sentido. No resulta factible que una cosa así se le pasara por alto a Chambers.

–Es un paso astuto –dice Lenore–. Hace un alegato a ciegas en la carta, según el cual la cuerda y las estacas no coinciden, y luego espera a ver cómo reaccionamos. Para discutirlo ante un gran jurado debemos presentar pruebas en el informe, ambos objetos tienen que estar relacionados. Entonces lee la transcripción del gran jurado y se entera exactamente de lo que poseemos. No tiene nada que perder. Si guardamos silencio y no contrarrestamos su jugada con pruebas fehacientes, Chambers deducirá que no podremos presentar el emparejamiento de los objetos en el proceso.

La miro y le sigo el pensamiento.

–Así que cuando acudamos al tribunal, él utilizará estos crímenes inexplicados, las discrepancias en las pruebas, como una palanca para anular las dudas que su defensa pueda despertar.

Goya asiente.

–Sí, eso es. Por ahí van los tiros. Intentará venderle al jurado la teoría de que otro individuo los mató a todos. Chambers argumentará que, a menos que podamos decir al jurado quién mató a los Scofield, existe una duda razonable de que su cliente no es culpable de ninguno de los delitos.

Tiene razón. Ésta será, sin ninguna duda, la línea de ataque de Chambers. Puede no resultar suficiente para lograr una absolución, pero dejará al jurado paralizado sin ningún remedio posible. El condado se vería ante la coyuntura de otro costoso proceso y Chambers se saldría con la suya. Frente a la realidad de otro proceso, Ingel y Armando Acosta harían del hundimiento de mi carrera la gran cruzada de sus vidas.

Vuelvo a mirar la carta de Chambers, abierta sobre mi mesa. Hay algo más que me perturba, algo que no le menciono a Lenore. El tono del escrito. Chambers parece demasiado seguro de sí mismo. Sus palabras no ofrecen la sensación de alguien que avanza en la oscuridad, no se basan en juegos malabares edificados sobre la conjetura.

En un detalle ha ido demasiado lejos, ha dicho demasiado: las huellas de la rueda halladas en la escena del crimen de los Scofield.

En el tercer párrafo de la carta aparece la afirmación de que estas huellas no coinciden con las de la furgoneta de Iganovich. Está en lo cierto, claro. La policía comparó las huellas y descubrió que no eran idénticas.

El problema reside en que las huellas de las ruedas constituyen un detalle que no figura en ningún informe de los asesinatos previos. Es un hecho puntual, mencionado únicamente en el expediente del caso Scofield. Esta información acerca de las huellas de las ruedas no la ha podido sacar Chambers de una afortunada y casual conjetura.

No hay modo de que Chambers pueda haberse enterado de este dato, a menos que tenga ojos y oídos en mi oficina. A menos que haya estado hablando con alguien muy próximo a la investigación.

20

–Vamos a salir –dice Nikki.

–¿Eh?

Es sábado por la tarde y yo estoy perdido en la lectura del periódico deportivo, cómodamente sentado a la mesa de la cocina. La primera vez en una semana que leo algo que no tiene nada que ver con mi trabajo.

–Incluso cuando estás aquí, estás ausente –protesta ella.

Dejo caer el periódico, pongo cara de arrepentimiento y pido disculpas.

Cuando levanto la cabeza, Nikki ya lleva el bolso colgado del brazo. Hasta este punto llega actualmente mi vida con Nikki y Sarah, una interminable sucesión de compensaciones por los fines de semana perdidos y por las noches en que regreso muy tarde de la oficina.

–¿Adónde vas? –pregunto.

–Te he estado hablando durante los últimos cinco minutos y ahora veo que no has oído ni una sola palabra de lo que he dicho.

Tiene razón. Nikki ha estado trabajando en la cocina mientras yo me he refugiado en la lectura del periódico. La voz de Nikki ha sonado como un constante alboroto en la trastienda de mi mente, al mismo tiempo que la televisión de Sarah en el cuarto de al lado. Pero en realidad, no he visto ni he oído nada, ni siquiera los resultados que aparecen en el periódico, sobre los que he pasado la mirada al menos cuatro veces. Mi mente se encuentra en Putah Creek, la coreografía de mi gran jurado.

–Lo siento. Estaba pensando en otra cosa.

–Exacto. –Con sus ojos deja claro que eso no le parece ninguna novedad.

–Me llevo a Sarah al cine y después cenaremos con Laura Benson y sus hijas.

Laura Benson es otra «viuda de abogado», casada con un magnate de la profesión, uno de los tiburones locales que se dedican a casos de indemnizaciones y que cuenta con más trabajo del que quiere.

Mi mujer se ha unido a la «comunidad de las viudas» de abogados, formada por mujeres que han renunciado a toda esperanza de alejar a sus maridos de su obsesiva ética profesional.

Vive con ellos o déjalos,
en cualquier caso los pierdes

Es la última moda en autoayuda para la esposa de abogado.

–Tienes la cena en la nevera, en el plato cubierto con papel de aluminio. Cinco minutos en el microondas.

–¿Cuándo volveréis?

–Cuando sea.

Otro de sus lemas: independencia a la brava, hasta el extremo de la insolencia.

–No me iría mal que me dieras una pista. ¿Hoy, mañana?

Ni caso.

–Sarah, apaga la tele o llegaremos tarde. –Se vuelve a mí–. No te preocupes por nosotras. Vamos a divertirnos.

Mi conciencia se aligera un poco con este pensamiento.

–Cuando hayas terminado con tu proceso podrás unirte a nosotras. Seguiremos aquí todavía... a lo mejor.

Es su frase de despedida. Me deja el cuchillo aún hurgando en mi herida.

Faltan tres días para la presentación de nuestras pruebas ante el gran jurado. De manera directa y sencilla he incluido el testimonio aportado por Sellig: la cuerda, las estacas, la comparación de los objetos; todo lo que acusa a Iganovich de los cuatro primeros asesinatos. También he descrito cómo fueron halladas estas pruebas y los detalles de la huida del ruso.

Goya y Sellig se han encargado de los datos concernientes al caso Scofield. Ahora aguardan su oportunidad para presentar su parte de las pruebas en el mismo escenario.

Hemos decidido que, pase lo que pase, no revelaremos el

contenido de la autopsia que llevó a cabo el doctor Tolar. Por ejemplo, el hecho de que los cadáveres de los Scofield fueron trasladados a otro sitio después de su muerte. No deseo que esto figure en la transcripción del gran jurado porque Chambers lo podría leer. Será uno de los ases que me sacaré oportunamente de la manga durante el proceso.

Mi mayor temor es que el jurado haga caso omiso de todo lo relativo a los Scofield, que lean la Carta Johnson y bostecen. En nuestra última clase de estrategia, Goya y yo hemos ideado una pequeña farsa, algo que podríamos representar si las cosas se ponen feas. Unas cuantas preguntas y respuestas ante el gran jurado. La intención es que sus componentes muerdan el anzuelo y se traguen el cebo, de manera que eleven una moción para sacar a la luz los datos del caso Scofield. Pero esta parodia, apresuradamente concebida, resulta frágil, vacía y tan insegura como un banco de arenas movedizas. Y peligrosa. No parece probable que engañemos a alguien un poco listo, en particular a un juez; ni a Chambers si éste opta por probar la acusación. Un comité de apelación podría preguntarse qué pinta nuestro coloquio en el informe.

Lenore comentó que tenía una idea mejor. La escuché con cierta inquietud, pero al final me mostré de acuerdo.

Hasta ahora nuestro enemigo no ha sido la ley en sus detalles ni tampoco la mente astuta de Adrian Chambers, presente aquí sólo a través de sus escritos. No, el enemigo son las pequeñas facciones, basadas en algunos brotes de animosidad entre unos y otros, que se han ido creando entre los miembros del jurado, sin que todo esto guarde ninguna relación con las preguntas o las pruebas que se presentan.

Desde la perspectiva de un fiscal, el mejor jurado constituye un grupo compacto, íntimo, como una familia que se agrupa en un momento de crisis. La existencia de un solo elemento discordante puede ocasionar considerable daño. Y yo me he topado con esta oveja negra.

William Geddes tiene el cabello corto y un rostro angular y delgado. Procede de la gran ciudad, un policía retirado por invalidez, concedida generosamente por el Departamento de Policía de la ciudad de Los Ángeles. Vive como un señor feudal con sus caballos y su cuarta mujer en una zona de desarrollo, en las afueras de la ciudad. Por lo que se puede apreciar, resulta un bocazas de cuidado con una libido siempre a punto.

Entre eructo y eructo provocado por sus Coca–Colas bajas en calorías, se ha pasado todo lo que llevamos de juicio babeando sobre la mesa y lanzando miradas lascivas a Lenore Goya y a otra joven del jurado, la rubia que se sienta a la mesa enfrente de la suya.

El primer día, Geddes clavó sus ojos en las largas piernas de la rubia, que llevaba una minifalda; pero al día siguiente la joven apareció vestida con pantalones y se sentó al fondo, en un lugar donde él no podía mirarla a menos que quisiera romperse la nuca en el intento.

Ayer el individuo se pasó de la raya. Se metió con Goya. Comenzó con unos chistes subiditos de tono y con referencias a asuntos sexuales de poca monta. Sin dirigirse a nadie en concreto, Geddes iba hablando en voz baja, en la casi intimidad de nuestra pausa de la tarde, como si todo resultara una cuestión de pasar el rato. Pero sus ojos no se apartaban de Lenore, a modo de radar en busca de sombras lascivas.

Entonces dio el paso definitivo, mientras ella se dirigía a la puerta por un recado y pasaba cerca suyo. Él se levantó y le dijo algo al oído, aunque lo bastante alto para que le oyera yo y otros dos miembros del jurado.

–¿Qué te parece si tomamos algo después del trabajo, tú y yo a solas? –Desde luego, el tipo no es nada original.

En cuanto a Goya, sólo se detuvo medio paso, se volvió y lo miró fijamente.

–Dios ya me puso a un cretino entre las bragas. ¿Por qué querría yo colocar a otro?

Uno de los jurados se dobló de risa sobre la mesa y Geddes le dedicó una mirada gélida. Eso no pareció afectar al hombre, un ranchero de ascendencia holandesa con una constitución de máquina quitanieves. Geddes tuvo que cambiar de expresión, echarle valor a la cosa e intentar soslayar lo sucedido.

–Vaya –dijo, a la vez que movía la cabeza y se forzaba a reír–. Apuesto a que la chupa como una condenada. –Un débil intento de ganarse las simpatías del contingente macho, un llamado a la hermandad de los sureños que, sin embargo, no recibió una buena acogida.

Goya había salido y no oyó este último comentario. Estoy seguro de que los del jurado pensaron que Geddes había tenido suerte. De lo contrario, le debería haber explicado a su mujer por qué el «mister Doodles», el monstruo de un solo ojo que llevaba impreso en su jersey de cuello alto, había sido aplastado en sus dos cilindros.

Esta mañana, Geddes se muestra protestón y suelta un montón de preguntas sin sentido, como si se estuviera vengando por lo ocurrido el día anterior.

Los tres rancheros se sientan juntos a la mesa con los brazos peludos y musculosos cruzados sobre el pecho.

Enfrente se halla un profesor universitario y dos amas de casa, gente tranquila y nada dispuesta a hacer preguntas ni a hacer comentarios excepto entre sí y en voz baja. No tengo la menor idea de lo que estarán pensando, ni ellos ni los otros miembros del jurado.

Ravi Sahdalgi, un estudiante pakistaní, se encuentra muy cerca de mí, casi al final de este extremo de las mesas en forma de U.

–Moro de mierda –soltó Geddes por lo bajo una vez que el estudiante quiso hablar. Desde estonces, este reflexivo e introvertido joven ha permanecido en silencio.

Junto a él se sienta Vernos Shupe, un estudiante de derecho. Joven y bien educado, creo que se considera a sí mismo un probable blanco del veneno de Geddes.

Al igual que un imán colocado sobre una brújula, el insufrible comportamiento de este tipo me ha robado todo el sentido de la dirección respecto a este jurado. Sus odiosos comentarios han hecho enmudecer a todo el mundo, aunque en su silencio puedo observar que existe consenso en un punto: si hubiera un bote perdido en el mar, el voto para embarcar a William Geddes resultaría unánime.

Nos hallamos en una pausa de media mañana. He concluido mi presentación de la prueba principal; todo menos la exculpatoria de Chambers, la Carta Johnson.

Los miembros del jurado se dirigen a la puerta para estirar las piernas y fumarse un cigarrillo.

En este cuarto comienza a subir la temperatura, un problema debido a la antigüedad del edificio.

Lenore Goya, que se encuentra muy cerca de la puerta, se

dirige al teléfono de pared para llamar al servicio de mantenimiento y pedirles que bajen el termostato.

Dos minutos más tarde vuelve.

–¿Está dispuesto a hacerlo? –pregunta. Se refiere a lo de la Carta Johnson.

Respiro hondo.

–Sí. Llámelos.

Lenore rescata a tres jurados que están en el exterior del edificio fumando un cigarrillo y al cabo de unos minutos se reanuda la sesión.

Les llamo al orden, les digo que han escuchado todos los datos que el estado puede presentar en este momento y que, en mi opinión, resultan más que suficientes para dictaminar acusaciones de cuatro asesinatos en primer grado contra Andre Iganovich.

Percibo que un cierto número de cabezas se mueven en señal de asentimiento.

–Creo que las pruebas que han visto y escuchado son más que suficientes para considerar que ha habido agravantes, lo cual conlleva la pena de muerte –afirmo.

Hay varias pruebas que muestran que el acusado cometió sus crímenes premeditadamente y que torturó a sus víctimas. Cualquiera de estas dos circunstancias bastaría para exigir la pena de muerte.

–Sin embargo falta un detalle –puntualizo.

Explico ahora el procedimiento en relación con la Carta Johnson, comento que no defiendo el contenido del documento y que a ellos no se les exige que tomen en consideración ninguno de los puntos que incluye. Sin embargo, debo hacerlo público por imperativo legal. Les digo que si lo desean gozan de autoridad para repasar los indicios de los asesinatos del matrimonio Scofield. Pongo cara de circunstancias ante la transcripción del informe. Sería, no obstante, demasiado obvio presionar de una manera obvia.

En la sala ya hace demasiado calor. Me quito la chaqueta.

A indicación mía, Goya hace circular copias del documento, todos los argumentos jurídicos aportados por Chambers. Las cabezas se inclinan a leer.

Goya mira hacia la puerta. Le gustaría abrirla y dejar que entrase un poco de aire fresco; pero con un gran jurado el secreto prevalece por encima de la comodidad. Los ligeros pero crecientes olores del campo florecen por toda la habitación. Al rato Goya me dirige una mirada. También ella se ha percatado del olor, como de establo, agravado por el calor.

Pasan varios minutos. Algunos jurados depositan del revés el documento sobre la mesa, para dar a entender que lo han leído y que esperan de mí que dé el paso siguiente.

Por fin todos levantan la cabeza. Estudio sus rostros en busca de una señal de curiosidad, de un posible líder a quien pueda inducir a meterse conmigo en este abismo.

–¿Alguna pregunta?

Rostros inexpresivos, ni una mirada.

–Damas y caballeros, sé que la Carta Johnson es extensa. Tal vez necesitemos un poco más de tiempo para digerirla.

Sus ojos reflejan consternación, en la versión adulta de los chicos que no acaban de asimilar lo que ocurre en la clase de historia de la escuela. El mensaje queda claro, sin embargo: están dispuestos a colgar al ruso, y quieren irse a casa.

Por fin se levanta una mano. Es Vernon Shupe, el estudiante de derecho. Buen muchacho.

–Sí, señor Shupe. –Le sonrío con todo el entusiasmo de un vendedor de automóviles usados.

–¿No han acusado a Iganovich de esos asesinatos?

–No, señor Shupe, no lo hemos hecho.

Por favor, por favor, que me pregunte el motivo.

–Bueno –dice–. ¿Significaría eso que oiríamos datos sobre unos crímenes que no se le imputan al acusado?

Qué mamón, pienso, y parecía que no escuchaba. No dejo de sonreírle con la esperanza de cautivarle.

–Buena pregunta –afirmo.

Me sonríe, orgulloso de haberla planteado.

–Porque el abogado de la defensa cree que estos últimos crímenes y las circunstancias que los rodean pueden servir para exonerar a su cliente. Desde esta perspectiva, resulta importante. –Añado esto con un toque de suspense, para animarlo a seguir con la conversación.

–Oh –dice.

¿«Oh»? ¿Eso es todo? ¿«Oh»?

A mi lado Lenore suelta un gruñido casi audible. Miro fijamente a Shupe como si fuera a atravesarlo. A menos que agudice la mente, después de tres años en la facultad de derecho este chico acabará convertido en un queso de gruyere.

–¿Más preguntas? –digo–. ¿Alguien, quien sea?

Paseo rápidamente la vista por la habitación, pero nadie hace el menor movimiento, salvo William Geddes. De repente, las aletas de su nariz comienzan a moverse a lo loco sorbiendo el aire.

–Sí, tengo una pregunta –exclama–. ¿Qué coño, con perdón, es esta mierda? –Me mira–. ¿No lo huele usted? Parece como si se hubiera muerto alguien.

La mujer que se sienta a su lado lo observa con una expresión que le dice al mundo que «ella no ha sido».

Geddes pasea la mirada por la mesa de enfrente y rompe a reír.

–Uno de nuestros amigos rancheros –dice.

Apunta a un par de botas camperas de cara piel de serpiente con punteras de plata, que están cruzadas bajo la mesa.

–Por lo menos podría haberlas pulido un poco antes de venir aquí –le dice Geddes–. Déjeme adivinar... ¿Caballos? –Suelta una carcajada.

Otro miembro del jurado lo contempla desaprobadoramente. Es un profesor de universidad, un hombre que prefiere sufrir el olor que el lenguaje y las maneras de Geddes.

Me temo que lo que hasta el momento ha constituido una disputa silenciosa entre el grupo va a convertirse en un enfrentamiento más ruidoso.

Sam Holland, el ranchero, es uno de los peces gordos del negocio agrario en el valle. En un ambiente más propicio que éste supongo que él y Geddes encontrarían algo en común entre los dos, tal vez procedente de la herencia sureña en su carácter. Pero Geddes ha dado al traste con toda posibilidad de conciliación.

Holland nos obsequia a todos con el encogimiento de hombros típico del vaquero. Una expresión que puede significarlo todo, desde una excusa hasta la más cruda obscenidad, depende de cómo lo tome uno.

Después apunta a Geddes con un dedo. Su barba gris y recortada con los bucles grises flotando componen la imagen perfecta de *La Creación* de Miguel Ángel a lo rural, con el dedo acusador ligerísimamente torcido en la punta y el brazo extendido.

–Y usted –le dice a Geddes– no sabe de qué está hablando.

El otro lo mira tensando el cuello, dispuesto a aceptar cualquier desafío.

–Es mierda –añade Holland–. Pensé que de entre toda la gente aquí reunida, precisamente usted sería el primero en reconocer este olor.

Geddes salta de la silla.

–Caballeros, por favor. –Levanto las manos como un árbitro listo para terminar con un cuerpo a cuerpo entre dos púgiles. Concentrémonos en las cuestiones jurídicas, en el documento que tienen delante.

–Estoy hasta las narices de ese tipo –exclama Holland.

–Que te parta un rayo.

Holland avanza un paso para rodear la mesa.

–Basta –grito.

Estrello uno de los pesados libros de instrucciones legales contra la mesa y se produce un fuerte estampido.

Los dos hombres me miran y se detienen.

–Ahora, siéntense. –Pongo mucha energía en la orden–. Los dos. Esto les puede suponer una visita al juez Fisher y un castigo por actitud despectiva ante la ley –amenazo.

Holland se retira rumiando y arrastrando el paso, con el cuello inclinado como uno de sus toros sementales de raza. Toma asiento y dirige a Geddes una última mirada, la que podría otorgar a un perro antes de propinarle un puntapié con aquellas enormes botas.

Por su parte, Geddes le dedica lo que podría considerarse como un gruñido burlón con los ojos de un perro sarnoso, lejos sin duda de los confines del corral.

Goya levanta los ojos al cielo preguntándose qué más va a pasar ahora.

–Este grupo tiene que tomar una decisión –digo–. El documento que les he facilitado plantea graves cuestiones. Se trata de aceptar o no una moción para escuchar las pruebas en el caso de los Scofield, tal como han solicitado el acusado y su defensor. Debemos concentrarnos en eso.

Al presentir el inicio de su intervención, Goya interrumpe mis palabras.

–¿Podríamos analizar los temas uno por...?

–¿Para qué? –tercia Geddes–. Ya hemos visto y oído bastante. Su acusado es tan culpable como el mismo pecado. –Ahí está, le parece que resulta tan fácil llevar al criminal ante el verdugo–. ¿Qué diferencia hay entre cuatro o seis asesinatos, si lo meten en la cámara de gas por cuatro o seis muertos? No quiero perder más tiempo. Tengo cosas que hacer. Negocios. –De nuevo, insisto en que existen procedimientos a los que debemos atenernos; pero Geddes sigue en sus trece–. Procedimientos... Una pérdida de tiempo. –Pasea la mirada a su alrededor; a Shupe, a Holland y a algunos otros. Se respira un silencio mortal.

Por fin una voz callada y tímida se alza detrás de mí, a la derecha.

–¿Señor Madriani? –Ravi Sahdalgi tiene una pregunta.

–Sí, señor Sahdalgi.

Geddes mira al techo.

–Los indicios del caso Scofield, ¿tienen algo que ver con el asesinato de los cuatro estudiantes?

–Es posible –afirmo–. Depende de cómo se interpreten las pruebas.

–Y el abogado de la defensa –prosigue el pakistaní– sostiene que quien mató a los Scofield también mató a los otros, pero esa persona no es su cliente.

–Por lo visto, eso dice.

–En ese caso creo que deberíamos examinar las pruebas.

Lo miro fijamente.

–¿Es una moción? –pregunto.

–Sí, lo es. Propongo que escuchemos las pruebas acerca de los asesinatos de los Scofield.

Le dirige una rápida ojeada a Geddes. En su semblante se lee una firme resolución, la de un profeta convencido de que está en posesión de la verdad.

–Maldita sea –protesta Geddes. Hace un amago de levantarse de la silla.

–Siéntese, señor Geddes. La cuestión no está abierta a debate a menos que se secunde la moción.

Se derrumba en su asiento mascullando para sí algunas obscenidades. Me parece oír un breve insulto racista. Contempla a Sahdalgi mientras mantiene las piernas abiertas y extendidas, la silla echada hacia atrás, el respaldo contra el cemento de la pared. Tiene todo el aspecto de un adolescente contrariado.

–Esto es una mierda. –Lo dice por lo bajo, mientras le dirige ahora miradas de rencor a Holland.

No se precisa nada más.

–Moción secundada –dice Holland. Con los ojos le indica a Geddes algo como: «Chúpate esa». Sus palabras cierran la posibilidad de un debate, cuando Geddes ya tenía medio cuerpo levantado de su silla.

–Quienes estén a favor de leer las pruebas referidas al asesinato de los Scofield, que levanten la mano, por favor –digo.

Como mazorcas de maíz de un campo de Kansas, veintidós brazos se elevan hacia el techo.

Geddes se enfurruña y emite un gruñido. A su manera, me ha prestado un servicio inestimable. Este jurado, con un poco de ayuda, ha encontrado por fin su voz. Y de paso ha dejado a William Geddes en el vacío, solo en el desierto del desprecio humano.

Miro a Lenore. Su rostro presenta una radiante sonrisa y sus ojos reflejan la satisfacción de saber que todo ha salido a pedir de boca. Esta tarde, después de la sesión, nos iremos a tomar una copa en el Tories, el bar de la esquina. Allí nos reuniremos Lenore Goya, yo y, por supuesto, William Geddes, que ha representado su papel a la perfección. De este pequeño episodio extraigo una conclusión: Lenore Goya aprende rápidamente a conocer a las personas. Debo reconocer que su idea resultó ser mejor que la mía.

Fue un plan bien trazado, un plan que casi podría considerarse una manipulación del jurado. Geddes, al ponerles a los otros el cebo para que presentaran la moción, no podía presentarla él mismo, ni siquiera secundarla ni votarla. Hasta ese punto Lenore, en una breve charla con él, había conseguido comprometerlo. Le había explicado, extraoficialmente, por qué deseaba sacar a relucir las pruebas. Él la interrumpió y le dijo que no necesitaba saber más. El resto fue Geddes en su esencia. Se dice que los actores nunca ofrecen un papel tan logrado como cuando representan su propia personalidad. En el caso de William Geddes no me cabe la menor duda.

Claude se ha mantenido ocupado persiguiendo a William Rattigan, el escurridizo director del Centro Mundial de Aves

Rapaces. Es un hombre muy ocupado. Claude finalmente logró localizarlo en su despacho, sólo para descubrir que se encontraba a punto de emprender otro viaje, esta vez al sur de California, a fin de participar en un seminario en UCLA.

Resultó necesario que Claude conversara un buen rato con él, y que le hiciera alguna referencia sobre los amplios poderes de citación de un gran jurado en este estado. Rattigan ha decidido desviarse ligeramente de su ruta para encontrarse con nosotros esta mañana en el aeropuerto de Capital City. Cualquier cosa, dice, con tal de colaborar con la justicia.

Se sienta enfrente nuestro en el concurrido restaurante del aeropuerto, y mueve solemnemente la cabeza.

–Se trataba de pura rutina –dice acerca del trabajo que hacían Karen y Abbott–. A él se le contrató para llevar a cabo una investigación preliminar sobre la decreciente población del halcón peregrino en la cadena montañosa costera de su estado –comenta–. Era uno de los tres directores regionales de investigación que participaban en el proyecto. No hay nada que ocultar, ningún misterio. Las poblaciones de halcones peregrinos han ido disminuyendo en Estados Unidos durante los últimos años. Hace ya más de una década que el halcón figura en la lista de las especies en vías de extinción. Sin embargo, se trata de una raza muy resistente. Por eso lo investigamos más atentamente que a otras especies. Consideramos que existían bastantes posibilidades de que con nuestra labor recuperaríamos la población de peregrinos, si no en su número original al menos hasta el necesario para eludir el peligro de extinción.

–¿Y qué papel desempeñaban aquí los Scofield?

–Abbott realizó una investigación preliminar para nosotros en la zona. Se dedicó sobre todo a localizar áreas que podrían constituir un buen hábitat natural para los halcones. Lugares donde las aves tendrían posibilidades de establecerse si las soltábamos.

–¿Qué clase de investigación? –pregunto. Deseo saber si las actividades de Abbott pudieron cruzarse en el camino del criminal.

–Lo teníamos todo calculado y organizado en función de una serie de factores: la ausencia de depredadores naturales, el uso de pesticidas, el tráfico humano, los proyectos de urbanización, las rutas de aviación civil, las pautas de crianza, etc. Todo ello formaba parte de una lista, cuyos datos se introducían en un ordenador que después nos identificaba las zonas favorables, terrenos públicos en su mayoría, en las que podríamos soltar las aves. A veces emigran a cortas distancias y se reasientan, aunque no suelen hacerlo muy lejos del lugar de la suelta.

–¿Alguna actividad más aparte de investigar? –pregunta Claude, tanteando el terreno.

–El contrato obligaba también al doctor Scofield a soltar las aves y controlar sus movimientos durante un corto período de tiempo.

–¿De dónde sacaba los halcones? –pregunto.

–Criamos los polluelos en el centro y los distribuimos cuando ya son capaces de volar, cazar y alimentarse por sí mismos. Una cláusula del contrato de Scofield le comprometía a ayudarnos a dejar las aves en libertad una vez las habíamos marcado. Él las alimentaba por un tiempo y las controlaba a fin de garantizar su supervivencia y adaptación al entorno, para que hicieran sus nidos y criaran a los polluelos.

–Eso explica lo de los ratones y el grano –señala Claude. Se refiere a las grandes cantidades de ambas mercancías que compraba Scofield, a pesar de que nosotros no hallamos ninguna muestra en su laboratorio.

–¿Esas aves comen ratones? –pregunta Claude.

–Vivos, es posible –contesta Rattigan.

–¿Sabe usted dónde soltaba las aves el doctor Scofield? ¿En qué tramo en concreto de Putah Creek?

–¿Dónde ha dicho usted?

–Putah Creek.

–No me suena. Déjeme comprobarlo. –Coloca el maletín sobre la mesa–. Dispongo de copias de los mapas de trabajo de Scofield, pero Putah Creek no me resulta familiar. Si mal no recuerdo, las zonas de suelta de las aves se agrupan en las montañas costeras.

Rattigan encuentra un gran mapa en la solapa interior de su maletín. Lo abre y se pasa un buen rato estudiándolo con un dedo sobre una y otra zona.

–Aquí –dice–. Éste es el lugar, en esta parte.

Señala un territorio en el área más lejana del valle Napa, a unos ciento cincuenta kilómetros del sitio donde fueron asesinados Karen y Abbott, y donde encontramos también la plataforma en los árboles.

Claude me dedica una de las miradas reservadas para los hechos extraños. Después se mete la mano en el bolsillo de la chaqueta y saca cuatro bolsitas de plástico. Las coloca sobre la mesa.

–¿Podría observarlas y decirnos qué son?

Rattigan las coge una por una y estudia detenidamente el contenido. Deja tres encima de la mesa.

–Sin duda alguna son plumas de cría de halcón peregrino.

Lo cual confirma lo que ya nos dijeron los del laboratorio de Oregón. Rattigan aún está examinando lo que hay en la cuarta bolsita, elevándola y observándola al trasluz. La pluma parece más grande, ancha, arrugada y moteada.

–Ésta no pertenece a un halcón.

Es una de las plumas que todavía no hemos identificado. Esperamos el resultado de Oregón.

–¿Sabe usted qué es? –pregunto.

Me responde con otra pregunta.

–¿La encontraron cerca de las otras.

–Sí. Estaban en el suelo, prácticamente revueltas. –En realidad, las hallamos en la plataforma, pero me reservo ese detalle.

–No entiendo –dice.

–¿Qué es lo que no entiende?

–Los exámenes de Abbott no mostraban traza alguna de aves de rapiña. Los comprobamos con todo cuidado. Es una de las primeras cosas que miramos.

–¿Qué quiere decir?

–Esta pluma pertenece a un búho, un ave que no es nativa de esta zona.

–¿Se refiere a la zona del mapa? ¿La cadena costera?

–No. El estado. El búho procede de los bosques del norte, de Canadá, de las Rocosas. Aquí no es un pájaro autóctono.

Claude y yo lo miramos fijamente.

–A ver si lo entiendo –digo–. Este búho, ¿mataría a los halcones peregrinos si compartieran el mismo hábitat?

–En un abrir y cerrar de ojos. –Levanta la mirada que tenía clavada en las bolsitas de plástico–. Es un depredador mortal de los halcones peregrinos. Pero no me pregunten cómo llegó allí.

21

En los últimos días me he resistido sutilmente a los peces gordos del condado, que desean resolver el caso de un plumazo y cargarle los seis asesinatos al ruso. Resultaría la salida más fácil. Un asunto limpio y claro que me supondría una gran cantidad de amigos en el condado, la ciudad y el círculo de altos cargos universitarios.

Pero existe un problema. Sospecho que Chambers se guarda un as en la manga, que se reserva para el momento del proceso. Ya me olí algo aquel día en el apartamento del ruso, mientras la policía lo registraba. La fecha de los periódicos amontonados en el umbral de la puerta. Dos de ellos eran de dos días antes del asesinato de los Scofield, lo que podría indicar que el ruso ya se había marchado por entonces.

Un sexto sentido. Algo que se desarrolla con la práctica de la justicia criminal. Con demasiada frecuencia aparece como un preludio a la sombra del desastre, como una mosca aplastada contra el cristal.

No hemos podido fijar la fecha en que Iganovich entró en Canadá, pero sospecho que Chambers sí puede hacerlo. Si no me equivoco, me está acechando para saltar sobre mí en el momento oportuno. Si acuso a su cliente de los dos últimos asesinatos, presentará una coartada en bandeja de plata, con lo cual arrojará dudas acerca del resto de los cargos. Por eso resulta tan importante establecer una cuña plausible que pueda exhibir entre los asesinatos de los estudiantes y el de los Scofield.

Llaman a la puerta de mi despacho. Se abre y aparece Jane Rhodes, mi secretaria.

–Alguien desea verle. –En la mano sostiene una tarjeta de visita–. Un tal señor Golumbine –se acerca y deja la tarjeta sobre mi mesa de trabajo.

DENNIS GOLUMBINE
FISCAL GENERAL ADJUNTO
SECCIÓN JURÍDICA GUBERNAMENTAL

–Hágale pasar. Lo estaba esperando.

Un instante después atraviesa el umbral un hombre de edad indefinida, de aspecto cadavérico, cabello negro ya escaso y gafas de montura metálica. Sonríe forzadamente, y en su rostro se forman otras mil arrugas como las de una ciruela pasa.

–Señor Madriani –extiende la mano y yo se la estrecho.

Leo la tarjeta.

–Señor Golumbine.

–Se pronuncia «Golun-bin» –precisa. Ha fruncido los labios para hacer la corrección.

–Siéntese, por favor.

Le indico una de las sillas destinadas a los clientes, al otro lado de la mesa. Adivino qué motivo lo trae aquí. La seriedad del propósito se plasma en su apostura al igual que un fresco en una pared renacentista.

–¿Qué puedo hacer por usted?

–Hemos recibido una queja en relación con su oficina. Se me ha designado para llevar a cabo una investigación.

Le dirijo una mirada interrogadora.

–Sí –afirma. Alcanza un maletín y de él extrae un bloc de notas de papel amarillo–. Se trata de una queja relacionada con la acción judicial a la que usted se dedica estos días contra... Andre Iganovich –dice tras consultar sus notas.

La carta del Coco ha llegado a la bandeja de entrada de la fiscalía general y ha tardado un poco en la lista de espera.

–Disculpe un segundo –cojo el auricular del teléfono interior y marco unos números–. ¿Podría venir aquí, por favor? –Cuelgo y me dirijo a Golumbine–. ¿Por dónde íbamos?

–La queja se basa en el tratamiento del caso y, en concreto, ciertos errores en los trámites de extradición. Deseamos su colaboración para recabar datos que nos permitan determinar los motivos de esos errores.

Le animo a que prosiga con un gesto.

–Se trata de un asunto muy serio –afirma.

–Y también antiguo. Imagino que sabrá que el señor Iganovich reside ahora en la cárcel del condado de Davenport a la espera de ser procesado por varios cargos de asesinato. ¿No es así?

–Lo hemos leído –asiente–. De todas formas...

–Hábleme un poco más de esa queja –le pido–. ¿De dónde procede?

–Eso es confidencial.

–¿Por ley?

–Normas del departamento.

–¿Me podrá comentar algo sobre el contenido?

Mueve la cabeza.

Se abre la puerta y entra Lenore Goya. Golumbine la contempla y se levanta de la silla. Los presento. Él despliega la actitud de un aldeano lascivo, con miradas de soslayo y un fláccido apretón de manos.

–La señora Goya colabora conmigo en este caso.

Lenore también ha estado investigando mano a mano con Kay Sellig, que ya nos había advertido de que alguien del Departamento de Justicia vendría a visitarnos, aunque no sabía quién. También nos señaló que el fiscal general no recibió de buen talante la carta de Acosta. El hombre es un político astuto que, en lugar de enzarzarse en luchas tribales, ha preferido pasar el tema a otras manos sin dirección ni instrucciones muy claras.

–¿Dice usted que las normas del departamento no le permiten compartir los contenidos de su queja?

–Exacto.

Leo su tarjeta de nuevo.

–¿Qué tiene que ver con la extradición esta sección jurídica gubernamental? –pregunto–. Creí que extradición formaba una sección por sí sola.

Una tosecita seca. Se arregla la corbata. Dirige una ojeada a Lenore, que ha cruzado las piernas y con ello muestra unos centímetros más de muslos por encima de las rodillas.

–Ayudamos en lo que podemos –afirma por fin.

Asiento y sonrío.

–Sólo ayudan.

–Sí.

–¿Qué desea usted entonces? –pregunto.

–Acceso a sus archivos, a todos sus documentos.

Enarco una ceja.
–¿A todos?
–Sí.
Parece un cordero el tipo, pero con unos cojones bien grandes.
–¿Puedo preguntarle de qué autoridad dispone usted? –tercia Lenore.
–¿Disculpe?
–Su autoridad estatuaria para intervenir en un caso pendiente de juicio –precisa.
–Oh, no estamos interviniendo. Sólo llevamos a cabo una averiguación respecto a una queja.
–Bien –contesta–. ¿Con qué autoridad quiere usted realizar sus investigaciones?
Golumbine ya no le mira las piernas. En lugar de eso busca y rebusca en su maletín, que mantiene sobre el regazo, como un Fiber McGee en su atestado armario. Después de sacar varios papeles y una agenda de trabajo, exhibe por fin un libro azul en rústica, una versión abreviada del código penal. Se tira un buen rato volviendo hojas con un dedo humedecido y al final le cita a Goya una sección.
–¿Puedo verla? –pregunta Lenore.
–Por supuesto.
–Este punto se refiere al derecho del fiscal general de examinar ruegos y órdenes de extradición, antes y mientras se estén tramitando. No observo nada relativo a ruegos de extradición cancelados o concluidos.
–Pues entonces la sección no resulta lo bastante explícita –dice él–. En nuestra opinión, gozamos de una autoridad más amplia.
–¿Su opinión? ¿Se refiere usted al fiscal general? ¿Ha sido él quien ha ordenado esta investigación?
–Bueno, mis superiores.
–¿Y quiénes son? –le pregunto.
Golumbine comienza a sudar.
Me da un par de nombres, funcionarios de nivel medio de la sección jurídica gubernamental.
Lo llevo al otro lado de la cuerda floja.
–Me parece que usted conoce al juez Ingel, ¿no es así?
Me mira con unos ojos en los que se refleja la cautela.

–Es un conocido –declara.

–Oh. Creía que habían trabajado juntos en la oficina del fiscal general, que eran muy amigos.

–Nos conocemos. –Se ruboriza: ha sido descubierto.

–¿No sería él quién lo llamó y lo puso al corriente de este asunto?

Grandes toses. Se cubre la boca con una mano. Saca un pañuelo del bolsillo, pero para secarse la frente.

–No podemos hablar de los detalles concretos de una investigación oficial –objeta.

–Ah, investigación oficial –asiento.

–¿Cuenta usted con una opinión formal sobre el funcionamiento de esta sección? –le dispara Lenore.

Golumbine empieza a pensar que Lenore y yo lo estamos aplastando bajo una especie de torno.

–¿Perdone?

–Un documento del fiscal general en que se manifieste la autoridad de su oficina sobre esta sección.

Goya está apuntando a la provisión del código penal que Golumbine pretende usar para introducirse en nuestros archivos.

–No lo sé –contesta.

–Bueno, a lo mejor puede encontrar la respuesta ahí –le lanza el código penal al regazo–. Y de paso obtenga una carta firmada por su jefe.

–¿Qué quiere decir?

–La señora Goya quiere decir que nos resultaría conveniente, para prepararnos ante la eventualidad de una investigación, contar con una carta de ruego firmada por el fiscal general antes de abrir nuestros archivos. Espero que lo comprenda. –Me levanto con la mano extendida, a fin de indicarle que la reunión ha terminado–. Encantado de haberlo conocido.

Golumbine está revolviendo el maletín y sostiene en una mano varios documentos y en la otra el código penal abreviado. Hace juegos malabares con todo ello a la vez que aferra el asa con un dedo. Mañana necesitará un vendaje.

Lenore le abre la puerta y le indica la salida. Encorvado, traspasa el umbral con toda su mierda a cuestas. Por ahora hemos esquivado la última bala del Coco.

William Geddes se ha retirado del gran jurado por motivos personales no muy definidos. Más bien decidió marcharse al verse apartado de sus colegas de grupo, como precio por su pequeña puesta en escena. No puedo decir que tratara de impedírselo.

A pesar de su breve conversación en privado con Goya, el hecho de que ahora Geddes ya no expresará su opinión sobre ninguno de los cargos despeja cualquier duda; nadie podrá sospechar que Goya puede haber manipulado al jurado.

El jurado reserva es una mujer, que ya ha sido informada acerca de todas las pruebas y que, como sus nuevos compañeros, sabe que en dos días será expuesta a mi teoría de que existen dos asesinos.

Ayer, Goya y Kay Sellig acompañaron a los miembros del jurado en un viaje forense: la cuerda, las estacas de tienda de campaña y las diferencias entre las que se encontraron en los respectivos lugares de los crímenes. Goya fue lo más lejos posible al insinuar la posibilidad de un imitador que habría asesinado a los Scofield.

Ésa es la parte que le hemos reservado al testigo de hoy.

En el pasado, Harold Thornton fue profesor sin plaza fija. Enseñó en varias universidades de prestigio, dato que figura en su currículum. En la actualidad, este ex profesor de psicología suele colaborar con algunos organismos oficiales de esta parte del estado.

Un buen experto en el papel de testigo contribuirá positivamente a la causa del fiscal sin mostrarse partidario de ella. El jurado lo considerará un especialista objetivo y desapasionado, en absoluto proclive a la exageración o a posiciones extremas. En suma, un experto constituye el modelo ideal a seguir para cualquier charlatán aficionado. Más aún si se dedica a exponer, como pretendo que él haga hoy, los misterios más profundos de la mente humana.

–¿Puede dar su nombre para el registro?

Lo dice, y deletrea su apellido para facilitar la tarea del taquígrafo.

–¿Posee usted algún título académico?

–Soy doctor en psicología.

–¿Y su especialidad?

–Psicología clínica.

Le ofrece al jurado una visión general de su carrera académica, formación profesional, labor docente, publicaciones; todo aquello que puede clasificarlo como un testigo experto ante un tribunal. Alguien a quien se le permite expresar opiniones acerca de asuntos que recaen en el ámbito de su especialidad.

–Como profesional, ¿ha colaborado alguna vez con la ley en la construcción de perfiles de personalidad?

–Sí.

–¿En cuántas ocasiones?

Reflexiona durante unos instantes.

–¿Construcción total o colaboración?

–Construcción.

–Seis veces. No, cinco.

Parpadeo, intentando disimular mi sorpresa. Esperaba que el testigo contase con más experiencia. Pero Kay Sellig recurrió a Thornton por el simple motivo de que, en su momento, él era el único experto disponible en la zona.

–¿Podría usted explicar al jurado en qué consiste su trabajo? –pregunto.

–Es muy sencillo –declara–, y directo.

En mi cabeza salta una pequeña alarma. Cuando los eruditos aseguran que una cosa resulta sencilla ya comienzo a preocuparme.

Thornton se lanza al agua.

–El perfil de personalidad se basa en determinadas suposiciones psicobiológicas.

Lo que me imaginaba. Lo interrumpo.

–Doctor Thornton, recuerde que se dirige usted a profanos en la materia. ¿Podría utilizar términos más comprensibles para el público en general? –Le dedico una sonrisa amable y cálida.

Cambia de táctica con expresión contrita.

–El perfil psicológico consiste en una observación singular; el modo en que una persona realiza una actividad, la manera en que la ejecuta, nos dice mucho de esa persona.

Bien, pienso. Sin florituras. El experto continúa.

–En el caso de actos criminales, conocer los hábitos y los rasgos de la personalidad de un delincuente nos permitirá elaborar descripciones detalladas sobre su conducta en general.

Me vuelvo para recoger unos papeles de la mesa. Cuando recupero el hilo del discurso, me encuentro con que Thornton se ha ido de nuevo a las alturas de la abstracción. Veo que las cabezas se mueven de un modo inequívoco, a punto de echarse una siestecilla tempranera.

–Sexo –lo interrumpo–. Háblenos de crímenes sexuales, señor Thornton.

Dos rancheros medio adormilados parecen saltar de sus sillas, como si hubiera llegado la hora de ordeñar y se lanzaran a las ubres.

–¿Utiliza usted la técnica del perfil psicológico en casos de delito sexual?

–Sí, desde luego. La violación en serie constituye un ejemplo clásico.

Gracias sean dadas al cielo por sus pequeños favores.

–Pero ¿no se puede emplear para toda clase de crímenes?

–No, no. Existen otras categorías de delitos, en realidad la mayoría, que se resisten a la aplicación de esta técnica. No serviría para nada en esos casos.

–¿Podría ofrecernos algunos ejemplos?

–Por supuesto. –Piensa un momento–. Cualquier crimen en el que se observe escaso contacto con la escena del mismo. Un robo simple, la mayor parte de los hurtos sin importancia. Son delitos que, en general, no presentan ningún tipo concreto de desorden psicológico. En estos casos se puede averiguar muy poco de la personalidad del delincuente a través del estudio de la escena del delito. Si alguien roba la caja de un supermercado a punta de pistola, lo único que nos quedará son huellas dactilares.

Los miembros del jurado comienzan a agitarse, a salir de su modorra. A mi alrededor percibo signos de interés en las caras a medida que Thornton va acomodándose en su papel de profesor, el más conveniente para un experto.

–¿Tal vez porque resulta inútil aventurar descripciones con rasgos tan extendidos como la codicia?

–Exacto.

–Entonces, ¿qué tipo de delitos se prestan mejor a un perfil psicológico de sus autores?

–En general, casos en los que se produce mucha actividad en la escena, en los que la víctima está sujeta a considerable violencia por parte del delincuente. La violación, como he dicho, constituye un buen ejemplo –afirma–. Homicidio sexual, o cualquier crimen violento contra una persona acompañado de algún ritual, tortura grave, mutilación, ya sea antes o después de la muerte. Son los casos clásicos en los que la técnica del perfil psicológico rinde sus mejores frutos.

–¿Por qué?

–Porque esos actos, por su misma naturaleza, implican un serio desorden psicológico. Las manifestaciones físicas de la escena del crimen, el acto mismo, a veces siguen la pauta que le dicta el subconsciente de modo predecible. Lo sabemos por actos criminales similares cometidos con anterioridad, perpetrados por otros enfermos del mismo desorden mental. Esto sitúa al delicuente fuera de la norma, le hace sobresalir; tal vez no para un observador casual, pero sí a los ojos del investigador experto que busca en el pasado y en la trastienda de la mente enferma.

Le invito a una breve digresión. Hablamos de los rasgos, de las marcas, de los pilares en que se cimenta la personalidad del delincuente típico según las diversas categorías de delitos.

Los especialistas han obtenido estos rasgos tras centenares de entrevistas con delincuentes internados en penitenciarías u hospitales psiquiátricos; en algunas ocasiones, se sigue al sujeto hasta la misma puerta de la cámara de gas, en busca de un último fragmento de información, de conocimiento.

–¿Puede usted contarle al jurado cómo esas marcas, esas señas individuales pueden emplearse para detener a un criminal en concreto?

–Se ha averiguado que cuando el individuo alcanza una edad en la que... –Explica que en estos casos el delincuente es un hombre–. Cuando cometen un crimen o una serie de crímenes similares, delitos mayores que se prestarían al perfil psicológico, esa gente ya ha establecido ciertas pautas de comportamiento en sus vidas.

La observación directa de un experto suena como una canción, como poesía legal. Posee un ritmo propio. Va de lo general, las teorías amplias, al estudio de los detalles específicos. Si se hace bien, deja al jurado con una visión lineal y concreta de las cosas, una sensación de que las opiniones del experto resultan parte del mundo terrenal y no sólo vapores etéreos.

–¿Puede describirnos un ejemplo real? ¿Un ejemplo de cómo usted ha aplicado un perfil psicológico? ¿Un caso auténtico?

Duda durante unos segundos, con la intensa expresión de quien recuerda una experiencia dolorosa.

–Un caso ocurrido en otro condado. Una serie de asesinatos rituales. Una de las marcas, una pauta de comportamiento común de este tipo particular de sadomasoquismo, ya observada en casos anteriores, nos indujo a pensar que el criminal, desde su niñez, sentía probablemente una obsesión por infligir malos tratos a los animales; por torturar a perros y gatos, por ejemplo. Contábamos con cuatro sospechosos principales y nos dedicamos a profundizar en su pasado: escuelas, familiares, amigos de la infancia, etc.

Thornton nos relata cómo los investigadores aprendieron a tantear los puntos débiles, a deslizar los interrogantes más sutiles sin preguntar, por ejemplo, cosas como: «¿Arrancó su amigo las alas a algún pájaro? ¿Roció al perro del vecino con gasolina y lo quemó vivo para divertirse?».

–El investigador más eficiente, el mejor policía para este tipo de trabajo –dice Thornton– es el que adopta el papel de buen y viejo amigo que le hace confidencias al sospechoso, relacionadas con travesuras infantiles de esas características presuntamente cometidas por él mismo. El otro se confía y aporta a su vez sus propias historias.

Observo al jurado y advierto que entre ellos circula un mensaje implícito: no hay que fiarse de cualquier tipo campechano con una insignia.

–Después de dos días de interrogatorio a cargo de nueve detectives distintos –continúa Thornton–, un sospechoso se convirtió en el centro de atención de todos los investigadores. Nueve horas más tarde confesaba ser el autor de los cinco asesinatos. Cuando se hacen bien las cosas y se disfruta de un poco de suerte, éste suele ser el resultado final.

Thornton ha logrado un éxito rotundo entre los miembros del jurado. Ha establecido los cimientos, ha situado la técnica del perfil psicológico al mismo nivel científico que la astrología; más creíble que la lectura de las hojas de té.

Enfilo la última curva y me lanzo al meollo del asunto.

–Doctor Thornton, ¿ha tenido usted ocasión, a instancia

nuestra, de estudiar estos crímenes comúnmente conocidos en la zona como los asesinatos de Putah Creek?

–Sí.

–Con el fin de evitarle confusión alguna al jurado, ¿podría decirnos qué crímenes ha analizado en concreto? Por favor, cite los nombres de las víctimas.

Thornton refresca su memoria consultando unas anotaciones. Identifica tres grupos separados de asesinatos que le expuso el Departamento del *sheriff* del condado de Davenport; los dos primeros relativos a las muertes de los estudiantes y el último a la de los Scofield.

–¿Y se le ha encargado que realice un estudio del perfil psicológico del asesino?

–Sí.

Puntualizo que no ha visto a Andre Iganovich ni ha mantenido ninguna entrevista con él, hecho al que Chambers se hubiera aferrado en un interrogatorio por ambas partes. Ésta constituye la mayor debilidad de este procedimiento: no hay adversario presente, y por eso ahora me convierto en el abogado del diablo.

–Tras aplicar sus conocimientos como profesional titulado con amplia experiencia en la elaboración de perfiles psicológicos, ¿se ha formado una opinión acerca de la personalidad del asesino en los casos que nos ocupan?

–Sí.

–¿Podría compartir con nosotros su opinión?

Consulta sus notas.

–En el caso de las muertes de Julie Park y Jonathan Snider, las primeras víctimas estudiantes, y de Sharon Collins y Rodney Slate, las últimas, creo que fueron asesinadas por la misma persona. En cambio, y basándome en pruebas científicas, diría que Karen y Abbott Scofield fueron asesinadas por otra u otras personas.

Aguardo unos instantes para que el jurado digiera estas palabras antes de dar comienzo al punto culminante de mi exposición: sustentar con juicios de razón las opiniones del experto.

–¿Cómo llegó usted a esta conclusión? –le pregunto.

–Entre otros, destaca un factor primordial: la mutilación facial de la víctima Karen Scofield. Según el informe de patología, le arrancaron un ojo después de morir. Ahora bien, los estudios muestran que en estos casos la desfiguración facial siempre se realiza por una sola razón: el asesino y su víctima se conocían. En líneas generales, cuanto más próxima es la relación, más severa resulta la mutilación del rostro. La extirpación de un ojo me lleva a suponer que el criminal conocía muy bien a su víctima.

Nos indica que detrás de esa acción reside un mensaje simbólico y crucial: al quitarle la vista el subconsciente del asesino se siente seguro sobre su anonimato.

Para demostrarlo, Thornton muestra una fotografía en color de la cabeza de Karen Scofield tal como se depositó en la mesa del forense.

–El asesino ejerció cierta violencia para extirpar el ojo. –Señala tres cortes, uno que penetra una ceja y otros dos, muy profundos, en la mejilla y alrededor del ojo–. No se puede hablar de precisión quirúrgica. Resulta probable que un sentimiento de pánico lo llevara a cometer este acto.

–Y en cuanto a las primeras víctimas, los estudiantes, ¿qué opina usted?

–Que el asesino y las víctimas no se conocían. En ninguno de estos casos se produjo mutilación en el rostro.

–¿No cabe la posibilidad –pregunto– de que el mismo asesino matara a todos ellos, que no conociera a los estudiantes pero sí a Karen Scofield?

Aquí empleo un poco de mano izquierda de nuevo en mi papel de abogado del diablo. Una exhibición de imparcialidad poniendo al descubierto una debilidad potencial de nuestra hipótesis.

–Por el estudio de casos anteriores diría que la posibilidad existe, pero parece sumamente remota. Hay asesinos que mantienen una relación con sus víctimas, que las escogen entre un grupo de conocidos. Hay otros criminales con pauta que sólo matan a desconocidos elegidos al azar. Como regla general, las dos clases o categorías de criminales no suelen mezclar procedimientos. El estudio de casos previos nos indica que, por regla común, no matarán a personas conocidas y desconocidas a la vez.

Al parecer, aquí reside la piedra de toque, el núcleo de su opinión respecto a la existencia de dos asesinos. El ojo extirpado a Karen Scofield. A pesar de que hay otros factores, éste en particular convence de tal manera al experto que le lleva a obviar el resto.

–¿Hay otros factores? ¿Cualquier otra razón para sugerir la hipótesis de los dos asesinos?

–Sí –afirma–. La diferencia de edad entre los Scofield y los estudiantes, hecho que resulta poco corriente en casos de asesinato ritual. Y los utensilios empleados. El asesino no cambiaría de cuerdas ni de estacas si poseyera un amplio suministro de las mismas, como el que se encontró en el vehículo de Andre Iganovich. En general, estos objetos forman parte del ritual. Por último, la disposición de la ropa en forma de arco alrededor de la cabeza de cada víctima, el uso de las prendas íntimas para cubrir el rostro de las víctimas femeninas; todo apunta a un crimen litúrgico.

Lo miro con una expresión interrogante.

–Asesinato ritual –aclara–. A mí me parece indudable que los Scofield fueron asesinados por una persona distinta a la que mató a los estudiantes.

–¿Podría darnos entonces su opinión sobre las similitudes? ¿De las estacas y de la cuerda?

–Un grosero intento de plagio. –Se dirige al jurado con la compostura de un veterano en el estrado–. Lo que ustedes llamarían comúnmente un imitador.

–Y sus conclusiones, según se indica en su informe, están basadas en su examen de las pruebas y en sus conocimientos como experto en perfiles psicológicos.

–En efecto.

Lanzo una mirada a mi jurado en silencio y me pregunto si les he convencido, si he logrado abrir una cuña entre los dos crímenes. Espero que la mezcla de teorías y conjeturas que les he proporcionado hoy les resulte suficiente, porque si esta opinión científica falla, no me quedará más remedio que atrapar al asesino de los Scofield para que les cuente él mismo sus razones.

22

–Me alegra verle de nuevo. Y felicidades. Don Esterhauss es el presidente de la junta de supervisores del condado de Davenport.

Se muestra tan amable porque ayer fue presentada la acusación contra Andre Iganovich, culpable de cuatro delitos de asesinato en primer grado con agravantes. Esta mañana, la prensa de todo el estado ha incluido la noticia en primera plana. Ahora Iganovich será juzgado por un tribunal superior.

Esterhauss se deshace en sonrisas cuando nos estrechamos la mano por encima de las servilletas de lino. Nos encontramos en Sibble's, al otro lado del río y a una manzana del Capitolio. La entrevista ha sido solicitada por el presidente y organizada por Emil Johnson, que la califica de reunión social. Todavía han de llegar algunos otros comensales, que también desean conocerme un poco mejor.

Mientras observo los rostros, comienzo a sospechar que he sido víctima de una emboscada, que esta gente me reserva alguna sorpresa.

Emil, que ya se halla atrincherado tras la gran mesa del comedor privado, se dedica a mosdisquear un palito de pan untado con tanta mantequilla como la que carga un campesino en una mantequera. Del cuello de la camisa le cuelga la servilleta, que se desliza por las sinuosas estribaciones de su hundido pecho y se desparrama sobre la prominente barriga aprisionada por la mesa. Johnson libra una batalla solitaria contra la anoxeria y la está ganando sin esfuerzo aparente.

–Fiscal. –Su muestra de reconocimiento no incluye extender la mano ni levantarse.

Una mujer aparece por detrás, se une a Esterhauss y me ofrece una sonrisa como las de los anuncios de dentífrico. Me resulta vagamente familiar.

–¿Conoce a la alcaldesa de Davenport? –Sin añadir más,

Esterhauss hace las presentaciones–. Janice Shaw, Paul Madriani.

Hasta este momento no había conocido en persona a esta cara familiar. Todo mi trabajo lo he llevado a cabo a través del condado, y a la alcaldesa sólo la he visto en algún que otro acto público, como el entierro de Feretti.

Rubia, de treinta y pocos años, con un cierto atractivo, posee los rasgos y la figura de un duendecillo solemne. Su nariz respingona está cubierta de pequitas, y lleva el cabello recortado a la altura de los hombros con rizos al final. Su vestido queda a la altura de su rango, con rayas azules y unas hombreras que bastarían para detener una bala.

Me regala con más sonrisas y felicitaciones por mi éxito con el gran jurado.

–He oído hablar mucho de usted –dice–. El condado tiene suerte de contar con sus servicios. Representa un gran éxito por parte de la junta.

Esterhauss está radiante.

La idea que la alcaldesa tiene de la «buena suerte» reside en la subvención que le supongo al presupuesto del condado, aunque para ello tenga que mantener a raya a Nikki, que a este paso acabará golpeándome o abandonándome.

Al otro extremo de la mesa se encuentra George Cayhill, el decano auxiliar para asuntos estudiantiles de la universidad. Ya coincidimos en la reunión con los parientes de las víctimas unas semanas antes. Me extiende la mano en un gesto de cordial bienvenida, y luego se enfrasca en la lectura del menú como si ya supiera qué asunto se va a ventilar aquí.

No resulta una casualidad que la reunión se celebre ahora, a pesar de mis intentos por aplazarla durante algunos días. Emil insistió en que fuese hoy, seguramente porque sabe que he decidido hacer oficial la versión del segundo asesino para el caso Scofield. Lo cierto es que la prensa ya ha recogido los rumores en primera página y la televisión no cesa de ofrecer reportajes sobre el asunto. Por eso, he considerado que no tiene mucho sentido seguir en silencio y le he pedido a Claude que prepare una conferencia de prensa para mañana a primera hora. En ella pienso declarar oficialmente que existe otro asesino y que la policía está investigando acerca de su paradero.

Shaw posee el encanto de un buen político. Me habla al oído, con una corriente de sinceridad más amplia que el Misisipí... y tan profunda como la piscina de Sarah. De momento me coge la mano, la cubre con la suya como un preciado trofeo, me sonríe y me mira de una manera que me hace sentir blanco de un sistema de armas guiadas por radar.

–Por favor, siéntese. –Me acerca una silla y se sienta a mi lado. Me hallo atrapado tras la mesa, entre ella y Esterhauss.

–¿Le apetece tomar algo? –me pregunta.

El camarero presiente que hay movimiento, una ocasión para hacer negocio que no va a dejar pasar. Se nos acerca. A los demás ya les ha servido un cóctel. Me invitaron a esta fiesta media hora tarde, tal vez para disponer de tiempo para preparar el tinglado.

–Una copa de vino blanco. –El camarero quiere mostrarme la lista de los vinos–. El de la casa, por favor.

–Y llene esto –dice Emil.

Le entrega la cestita ya vacía. Migas de pan en un aseado y discreto reguero, como los caídos en la batalla de Gettysburg, cubren la mesa hasta el lugar donde él se sienta. Si sigue así necesitaremos tirar de él para sacarlo de la silla cuando la comida concluya.

–Las cosas parecen ir muy deprisa –señala Esterhauss. Se refiere a las acusaciones–. La junta está muy contenta.

–Me alegro de saberlo. Ahora sólo falta que eso deje satisfecho a un jurado.

–Seguro que sí.

Juega con su bebida mientras habla. Es un hombre alto y delgado, de unos cuarenta y cinco años. Se ha peinado cuidadosamente el cabello, que empieza a ponérsele gris, con grandes mechones extendidos para cubrir la calva de una coronilla como el agujero polar de la capa de ozono. Por lo visto, le teme a los dos espacios vacíos por igual.

Esterhauss es el propietario de la ferretería local. Resulta un hombre educado y locuaz; un producto universitario. Al acabar su carrera en historia, se vio obligado a reconsiderar sus expectativas en la vida, como contrapartida por haber vivido en una quijotesca comunidad universitaria sin más límites que los de un puesto académico. Al igual que muchos de su edad, ex hippies convertidos en mercaderes en sitios como

Berkeley, ahora se halla plena e indefinidamente sumergido en el mundo del comercio, vendiendo palas y rastrillos en Davenport. Los entresijos de la política local le sirven para recrear, de alguna manera, su anhelada faceta de hombre de estado.

–¿Cuánto tiempo transcurrirá antes de que comience el proceso? –me pregunta.

–Eso resulta difícil de determinar –respondo–. El arte de toda buena defensa consiste en dejar pasar el tiempo.

–Espero que no pueda aplazarlo mucho.

–Y yo desearía que usted fuera el juez que atiende las mociones.

Ríe.

–¿Conoce usted al abogado de la defensa, a ese hombre llamado Chambers?

–Sí, lo conozco.

–¿Es bueno?

Asiento.

–Es agresivo. Impredecible. Conoce bien los vericuetos de los tribunales.

–Cuando comience, supongo que... ¿dentro de unas semanas?

Pregunta tras pregunta. Este tipo debería dedicarse a tomar declaraciones en una comisaría. Intenta averiguar el tiempo que durará el proceso, y muy pronto pondrá el ábaco encima de la mesa y pasará bolitas calculando cuánto le va a costar este asunto al condado.

–Adrian Chambers se sabe todos los trucos para conseguir aplazamientos. Es una tonadilla que le cuesta muy poco esfuerzo entonar.

Le comento a Esterhauss que no puedo lanzar una conjetura razonable acerca de la duración del proceso hasta pocas fechas antes del juicio, hasta que yo averigüe qué teorías se propone defender Chambers y el número de testigos que va a presentar.

Podría conseguir que le sentara mal la comida si le cuento la verdad. Podríamos encontrarnos todos los presentes disfrutando de los frutos de una malganada jubilación antes de que este caso finalice, antes de que todas las apelaciones hayan sido agotadas.

–Dicen que pueden declararlo incapacitado para seguir el proceso –afirma Cayhill.

–Intentarán esa salida –asiento–. Probablemente, lo primero que querrá Chambers será conseguir que envíen a su cliente a un hospital psiquiátrico, para un largo tratamiento. Y si eso fallase, como mínimo solicitará una evaluación psicológica.

Oigo el pesado suspiro de Esterhauss, que ya intuye la duración del caso más allá del horizonte; más pequeñas cuentas en el déficit del libro de contabilidad del estado.

–Vamos, amigos, déjenle descansar un momento para que consulte el menú y pida su comida.

Shaw está desempeñando el papel de la protectora maternal. En lo que se está configurando como una estrategia de «policía bueno-policía malo», tengo la impresión de que no es ella la que va a atizarme con el calcetín lleno de arena. Aún intento imaginarme quién actúa de la misma manera en esta mesa, lo que equivale a preguntarme quién hará de verdugo.

Pedimos. Yo, la langosta australiana «a precio de mercado». Aprovecho mi condición de invitado para cargarle un poco más las cuentas al gobierno, a cambio de lo que se me avecina: un asalto a mano armada dentro de mi propia jurisdicción.

Sorbemos de nuestras respectivas bebidas y empezamos a comer. Estamos esperando el plato principal mientras nos terminamos la ensalada.

–¿Cuánto tiempo cree usted que transcurrirá hasta que se presenten las otras dos acusaciones? –pregunta Esterhauss.

Lo miro con rostro interrogante.

–Sí, para que acusen a este hombre del asesinato de los Scofield. –Habla de Iganovich.

La aclaración me deja anonadado. Observo a Cayhill y Shaw durante unos instantes. Sus caras constituyen la viva imagen de la inocencia. Sin embargo, a mí todo esto me parece un poco demasiado oportuno, calculado.

Miro a Emil, el único que ha escapado a mi mirada inquisitiva, que sigue ocupado engullendo sopa como si no hubiera oído nada.

Tengo que suponer que no les ha contado que no tenemos intención de acusar a Iganovich de los últimos asesinatos.

Comienzo a sonreír. Están representando esta pequeña farsa para amedrentarme, para dejarme a mí como el portador de malas noticias. De esta manera, cuando se enteren de los hechos y me vea acorralado por su furia, no tendré más remedio que echarme atrás y considerar nuevas alternativas, que sin duda ellos ya han ideado.

–Parece que usted no ha seguido los comentarios de la prensa –le digo a Esterhauss–. Existen graves problemas de incoherencia con las pruebas. Me sorprende que se le hayan escapado esos detalles.

–Hemos leído las diferentes versiones, pero yo no les concedí mucho crédito.

–Supongo que eso significa que se producirá un cierto retraso antes de poder acusarlo de los últimos crímenes –indica Cayhill.

–¿Un cierto retraso? No. Habrá una parada en seco.

Me mira con los ojos muy abiertos.

–¿Qué quiere usted decir?

–Quiero decir que no pienso acusar a Andre Iganovich de los asesinatos de Abbott y Karen Scofield.

–Dios mío, ¿por qué no?

En su tono se esconden muchos matices, entre ellos la posibilidad de maquillar un poco las pruebas a fin de eliminar todas las irregularidades... Seguro que hay alguna manera de encajar los hechos en el caso.

–¿Por qué no? –Ahora es Shaw la que insiste con la misma pregunta.

–Por una sencilla razón –contesto–. Porque él no cometió esos crímenes.

Se oye el campanilleo al unísono de los cubiertos contra la porcelana china, como si se tratara de un grupo de obreros expertos martilleando rítmicamente una roca. De repente, ocho ojos me perforan con la mirada.

–¿Lo dice en serio?

Cayhill sacude la cabeza. El grupo entona palabras de protesta, y los rostros adquieren una expresión de incredulidad. Incluso Emil participa de esta escena.

–Pues yo no estoy de acuerdo con lo que usted afirma –exclama Emil–. No es ésa la conclusión a la que han llegado los chicos de mi oficina. Ellos aprecian una clara conexión. El problema es el estado. Siempre dije que no era buena idea acercarse demasiado a ese lugar.

Se refiere al laboratorio estatal de investigación, a Kay Sellig. Resulta una salida fácil colgarle a ella el muerto tras la espalda.

–Señor Madriani. –Por la boca de Janice Shaw habla la voz de la razón–. Paul. ¿Le importa que le llame Paul?

–Me llamo así –replico.

Me dirige una sonrisa amplia y bondadosa.

–Paul, tiene que disculparnos, pero es que nos ha cogido por sorpresa. Nos ha dejado sin respiración. Los periódicos... de ellos sólo se puede esperar una irresponsable especulación tras otra. Pero nosotros, desde nuestra posición en el gobierno, debemos ser más diligentes, más responsables. ¿Cómo puede estar seguro de que ese hombre no cometió los últimos asesinatos que le imputamos? ¿De que no mató al profesor Scofield y a su esposa?

–Su ex exposa.

–Lo que sea –prescinde de mi observación como si no representara más que un pequeño e irritante detalle.

–No sería correcto que yo hablara con ustedes de las pruebas que poseemos.

Dicho esto, miro a Emil, que se encoge, desmiga pan y hace cualquier otra cosa para parecer ocupado.

–En este punto tendrán que confiar en mí. Los expertos forenses se muestran seguros de lo que han hallado. Iganovich no mató a los Scofield.

Shaw mantiene la vista baja y parece evidente que se siente alterada. Las cosas no le están saliendo como había esperado.

Lo intenta de nuevo.

–Debe comprender que nos enfrentamos a un enorme problema. Desde que comenzaron los asesinatos, nuestra comunidad ha vivido al borde del abismo. Los ciudadanos están armados hasta los dientes, y aun así tienen miedo de acostarse, miedo de caminar de noche por las calles, miedo de sus propias sombras. Hace un mes volví tarde a casa de una reunión, y mi marido estuvo a punto de pegarme un tiro en la sala de estar.

«Ah, las oportunidades perdidas», digo para mis adentros. Puedo imaginarme que todo este asunto ha alterado la vida de esta pequeña ciudad, a la que tiempo atrás un empleado del tribunal calificó de «Camelot en bicicleta».

Shaw insiste.

–Cuando capturaron a este hombre, creímos que la pesadilla había terminado. Sí, habría un proceso, acudiría la prensa, pero lo peor ya habría pasado. Si mañana habla usted por la radio y le dice a la gente que todavía hay un asesino suelto al acecho –asiente enfáticamente, dispuesta a soltar la frase definitiva–, nos enfrentaremos a graves problemas, a una total falta de confianza en la seguridad pública.

–Y una mierda, falta de confianza –suelta Cayhill–. Lo que se desencadenará es un pánico de aquí te espero.

Shaw y Cayhill se han salido del guión y han arruinado su pequeño montaje: han revelado que saben lo de la rueda de prensa y, a grandes rasgos, lo que voy a declarar en ella. El problema de las mentiras consiste en que uno ha de tener mucho cuidado para no hablar más de la cuenta.

–Bueno, parece evidente que Emil les ha hablado de la conferencia de prensa –señalo.

–Lo he oído en alguna parte –responde la alcaldesa en un estúpido intento de proteger a Emil.

–No importa –afirmo–. No pretendía mantenerla en secreto. Ustedes son los líderes electos de esta comunidad y deben saber lo que está pasando. –Con sus ojos Emil me dice «Sí señor, tiene usted razón»–. Sin embargo, seguir pretendiendo que Iganovich constituye el centro de la investigación en cuanto a los últimos asesinatos equivale a jugar con fuego.

–¿Por qué? –exclama Cayhill–. ¿Qué hay de malo en ello? ¿Es que el acusado va a poner objeciones?

–Por el momento dejemos aparte el insignificante tema de la justicia y centrémonos en cuestiones prácticas.

Shaw y Cayhill sonríen. Eso les gusta.

–¿No nos estamos arriesgando si prescindimos de las pruebas que apuntan a un segundo asesino? –pregunto.

–¿Qué insinúa usted? –dice Cayhill.

–¿Qué pasaría si ese fantasma, el segundo asesino, volviese a cometer un crimen? ¿Qué ocurriría entonces? –Observo que Emil se ha quedado perplejo. Esta posibilidad no se le había pasado por la cabeza–. ¿Quién o quiénes de ustedes quieren decirles a las familias de las futuras víctimas que teníamos sospechas fundadas de la existencia de otro asesino, pero que por el bien de la tranquilidad pública conspiramos para silenciarlas?

Se crea un silencio. Espero unos instantes, pero nadie muerde el anzuelo.

–Quisiera hacerle una pregunta –dice por fin Shaw–. ¿Dispone usted de otro sospechoso?

–Todavía no.

Ella mira a Emil para cerciorarse. A lo mejor el *sheriff* sospecha de alguien. Johnson niega con la cabeza.

–Entonces estoy de acuerdo con George –afirma la alcaldesa–. No deberíamos darle publicidad al asunto. Aún no. ¿Qué piensa usted, Don?

Esto comienza a parecer una reunión del consistorio, como si sólo hiciese falta una votación para que el asunto quedara listo para sentencia.

Resulta evidente que Esterhauss está preocupado. Presenta el semblante de un político en apuros sin acabar de decidirse.

–No podemos enfrentarnos a más complicaciones, Don. –Shaw lo mira intensa y severamente, intentando infundirle un poco de valor–. ¿Y qué? –La pregunta contiene una mezcla de ingenuidad y perversión.

–Supongo que tiene razón –responde por fin Esterhauss.

–De acuerdo. No habrá conferencia de prensa –decide Shaw.

–Disculpe –intervengo–. No recuerdo haber pedido permiso. –Shaw me dedica una imperiosa mirada.

–Se lo explicaré de un modo más sencillo para que me comprenda –muestra un repentino mal genio–. Para que no haya malentendidos. Disponemos de poderes procedentes de diversas instituciones, el consejo municipal en mi caso y la junta de supervisores en el de Don, para impedirle que hable en público sobre la existencia de otro asesino.

–¿Han debatido el tema en una sesión pública?

–Claro que no –responde ella–. Lo tratamos como asunto de litigio en una sesión extraordinaria a puerta cerrada, ayer por la tarde.

–Pues entonces ustedes violaron el decreto sobre reuniones públicas –contesto.

Me mira y traga saliva.

–La excepción que permite reuniones a puerta cerrada para

asuntos de litigio sólo se aplica cuando la ciudad o el condado forman parte de una acción judicial. No es legal que ustedes se encierren para hablar y discutir la estrategia apropiada en un proceso por asesinato, incluso en el supuesto de que ésa fuera su función, y no lo es.

En sus ojos se refleja miedo e ira. Se ha dado cuenta de que ha confesado una transgresión de los estatutos sobre acciones delictivas.

–Aparte de cualquier leve violación de las leyes, que yo he examinado recientemente –añado–, un juicio por asesinato no forma parte de las competencias de un ayuntamiento ni de la junta de supervisores del condado. Las tácticas del proceso y los cargos presentados son asunto exclusivo del fiscal público, y no están sujetos a debate político.

Shaw me dirige una mirada tensa, arrepentida de haberse mostrado tan cordial conmigo.

–Usted fue nombrado por la junta, señor. Supongo que puede ser sustituido con la misma facilidad.

–Nada me gustaría más que retirarme y dejarles el caso en sus manos, pero a menos que el juez que preside el tribunal de este condado le haya dicho a usted algo que yo no sé, eso no parece que vaya a ocurrir.

Aún no lo entiende.

–¿Pero qué está diciendo este hombre?

–No hicimos el nombramiento formal –explica Esterhauss–. Los periódicos locales lo incluyen en sus reportajes. Técnicamente, el nombramiento del señor Madriani depende del juez Ingel.

–Pero seguro que si le proponemos un arreglo al tribunal, el juez tendrá que escucharnos –dice Shaw.

Resulta evidente que esta señora no ha hablado nunca con Derek Ingel.

–Si me destituyen, vendrá el fiscal general a ocupar mi puesto.

Esto provoca un sombrío intercambio de miradas entre Shaw y Cayhill.

–Claro que siempre pueden intentarlo con el juez –continúo–; pero el tribunal no destituirá a un fiscal públicamente nombrado porque ustedes se encuentren en problemas de tipo político.

Este último comentario enfría la conversación, justo cuando comienzan a servirnos el plato principal. Con cierta cautela me enzarzo con el caparazón de mi langosta, mientras a mi lado la alcaldesa engulle una pechuga de pollo a la Marsala como si estuviese comiendo un cuervo con las plumas todavía puestas.

23

El revuelo ocasionado por nuestra conferencia de prensa de principios de semana, en la que revelamos la cuestión del segundo asesino, se ha ido diluyendo día a día. El tema ya no aparece en las cabeceras de las noticias de la noche ni ocupa la primera plana de la prensa. Nuestro anuncio ha sido relegado a las páginas interiores de los periódicos matinales, al menos hasta que se cometa un nuevo asesinato similar a los anteriores.

Ayer me tocó encajar un golpe, quién lo diría, de Jess Amara, el hermano de Jeanette Scofield. Con el pretexto de querer arreglar las cosas, me pidió disculpas por las duras palabras y los malos modos de aquella tarde en casa de su hermana. Luego, con su peculiar estilo, me habló de lo que realmente le preocupaba, de por qué Iganovich no ha sido acusado de la muerte de Abbott.

–Para mi hermana ha resultado un trance muy difícil. En cuanto a mí, hablo sólo movido por la preocupación que siento por ella. Mientras no se resuelva este asunto, la pobre seguirá dándole vueltas a lo mismo. Sé que usted lo comprenderá. Sé que usted lo comprende. –Había más caridad en su voz de la que él es capaz de sentir–. Cuanto antes pueda ella cerrar este triste capítulo de su vida y seguir adelante, mejor.

Le dije que si él o el departamento de policía sabían algo que pudiera relacionar a Iganovich con la muerte de los Scofield, les agradecería que compartieran conmigo la información. Estas palabras provocaron un silencio al otro lado del hilo telefónico y, acto seguido, el final repentino de la conversación. Parece que a él y a todos los demás les importa una mierda las pruebas. Incluso la dolorida esposa desea que crucifiquen al ruso y que se cierre el caso de una vez por todas.

Por otro lado, aún estoy tragándome la ira arrasadora de los políticos del condado. Ninguno me dirige la palabra.

Claude me informa de que Emil forma parte de ese grupo, aunque él mismo, Dusalt, trabaja y cumple su deber conmigo con la puntualidad y eficacia de un soldado.

Esta mañana nos hemos reunido en la pequeña biblioteca de la ciudad de Davenport, a puerta cerrada y con un letrero en el pomo de «No molesten». Seguramente, esta señal procede de algún motel en el campo, y la habrá traído algún empleado de una de esas excursiones subvencionadas con dinero público.

La mesa está cubierta de transcripciones encuadernadas de testimonios de grandes jurados, declaraciones de testigos, tratados y códigos legales.

Kay Sellig ha traído dos cajas de cartón bastante grandes con el logo de Marlboro en uno de los lados. Ambas cajas están abiertas por la parte superior, y de ésta sobresalen bolsas de plástico repletas de pruebas físicas: ampliaciones de observaciones microscópicas, extremos de cuerda de plástico aumentados setenta veces, estacas de acampada, algunas de ellas con trazas de sangre seca sobre el reluciente acero, y la alfombra que encontramos en la furgoneta de Iganovich, que aún conserva el mismo aspecto.

Sellig mantiene estos artículos, y el resto de objetos que constituyen nuestras pruebas físicas, bajo su custodia. Además de su responsabilidad como principal experto forense, Sellig testificará en el proceso para declarar cómo fue encontrado cada uno de los objetos, y más tarde etiquetado y almacenado según ciertas normas de seguridad, todo ello con la intención de presentarlo como prueba ante el tribunal.

Claude y Goya son los otros dos miembros del grupo en esta primera de las sesiones de estrategia, que durarán meses hasta desembocar en un procesamiento.

–¿Qué hay de nuevo? –pregunto a Goya.

–Una inusual tranquilidad en el frente –responde–; pero mis fuentes me han informado que Chambers anda ocupado en el asunto.

Lenore mantiene la oreja pegada a Capital City. Le he pedido a Harry Hinds que le eche una mano. Ayudar a un fiscal va en contra de su religión, pero después de ver a Lenore decidió hacer una excepción. Creo que Harry está enamorado.

–¿Qué podemos esperar del señor Chambers? –pregunto.

Antes de que lo inhabilitaran, Adrian Chambers se había ganado el título de «decano del aplazamiento» entre sus colegas. Según Goya no ha perdido un ápice de su habilidad.

–Se está configurando una especie de batalla en dos frentes –señala–. El primero estará dedicado a la evaluación psíquica. Es probable que Chambers piense que por ese camino ganará por lo menos un año –concluye Goya.

La evaluación psicológica supone un procedimiento estándar en casos muy famosos de crímenes violentos.

Por lo que sabe Lenore, Chambers ha estado hablando con todos los profesionales que le han querido escuchar, en su mayor parte psiquiatras y psicólogos, gente con suficientes credenciales para que un juez los califique de expertos competentes.

–Está comprando opiniones. La semana pasada lo intentó incluso con Forrest Hunter.

Claude se ríe.

–Debe de estar desesperado –dice.

–A través de él nos enteramos de lo que se proponía –indica Goya.

Forrest Hunter es el psiquiatra más buscado por los fiscales de distrito al norte de los Tehachapies. No sé de una sola vez que haya declarado en favor de un acusado en un caso de asesinato. Es un testigo de la acusación de primera categoría, capaz de declarar bajo juramento ante un jurado de bomberos que Nerón estaba en su sano juicio.

–¿Cree que presentará un alegato de desequilibrio mental? –le pregunta Claude a Goya.

Ella mueve la cabeza.

–No. Se especula con que espera que la evaluación se prolongue durante mucho tiempo, quizá apoyándose en la teoría de que Iganovich no posee la capacidad de sentarse en el banquillo ni de ayudar a su abogado en su propia defensa. Si Chambers logra convencer a un juez, sólo la vista para determinar la presunta incapacitación puede durar más tiempo que algunos procesos.

Goya está en lo cierto. No hay que ser un premio Nobel para imaginarse a Chambers vendiéndole la teoría al juez que, hasta la fecha, no ha sido nombrado.

Bajo la clásula de proceso debido, se incluye una norma

capital que impide que alguien mentalmente enfermo durante el juicio reciba una condena por su crimen. Esto no tiene nada que ver con la cuestión del estado mental del acusado en el momento del crimen, sino más bien con el hecho de que comprenda todo lo que se dice en el transcurso del proceso.

–¿Cree usted que Chambers podría salir adelante con esa teoría? –me pregunta Claude.

–Las opiniones de expertos acerca del estado mental de una persona abundan tanto que hasta se alquilan –señalo.

–Podríamos echar por tierra el argumento –dice Lenore–. Podríamos estipular un breve plazo de evaluación en una institución mental, o en un hospital del estado –explica.

Esta estrategia evitaría una vista prolongada acerca de la competencia del acusado. A Chambers no le gustaría, pero un juez enfrentado a las dos opciones seguramente se decidiría por el menor de los males.

–Le arruinamos el montaje –dice Lenore–. Noventa días para la evaluación en lugar de un año de vista y, si gana, el tratamiento posterior.

Estoy de acuerdo en que esto podría hacernos ganar bastante tiempo. Tomamos notas para comenzar a escoger a nuestros propios expertos en psiquiatría. Chambers ha eliminado de la lista a Hunter al haberse puesto en contacto con él antes. No resultaría extraño pensar que lo hizo precisamente para eso, para eliminarlo de la escena.

Sellig comenta que la Asociación de Fiscales de Distrito dispone de una larga lista de expertos en psiquiatría, cuyas opiniones por lo general suelen ser seguras y disponibles para el estado.

–Dice usted que Chambers está abriendo dos frentes. Ya conocemos uno. ¿Cuál es el otro? –le pregunto a Goya.

–Remitir el caso a otro tribunal.

Habíamos tenido en cuenta esta posibilidad desde el principio. Si consideramos la publicidad adversa anterior al juicio, podemos apostar a que Chambers procurará que el proceso no se celebre en Davenport, sino en otro condado del estado, donde su cliente posiblemente recibirá un trato más justo.

En otras circunstancias esta decisión resultaría acertada, pero en el caso que nos ocupa, la publicidad ha sido tal que ningún condado ha permanecido al margen de las noticias sobre estos crímenes, de los detalles gráficos de los asesinatos.

Hemos elaborado un muestreo de opinión pública en los siete condados de densidad demográfica y extensión comparables al de Davenport, los candidatos más probables en un hipotético cambio de sede del tribunal.

Según Lenore, si enviamos al acusado para ser sometido a juicio a cuatro de esos condados, ya podemos mandar también el cianuro. Son lugares en que incluso consideraban a Ronald Reagan sospechoso por la permisividad de sus ideas; en ellos el control de armamento se define simplemente como «mano dura».

La paradoja de los crímenes de Putah Creek reside en que Iganovich cometió sus crímenes en un condado rural, del que cabe esperar actitudes bastante primitivas respecto a la justicia. Por ejemplo, el ahorcamiento al pie del árbol. La única diferencia entre Davenport y otros estados es que aquí hay una importante universidad.

–En los otros tres condados la situación resulta bastante similar –afirma Goya–. Es decir, no existe una diferencia real en las opiniones de la gente. A juzgar por los datos, Chambers no debería esperar ningún cambio positivo si el caso se trasladase a otro lugar.

–Es posible que todavía lo intente aunque sólo sea para provocar un nuevo parón –aventuro–. Tendríamos que ponerle nuestro sello a los sondeos y presentarlos de manera adecuada ante el juez, a fin de adelantarnos a Chambers cuando quiera dar el paso.

Goya se muestra de acuerdo y toma nota al respecto.

Volvemos la atención a Sellig y a las cajas de cartón.

Estoy mirando una de las fotos ampliadas de las muestras de cuerda que circulan entre el grupo. Parecen un poco borrosas, en blanco y negro y sin demasiado contraste. Se lo comento a Sellig.

–Podríamos conseguir una resolución más precisa, en color. Pero entonces tendría que enviar las fotos a un laboratorio comercial.

Goya y yo discutimos este punto. Ella piensa que resulta sumamente importante que los miembros del jurado vean por sí mismos las pautas de extrusión en el interior de la cuerda.

Para eso, será fundamental contar con ampliaciones que podamos colocar en un caballete. Al final optamos por una mejor calidad, aunque eso implique procesar las fotos en un laboratorio comercial.

Kay nos ofrece un resumen de las pruebas. Se trata de un caso claro en este sentido, pero las pruebas aún deben considerarse circunstanciales.

–La furgoneta constituye la clave –dice–. Todas las pruebas que poseemos fueron halladas en un vehículo con matrícula a nombre del acusado. Al mismo tiempo, eso representa nuestra mayor debilidad, ya que si resulta que esos artículos no pertenecen al acusado, el caso se nos evapora en el aire.

–Eso significa que los tiros de Chambers nos llegarán por ese lado –puntualizo.

–Nos saldrá con alguna explicación rara –tercia Claude.

La más obvia es la ventana rota. Sin duda, Chambers alegará que quien rompió el cristal tiró al interior del vehículo la prueba incriminatoria después de que Iganovich abandonó la furgoneta. Explico a los demás este argumento.

–¿Sabemos si rompieron la ventana en el garaje? –pregunta Goya–. A lo mejor lo hicieron en otra parte, anteriormente.

Sellig no acepta esta versión.

–Encontramos pequeños fragmentos de cristal en el cemento, bajo la puerta lateral de la furgoneta. La reconstrucción indica que rompieron la ventana en el garaje. La mayor parte del cristal quedó en el interior del vehículo, o sea que lo hicieron desde fuera.

–¿Había fragmentos de cristal bajo las estacas y las cuerdas? –pregunta Claude.

Si los trocitos de cristal de la ventana rota estaban exclusivamente sobre las estacas y la cuerda enroscada, el argumento podría variar de modo radical. En el primer caso significaría que los objetos ya se hallaban en el vehículo cuando el cristal fue roto. Iganovich no podría negarlo.

–Ya lo miramos –dice ella–, pero no sacamos nada en claro. Los objetos estaban demasiado lejos de la ventana como para salir de dudas en cuanto a este punto.

Con una mueca, Claude indica que al menos su idea no había sido desacertada.

–Cabe otra posibilidad –afirma Goya–. Tal vez Iganovich rompió él mismo la ventana para contar después con una explicación sobre las cuerdas y las estacas del interior.

Sellig no está de acuerdo.

–Hubiese resultado mucho más fácil desprenderse de los objetos –responde–. Si Iganovich pensó en el peligro de los mismos, los habría tirado en algún lugar escondido. –Mueve la cabeza–. No, me parece que no llegó a considerar que esos objetos podrían incriminarlo.

–¿Ni siquiera la alfombra ensangrentada? –pregunta Lenore.

–Quizá eso fue un descuido. Es posible que tuviera prisa en el momento de abandonar la furgoneta.

Claude nos comenta que la ventana rota ofrece más complicaciones.

–Nuestros investigadores han averiguado que los propietarios de otros dos vehículos, aparcados en el mismo garaje durante el mismo período de tiempo, han presentado reclamaciones a sus compañías de seguros en relación con ventanillas rotas.

–¿Gamberros? –pregunto.

–Probablemente chicos jóvenes.

–¿Faltaba algo en el interior de los vehículos?

Se encoge de hombros.

–No lo sé.

–Compruébelo.

–¿Para qué?

–Si se llevaron efectos personales de los otros coches significaría que no se trató de puro gamberrismo. Quien rompió las ventanas iba a por los objetos. Cuando llegaron a la furgoneta, si es que fueron ellos, habrían mirado dentro.

Me mira confuso hasta que comprende.

–Tal vez vieron la cuerda y las estacas.

Le sonrío. Sería muy difícil dar con unos chicos que se dedican a romper ventanillas de coches para robar; pero en otros casos se han seguido pistas aún más aventuradas.

Me toca a mí informar. A mediodía he almorzado con Ravi Sahdalgi, el estudiante pakistaní de nuestro jurado. Mientras comíamos una ensalada en un restaurante cerca de la universidad, lo he sondeado respecto a la calidad de nuestras pruebas. En particular, sobre si Chambers, dadas las circunstancias, podría confundir a un jurado con la prueba de los asesinatos de los Scofield.

–Su testimonio resultó bueno.

Se refería al de Harold Thornton, nuestro experto en perfiles psicológicos, pero Sahdalgi reconoció que el jurado no acabó de convencerse.

Me pregunto qué habría dicho si les hubiera mostrado las pruebas médicas de la autopsia. Confío en que si recibiesen el informe de que los Scofield fueron asesinados en otro lugar, con un cuchillo y no con las estacas, observarían muchas diferencias entre los dos casos.

El estudiante gesticuló con sus manos para darme a entender que el problema no había residido en mi presentación de los hechos, sino que el jurado encontraba demasiadas similitudes en los asesinatos como para ignorarlas en sus deliberaciones.

–No es difícil comprar cuerda de tender ropa. Y estacas. El que se usaran unas diferentes no parece demasiado convincente. En cuanto al resto, la extirpación del ojo y la suposición de que el asesino conocía a la víctima...

Sahdalgi compuso un gesto muy gráfico para indicar lo abstracto del argumento. Su mensaje resultó muy claro: si yo hubiera presentado cargos contra Iganovich por el asesinato de los Scofield, las discrepancias entre este caso y los anteriores no habrían preocupado mucho al gran jurado. Habrían decidido condenar al ruso por matar a los Scofield a pesar de todo.

Me pregunto si no habré cometido un error al no acusar a Iganovich de este crimen. Al fin y al cabo, es posible que incluso a la luz de las pruebas médicas el ruso acabe siendo responsable de estos asesinatos. Las víctimas eran de más edad, y por lo tanto quizá más prudentes que las otras. A lo mejor Iganovich se vio en la necesidad de utilizar primero un cuchillo y seguir el ritual de las estacas después de haberlos matado.

Goya me lanza una mirada perpleja.

–Pensaba que el testimonio de Thornton resultó sólido.

Es el problema de intentar predecir los caprichos de un jurado: nueve de diez suposiciones serán erróneas.

Habla Claude.
–Quizá deberíamos acusarlo del asesinato de los Scofield.
Claude no lo reconoce, pero no cabe duda sobre lo que quiere decir: nada haría más feliz a Emil.
Miro a Sellig. Le encantaría lanzarse a defender la postura contraria; pero últimamente me parece que prefiere dejar las manos libres a las autoridades locales en lo concerniente a este tema. Ella ocupa el penúltimo lugar a la hora de las decisiones; ahora que nos ha ofrecido su mejor interpretación de las pruebas, la última palabra la tengo yo.
Considero el asunto durante un momento, un poco presionado por el semblante de Claude, lo bastante influido por la política como para disfrutar de la perspectiva de comunicarle a su jefe la buena noticia.
–Aún tenemos un problema –digo–. No podemos sentirnos seguros de que Iganovich estuviera aquí cuando asesinaron a los Scofield.
Lenore interviene.
–No sabemos si se encontraba aquí o en Canadá cuando se cometió el crimen. Si lo acusamos y Chambers presenta una buena coartada, no sólo echaríamos a perder este caso, sino que también comprometeríamos los anteriores. No podemos ignorar esta estrategia de la defensa.
Todos sopesamos sus palabras durante unos instantes.
–Eso supone que el testigo del árbol cobre una mayor importancia –Claude nos hace volver a la realidad.
–¿Hay pistas en cuanto a la plataforma? –pregunto.
–Aún seguimos investigando la cuestión de la mira telescópica. El año pasado se vendieron seis mil de ese modelo en todo el país. Comprobamos el número de serie con el fabricante. Nada. Quien fuera que la compró, nunca la registró para obtener el permiso.
Otro punto muerto.
Me dirijo a Goya.
–¿Cuánto tiempo cree que tenemos hasta el proceso?
–Seis meses como mínimo –contesta.
Eso me tranquiliza un poco.
–Chambers puede aplazar cualquier proceso al menos por ese período de tiempo, incluso hasta nueve meses si se emplea a fondo –continúa–. Suficiente para que nosotros sigamos

nuestras líneas abiertas de investigación, para encontrar incluso al hombre del árbol, la figura que se está convirtiendo en nuestro testigo principal.

El estrés tortura la mente humana de mil maneras impredecibles. En épocas de ansiedad me cuesta dormir. Durante los últimos años, antes de un juicio o de cualquier otro acontecimiento agobiante, tomo somníferos de los que se venden sin receta. Estos medicamentos obran milagros en mi cuerpo y nada, ni siquiera las trompetas del Juicio Final, consigue despertarme.

Esta noche, un timbre incesante me transporta a un estado de semiconsciencia. Luego me doy cuenta de que se trata del teléfono y siento un peso por encima de mí. Es Nikki, que se ha lanzado a coger el aparato que hay encima de mi mesita de noche. Percibo el silencio mientras ella escucha, y acto seguido su voz.

–¿Quién es? ¿Quién es usted?

Finalmente el regreso al silencio, a la paz del silencio. Me hundo de nuevo en el sueño de los benditos.

Siento una patada en la espalda. Las luces están encendidas. Lucho contra la tenaza del medicamento. Con esfuerzo dirijo la mirada hacia el reloj de la mesita. Son las cuatro menos veinte de la madrugada.

–¿Quién diablos llama a estas horas? Me resulta difícil articular mis palabras, que van saliendo embarulladas de mi boca.

Me vuelvo e intento sacudirme la modorra. Nikki aún sostiene el auricular, pero separado de la oreja. Está arrodillada sobre el colchón, con las mantas y las sábanas retiradas al pie de la cama. Oigo el zumbido ininterrumpido del auricular en su mano. Fuera quien fuese, ha colgado.

–¿Quién era?

–No lo han dicho. Era para ti, pero no quisieron esperar.

–Ya. –Me doy la vuelta y bostezo cubriéndome la boca con una mano. Ya hablaremos mañana del asunto.

Nikki sigue de pie delante de mí, mostrando con esa actitud su reproche por mi falta de curiosidad.

–¿Qué querían?

–Dejaron un mensaje.

–¿Sí? –Continúo la lucha por mantener los ojos abiertos.

–El hombre del teléfono ha dicho que si sabes lo que le conviene a tu familia, a tu mujer y a tu hija, acusarás al ruso del asesinato de los Scofield.

–Mierda.

Lo digo entre dientes. Ya ha comenzado. La historia de las llamadas absurdas, de los chiflados que siempre parecen seguir los casos importantes. Cuando trabajaba en mi bufete, había meses en que teníamos que cambiar el número de teléfono de casa aunque no figuraba en el listín. Incluso dos veces en un mismo mes. Algunos de los componentes del gran batallón de los pirados resultan implacables.

–Oh, ven aquí. –Sonrío e intento ponerle una mano sobre el hombro, darle un abrazo que la consuele y le permita recuperar el sueño.

Se aparta de mí y en sus ojos se refleja miedo.

–El tipo sabía el nombre de Sarah. Me dijo que ella es preciosa.

De nuevo se refiere a la voz del teléfono.

–Dijo que era una niña feliz porque podíamos pagarle la matrícula en la Escuela Westchester –añade. Me dirige una mirada en la que se mezclan el desprecio y la tristeza, la que mi mujer reserva para los actos de traición–. Saben a qué colegio va Sarah. –Su expresión es tan fría que podría quebrar el acero–. Ya ves qué nos has hecho, para ayudar a un amigo que por lo visto era más importante que tu propia familia.

24

Esta mañana estoy ahuyentando restos de sueño de mis ojos. Bostezo. Anoche, cuando el temor de Nikki se convirtió en ira debido a la misteriosa llamada, ya no pude volver a la cama y tuve que refugiarme en el sofá del salón. Nikki no me dejó otra salida. Tres veces estuve a punto de dormirme y tres veces me volvió a despertar con el aguijón de sus palabras. Hasta que me marché del dormitorio.

De momento ahora tengo otros problemas. Claude se encuentra aquí, en mi despacho, dándome las últimas noticias acerca de Jeanette Scofield.

–Quizá pensó que su obligación era retirar las pertenencias de su esposo de la oficina de la universidad. O a lo mejor le indicaron que necesitaban el espacio.

–Ya, ya... Dos días después del entierro, con el cadáver aún caliente. –El rostro de Claude refleja un evidente cinismo–. La señora debe de comulgar con la ética de la limpieza.

Claude me ha atrapado muy temprano camino de su despacho. Y no parece nada contento. Ha estado merodeando por la universidad, a la busca de cualquier dato que pudiera proporcionar una pista sobre el testigo de los árboles. Durante sus pesquisas se ha enterado de que Jeanette Scofield se llevó del campus documentos y libros de su marido. Los cogió de su oficina el día antes de que la policía la registrara. Ni la viuda ni su hermano se lo contaron a Claude, aunque éste interrogó a la mujer varias veces. Ahora, como buen policía que es, se siente receloso.

Me dice que los empleados del edificio vieron a Jeanette y Jess Amara sacar libros y documentos en cajas. Después lo cargaron todo en dos coches que tenían estacionados en el aparcamiento de la universidad. Uno de los coches era de la policía.

Claude se muestra convencido de que tras esa acción se esconde algo más que una neurosis de limpieza impulsiva.

–¿Ha hablado con ella? Es posible que aún conserve lo que se llevó.

–Claro que he hablado con ella. En cuanto me enteré me presenté en su casa. Conservaba un cargamento de libros de texto, todos ellos de ornitología, apilados en cajas en el garaje. Me dijo que cogiese los que quisiera.

Arqueo las cejas para insinuarle que quizá la mujer no parecía tener nada que ocultar.

–Pero de los documentos –continúa Claude–, archivos, ficheros, informes y cartas, ni rastro. –Me mira con las cejas arqueadas–. Cortesía de un incinerador en el sótano del ayuntamiento. –Señala con el índice el gran edificio de ladrillo que se ve desde la ventana al otro lado de la plaza.

Por lo visto, el hermanito Jess, limpio y ordenado como nadie, no tiene inconveniente en contaminar el aire. Cualquier pista por escrito que Abbott pudiera haber dejado para identificar al testigo, al importantísimo testigo que estamos buscando, se ha desvanecido como el humo por obra y gracia del fuego.

–¿Le dio ella alguna explicación?

–Oh, muchas. Más historias que las de Dickens. Asegura que no creía que esos documentos resultaran importantes. Dice que no disponía de lugar para almacenarlos y que le dolía verlos, de modo que su hermano se encargó de eliminarlos. Un tipo conmovedor de lo sensible que es. –Claude exhibe una expresión de calculada incredulidad.

–¿Hay algún otro tipo de documento?

Pienso concretamente en ordenadores. Tal vez los documentos fueron redactados mediante un procesador de textos, y en ese caso pueden quedar disquetes con los materiales.

Claude niega con la cabeza.

–Abbott utilizaba el servicio de taquigrafía de su departamento. Y por si fuera poco, allí sólo trabajan con viejas Selectric, máquinas de escribir IBM un poco más modernas que las tablillas de arcilla. Si los profesores deseaban copias, tenían que pedírselas directamente a la sección central de fotocopiadoras de la universidad. Por lo que me han dicho, la mitad del tiempo las máquinas no funcionan.

Parece ser que los fondos para nuevos equipos iban a parar al despacho del rector, en particular destinados al panel de palisandro con que ha revestido las paredes, y a los cubiertos de plata con que él y su esposa reciben a sus invitados.

–Me dijeron que cualquier fotocopia hecha por Scofield estaría en el archivo de su oficina. Lo que quemaron los hermanos. En fin, un lugar de locos. –Su resumen de la afanosa búsqueda en el campus universitario.

Luego me sonríe.

–Pero aquellos mamones olvidaron quemar una cosa. –Se saca un papel doblado del bolsillo, unos cuantos pedacitos sujetos con una grapa, y me lo entrega.

Es un formulario con apartados y casillas en blanco; una petición a la universidad para gastos de viaje y dietas. Está a nombre de Abbott Scofield, pero no lleva la firma. Pide 526,56 dólares.

–¿De dónde ha sacado esto?

–Estaba en la sección de taquigrafía cuando los hermanitos vinieron a hacer la limpieza –señala Claude–. Por lo visto, Scofield acababa de hacer un viaje.

Leo el punto de destino. San Diego. La petición está fechada ocho días antes de la muerte de Scofield y hace referencia a un viaje que realizó una semana antes. No se describe el propósito de tal viaje, ya que la línea donde debería especificarse este dato aparece en blanco.

Observo los papelitos cosidos con grapa. Uno de ellos es una factura de hotel, hecha por ordenador. Dos noches a doscientos veintidós dólares cada una, cine y bebidas varias incluidos. Al final resulta que no todo el dinero del departamento se destinaba a la adquisición de palisandro y cucharillas de plata.

Hay también cuentas de restaurante y una entrada para el Parque de Vida Salvaje de San Diego.

–De modo que el hombre se fue de viaje –digo.

–Sí. A un lugar agradable. Pero no se fue solo. –Con un dedo señala una línea de la factura del hotel donde se lee «Habitación doble»–. El buen profesor iba con alguien más, y los dos ocuparon la misma habitación.

–Quizá se trataba de un colega de la universidad y entre los dos dividieron los gastos. No sería extraño –sugiero.

–Quizá. Pero en tal caso, el colega llevaba falda.

Lo miro.

Figura otra observación en la factura, perdida entre los puntitos de la impresión por ordenador: «Alquiler, Traje ba.».

–Llamé al hotel. Alquilan trajes de baño para la sauna a los huéspedes que se han olvidado de traerlo. Los albornoces son gratis.

Claude me guiña un ojo, y comienzo a comprender a qué se refiere. Una cita furtiva podría constituir un buen motivo de asesinato.

–¿Qué está pensando? –pregunto.

–Que tal vez iban a por los dos.

Lo interrogo con la mirada.

–Dos pájaros de un tiro. Karen y Abbott. Tal vez habían vuelto a liarse... y a alguien no le gustó la idea.

En este estado la ley exige acusaciones separadas en el tribunal superior cuando se han formalizado las condenas. Lenore y yo hemos venido esta tarde aquí para resolver este trámite y de paso fijar la fecha del juicio. La vigilancia en el edificio resulta más estricta de lo habitual. Observo un elevado número de agentes armados en la entrada, junto al detector de metales.

Con sólo cuatro jueces, Emmet Fisher desempeña tres tareas diferentes en el tribunal superior del condado. Aparte de algún que otro proceso ocasional, Fisher se encarga de la agenda en la que estampa fechas para los procesos y hace juegos malabares con la ley y la moción, el campo de batalla del abogado para la supresión temprana de pruebas.

Esta tarde Fisher preside la mesa del estrado. Cubierto por la toga negra, sus pesadas y espesas cejas quedan atrapadas tras unas gafas de montura tan negra como un neumático. Presenta el aspecto de un depredador gigante, aunque no muy inteligente.

–¿Qué le parece noventa días? –pregunta Lenore.

–Sesenta sería mejor, pero nos conformaremos con tres meses –contesto.

Hablamos de la esperada solicitud de evaluación psicológica que Chambers presentará seguramente hoy, el gran parón para que el caso siga retrasándose. Lenore intentará impedirlo ofreciendo un período concreto de evaluación, en lugar de plantear un litigio. Nuestra esperanza reside en evitar una orden del tribunal que podría dejar la fecha abierta.

Fisher concluye la reunión con los dos abogados que nos precedían en la agenda.

–Siguiente caso –dice.

Su asistente le entrega una carpeta por detrás del sillón. Fisher lee: «El pueblo contra Andre Iganovich. Caso 453.287».

Se produce un cierto movimiento en la primera fila. Los periodistas se dan de codazos para situarse mejor. Parecen jugadores de baloncesto bajo el aro, luchando para conseguir el mejor rebote en esta historia.

Goya y yo tomamos asiento en la mesa de los fiscales.

Traen a Iganovich. Viste un uniforme de la cárcel, está esposado y encadenado por la cintura. Se sitúa de pie a un lado de la sala, en el banquillo de los acusados junto a la pesada puerta de metal que conduce a las celdas. Chambers está inclinado sobre la otra parte de la barandilla y le habla al oído a su cliente, a través de un intérprete. Son sus últimas explicaciones al ruso con respecto a lo que va a suceder aquí.

–Caballeros. –El juez nos saluda–. Y señora. –Fisher mira a Lenore. Es un hombre de sesenta y tantos años, de la vieja escuela, una escuela que considera a las mujeres una novedad en la práctica legal. El juez Fisher no está seguro de cuánta caballerosidad debería desplegar en estas ocasiones. Repasa el expediente–. Aquí para la acusación. –Pide una declaración de los representantes de cada parte para que conste en acta.

–Paul Madriani, fiscal de distrito en funciones para el condado de Davenport. Y Lenore Goya, de la oficina del fiscal, en representación del estado –digo.

–Adrian Chambers, para representar al acusado, Andre Iganovich –dice Chambers.

A través del intérprete, el tribunal hace que Andre Iganovich se identifique a sí mismo.

Fisher no pierde el tiempo y va al grano. Cuatro cargos de asesinato en primer grado con agravantes. Efectúa una lectura formal, un murmullo que se esparce por la sala durante varios minutos. Resulta sobre todo una lectura extraída de los libros del tribunal, cuyos espacios vacíos se ven completados con los nombres de las víctimas, las fechas de las muertes y un recital de los agravantes que conllevan la pena de muerte.

Al finalizar le dirige al ruso, desde sus alturas, una mirada severa inscrita en una expresión que trasciende las barreras idiomáticas.

–Señor Iganovich. ¿Entiende usted los cargos?

Una breve traducción.

–*Da*.

–Sí.

–Entonces, ¿cómo responde usted a la muerte de Sharon Collins el día veinticuatro de junio de este año? ¿Se considera culpable o inocente?

Iganovich le dice al intérprete algo ininteligible. Una breve conversación y un intercambio de palabras con el defensor Adrian Chambers.

–Inocente.

Se repite tres veces el mismo proceso, y en todas ellas el resultado es idéntico: declaración de inocencia.

–Bien –dice Fisher–. ¿Alguna moción?

Si se ha de solicitar una evaluación psicológica, éste es el momento.

Lenore le dirige una rápida mirada a Chambers. Percibo cómo se inclina hacia delante, cómo se mantiene al acecho. El proceso, incluso en sus fases preliminares, constituye una forma de combate. Las partes involucradas siempre se sienten impacientes por presenciar las primeras escaramuzas, y hasta que no se producen todo son cosquilleos en el estómago y sequedad en la boca.

Chambers le susurra algo a su cliente en el oído usando para ello las dos manos.

Después se dirige al estrado.

–Señoría, rogamos que la orden de protección con respecto a la publicidad anterior al juicio, emitida por el tribunal municipal, continúe en efecto durante el proceso.

Fisher sonríe, sin duda satisfecho de que alguien haya dado este sensato paso. Le evita al juez tener que imponerlo personalmente, y con ello se ahorra posibles críticas por parte de la prensa. Chambers está ganando puntos de salida.

–¿Alguna objeción, señor Madriani?

Claro que no tenemos ninguna, y así se lo hago saber al tribunal.

–Muy bien. Puesto que no hay objeciones, incorporaré la

orden del tribunal inferior tal y como está escrita. –Toma nota–. ¿Algo más? –Mira primero a Chambers.

Goya me pellizca la pernera del pantalón, en una señal premonitoria. La demanda para investigar en el pozo sin fondo de la personalidad del ruso está al caer; la concesión de Chambers de un trabajo perpetuo para los profesionales del diván.

–¿Señor Chambers?

–Señoría, nos gustaría aplazar otras mociones hasta que fijemos una fecha para el juicio. –De nuevo se dirige a su cliente y, a la manera de los grandes maestros de ajedrez, le pone todas las piezas en orden.

–¿Está de acuerdo, señor Madriani, en retomar el asunto de las mociones una vez fijada la fecha del proceso?

–Sí, señoría. –Lenore tendrá que esperar un poco más.

–Entonces supongo que estamos preparados para señalar un fecha. ¿Cuántos días, caballeros?

–Siete días para el caso del estado –digo.

–Nueve para la defensa –dice Chambers.

Si es consecuente, Adrian Chambers se pateará las calles en busca de testigos para la coartada. Sin lugar a dudas, este mes una legión de borrachos verá aumentar su cheque de la beneficencia con lo que les pague Chambers. La inhabilitación profesional le ha enseñado que el mal no reside en el delito en sí, sino en que te descubran.

–Con tanto trámite, sería mejor que lo dejáramos en veinticinco días –señala Fisher–. Betty, ¿puede ofrecernos algunas fechas?

Con un ademán imperioso, le indica a su secretaria que consulte la agenda, mientras él se dispone a tomar notas en un impreso que más tarde será archivado y del que recibiremos sendas copias.

Betty Hamilton estudia el mamotreto como un ángel canoso encargado de la custodia de una de las puertas del cielo.

–¿Alguna de las partes desea una vista preliminar antes del proceso?

–Podría resultar una buena idea –afirma Chambers.

Fisher me mira.

–No tengo objeciones, señoría.

El juez marca una cruz en la casilla correspondiente. Esto

nos proporcionará la oportunidad de fijar unas normas básicas para el proceso definitivo.

–Anotado. –Fisher murmura para sí mismo a la vez que completa por riguroso orden todas las casillitas. Un salario de ciento diez mil dólares para pasarse un ochenta por ciento del tiempo marcando cruces. El empleo parece muy sugerente, para los pocos que puedan aspirar a él.

–El acusado solicita una extensión del plazo –dice todavía en un murmullo, al tiempo que traza un garabato más.

–No, señoría. No queremos más tiempo.

–¿Eh? –Chambers ha conseguido sacar a Fisher de su ensimismamiento.

–El acusado no solicita más tiempo.

Fisher clava sus ojos en el defensor, como si no hubiera entendido bien a pesar de la ayuda del aparato para la sordera. Se da un golpecito en el oído a fin de asegurarse de que el chisme funciona correctamente.

Comienzo a sentir asombro y desaliento a la vez. Apenas me quedan ánimos para dirigirle una mirada a Goya, que se ha quedado con la boca abierta.

–No estoy seguro de haber oído bien –dice el juez.

–El acusado no pide más tiempo. –Chambers lo repite por tercera vez, articulando las sílabas exageradamente para que Fisher pueda leerle los labios desde lejos.

–Abogado –indica el juez–. Éste es un proceso por asesinato, en el que su cliente deberá defender su propia vida. ¿Quiere decir que estará preparado para un proceso de esta magnitud en un plazo de sesenta días?

–Señoría, este punto me preocupa –intervengo.

–No más que al tribunal.

–Eso es exactamente lo que le estoy sugiriendo, señoría. Mi cliente tiene derecho a un juicio rápido. Está exigiendo este derecho.

–¿Comprende su cliente lo que usted se propone hacer? ¿El riesgo que corre?

–Lo entiende.

–Me gustaría oírselo declarar en persona –dice Fisher.

Mira a Iganovich y le gruñe al traductor para que cumpla con su cometido.

–Señor Iganovich –el juez se dirige al ruso–. ¿Comprende

usted que se enfrenta a un juicio por asesinato, y que podría ser condenado a muerte y ejecutado si la sentencia resuelve que es usted culpable?

Espera un momento.

–*Da*. –La agria respuesta del ruso muestra que no tiene la menor intención de acobardarse ante este viejo.

–Sí.

–¿Y comprende usted que su abogado rechaza el aplazamiento del proceso? Eso significa que se iniciará dentro de sesenta días a partir de hoy. No resulta mucho tiempo para preparar un juicio complejo como el que nos ocupa. Su caso podría verse comprometido por este apresuramiento. –Fisher aguarda a que el intérprete traduzca su explicación y observa el rostro del acusado para detectar alguna emoción. Nada–. Se vería usted en evidente desventaja si el proceso no quedase bien preparado. ¿Lo comprende?

Iganovich escucha al intérprete hasta el final y después se encoge de hombros. Compone una mueca con el rostro arrugado en el que se refleja una total indiferencia.

–*Da*. –Otras pocas palabras ininteligibles para el intérprete.

–Sí, lo comprendo. ¿Qué más da? –declara el intérprete.

–Pues podría suponer la diferencia que existe entre la vida y la muerte –afirma el juez.

Habla el intéprete. De nuevo el rostro arrugado y silencio.

–¿Lo entiende?

Una rápida traducción.

–Sí, lo entiende.

El juez se resigna de mala gana.

–Muy bien –asiente–. Betty, ¿qué podemos hacer en sesenta días?

La mujer pone cara de preocupación. Hace algunos aspavientos con los que pretende indicar que esa fecha resulta imposible. Alcanzo a oír parte de un pequeño diálogo privado entre ella y el juez.

–El juez Ingel estará de vacaciones. Usted tendrá dos casos, dos procesos.

Más susurros entre los dos, de los que me llegan algunos fragmentos. Uno de los otros jueces tiene un asunto fuera del condado. La juez Kerney ha de someterse a una operación quirúrgica que no admite demora.

Fisher muestra perplejidad y enfado por verse metido en esta situación. Mira a Chambers como diciéndole «bien, usted lo ha querido».

–El juez Ingel deberá encargarse del caso –indica–. Ya buscará otra fecha para sus vacaciones en Maui.

Me quedo estupefacto. Derek Ingel, el prusiano cabrón, de mala leche por haber tenido que cambiar sus planes de viaje a climas más benignos, va a encargarse del caso. La perspectiva se presenta casi tan mala como si me hubieran enviado al otro lado del río, en el feudo del Coco en Capital City. Preferiría un viaje de diez días al infierno.

25

Si se puede afirmar que uno habla por sus actos, entonces Adrian Chambers es sin duda el rey de la mentira y la confusión.

Su visita a Forrest Hunter, el dechado de virtudes de la psiquiatría estatal, desprende ahora el olor de una trampa bien pensada. Aquí los únicos psicoanalizados hemos sido nosotros. Chambers nos ha llevado por el camino de rosas del retraso mientras él trabajaba con una auténtica montaña de documentos, un torrente de todo tipo de mociones al alcance de un abogado.

–Hijo de puta –murmura entre dientes Goya, que se encuentra en mi despacho repasando la lista de mociones, con más páginas que el código de Hacienda. Las hay para anular la acusación, solicitar de nuevo la libertad bajo fianza y suprimir pruebas. Una de ellas, más larga que los Estatutos de la Confederación, presenta un recurso de revisión de todo el proceso.

Chambers nos ha «colapsado», nos ha metido en la acción judicial de más envergadura de la historia del condado, y como quien dice de la noche a la mañana.

Para no ser menos que el otro, Derek Ingel ha apretado aún más las tuercas. Por lo visto, no tiene la menor intención de aplazar sus vacaciones, y ayer nos envió un fax con varias indicaciones al respecto. Nos enfrentamos ahora a la perspectiva de un juicio en unas tres semanas, con el añadido de no poder prolongarlo más allá de treinta días, si queremos evitar las iras de Ingel.

El juez no parece preocupado con respecto a sus anteriores conversaciones con Acosta, ni por el hecho de que el Coco se apoyara en él para conseguir un poco de justicia extraoficial en este caso.

–Un idiota redomado –exclama Goya.

Me pregunto si Lenore se refiere a Chambers o a Ingel.

Probablemente, a estas alturas el término se aplica a los dos.

Lenore lee una de las mociones que nos ha echado encima Chambers tras nuestra comparecencia ante Fisher.

–Quiere que entreguemos toda la investigación realizada sobre el asesinato de los Scofield –dice–. Ni hablar. Es improcedente. La eliminaremos.

El grito de guerra de un abogado furioso. Funde la página con su imaginación y después la golpea contra una de las esquinas de mi mesa. Goya está agotada e indignada. Ha pasado tres noches en vela para preparar una objeción a la evaluación psíquica que al final no se ha solicitado.

Contempla durante unos instantes otra moción, que la hace temblar de ira.

–Pendejo –murmura.

En la escuela católica a la que iba cuando era pequeño, los niños mexicanos usaban a menudo esta palabra peyorativamente. No conozco su traducción literal, pero puedo imaginarme que no se trata de un cumplido.

–Su padre fue un jodido travesti –añade.

Lenore no se refiere a nuestro caso, sino a los familiares próximos de Chambers. En momentos de fatiga y tensión, un siniestro temperamento latino se adueña de ella. Bajo la apariencia urbana y educada asoman las duras raíces de la adolescencia. Me mira para ver si me he dado cuenta.

Le aconsejo que se tranquilice.

–No es la primera vez que le quitan la pelota de las manos a un abogado. Ni será la última. –Creo que se siente responsable por haberse dejado engañar con la triquiñuela de los psiquiatras. Le sonrío e intento animarla–. Debe reconocerlo, el golpe fue bueno. –Me refiero a la fingida estrategia de Chambers, que tan bien le ha funcionado.

Percibo el fuego penetrante de sus ojos verde oliva en mi rostro.

–Ha sido tan fino como una lavativa con alambre de púas.

No parece una buena perdedora. Al haberla puesto en ridículo, Chambers se ha sumado a Roland en una breve lista, la de los muñequitos de trapo a los que Lenore debe de clavar alfileres por las noches.

–Yo tenía que haberlo previsto. –Trato de levantarle la moral asumiendo gran parte de la culpa.

Ella no me presta ninguna atención y sigue leyendo.

Cuando Chambers nos colocó en un aprieto con el tiempo, el día de la vista preliminar, pensé que estaba poniendo a prueba lo que sabíamos, nuestra capacidad para obtener una acusación rápida. Como todo lo que entonces había en la balanza era el perfeccionamiento de los cargos formales, su envite no entrañaba mucho riesgo. Pero yo no aprecié que su deseo de abreviar la espera formaba parte de una estrategia mucho más compleja.

Lenore me comenta que, en su opinión, Iganovich pagará el precio de haber apostado por un proceso rápido, sobre todo ahora que han asignado a Ingel como juez.

No estoy muy convencido sobre este razonamiento, pero prefiero no sincerarme con ella. Al calibrar el caso, me doy cuenta de que Adrian posee una mente ágil; un almacén de datos y hechos que absorbió todo lo que tenía a su alcance. Enseguida comprendió que el tiempo no jugaba a su favor, en parte debido a las pruebas de que nosotros disponemos, todas con una naturaleza física y circunstancial: fragmentos de cuerda, estacas de metal, el lugar donde se encontraron, un vehículo propiedad del acusado. Son incuestionables, y no perecerán ni se marchitarán con el tiempo, como podría ocurrir con el recuerdo de un testigo de los hechos.

El paso del tiempo sólo puede dificultarle las cosas. Podría aparecer el testigo, el gamberro que rompió la ventanilla de la furgoneta y que, tal vez, inspeccionó el interior. Él podría declarar que no hubo una tercera mano que colocara allí los objetos.

El aplazamiento también puede dar pie a una conexión entre el ruso y los asesinatos de Oregón, u otros más hacia el sur del país.

Con un poco más de tiempo, podrían aparecer los bolsos y las carteras de las víctimas de Davenport; sus esquivos documentos de identificación, un rastro que podría llevarnos de nuevo hasta Iganovich.

Finalmente, queda el rompecabezas del asesinato de los Scofield. Un escenario similar con un protagonista distinto, una dificultad añadida a nuestro caso. El tiempo también ayudaría a superar estos obstáculos. Si este crimen, para el que creo que Adrian dispone de una coartada creíble, todavía no está resuelto a la hora del proceso, podría ser utilizado para proyectar sombras de duda en la escena del juicio.

Tras todas estas consideraciones reside una certeza innegable: Adrian Chambers no es tonto. Se ha dado cuenta de que en este proceso el tiempo no juega a su favor.

Las mociones anteriores al proceso constituyen las primeras escaramuzas a que se lanzan los abogados antes de la gran batalla del juicio abierto. Son importantes porque sientan las bases del conflicto que se avecina. Si pierdes una moción, te puedes quedar desnudo, despojado de pruebas vitales, cojo o manco para el verdadero conflicto.

Hoy Lenore y yo estamos reunidos a puerta cerrada con el juez Fisher, sin la presencia de las brillantes luces de los focos, sin los periodistas y, sobre todo, sin Chambers. Sólo el secretario del tribunal está con nosotros para hacer constar por escrito lo que hablemos.

En términos jurídicos esto se considera una conferencia *ex parte* con el juez, generalmente prohibida y sólo permitida en algunos casos concretos.

En esta ocasión, Fisher ha accedido a escuchar todas las mociones previas al juicio, como una concesión a Ingel.

–¿Cuál es el problema? –pregunta–. Esto podría ser una prueba exculpatoria.

Fisher se refiere al testigo de los árboles en el caso Scofield, nuestro testigo principal. Adrian ha arrojado una red sobre esta información con la amplitud de su moción sobre el recurso de revisión.

Chambers no se halla aquí gracias a un entresijo legal, basado en una iniciativa aprobada por los electores y temida por la mayoría de los abogados defensores. Nos permite hablar en privado con el juez acerca de las peliagudas cuestiones de los testimonios y los informadores de la policía.

–Podría resultar exculpatoria, señoría, pero aún no lo sabemos. No tenemos la menor idea de la identidad de ese testigo, ni siquiera sabemos si llegó a ver algo.

–Forma parte de la investigación que estamos llevando a cabo –añade Lenore–. No deberíamos sentirnos obligados a revelar nuestra información.

Intentamos acorralar a Fisher en equipo, en un esfuerzo desesperado por mantener a Chambers lejos del caso Scofield. De lo contrario, podría confundir al jurado con los datos que le facilitáramos.

–A ver si lo entiendo –apunta Fisher–. ¿No me estaba diciendo que la información que pudiera aportar este testigo resultaría irrelevante?

Lenore se muerde un labio. No está dispuesta a ceder ni un ápice en este tema.

–No lo sabemos –intervengo–. Carecemos de cualquier fundamento para determinar si vio o vieron algo. Quizá no fue nada.

Con la cabeza reclinada en el respaldo, Fisher hace girar su gran sillón negro acolchado. Las luces del techo se reflejan en su rostro mientras reflexiona.

No le doy tregua.

–Un acusado no tiene derecho a conocer la identidad de un informante anónimo desconocido por la policía. –Le cito el caso–: «El pueblo contra Callen».

–Pero aquí no se trata de un informante anónimo –objeta Fisher–. No es la identidad lo que está en juego, sino si el testigo posee alguna información pertinente al caso.

–En efecto –concedo.

–Así que ustedes me piden que le oculte al acusado la existencia de este testigo. ¿Es eso? ¿De un testigo potencial?

–Así es, señoría.

Mueve la cabeza.

–No –dice–. Eso sería ir demasiado lejos.

Se lo discuto con el argumento de que en este punto corremos verdaderos riesgos.

–Existen circunstancias que rodean la situación del testigo, lo que hacía allí, que no sólo pondrán en peligro la investigación, sino también la propia vida del testigo.

Fisher me mira.

–¿Cómo es eso?

–No sabemos quién o quiénes fueron los asesinos. Por lo tanto, ellos nos llevan ventaja. Para nosotros, lo que ellos saben y los verdaderos móviles del asesinato constituye una completa incógnita.

–¿Y...?

–Si revelamos los detalles, las circunstancias que definen a este testigo potencial que se hallaba en aquella plataforma, en un juicio abierto, el o los asesinos podrían encontrarlo antes que nosotros.

Observo cómo Fisher reflexiona sobre mis razones. Ya ha dejado de sacudir la cabeza. Por fin habla.

–Pero este acusado –se refiere a Iganovich– tiene derecho a cualquier prueba que pueda ser considerada exculpatoria, a cualquier hallazgo que le resulte útil para demostrar su inocencia. ¿Cómo puedo privarle de eso?

–A Iganovich no se le acusa del asesinato de los Scofield –señala Lenore–. ¿Dónde está entonces el problema? –No puede contener su tensión.

–Déjeme respirar, abogada –Fisher la atraviesa con la mirada–. No resultaría muy complicado sostener que este otro hombre, el que mató a los Scofield, también es el asesino de Putah Creek y que, por lo tanto, la policía atrapó a un inocente. –Enarca una ceja–. Si aun así quieren plantearle al jurado la posibilidad de una tercera persona o personas, la presencia de un testigo que haya podido verlas se convierte en la pieza principal de su caso, ¿no les parece?

Lo que más me gusta de Lenore es que no se acobarda fácilmente. Le devuelve la misma mirada penetrante.

–No, no lo creo –replica–. Hasta que el señor Chambers pueda probar que el testigo vio algo, que posee en realidad datos de esos asesinatos. Hasta entonces la identidad de la persona o personas que se encontraban en el árbol, así como todas las circunstancias que las acompañan, constituyen hechos irrelevantes.

Este argumento frena en seco a Fisher, que hace un gesto de concesión, un gancho del que colgar cualquier sentencia limitada.

–Con todo, ¿cómo puede él probar la procedencia de lo que este testigo pueda o no haber visto, si ustedes poseen el monopolio de la información?

Creo que hemos alcanzado el punto culminante de nuestro razonamiento, todas las facilidades que podemos obtener de Fisher. Es hora de jugar a Salomón y, si fuese necesario, sugerirle que parta en dos al niño.

–Estamos buscando al testigo –digo– con todos los recursos de que disponemos. Me atrevería a sugerir un compromiso. Una sentencia que limite lo que tenemos que entregarle a la defensa sólo en cuanto a esta cuestión. Permítanos retener la información sobre el testigo, los datos sobre la plataforma en el árbol, hasta que logremos identificar y contactar con esta persona, la pongamos bajo custodia y descubramos qué puede contarnos.

Fisher compone una mueca como si estuviera a punto de ceder.

–Bueno, les decimos que existe un testigo potencial, pero sin desvelar detalles, ninguna de las circunstancias que acompañan el hecho, nada que pueda ser usado para descubrir su identidad.

Fisher guarda silencio mientras reflexiona sentado en su sillón. Por fin comienza a asentir lentamente, de una manera que parece indicar que ésta no constituye la solución perfecta, sino sólo el menor de los males. Hemos detenido una bala, pienso, al menos por el momento.

26

Me he pasado gran parte de la semana al teléfono recibiendo tantas tundas como una alfombra barata en día de limpieza. Las llamadas iban dirigidas al señor Jacoby, fiscal de la Corona en Canadá, al que le he pedido su colaboración para hacer venir a uno de los guardas de seguridad que arrestaron a Iganovich.

Jacoby no resulta un espejo de benevolencia estos días, pues aún anda rumiando la ira que le ocasionó el secuestro de Iganovich. Le he estado ofreciendo disculpas como cataplasmas de curandero para su soberano orgullo, y asegurándole hasta la saciedad que mi oficina y nuestro Gobierno no tuvieron nada que ver con ese percance, sino que fue fruto de la iniciativa privada de Kim Park.

Tal como están las cosas, las declaraciones de Iganovich en relación con la furgoneta abandonada, cuando se produjo su arresto en Canadá, podrían ser muy importantes para mis planes. Quiero que la prueba esté disponible para el proceso, a pesar de que Chambers también la haya alcanzado con una de sus mil mociones para suprimir datos.

Esta mañana el juez Fisher mira la mesa de la defensa y acto seguido a Chambers.

–Mucho papel. –Se refiere a la pila de mociones de la defensa–. Espero que todo eso sea necesario.

–Aquí no hay ningún documento superfluo, señoría –asegura Adrian.

–Ejem. –Fisher no está convencido–. ¿Preparados para proceder?

Ademanes de asentimiento en las dos mesas.

Las mociones de Chambers contienen más redundancias que los sistemas de seguridad de una lanzadera espacial. Como todos los abogados, que echan mano de cualquier argumento que les pueda resultar útil, Chambers sostiene que en el caso de Iganovich no existía causa probable para el arresto. Asimismo, al acusado no le fueron leídos sus derechos ni su equivalente canadiense antes de que comenzase a hablar y, por último, sus declaraciones fueron producto de una coacción que viola el procedimiento debido.

Aunque había un mandamiento de arresto contra el ruso, éste fue detenido por hurto en unos grandes almacenes. Así pues, la orden judicial no coincidía con los cargos para el arresto que, de esta manera, se convirtió en un arresto sin mandato. Eso significa que sobre mí recae el peso de seguir adelante, ya que debo presentar mi caso en primer lugar.

Esbozo las cuestiones ante el tribunal. Ahora lucharemos en mi propio terreno. Llamo a mi primer testigo.

Reginald Beckworth ofrece la viva imagen de un funcionario de la Corona británica, aunque sólo sea un guarda jurado. Patillas oscuras, un bigote meticulosamente recortado, traje y chaleco de tweed. Va mejor vestido que la mayoría de los abogados y la mitad de los jueces de este edificio sede de la justicia. Reginald trabaja en el sector de la seguridad desde hace ocho años, y ocupa una posición intermedia como responsable de la vigilancia de uno de los grandes almacenes de la cadena Hudson Bay Company.

El testigo identifica a Iganovich como el hombre al que él y su compañero detuvieron por despertarles sospechas el día de los hechos.

–Estaba realizando movimientos sospechosos con las manos entre la ropa –afirma Beckworth.

–¿Así que usted pensó que podría estar ocultando mercancía?

–Protesto. Pregunta capciosa. –Chambers está de pie.

–Construiré la frase de otro modo. ¿A qué conclusión llegó cuando vio que el acusado hacía esos movimientos?

–Pensé que podría estar ocultando mercancía.

–Gracias. Ahora, dígame, durante esa época, ¿para quién trabajaba usted? ¿Quién le pagaba un sueldo?

–La Hudson Bay Company.

–¿Ha sido usted alguna vez empleado de alguna agencia policial de la administración pública?

–Doce años con la policía de Vancouver, pero me retiré hace ocho años.

Quiero que conste enseguida su currículum policial para que, de esta manera, Chambers no pueda sacarle partido después. Prefiero mostrar al testigo como si se tratara de un libro abierto, y así el tribunal no podrá pensar que tenemos alguna cosa que ocultar.

–De modo que en el momento de la detención usted sólo trabajaba para la Hudson Bay Company.

–En efecto.

–¿Ocurre lo mismo con su compañero?

–Así es. La compañía tiene su propio sistema de seguridad y un programa de formación específico.

Mi objetivo resulta evidente. Para salir al paso de una acusación por parte de Chambers de que estos guardas trabajaban para la policía, necesito ubicarlos con nitidez en la esfera privada, más allá y al margen de cualquier acción estatal.

–Cuando ustedes detuvieron a Iganovich, ¿sabían que existía una orden judicial contra él emitida en este país?

–No, no lo sabíamos.

–¿Tenía alguna razón para creer que había cometido algún delito, aparte del hurto en la tienda?

–No.

–Así que para usted representó una detención rutinaria por intentar llevarse mercancía de los grandes almacenes. ¿Nada más?

–No, señor.

–Entonces, antes de que usted y su compañero entregasen el acusado a la policía por un conato de agresión, la policía no había intervenido en ningún momento.

–En efecto.

He cerrado esta puerta al máximo.

–¿Le importaría relatar al tribunal lo sucedido cuando usted abordó al señor Iganovich?

Emite un comedido suspiro.

–Llegué a pensar que quería matarnos a los dos –dice Beckworth–. Lo habíamos observado durante un tiempo, tanto desde una pantalla del sistema de vigilancia como de cerca, desde dos ángulos distintos de la planta. Lo que nos llamó la atención en primer lugar fue su manera de vestir.

–¿Descuidada?

–Sí.

Comparado con el impecable porte de Beckworth, no me extraña que el desaliño de Iganovich le llamara la atención.

–Pero había algo más –continúa–. Llevaba un abrigo largo, holgado y, debajo, ropa también muy ancha. La clase de atuendo que siempre nos hace sospechar.

–¿De modo que los rateros en este tipo de comercio suelen presentar el mismo aspecto?

–Oh, sí –exclama con la convicción de un experto–. Abrigos largos para los hombres, y faldas largas y anchas con medias holgadas para las mujeres. Últimamente se han puesto de moda los chándals deportivos. La gente se esconde los objetos en los lugares más inverosímiles.

–Ya me lo imagino.

Mi mente se deja llevar por la imagen de un proctólogo intentando extraer unos *walkman* estéreo del interior de un paciente poco honrado.

–Representa un problema más grande de lo que mucha gente piensa. –Habla de estos ladronzuelos habituales en los grandes almacenes–. El sospechoso merodeaba junto a una mesa con bufandas de seda muy caras –añade–. Creímos que había cogido una.

Lo interrumpo.

–¿Qué le hizo llegar a esta conclusión?

–Tenía la bufanda en la mano y, un segundo después, la bufanda desapareció.

–¿Lo vio usted?

–Sí.

–Gracias. Prosiga.

–Nos acercamos a él. Mi compañero apenas tuvo tiempo de identificarse, porque de repente nos encontramos los tres forcejeando en el suelo.

–¿Qué hizo el señor Iganovich?

–Para empezar, le propinó una patada a mi compañero. Apuntó a la entrepierna, pero falló y le dio en la rodilla. Aún no le han dado el alta médica. Antes de que yo llegara a intervenir, el sujeto agredió a mi compañero con un aparato electrónico, una pistolita eléctrica, creo. Dos veces en un brazo. Lo dejó fuera de combate.

»Conseguimos inmovilizarlo con la ayuda de algunos clientes. A mí me arañó en la cara y a un hombre le rompió la chaqueta. Por fin, logré agarrarlo por detrás y ya con las manos en la espalda le arrebaté el arma.

Le muestro a Beckworth una copia de su informe, donde se incluye una sección referente a las declaraciones de Iganovich acerca de la furgoneta. Beckworth reconoce su caligrafía.

–¿El señor Iganovich hizo esos comentarios durante la pelea? –pregunto.

–Unos momentos después, cuando ya estaba inmovilizado en el suelo. Parecía asustado, preocupado por otro asunto...

–Protesto. Que no figure en acta. –Chambers se ha levantado de nuevo–. Declarar que mi cliente estaba asustado o preocupado constituye una pura especulación del testigo.

–¿Experiencia profesional? –le digo al juez.

Ésta es una de las salvedades al testimonio de opinión ofrecido por un testigo no experto en descripciones psicológicas. Fisher aprecia mi esfuerzo en mantener esa opinión con la mirada, pero poco más. Soy consciente de que el testigo expresa unos sentimientos subjetivos, sin fundamento en manifestaciones físicas evidentes.

–Pronto conseguirá que el testigo se introduzca en la mente del acusado para decirnos qué está pensando –dice Fisher.

Lo haría, si pudiera. Prefiero callarme.

–Se acepta la protesta, al menos hasta que el señor Beckworth nos muestre su tabla de espiritismo.

–¿Se eliminará el comentario del acta? –pregunta Chambers.

El juez le dirige un gesto tranquilizador.

–Está bien, táchela –le dice a la taquígrafa del tribunal.

Un punto para el adversario. Continúo.

–El acusado estaba inmovilizado en el suelo, ¿fue entonces cuando habló de la furgoneta?

–En efecto.

–En su calidad de guarda jurado bajo el sistema canadiense, ¿suele usted advertir al sospechoso de que todo lo que diga puede ser utilizado contra él?

–En general, no. Dejamos que se encargue la policía, si al final resulta necesario llamarla.

–En este caso concreto, ¿advirtió usted al acusado?

–No.

–¿Por qué no?

–Como le he dicho, no se trata de un procedimiento común. Y en este caso en concreto, aunque hubiéramos querido leerle sus derechos, no hubo ocasión. Las declaraciones las realizó sin previo aviso, tras un altercado con contacto físico. No estábamos interrogando a ese individuo, sino que pretendíamos mantenerlo inmovilizado.

–¿Diría usted que las palabras del acusado, tal y como usted las recoge en su informe, fueron voluntarias?

–Protesto. –Chambers salta de su silla–. El acusado tenía al menos tres hombres sobre él, uno de los cuales le estaba retorciendo un brazo. El fiscal posee una idea bastante inusual de lo que constituye un acto voluntario.

Fisher lo observa un tanto perplejo.

–Señor Chambers, ¿existen motivos para su objeción? Porque de ser así, me he perdido.

–Pregunta capciosa –afirma Chambers.

–Gracias. Se rechaza la protesta.

Empate. Chambers se sienta.

Beckworth permanece sentado mirándome, y sin saber a ciencia cierta si ha dejado una pregunta por responder.

Más de un caso se ha perdido por una apelación debida a que el abogado, durante las mociones anteriores al proceso, perdió el hilo y se olvidó de una pregunta de vital importancia.

Le pido al relator del tribunal que lea en voz alta mi última pregunta.

La mujer rebusca entre las hojitas plegadas en abanico de la máquina de taquigrafía y lee.

–Señor Madriani –dice–. «¿Diría usted que las palabras del acusado, tal y como usted las recoge en su informe, fueron voluntarias?»

Miro al testigo.

–Decididamente, sí –afirma Beckworth.

Otra pieza que encaja en el rompecabezas.

–En tal caso y a juzgar por su testimonio, ¿podemos sostener que las declaraciones del acusado en el momento de su detención fueron voluntarias, espontáneas y no solicitadas?

–Sí. Ésa sería una buena descripción.

Me encamino a nuestra mesa, donde se encuentra Goya comprobando unas anotaciones recogidas en un bloc. Hablaré con ella antes de que yo le indique al testigo que puede retirarse, para asegurarnos de que no se me ha olvidado nada.

–Por cierto, tras su altercado con el acusado, ¿tenía usted algún motivo para sospechar que el señor Iganovich se hallaba bajo orden de busca y captura, a causa de un delito sin ninguna relación con el hurto en los grandes almacenes?

–No.

–Incluso después de haber sido víctima de una reacción tan violenta, no veía razón para sospechar que el señor Iganovich hubiera cometido un crimen más grave. ¿Es así, tal y como yo lo digo?

–En efecto. Los ladrones de los grandes almacenes no actúan siempre del mismo modo. Unos ceden enseguida. Simplemente, vacían los bolsillos, entregan el botín sin decir palabra o bien hablan de manera muy cordial y confiesan su delito. Las mujeres suelen llorar; también los hombres, pero menos. Sin embargo, otros esgrimen un cuchillo o una pistola y amenazan con matar a quienes los intentan detener. Es como un embotellamiento de tráfico; tratas con lo desconocido.

–¿Ha sufrido alguna agresión con anterioridad por alguno de estos delincuentes?

–Varias veces, aunque nunca tan violentamente como en esta ocasión. Si el señor Iganovich hubiese tenido un arma más peligrosa, nos habríamos encontrado en un grave aprieto. –Este último comentario ha resultado un tanto gratuito.

–Protesto –Chambers se levanta–. El testigo especula de nuevo.

–Se acepta la protesta –asiente Fisher–. Señor Beckworth, limítese a contestar las preguntas.

–Sí, su señoría.

Fisher lo mira. A lo largo de su carrera le han llamado muchas cosas, pero nunca *su* señoría.

Después de tan largo viaje, Beckworth parece decidido a hundir al acusado. Bajo unas circunstancias similares, la mitad de los agentes de esta ciudad se sentarían en el banquillo de los testigos hirviendo de ira, soltando veneno. Al menos, éste se comporta con elegancia.

–¿Dijo usted que la empresa donde trabaja imparte cursillos de entrenamiento para el personal de seguridad?

–Así es.

–¿Ha participado usted en alguno?

–Sí.

–¿Le enseñaron a enfrentarse a situaciones violentas?

–En general, preferimos evitarlas en la medida de lo posible. No vale la pena arriesgar nuestra salud o la de un cliente.

–No obstante, en el transcurso de su carrera como agente de policía, y más tarde como guarda jurado, ¿aprendió usted en algún momento las técnicas que se pueden usar para reducir a un sospechoso violento?

–Oh, sí.

Con todas estas preguntas me propongo eliminar cualquier sospecha de una reyerta en el suelo y elevar el interrogatorio a un nivel más profesional. Por fin emito la pregunta clave, tras haber allanado el camino con las anteriores.

–¿Y le enseñaron a utilizar sólo el grado de fuerza estrictamente necesario para inmovilizar al individuo y nada más?

Esto supera lo capcioso, y Chambers lo sabe. Se yergue rígido en su asiento, dispuesto a saltar, pero resulta demasiado tarde. El daño ya está hecho. Se reclina en la silla y me mira de reojo.

–Sí –responde Beckworth.

–Señor Beckworth, ¿cómo describiría usted la cantidad de fuerza desplegada para inmovilizar al señor Iganovich el día de los hechos?

–La mínima, señor. Sólo la absolutamente imprescindible para desarmarlo y retenerlo.

Milagro de milagros.

Tras haber obtenido la conclusión jurídica deseada, le ruego al testigo que nos hable de las artes marciales más comunes. En tres minutos, Beckworth ha relatado con sumo detalle todos sus movimientos de aquel día, las llaves que empleó con Iganovich. Esta sinfonía de recuerdos tal vez conserva un cierto parecido con la melodía de *El Lago de los Cisnes*, pero sirve para facilitar una versión clara de lo ocurrido en la mente de los testigos; una versión aceptable para el tribunal y que no podrá ser fácilmente sacudida ni derrumbada bajo el interrogatorio de comprobación de lo declarado antes.

Por este motivo, en una moción para suprimir pruebas no siempre resulta inconveniente soportar el peso de la iniciativa.

Hablo con Lenore. Ha tachado todas las anotaciones de su larga lista. Le entrego el testigo a Chambers.

Se levanta y se mantiene a una distancia cortés, pero antes de iniciar el interrogatorio clava la mirada en el testigo. Por fin se decide a hablar.

–Señor Beckworth, ¿dispuso usted de la oportunidad de repasar su testimonio con el señor Madriani antes de esta declaración?

–Sí.

–¿Cuándo?

–Ayer, una vez. Y esta mañana temprano, antes de venir aquí.

–¿Ensayaron sus respuestas?

–Yo no lo llamaría un ensayo.

–Bien. ¿Le señaló él qué preguntas eran más importantes?

–Si me está preguntando si me instruyó, si me dijo lo que yo tenía que contestar, la respuesta es que no.

Chambers sonríe. Beckworth es un testigo con experiencia. De no haberla tenido, podría muy bien haber tropezado aquí.

–Empecemos por el principio –dice Chambers–. La primera vez que usted se fijó en mi cliente, el señor Iganovich. ¿Qué estaba haciendo él?

–Recorría los pasillos del almacén mirando varias prendas de vestir.

–¿Y durante ese tiempo lo vio coger alguna y metérsela en el bolsillo?

–No.

–Ah. Entonces debió de ver cómo echaba mano a un montón de prendas y se las metía en el forro del abrigo o en los pantalones.

–No.

–Señoría, ¿es necesario este sarcasmo? El señor Chambers sabe perfectamente que en el caso de hurto en unos grandes almacenes, no se precisa una percepción directa del delito para llevar a cabo la detención. Sólo se requiere una sospecha con cierto fundamento.

En realidad no sé si Chambers conoce esta ley, pero no me cabe duda de que mi testigo sí la conoce.

Chambers me dirige una mirada con la que me exige que cierre el pico. Aleccionar a mi testigo a hurtadillas y en un examen directo ya le parece bastante malo, y aquí no va a tolerar que ocurra lo mismo. Ahora quiere comprobar lo declarado anteriormente. Por ello se vuelve a Fisher para quejarse sobre mi conducta. El tipo protesta más ante el juez que el propio John McEnroe en sus mejores tiempos.

Fisher ya está un poco harto de esta riña de gatos entre abogados.

–Prosiga –dice–. Y usted, señor Madriani, guárdese sus comentarios para las objeciones formales.

–Gracias, señoría. –Chambers le ofrece la mejor de sus sonrisas, y para mí la que me mostraría un niñito después de mearse en mi cajón de arena.

–Señor Beckworth, ¿qué hacía exactamente el señor Iganovich cuando lo vio por primera vez?

–Como he dicho, recorría los pasillos, miraba la mercancía, cogía una prenda, la dejaba y seguía adelante.

–¿Nada más?

–Hacía movimientos sospechosos.

Chambers da media vuelta y se encara con él frente al banquillo de los testigos.

–Ah, hacía movimientos sospechosos. ¿Y cómo describe usted esos movimientos?

–Se metía las manos en los bolsillos del abrigo, se abrochaba y desabrochaba los botones, todo eso. Gestos innecesarios con las manos. Nos han entrenado para que nos fijemos en este tipo de cosas.

–Ah. Comprendo. Movimientos sospechosos –Chambers asiente con la cabeza de un modo lento y solemne–. Así que si yo estuviera en los grandes almacenes ahora y me abrochara el abrigo, ¿me convertiría en centro de sospechas?

–Tal vez.

–¿Usted consideraría justificado acercarse a mí, detenerme y registrarme para comprobar si me habría apropiado de alguna mercancía?

Beckworth eleva los ojos al cielo.

–No, no lo haría. Se trata de una combinación de factores.

–Ah, una combinación –Chambers se pone un dedo sobre la nariz, como si por fin comprendiera–. Esta combinación, ¿es algo parecido a una rutina? ¿Cosas en las que usted se fija para detectar el hurto?

–Si usted lo quiere así...

Oh, claro que quiere poner palabras en boca del testigo.

–Excelente –la voz de Chambers suena repleta de entusiasmo burlón, como si acabara de descubrir la piedra de Rosetta–. Entonces, ¿el movimiento sospechoso forma parte de esa rutina? ¿El llamado movimiento sospechoso?

–Puede ser, sí.

–Bueno, o lo es o no lo es.

–Depende de las circunstancias.

Chambers le muestra un semblante de niño herido.

–Creía que teníamos una rutina –señala–. Ahora me dice usted que depende de las circunstancias. ¿Cómo sabemos si la rutina encaja con el sospechoso, si cambia constantemente?

–Yo no he dicho que esté cambiando constantemente.

–Vaya por Dios –exclama Chambers–. Por un momento me había preocupado usted. –En eso consiste la especialidad de este hombre, en burlarse veladamente del testigo con un sarcasmo que llega a fulminar la sensatez del más equilibrado de los testigos, producir una oleada de ira y más tarde las respuestas bobas que dificultan la tarea del fiscal–. Analicemos el resto de la rutina. Según usted, el acusado vestía un abrigo holgado. ¿Supone eso una parte de la rutina?

Beckworth ya comienza a lamentar haber dado pie a Chambers para emplear ese término.

–Puede ser –afirma–. Depende de las circunstancias.

–Oh, vamos. ¿No podemos disponer de una rutina que funcione?

Beckworth no responde, pero le dirige a Chambers la mirada que se merece.

El abogado continúa.

–Bien, otra pregunta. Cuando usted vio al señor Iganovich, ¿le dio la impresión de que estaba examinando mercancía?

–Sí.

–En tal caso, ¿diría usted que el examen de la mercancía forma parte de la rutina?

–Si usted lo dice.

–Eh, oiga, no se trata de mi rutina. Es la suya. –Chambers esboza una gran sonrisa, similar a la de un vendedor que le acaba de colocar al canadiense una mierda de coche usado–. ¿Qué más?

–¿Qué quiere usted decir? –Beckworth le responde con otra pregunta.

–Bien, usted detuvo y arrestó al hombre. ¿Qué más le hizo sospechar? ¿En qué consistía el resto de la rutina?

–Bien... –Beckworth reflexiona un momento–. La manera de examinar la mercancía.

–¿Qué tenía de particular esa manera de examinar la mercancía, hasta el punto de inducirle a usted a intervenir?

–Miraba primero la mercancía y luego a su alrededor, como si quisiera comprobar que nadie estaba observándole.

–Ah –Chambers parece que se halla en plena búsqueda del eslabón perdido–. ¿Mirada huidiza? –pregunta.

–Podría expresarse así. –Aunque por el tono de su voz se desprende que Beckworth hubiera preferido otra expresión.

–Otro componente de la rutina –señala Chambers–. Mirada huidiza. –Lo pronuncia lentamente mientras lo anota, como si quisiera conservar el recuerdo para la posteridad–. Vamos a ver... De modo que tenemos movimientos sospechosos, un abrigo holgado, el examen de la mercancía y ojos furtivos –el tono del abogado rezuma sarcasmo–. ¿Alguna otra cosa?

–No, eso era todo.

–Muy bien. Así que hemos encontrado la rutina –Chambers levanta la mano en la que sostiene el pedazo de papel para que lo vea Fisher. Luego sonríe–. Y por fin usted detuvo a Iganovich.

–Después de atacarnos.

–Dejemos eso para más tarde. Exactamente quién atacó a quién. Por el momento, limítese a contestar a mis preguntas. –La sonrisa ha desaparecido de su rostro–. En última instancia, usted registró al acusado. ¿Es cierto lo que digo?

–Sí.

–¿Y qué encontró usted?

–¿Qué quiere usted decir?

–Cuántos objetos propiedad de los grandes almacenes encontró usted en el bolsillo del señor Iganovich cuando lo tumbaron al suelo, usted y otras tres personas, según he podido entender.

–No encontramos nada.

–¿Cómo?

–No encontramos ninguna mercancía en los bolsillos del acusado.

Un gran suspiro burlón de Chambers y los hombros encogidos mientras levanta las manos al cielo, con las palmas boca arriba.

–¿Cómo puede ser? Pero ¿no mostró el acusado movimientos sospechosos?

–Sí.

–Y el abrigo holgado. ¿Vestía un abrigo ancho?

–Sí.

–Y los ojos huidizos. ¿No habló usted de una mirada huidiza?

Beckworth no contesta.

–¿La tenía o no la tenía?

–Sí.

–¿Ésa es su rutina?

Chambers olvida, convenientemente, que el ruso estaba manoseando la bufanda cuando Beckworth la vio desaparecer.

–No es mi rutina –afirma Beckworth.

–Yo pensaba que habíamos llegado a un acuerdo –exclama Chambers–. A una rutina. ¿Me está usted diciendo que después de sudar sangre, de coger calambres de tanto escribir, su rutina carece de todo valor? –protesta a la vez que le muestra al testigo un papel cubierto de garabatos.

–Nunca he dicho que fuera una rutina.

–Claro que lo ha dicho. ¿Quiere que se lo lea el relator del tribunal?

–No.

Chambers se aleja del banquillo y se planta en su sitio, con una mano en la cadera.

–Y encima no le encontró nada a mi cliente.

–Encontramos una bufanda de seda en el suelo, cerca de donde se produjo la pelea.

–Ah. ¿Y la policía acusó del hurto a mi cliente?

–No.

Sorpresa fingida de Chambers.

–¿Cómo? ¿Por qué no?

–Pruebas insuficientes.

–En otras palabras, la bufanda pudo caerse mientras usted y otros estaban pegando a mi cliente. ¿Es eso?

–Protesto.
–Admitida la protesta. Señor Chambers...
–Lo siento, señoría. Ha sido un lapsus.
Un gran suspiro del testigo.
Va a ser una larga jornada. Antes de que termine, Reginald Beckworth se estará preguntando dónde se dejó la sirena y la manguera Adrian Chambers.

27

–Ah, señoría.

Con las manos en alto y la espalda encorvada, Chambers se queja al juez Fisher. Luego comienza a patalear como un niñito de seis años. Se da palmadas en un muslo y finge un berrinche que a Fisher parece divertirle más que molestarle.

–¡Por favor! –exclama–. Esto no se aguanta de pie, carece de base.

Jadea, resopla frente al banquillo del juez, muestra que se considera más insultado que furioso, intentando así despertar el sentido de la justicia del juez ante semejante violación de lo sagrado. Se ha enterado de mi entrevista anterior con el juez a puerta cerrada, mi sesión para ocultar la evidencia del testigo principal en el caso de los Scofield. Aún no se ha mencionado la existencia de ese testigo y a estas alturas ya parece que el Vesubio vaya a entrar en erupción, motivada por esa reunión *ex parte*. El significado de estas palabras en latín es «una sola parte», un diálogo entre una sola parte y el juez con exclusión de la otra, un procedimiento que no suele permitirse en la práctica legal.

–¡Qué falta de ética! –acusa Chambers.

Fisher recurre a la excepción, un pequeño privilegio personal para proteger su identidad. Cita la sección del código que permite este acto, siempre bajo circunstancias concretas.

–Se le notifica ahora –dice Fisher–. Todo se halla en el informe. La transcripción de lo hablado a puerta cerrada está a su disposición, si bien tendrá que apelar para obtenerla.

–Bien –asiente Adrian–. En este caso, me gustaría disponer de una copia cuanto antes.

–Permanecerá sellada hasta el momento indicado.

–No me parece bien –protesta Chambers.

–Es lo que debe ser –replica el juez–. Si no le gusta, ponga en marcha la apelación.

Adrian sabe que por ese camino no le echará el ojo encima al documento. Si ganase la apelación, sólo el tribunal lo leería a fin de asegurarse de que Fisher no ha abusado de sus atribuciones en su conferencia a puerta cerrada.

El juez no parece de humor para entretenerse con Chambers. Dos tercios de las mociones sometidas por la defensa podrían calificarse de frívolas y, desde el punto de vista de Fisher, la audiencia se ha retrasado cuatro jornadas.

Hoy no ha sido un buen día para Chambers. Después de haber conseguido introducir las mociones, casi todas ellas han sido rechazadas por el tribunal. Las declaraciones del ruso a los guardas de seguridad cuando pugnaban por inmovilizarlo han sido aceptadas como testimonio válido para el proceso.

Chambers tampoco ha logrado excluir la pistola eléctrica, que ahora los expertos en patología pueden asociar con las quemaduras observadas en los cadáveres de dos de las víctimas, los dos primeros estudiantes asesinados.

El balance no satisface a Adrian, que advierte sobre sus espaldas el destino de un abogado de la defensa al que se le amontonan las pruebas en contra. Conozco la presión que debe de estar experimentando ahora en la boca del estómago. Al haber perdido en las mociones, la apertura del juicio se convertirá para los dos, abogado y cliente, en la segunda parte de un encuentro de fútbol con un abultado marcador en contra.

Fisher empieza a leer la lista de los puntos abordados en la sesión a puerta cerrada. Dice que Chambers recibirá todos los informes de laboratorio y los que se han obtenido a partir de nuestra investigación; todo lo que sabemos del asesinato de los Scofield excepto por un detalle.

–Toda la información relativa a un testigo o testigos de estos crímenes se mantendrá en secreto, y no se hará pública hasta que esa o esas personas, si las hubiere, se hallen bajo la custodia de la policía. En ese momento la defensa recibirá una notificación de los datos recopilados a partir de esos testimonios.

Chambers mantiene un silencio mortal, y observa al juez con la boca entreabierta, al parecer consternado por la noticia. Pasan varios segundos y por fin hace la pregunta con voz apenas audible.

–¿Había un testigo? –Se muestra totalmente desconcertado.

Iganovich ha oído la traducción. Intenta hablar con su defensor, pero éste no presta atención hasta que lo ve y con la mano le indica que permanezca sentado y se esté quieto. La frustración de Chambers es equiparable a la de su cliente.

Fisher declara que el tribunal no hará más comentarios sobre el asunto y advierte a las partes que también deben someterse a esta limitación. El secretario nos entrega las copias de la orden. Chambers mira la suya, la lee dos veces atentamente, reordena sus ideas y se rehace como un boxeador tras un duro golpe directo.

–¿Señoría? ¿Podemos acercarnos y conferenciar?

Fisher nos indica con un gesto que nos acerquemos.

Chambers, Goya y yo nos arremolinamos en torno al juez. Adrian lleva la voz cantante.

–Señoría, es la primera noticia que tengo de que hay un testigo. Resulta evidente que la acusación conoce su existencia desde hace ya algún tiempo.

Por nuestra parte un absoluto silencio sirve de respuesta. Él se da cuenta de que por ese camino no va a ninguna parte.

–Bien. Desde luego, ha sido un buen golpe. –Se dirige a mí–. Le felicito.

Adopta otra táctica, insinuando tal vez que con este testigo nos podemos encontrar tras la pista del verdadero asesino de Putah Creek. Su respuesta resulta muy cordial, aunque Adrian está tan pálido que parece enfermo. Sin duda lo hemos cogido totalmente indefenso.

A pesar de todo, seguro que le habrá encontrado alguna ventaja a este contratiempo. Por ejemplo, la posibilidad de una defensa clásica de «otro chiflado lo hizo». Si se le puede poner un rostro al chiflado, el jurado siempre se mostrará receptivo. Ésa constituye, por otra parte, la razón por la que he aplazado tanto presentar mi información acerca de la existencia de un testigo.

Cuando Chambers averigüe lo que sabe este testigo, no tardará en actuar con la mayor rapidez posible para introducir la información en su estrategia. Evitará cualquier discrepancia entre el testimonio de esta persona y la versión de la defensa y, si no me equivoco, aplicará una buena dosis de distorsión de los hechos hasta que las dos historias encajen como dos piezas bien engrasadas. Cuanto más tiempo consiga yo mantenerlo alejado de los datos, mejor.

–Comprenderá usted que este asunto, el del testigo, para mí ha sido una gran sorpresa.

Uno de los propósitos más importantes del recurso de revisión, ese ejercicio de intercambio de información entre las dos partes antes del proceso, es evitar cualquier sorpresa. Chambers nos lo recuerda, todavía radiante de cordialidad y gestos amables.

–La información concerniente a ese testigo resultará crítica para mi caso. –Me mira a los ojos y me dedica una amplia sonrisa, como si ahora fuéramos amigos íntimos–. Naturalmente, comprendo su postura. Si hiciera pública la existencia de un testigo, se levantaría un torbellino en la prensa.

Chambers cree que no sólo sabemos dónde encontrar al testigo, sino también su identidad. No pienso sacarlo del engaño.

–Estuvo usted acertado al solicitar una orden de protección –le dice a Fisher, que parece muy complacido ante esta demostración de tolerancia y comprensión por parte de Chambers–. Con todo, sería apropiado compartir los datos de la acusación. Soy oficial del tribunal, y debo proteger los intereses de mi cliente. –Nos recuerda que todos estamos obligados a mantener silencio.

Fisher no muerde el anzuelo.

–Recibirá usted toda la información en cuanto tengamos al testigo –contesta.

–Se trata de un testimonio vital –replica Chambers–. Hasta que puedan encontrarlo... –Se interrumpe en mitad de la frase, se calma y me mira–. Doy por sentado que el testigo es un hombre. –En sus ojos se reflejan dos grandes signos de interrogación.

Le ofrezco la misma información que la que podría esperar de un ladrillo de cemento.

–No importa, resulta crucial –afirma sin hacer más preguntas.

Fisher suspira.

–¿Tiene usted algún interés en particular sobre este tema?

Chambers se cubre la mitad de la boca con un bloc de papel amarillo para que su voz no se oiga. Dirige miradas de soslayo al cuarto lugar de la primera fila.

–Me pregunto, señoría, si al menos podríamos contar con una fecha aproximada para que se nos dé información acerca de este testigo. ¿Tardarán mucho en encontrarlo? –Esta última pregunta me la dirige a mí en un tono muy confidencial.

–Es una cuestión pertinente –tercia Fisher–. ¿Alguna idea, señor Madriani?

–Lo estamos buscando, señoría. Constituye el objetivo principal de nuestra investigación.

–Pero ¿no puede ofrecernos una fecha aproximada?

–No. Aún no.

–Pues así están las cosas, señor Chambers. Tal vez su cliente desearía reconsiderar la fecha del proceso. El tribunal se muestra dispuesto a acomodarse si el señor Iganovich cambia de opinión y opta por un plazo más prolongado, teniendo en cuenta estos últimos acontecimientos.

Chambers arquea las cejas de un modo casi ocioso, como si ya esperase esa respuesta del juez.

–¿Me permite consultarlo con mi cliente? –pregunta.

–Por supuesto. Tómese todo el tiempo que necesite.

Fisher se muestra más que dispuesto. Todo lo que suponga aplazar el proceso y darle más tiempo a Ingel para que se ponga bien moreno en una playa tropical, y para que su talante haga juego con el sano color de su piel, será bienvenido.

Adrian está de cuclillas ante su cliente y el intérprete. El ruso habla y gesticula, se encoge de hombros y en varias ocasiones su rostro presenta signos de asombro. Pero no pasa ni un minuto antes de que Chambers regrese.

–No he podido convencerlo. Implacable. Quiere un proceso rápido.

–¿Y si lo intento yo? –dice Fisher.

–No, no, eso sería un error. Déjeme que insista. Creo que si presiono un poco, al final se avendrá a razones.

Todo esto parece muy interesante: aquí conspiran el fiscal, el juez y el propio abogado del acusado; una fiesta amistosa de profesionales razonables entregados al propósito común de conseguir que el ruso acepte el aplazamiento.

–Si consigo hacerle comprender la importancia de este testimonio todo cambiará –afirma Chambers. Lo dejamos así y ocupamos nuestras respectivas posiciones.

–Señoría, para el registro –dice Chambers–. Tengo que manifestar mi objeción y hacerla constar en acta por si hubiese apelación. Espero que lo comprenda.

Se refiere al hecho de no haber recibido toda la información disponible acerca del testigo. Una cosa es admitir la sabiduría práctica que rodea el fallo de un tribunal, y otra muy diferente dejar escapar motivos para una posible apelación en el futuro.

Fisher asiente.

Adrian esboza lo que a su parecer constituye un fallo erróneo por no proporcionar lo que podrían resultar datos exculpatorios. En su opinión, eso representa un serio impedimento para su propia investigación del caso.

Tanta educación y cortesía no se corresponden con la imagen de Adrian Chambers. Sólo para el registro, afirma, siempre solícito a la sensibilidad del juez.

–La objeción ha sido registrada –dice Fisher–. Y desestimada. De momento mi fallo sigue en pie. –El juez comienza a recoger sus papeles como si fuese a aplazar la sesión–. ¿Algún otro asunto ante el tribunal? –Esgrime el martillo al igual que lo haría un subastador profesional.

–Ah, queda una cosa –dice Chambers.

–¿De qué se trata?

–No quería recurrir a ello –continúa–, pero en vista de que existe un testigo... –Encuentra lo que andaba buscando, una sola cuartilla mecanografiada por una cara–. Solicito que este tribunal ordene al fiscal que enmiende su acusación con el fin de incluir en ella los cargos sobre el asesinato de los Scofield...

De la primera fila surgen voces audibles, murmullos: «¿Qué dice este tipo?».

Fisher clava la mirada en Adrian Chambers, intentando averiguar si se ha vuelto loco de repente.

–O como alternativa, que se prohíba al fiscal acusar de estas muertes al señor Iganovich en el futuro.

–¿Qué? –exclama Fisher–. ¿Le está pidiendo usted a este tribunal que le ordene al fiscal que acuse a su cliente de otros dos casos de asesinato?

–Déjeme explicárselo –dice Chambers.

–Señor Chambers, tiene usted más conchas que un galápago.

–Existe un precedente, señoría.

Me levanto de la silla para elevar una protesta.

–El señor Chambers ha gozado de oportunidades suficientes para presentar esta moción y darnos así ocasión de responder –señalo–. El pueblo objeta y le pide al tribunal que falle en contra, al no haber sido introducida la moción de modo aceptable.

–Muy buena razón –afirma Fisher.

–Señoría, yo no presentaría esta moción en estos momentos de no habérseme informado sobre ese testigo en el caso Scofield. El señor Madriani ha mantenido en suspenso los cargos en dicho caso y se ha negado a comprometerse, a decir si pretendía acusar a mi cliente de estos crímenes. Se ha pronunciado en público sobre una aparente búsqueda de otro asesino, concretamente de un llamado «asesino imitador». Ahora, en vísperas del proceso, nos dice que existe un misterioso testigo que anda por ahí y que, si aparece, a saber qué declarará.

Adrian parece indeciso.

–Se me obliga a enfrentarme a un proceso por partes. La acusación es libre de juzgar los cuatro primeros asesinatos que se le imputan al señor Iganovich. Si fracasa y se declara inocente al acusado –aumenta el volumen de su voz y levanta un dedo para dar mayor efecto a sus palabras–, entonces el señor Madriani puede retroceder y aportar nuevas acusaciones por separado contra mi cliente en el caso Scofield. Puede cambiar de opinión con respecto al asesino imitador, sostener que todo fue un error, presentar un testigo secreto que de repente le ha aclarado las cosas y querer comenzar de nuevo.

Fisher me lanza una mirada a hurtadillas, como si se estuviese preguntando si tan rastrera maquinación ha salido de mi cabeza.

Chambers reemprende su perorata.

–No debería obligársenos a defendernos por partes. No nos equivoquemos: no quiero ver a mi cliente condenado por nuevos asesinatos. Pero o bien se hace oficial esa acusación, o bien el tribunal debe pedirle al señor Madriani que no le serán admitidos los cargos que pueda presentar después contra mi cliente.

–¿En qué precedente se basa? –pregunta Fisher.

–«Kellet contra el Tribunal Superior», señoría. Desde mi punto de vista, el señor Madriani está obligado a consolidar todos sus cargos en un proceso único. –Adrian muestra una cita recogida en un trozo de papel–. Se trata de un caso en mil novecientos sesenta y seis, todavía vigente.

Le entrega el papel al juez, que se ajusta las gafas y lee durante unos largos segundos. Después arquea una ceja y me dirige una mirada.

–Señor Madriani, ¿ha leído usted este caso?

–No me resulta familiar, señoría. –Detrás de mí, Goya ha abierto un volumen del código penal, el único libro de referencia de que dispone ahora. Intenta encontrar alguna sección sobre este caso, una empresa sumamente difícil.

–Tal vez debería usted leerlo. Creo que el señor Chambers puede llevar razón. –El juez ladea un poco la cabeza y temo que vaya a emitir un fallo un tanto precipitado.

Lo impido.

–Señoría, necesitamos tiempo para considerar este punto y preparar una respuesta. Al menos quisiéramos comprobar que el caso no ha sido superado por una sentencia posterior o limitado a hechos distintos.

Fisher asiente con una evidente molestia, cansado de no poder verle el final a tantas mociones.

–Muy bien –dice, y deja escapar un profundo suspiro–. Cuarenta y ocho horas. Dos días. No más de cinco páginas sobre este punto, los hechos descritos en Kellet. ¿Entendido, señor Chambers?

Chambers afirma con la cabeza.

Fisher me mira y le devuelvo el mismo gesto de afirmación.

–No intenten salirse de la cuestión y sobrepasar las cinco páginas.

Chambers extiende las manos boca arriba de un modo solemne, como si fuese a jurar su compromiso ante el juez.

–Sólo este punto –dice.

–Vamos a tener que tragárnoslo. Es una ley en pleno rigor. –Lenore habla sobre la sentencia de «Kellet contra el Tribunal Superior»–. Lo he examinado todo, sin dejarme un solo caso en el que se cite a Kellet. Incluso he consultado el Lexis.

Para cualquier profesional del derecho familiarizado con la informática, el sistema Lexis/Nexis supone una herramienta de investigación imprescindible. Contiene casos que se remontan hasta la década de los cuarenta, toda la ley al alcance de la mano a través de una pantalla de ordenador.

Falta poco para mediodía y nos hallamos en mi despacho. Lenore ha trabajado durante casi toda la noche, estudiando los casos e investigando el último movimiento de Chambers, que nos ha dejado fuera de combate.

–Ni ha sido desestimado ni limitado. De hecho –señala Goya–, Kellet fue citado en un caso el año pasado, y si Chambers lo encuentra, argumentará que significa un calco del nuestro; cargos por separado en casos de asesinato en primer grado. –Me entrega cuatro hojas salidas de la impresora, todavía unidas por arriba y por abajo–: Lea y llore.

Son malas noticias para la esperanza que aún tenía de encontrar una fisura por donde pudiéramos colarnos.

–¿No podemos usar nada? –le pregunto a Lenore. De lo contrario, mañana tendremos que entregar un informe con todo detalle a un juez de bastante malhumor.

Goya pone cara de decir que un buen abogado siempre descubre un clavo ardiente al que aferrarse, cualquier detalle insignificante o absurdo.

–Chambers se ha pasado un poco –dice Goya. Es decir, tensó el antecedente jurídico del caso Kellet hasta el máximo, lo cual no me sorprende en absoluto viniendo de él–. El tribunal carece de autoridad para ordenarnos que acusemos a Iganovich del asesinato de los Scofield. Eso queda a la discreción del fiscal. Sobre ese punto usted decide –continúa Lenore–. En esas hojas encontrará algo que puede aplicarse a nuestro caso.

–Por lo menos en este punto podemos cortarle el camino –sugiero.

–El reverso de la moneda consiste en que el caso se vuelve contra usted si no acusa al ruso del asesinato de los Scofield.

En otras palabras, o bien acuso a Iganovich de los últimos

crímenes, o bien se libra de tal acusación para siempre, aunque encontráramos pruebas de que él fue el autor. Un pasaporte sin fecha de caducidad para un doble asesinato. Las fuerzas vivas de la ciudad se sentirán contentísimas.

Aunque Kay Sellig y mi propio sentido común me dicen que Iganovich no mató a Abbott ni a Karen Scofield, el caso Kellet me obliga a pescar o a retirar el cebo.

–¿Ha visto eso? –pregunta Lenore.

En la mano tiene un ejemplar del *Times* matinal, hasta ahora el único periódico que refiere los hechos tal como son. Han contratado a un abogado para cubrir este caso, y esta mañana la inversión demuestra haber valido la pena. Después de su propio trabajo de investigación, el comentarista llega a las mismas conclusiones que Goya.

El resto de los periódicos sólo incluyen inexactitudes. Informan de que el tribunal está a punto de ordenarme que acuse a Iganovich de los dos últimos asesinatos, pero que yo me resisto. Dejan que el lector decida si lo hago por simple incompetencia o si se trata de un caso de corrupción.

Al enfilar el camino de entrada a mi casa de vuelta del trabajo, veo a Nikki sacando cartas de nuestro buzón. Tiene el bolso colgado del brazo y parece que acaba de llegar de algún recado.

Sarah está de pie ante la puerta, esperando que llegue su madre y la abra con la llave, pero entonces me ve a mí.

Antes de que pueda apagar los faros mi hija ya está junto a la puerta del coche, aferrándose a ella con intención de entrar.

–Papi, papi.

El entusiasmo desbordado de un niño que se siente feliz de ver a su padre. Uno de los verdaderos, de los auténticos cimientos que forman el entramado de la vida.

La cojo en brazos y la escucho mientras me cuenta todo lo que ha hecho en el colegio hoy y dónde ha ido con sus compañeros. Algo sobre unos amiguitos y un teatro de marionetas. A los cinco años, los niños que gozan de un moderado bienestar casi siempre disfrutan de la vida, o así lo parece. Nikki y yo hemos hablado de ello, de si no estaremos mimando demasiado a Sarah.

Nikki se ha acercado a nosotros. Le doy un beso en la mejilla.

–¿Qué tal te ha ido el día? –pregunto.

–Bien. ¿Y a ti?

–Bien. –No le cuento el desastre de la última moción de Adrian, la investigación que nos está obligando a realizar, mis continuos problemas con la prensa. Nikki no se mostraría solidaria.

Lenore cree que Chambers está poniendo en marcha su gran estrategia. Lo discutimos antes de marcharme del despacho; hablamos de toda la presión a la que nos está sometiendo Adrian para que acuse a su cliente de los otros dos asesinatos. Si accedemos, Lenore cree que Chambers dejará caer su coartada durante el proceso, a partir de testigos sólidos o de documentos irrefutables que pueden situar a Iganovich en Canadá el día de la muerte de los Scofield. Hasta el momento, no hemos podido encontrar ninguna información válida que reconstruya los pasos del ruso los días previos a su viaje al norte.

Eso me coloca en un gran dilema: si acusarlo del caso Scofield o no. Si lo hago y se produce otro asesinato, a todos los efectos le concedo un pasaporte. Excepto en circunstancias en las que hay colaboradores o más de un acusado actuando en colaboración, a los jurados no les gustan los casos en los que otros han sido acusados previamente del mismo crimen. Hace que el sistema parezca demasiado azaroso.

–Vaya, esta noche llegas temprano –dice Nikki. Consulto mi reloj y veo que es cierto, sólo pasa un poco de las ocho. Ahora que se acerca el otoño, cada día oscurece antes.

Está repasando el correo, separando el suyo del mío. Además de todos los trabajos domésticos, últimamente Nikki se encarga también de pagar las facturas, otra tarea para la que no me queda tiempo. Otro peso que recae sobre los hombros de mi mujer.

Lo único que me entrega es un sobre en el que aparece la palabra «residente».

–No estoy segura de que te concierna –dice con sólo la más débil de las sonrisas. Los dos sabemos que tiene más razón que un santo.

Se guarda una carta que viene dirigida a los dos, sin remite ni sello. Por lo visto algún vecino la ha dejado en el buzón, o quizá habrá sido algún anunciante que no quiere pagarle al gobierno la tarifa de correos.

Hay otro sobre. Nikki mira el remite.

–Jim y Mary.

De pronto, en su voz se detecta una cierta vivacidad. Jim y Mary eran nuestros vecinos hasta que el año pasado se volvieron al Este a causa de un traslado laboral. Los hemos echado mucho de menos, pues nuestra relación se hallaba en su mejor momento cuando tuvieron que mudarse. Tienen una hija pequeña, de la edad de Sarah, y un niño un poco mayor. El entendimiento de los niños en sus juegos era algo especial, algo que cimentó la estrecha amistad de las dos familias.

Nikki rasga el sobre y comienza a leer mientras yo abro la puerta y enciendo las luces del vestíbulo.

Entre tanto, ella me lee la carta entera. Los chicos ya han encontrado colegio, Jim ha sido ascendido y Mary aún está buscando trabajo.

–Nos invitan a ir a su casa en Navidad. Oh, sería maravilloso –exclama Nikki–. Nieve por navidad, buenos amigos...

En mi mente resuenan las palabras que quedan sin decir. Algo, una señal de esta existencia vacía que llevamos.

Empieza a guardar la carta dentro del sobre, como quien se despide de un sueño.

–Veremos qué se puede hacer –digo.

–¿De verdad? –me mira con los ojos muy abiertos.

–Puedo intentar despejar mi agenda. Es probable que podamos marcharnos.

De repente su cara parece más animada que la que he visto en los últimos meses. Me coge por los hombros, con la carta estrujada en una mano, y me besa apasionadamente al tiempo que su cuerpo se funde con el mío. Es la primera muestra de auténtico cariño que me ofrece desde que tomé la decisión de ayudar a Mario Feretti.

–He dicho que lo intentaré. –Procuro templar su entusiasmo, impedir que se haga demasiadas ilusiones.

–Claro –sonríe–. Sarah, ¿te gustaría ver a Tim y a Susie estas próximas navidades?

–Sí, sí. –Sarah se deshace en sonrisas y suelta grititos de triunfo al tiempo que da saltos en torno a la mesa del comedor.

–¿No piensas abrir la tuya? –Nikki observa la carta que tengo en la mano y que lleva por toda dirección la palabra «residente».

–Más tarde. Algo que equilibre las buenas noticias. ¿Qué hay para cenar?

Sarah dice que ya ha comido.

–¿Qué te parece si saco dos bistecs del congelador? Los descongelo en el microondas y los aso. También puedo hacer unas patatas asadas y una ensalada. Y un poco de vino para celebrarlo. –Sostiene la carta en alto, como si el viaje fuera ya un hecho. Mi mujer sabe cómo convencer a cualquiera cuando quiere.

–Está bien. Voy a cambiarme. Vuelvo enseguida.

Dejo caer el maletín en una silla del estudio y sigo hasta el fondo del pasillo, donde de un armario cuelga mi ropa de andar por casa tal como la dejé el fin de semana anterior. De un tiempo a esta parte, llego tan tarde a casa que cambiarme de ropa supone una pérdida de tiempo y de energía.

Me abrocho el cinturón camino de la cocina. Nikki está sentada a la mesa y no hay más luz que la de una bombilla, que la ilumina a ella y deja el resto en penumbra. El microondas está apagado. En el suelo, el cacharro roto en multitud de fragmentos. Se trata de una sopera pintada a mano, con el cazo de porcelana; un regalo de sus padres que Nikki ha guardado como oro en paño durante los diez años que lleva casada conmigo.

–¡Oh, lo siento! –Contemplo los pedazos esparcidos por el suelo.

Ella no lo siente. Tiene la cabeza hundida, las manos en las mandíbulas y los codos apoyados en la mesa. Por un instante creo que está llorando, pero cuando me mira observo que tiene los ojos secos. Muestra el rostro del miedo, desnudo, sin disfraces. Esto no resulta habitual en Nikki, pues una expresión así sólo recuerdo habérsela visto en una ocasión, cuando nos dijeron que Sarah sufría de diabetes juvenil, un análisis de sangre que al final no fue correcto.

–¿Qué ocurre?

Mueve las manos, las agita, pero no puede hablar. Sobre la mesa hay un sobre y un trozo de papel... y una foto brillante. Nikki los empuja hacia mí, sin palabras, como si le hubieran atado la mandíbula con alambre. Cojo el papel y leo.

Antes de entender la primera palabra caigo en la cuenta de que no debería haber tocado la nota, ya que la policía querrá buscar posibles huellas. Las palabras y algunas letras han sido pegadas al papel, después de haberlas recortado de periódicos o revistas. La prosa presenta toda la elegancia de un telegrama de la Western Union.

Tú joDIdo AMANTE de IVan
Acusa AL ruso O Sino

La nota por sí sola resultaría cómica de no ser por la foto que la acompaña. Alguien se ha tomado muchas molestias. No se trata de la foto casual hecha en el jardín y revelada en la tienda del barrio. Es grande, de doce por diecisiete, brillante, en blanco y negro, del tipo que muchos laboratorios han dejado de revelar. Está hecha con cierto arte, contra un cielo gris oscuro, que yo sospecho que es el de primera hora de la mañana. El fondo me resulta conocido.

El patio de recreo de Westchester, la escuela de Sarah. En primer plano mi hija está jugando en los columpios con otras dos niñas. Parece difícil determinar a qué distancia se encuentra de la cámara. Si el fotógrafo no ha utilizado un objetivo, yo diría que no más de tres metros.

Llamo a Sarah, que está viendo la televisión en la sala. Se acerca y le enseño la foto. Nikki permanece sentada a la mesa con la mirada fija en mí.

–Sarah. ¿Ves esta foto?

Asiente enfáticamente. Por mi tono de voz sabe que algo va mal.

La siento en una silla para que pueda observar la foto, que ha quedado encima de la mesa para que nadie la toque.

–¿Recuerdas si alguien te hizo una foto en el colegio? ¿Ahí, cuando estabas jugando en los columpios?

Me mira con la expresión que reserva para momentos difíciles. Sacude enérgicamente la cabeza y sus ojos parecen más grandes y redondos. No es responsable de nada. Advierte el rostro del miedo en su madre, y se encierra en el mismo mutismo, intimidada por mi interrogatorio. Me mira como si se preguntara qué le ha ocurrido a su protegido universo.

28

–¿Por qué no nos dijo nada de una amenaza telefónica? –me pregunta Claude, con un tono bastante cabreado.

Me lo dice en voz baja mientras comemos sopa y ensalada en el Lettuce Patch, un restaurante situado cerca del edificio de los juzgados donde sirven almuerzos para secretarias y otros clientes preocupados por su línea. Dusalt está a régimen, aunque me pregunto por qué.

–Creí que se trataba de un chalado. Además, Nikki cogió el teléfono, de modo que yo no oí la voz. –Ahora siento no haberlo hecho, y haber pensado que Nikki había exagerado entonces. Fanfarroneo un poco acerca de los fiscales y las amenazas que reciben–. Resultan más corrientes que la lluvia en abril, pero nunca pasa nada.

–¿Cree usted que esto es un juego? –Claude examina la carta y la foto.

He colocado los dos objetos en bolsitas de plástico transparente con cierre hermético, y se las he entregado antes de comenzar a comer.

–No lo sé –contesto–. Alguien se arriesgó bastante para asustar a mi familia. Quien sea que lo haya hecho, se ha ganado toda mi atención. En una palabra, aunque se trate de una idiotez, me gustaría darle una buena patada en el culo.

Claude sonríe.

–Lo toma usted muy a pecho.

–Puede estar seguro.

–¿Me aceptaría un pequeño consejo? –Le escucho–. Ahora usted se encuentra implicado personalmente. Debería dejarlo en mis manos.

–Por eso estamos hablando. Aun así, no me gustaría que molestasen a mi familia.

Claude pasea una mano por la mesa, como para calmar las aguas embravecidas.

–Posee buenos motivos para tomárselo en serio.

Me recuerda que en este estado las amenazas contra fiscales y agentes de la ley se consideran un delito punible.

–¿Cómo se encuentra su mujer? –pregunta.

Nikki está muy nerviosa. No pierde de vista a Sarah ni siquiera para dejarla irse a su cuarto. No le digo tanto a Dusalt, me limito a declarar que se siente un poco «alterada».

Muestra su comprensión con un silencioso asentimiento.

–¿Dónde están ella y la niña? ¿No las habrá dejado solas en casa?

–Están con unos amigos, un policía retirado que trabaja de noche y su mujer. Viven al otro lado, en Capital City.

–Bien. –Parece satisfecho de que al menos haya hecho una cosa a derechas–. Déme la dirección y el número de teléfono.

Se lo escribo en una servilleta y, tras excusarse, se levanta y desaparece mientras yo sigo mascando verduras. Tarda cinco minutos y cuando vuelve apenas si he tocado la comida, de tan preocupado como me siento por los acontecimientos de la noche anterior, en la que no pude pegar ojo.

–He llamado a la policía de Capital City –me informa–. Han enviado un coche sin identificar. Aparcarán delante de la casa y la vigilarán, hasta que podamos llegar a un arreglo más consistente.

–¿Qué clase de arreglo?

–Le sugeriría que se lleve a su familia de la ciudad hasta que concluya el proceso. Lléveselas a un lugar donde no puedan encontrarlas. Será una medida provisional, por razones de seguridad.

Estupendo. Justo lo que Nikki necesita para agravar su paranoia.

–¿Es necesario?

Me mira.

–Quiero decir que mi hija va al colegio y que mi mujer tiene un trabajo.

–Alguien tendrá que hablar con la escuela y con el jefe de su mujer. Espero que lo comprendan.

–¿Cómo se lo digo a ella?

–Háblele, explíqueselo.

No conoce a Nikki. O no entiende la frágil naturaleza de nuestro matrimonio en estos momentos. Pero resulta evidente que Claude se muestra más preocupado que yo mismo por este episodio, que para él va más allá de un chiflado con tijeras y pegamento.

Le pregunto si hace lo mismo cada vez que un fiscal de distrito recibe una amenaza por correo. De ser así, no debe de quedarle tiempo para nada más.

Esboza una mueca.

–Tomamos nuestras precauciones, que varían en cada circunstancia. –Observa el sobre a través de la bolsa de plástico–. Quien ha enviado esto no parece un tipo miedoso.

–No esperará que lo haya hecho un pusilánime –intervengo–. Tomar fotos de mi hija y enviarnos amenazas de muerte mal disimuladas.

–No me entiende –señala Claude–. Fíjese en que no hay sello en el sobre; lo depositaron directamente en el buzón.

–Oh.

Claude se refiere a la audacia de quien llegó casi hasta la puerta de mi propia casa para dejar en el buzón la desazonante carta. A mí no se me había ocurrido pensar en esta casi flagrante invasión de la intimidad de mi hogar. Me voy dando cuenta de lo nervioso y desconcertado que estoy, lo cual me impide fijarme en estos detalles significativos. Suele pasarle a los fiscales cuando el caso comienza a afectarles personalmente, y también a los abogados que se encargan de su propia defensa. Ambos tienden a perder la agudeza mental.

Claude sostiene la carta en alto.

–Y fíjese en este detalle –añade.

–¿Qué?

–El factor intolerancia. –Hace referencia a la abreviatura usada para hablar de Iganovich: «Ivan».

Sonríe como si eso le divirtiera. Nunca hemos hablado de cuestiones sociales, y me pregunto si esta observación procede de los rincones más profundos y sombríos de su personalidad. Luego advierto que no le he comprendido.

–Quiere hacer creer que siente una aversión hacia los inmigrantes. Tal vez sea verdad, pero me inclino a pensar que se trata de una tapadera.

–¿Qué insinúa?

–¿De verdad piensa que cualquier tipo normal y corriente lee lo bastante para saber de cuántos asesinatos se acusa a Iganovich? O mejor dicho, ¿para preocuparse del número de cargos que figuran en la acusación? Iganovich ya ha sido acusado de cuatro asesinatos. ¿Cuántas veces se puede ejecutar a una persona?

Claude considera que nos encontramos ante el más escrupuloso racista del mundo o que quien nos envió la carta intentaba despistarnos.

–Entonces, ¿es posible que la cosa no vaya en serio? ¿Es eso lo que quiere usted decir?

–Oh, no. Creo que la cosa va muy en serio. –Lo expresa con una convicción absoluta–. Incluso me atrevo a decir que quien envió esto –le da golpecitos a las bolsas de plástico– ya ha matado, en dos ocasiones. –Me mira fijamente–. De no ser así, no vacilaría en volverlo a hacer.

La mente del policía, siempre cavilando sobre el motivo, estudiando el acto en función del efecto. ¿A quién le gustaría más ver a Iganovich condenado por el asesinato de los Scofield que al individuo que los mató? Empiezo a creer que Claude puede estar en lo cierto. Quiero que Nikki y Sarah salgan hoy mismo de la ciudad.

–Me toca pagar a mí –Claude coge la cuenta y deja una propina encima de la mesa. Avanzamos hacia la salida, pasamos los reservados y nos dirigimos hacia la caja, que se encuentra junto a la puerta. A mitad de camino, Claude ralentiza el paso, vuelve la cabeza y me susurra algo al oído.

–En estos momentos, ¿no le gustaría ser una mosca en la pared?

Con una mano, de manera muy sutil y por debajo de la cintura, apunta a uno de los reservados de una esquina. No estoy de humor para chismorreos. Mi mente está en otra parte y medio dormida. Pero miro. Veo a Adrian Chambers embutido en un traje de tres piezas con el rostro iluminado por las lámparas; el rostro de un genio maligno. Frente a él, de espaldas a mí, una cabeza gris plateada, una cabeza que asiente en mitad de una animada conversación. Agudizo la mirada y al principio pienso que mis ojos me han engañado. Sin embargo, no es así y mi primera impresión se confirma. Sentado a la mesa con Adrian y compartiendo con él una distendida charla, se halla Roland Overroy. Los dos hombres se ríen en buena armonía, seguramente a mi costa.

29

–Lo empaqueto –exclamo–. A este cabrón lo echo a patadas.

Hablo de Overroy. He vuelto al despacho después del almuerzo y he comenzado a pasear como un león enjaulado, incapaz de sentarme y hablar con coherencia; tan palpable resulta la energía que da impulso a mi ira.

Tras averiguar lo ocurrido, parece extraño que sea Lenore Goya quien intente calmar mi arrebato. Me aconseja que me tranquilice y piense antes de actuar. Se ha sentado en una de las sillas para las visitas, que yo rodeo mientras prosigo mi frenético paseo.

–Después de todo –dice Goya–, sólo estaban almorzando.

–Si cree usted eso –replico–, esta noche pondré un diente bajo mi almohada.

Sonríe y me mira.

–Supongamos que no estaban sólo almorzando. ¿Cómo lo probamos?

–Eso responde a una pregunta –digo.

–¿Qué pregunta?

–Cómo aparecieron todos los detalles en la Carta Johnson, la misiva de Chambers al gran jurado.

Me refiero a las huellas de ruedas en la carretera polvorienta, cerca de donde encontraron a los Scofield. Chambers sólo se pudo enterar de una forma: a través de una persona informada, alguien que trabaja en nuestra oficina. De la corta lista de candidatos disponibles, personas en una posición de confianza que podrían ensuciar nuestro caso pasándole información a la otra parte, Overroy recibe todas mis sospechas.

–¿Usted cree que haría una cosa así?

De todos modos, Goya me recuerda que esto no es un bufete privado en el que se puede despedir a un socio si existe la más mínima sospecha, a pesar de que a ella nada le gustaría más.

–En el servicio público –continúa–, la administración debe

proponer una auditoría y correr con la responsabilidad de presentar razones suficientes para el despido. Si se equivoca, la presunta víctima responderá con una docena de querellas con todo tipo de cargos. Una docena de teorías distintas sobre la discriminación.

Por supuesto, Goya está en lo cierto.

–Entonces, ¿qué se supone que debo hacer? ¿Fingir que no sé nada?

–Aíslelo por completo de todo contacto con el caso. Levante una especie de Gran Muralla para que no pueda seguir perjudicándonos –sugiere.

En una oficina pequeña, donde todo el mundo habla, esto resultaría bastante difícil.

Según ella, todo es posible... siempre que al sospechoso se le dé bastante cuerda para que acabe ahorcándose por sí mismo. Su esperanza reside en que tarde o temprano eso es lo que Roland hará: perderse, enredarse con la soga y arruinar de este modo su carrera.

–Yo no tengo tanta paciencia, no sé esperar.

Antes de que pueda añadir algo más, Lenore me entrega tres páginas cosidas con una grapa por el borde superior.

–No quiero añadir más penas –afirma–, pero el asunto no tiene buen aspecto.

Es una orden del juez Fisher, con los resultados de nuestra investigación sobre el caso Kellet. No es que constituya una gran sorpresa, pues el tribunal ha fallado que a menos que acusemos a Iganovich del asesinato de los Scofield antes de que el jurado se retire a deliberar el veredicto, la ley vigente nos impedirá emprender otra acusación contra el ruso después de esa fecha. Una acusación referida, se entiende, a estos dos últimos crímenes.

–No se anda con rodeos –comento.

Lenore asiente con la cabeza.

–Chambers nos ha metido en la jaula –dice–. Y la ha cerrado muy bien.

Desde luego, no cabe duda de que hemos calculado mal. Si Chambers no dispone de una coartada para su cliente el día en que fueron asesinados los Scofield, y si aparecen más datos que impliquen al ruso en los crímenes, yo me convertiré en el imbécil más grande que haya visto nunca este condado.

Goya está a punto de retomar la conversación cuando suena el teléfono de mi mesa.

Es Sharon, la recepcionista.

–El juez Ingel, le doy línea –dice.

Pulso el botón del teléfono.

–Señoría –aprieto los dientes.

Al otro extremo del hilo me habla una voz de mujer.

–Ahora se pone el juez.

La secretaria de Ingel. Me encanta la gente que se reviste de importancia llamándote y dejándote colgado del teléfono.

Lenore me mira con ojos interrogantes, después lee mis labios que, en silencio, forman dos palabras: «el prusiano».

Enseguida oigo la voz del juez.

–Señor Madriani –dice–. ¿Está usted ocupado? –Tiene la voz tensa, y va al grano.

–Tengo tiempo para hablar.

–Me pregunto si dispone de unos minutos para reunirse conmigo aquí, en los juzgados.

–Claro, no hay problema. ¿Cuándo?

–Ahora. –Lo suelta como si yo hubiera tenido que leerle la mente y averiguar así que deseaba verme de inmediato.

–¿Algo en concreto?

–Hablaremos cuando venga –cuelga sin más.

Sospecho que ésta es la manera en que terminan la mayor parte de las conversaciones telefónicas con este hombre, dejando al interlocutor con un sentimiento de inquietud, temeroso de que le lluevan rayos. La manera en que la gente como Ingel afirma su autoridad.

–¿Qué quería?

–Y yo qué sé. Un ejercicio de mando sin público. –Cojo el abrigo y me encamino a la puerta.

–A lo mejor quiere que le evite el alegato inicial para tener más tiempo de tostarse al sol.

Lenore habla sobre las vacaciones que el juez se ha programado y que se han convertido en el factor que nos impone un horario para el juicio.

Cuando llego su despacho se encuentra a oscuras, pero la puerta no está cerrada con llave. Un solo rayo de luz procedente del lugar que ocupa la secretaria le da al ambiente un resplandor tétrico. En la penumbra, este sitio parece mucho más espacioso, imponente, siniestro. Las dos banderas, en sus montantes de puntas de latón afiladas, y el escudo estatal estampado en el respaldo del sillón del juez adquieren en las sombras un aire imperial, como en los años del emperador Tiberio, con legiones romanas incluidas. Ingel, sin duda alguna, haría cualquier cosa por acentuar esta sensación.

Me presento a la secretaria. Me recuerda de la última visita y me pide que espere porque tiene que avisar al juez de que he llegado. Tras la puerta se oyen voces, nada inteligible, sólo el rumor de las palabras. Por lo visto alguien ha venido a visitar al juez después de llamarme él y el asunto resulta importante. Suena el interfono, callan las voces, me anuncia la secretaria y como a través de una manguera me llega la voz de Ingel que dice: «Estaré con él dentro de un momento».

Con frecuencia me pregunto por qué, con las muchas confidencias que se hacen en este lugar, los constructores siguen haciendo juzgados que parecen un palacio de verano japonés con sus paredes de papel.

–Estará con usted enseguida. –La repetición de la secretaria me hace sonreír; oigo que las voces en el interior se aceleran, aunque sin alcanzar el volumen anterior.

Consulto constantemente mi reloj; ya han transcurrido diez minutos. Hojeo una revista, mientras pienso en lo que me gustaría haberme traído algo de trabajo del despacho. Cuando vuelvo a consultar la hora advierto que llevo aquí veinticinco minutos de espera. Inicio la lectura de otro artículo cuando en ese momento suena el interfono en la mesa de la secretaria.

–Sí, señor. –Cuelga–. Señor Madriani, puede pasar.

Me enderezo la corbata y abro la puerta.

Ingel se halla detrás de su mesa, arrogante, rígido y más parecido a sí mismo que nunca, como si fuese un cadáver recalentado. Yo he asumido que su entrevista anterior ha finalizado y que su interlocutor o interlocutores han salido por la puerta que conduce al pasillo principal. Pero me encuentro con Don Esterhauss, presidente de la junta de supervisores, sentado en una de las sillas para las visitas que hay frente al escritorio del juez. Me vuelvo para cerrar la puerta.

Nada me puede evitar un pueril sobresalto cuando al encararme de nuevo al juez y su acompañante, veo a los otros dos. Están detrás de la puerta, sentados en un diván cada uno a un lado: Adrian Chambers y Roland Overroy. Una repetición de la escena del restaurante, pero ahora con ellos mirándome y estudiando mi reacción.

Yo me he quedado frío hasta el punto de que la situación se torna tensa. El juez me indica que tome asiento, la única silla que queda disponible. Al no moverme, Ingel se levanta y hace una comedia de presentaciones, lo que sea para romper la desagradable tensión del momento.

–Creo que ya conoce usted a Don Esterhauss.

–Sí –contesto, pero no miro a Don.

Esterhauss no está seguro de si debe levantarse y tenderme la mano, de modo que al final decide permanecer donde estaba. Sonríe e inclina la cabeza.

–Y, por supuesto, también conoce al señor Chambers. Y al señor Roland, miembro de su equipo.

Todavía mantengo la mirada fija en los dos. Ingel no se entretiene en esta presentación, ya que sin duda advierte que estoy indignado.

–Siéntese –me repite en un tono de voz ya conminatorio, una orden más que un ruego.

Me siento en la silla y la ladeo un poco para no quedar de espaldas al sofá. Desde luego, en este cuarto se está cociendo algo.

Ingel se enzarza en una conversación trivial a fin de restarle hierro al asunto. Dice que la ley resulta más íntima en una ciudad pequeña, menos formal que al otro lado del río. Pronto me estará asegurando que esto constituye una buena excusa para saltarse a la torera la ética profesional. Sabe que camina sobre la cuerda floja, que yo podría querellarme aduciendo que sus discusiones a puerta cerrada, sin mi presencia, representan un *ex parte* y por lo tanto una violación del código de conducta jurídica. Si tuviera que dar explicaciones, sin duda se excusaría afirmando que Roland representaba mi oficina en esa reunión, a pesar de que Overroy carece de autoridad para ello. Y ganaría. Mis problemas con Roland son un asunto interno, una batallita de oficina de cuyo control yo soy el único responsable.

Ingel me ofrece café, pero no lo acepto.

–Espero no pasar aquí tanto tiempo –digo.

Me dedica una mirada penetrante, a la que respondo diciendo que estoy inundado de trabajo.

–Entonces deberíamos ir directos al grano. Hemos estado hablando durante unos minutos –lo dice como si yo no lo supiera–. Hemos afirmado un poco el terreno. –Pone en su lugar varios objetos del escritorio; un pisapapeles, algunos informes... Por fin se detiene y la emprende con su taza de café. No me mira a los ojos, pero sigue hablando–. Roland conoció al señor Chambers en una reunión del colegio de abogados, hace unas semanas. Los presentó un amigo común.

En mi mente surge la imagen del encuentro de Adán con la serpiente, aunque Roland carece de la inocencia de Adán.

El juez añade que los dos hombres tuvieron ocasión de hablar de «algunas cosas», según su propia expresión. Ingel me lo pone como si todo hubiera ocurrido de manera muy fortuita. La buena suerte de un encuentro casual.

–Pájaros del mismo plumaje –digo.

Adrian se queda rígido.

–¿Qué ha dicho usted? –el juez me mira por fin.

–Nada.

Adopta una expresión dolorida y prosigue.

–Una cosa condujo a la otra y el resultado final es esta conversación de hoy –declara Ingel.

–¿Y qué tal ha ido?

–¿Eh...?

–La conversación de hoy.

Ingel sabe que presiento de qué va el asunto. Pero lo obligaré a que lo exprese en voz alta.

–Bien... –Se gira hacia el sofá insinuando que tal vez ahora uno de sus ocupantes debería tomar su turno en la explicación. No hay voluntarios–. Bien... Comenzaron a comentar puntos en común. –Me mira de soslayo y continúa después con la vista en otra parte–. Los casos de Putah Creek. –Por fin lo ha soltado.

Me levanto de la silla.

–No, no. Ahora siéntese. Quiero que lo escuche todo. Sé que se trata de un tema delicado. También sé que no le han informado, me lo ha dicho Roland.

–Entonces le ha contado a usted más que a mí. A lo mejor puede explicarme qué hace hablando de un caso sobre el que no posee ninguna autoridad.

Overroy abre la boca pero Ingel lo interrumpe.

–No creo que resulte necesario. Al menos de momento. De alguna forma podríamos decir que estaba actuando bajo mis auspicios. Para ver si era posible alcanzar una conclusión sobre este asunto, sin tener que recurrir a un largo y costoso proceso. Algo que, estarán de acuerdo, redunda en interés de todas las partes.

Me deja asombrado la hipocresía de este tejemaneje, su audacia, el infinito descaro con que me lo presentan.

–Le aseguré que usted no tomaría represalias por esto.

Ingel se refiere a Overroy, ahora al lado de Chambers en el sofá, con la cabeza flotando como mierda entre algodones y una insolente sonrisa en la boca. Roland se ve fuera de mi alcance, un diplomático en mi territorio con toda la inmunidad, claro. Con esto no cabe duda de que continuará con sus actos maliciosos.

–Roland ha conversado varias veces con el señor Chambers y, en vista de que el tiempo se nos echa encima y que el proceso se acerca, han acotado los temas –dice Ingel–. Hemos pensado que quizá sea conveniente llegar a un acuerdo.

–Si el señor Chambers se proponía algo así, debería haberse dirigido a mí en lugar de a uno de mis subordinados, que por si fuera poco tiene asignados otros casos.

–De acuerdo –señala Ingel–. No se llevó a cabo por el conducto más adecuado, pero también es cierto que nadie lo planeó.

Espera que lo acepte. Seguridades desde las alturas.

–Puesto que se ha encargado de negociar como representante de mi departamento sin autoridad para ello, todo lo que puedo decir es que el señor Overroy lo ha hecho todo con la intención de favorecer al pueblo.

–Ha realizado un buen trabajo –afirma Ingel.

Roland está que no cabe en sí de gozo.

–¿Puedo entonces dar por sentado que el acusado está dispuesto a acceder a la pena de muerte?

–Ya se lo dije. –Chambers se levanta mientras le habla al juez–. Ya le advertí que esto representaría una pérdida de tiempo. Con este hombre no se puede hablar. Olvidémoslo.

Ha cogido ya su maletín, dispuesto aparentemente a marcharse. Son las mismas maniobras de siempre, que me gustaría comprobar si yo estuviera aquí solo. Ver si es capaz de cruzar el umbral y marcharse con un portazo, o si continúa desgranando una eterna letanía delante de mi mesa acerca de la justicia y de los tribunales asfixiados por exceso de trabajo.

Tal y como se presentan las cosas, nos quedaremos sin averiguarlo. Ingel le ruega que se siente.

–Hemos llegado muy lejos. No lo estropeemos ahora.

Se diría que ya han alcanzado algún acuerdo.

Chambers vuelve a sentarse lentamente en el sofá, con rencor e inquina reflejados en sus ojos.

Hasta el momento Esterhauss se ha mantenido en silencio y ha dejado a los abogados soltar nuestra bilis. Creo que se siente intimidado y más que avergonzado ante lo que distingue como el desagradable comercio de la justicia.

–Señor Madriani –dice Ingel–. Aquí hay mucho en juego. No quisiera que su orgullo nos impidiera seguir adelante. Debería usted considerar muy seriamente los términos de que hemos hablado. Espero que lo haga.

Chambers nos dedica una tenue sonrisa.

El mensaje está clarísimo: el juez competente en el caso le pide al fiscal que como mínimo escuche la propuesta, aunque ésta constituya una insensatez.

Desde el principio no he pensado que este caso diera pie a acuerdos de ningún tipo. Aquí no hay jugadores segundones, gente a la que podríamos ofrecer algo a cambio de su testimonio. Por lo que sabemos todos, Iganovich actuó solo en los diversos crímenes con premeditación y alevosía; nada que se preste a teorías de circunstancias atenuantes. La repetición de los hechos criminales no concede ninguna base a términos medios. Desde el punto de vista de una mente sana y normal, no son asesinatos cometidos por un ciego arrebato pasional, ni nada parecido, que pudieran justificar un castigo menor que el de la pena de muerte.

–Parece ser que no me queda alternativa –le digo a Ingel.

Me dedica una mirada abrasadora.

–Señor Overroy, tal vez usted o el señor Chambers... –Quiere decir que me pongan al corriente de los detalles.

Overroy comienza a hablar, aunque se dirige a Esterhauss y no a mí. Advierte en este tema su mejor oportunidad para sustituir de manera permanente a Mario. Un fiscal a la espera del nombramiento, alguien a quien puedan sujetar los poderes fácticos del condado, tan maleable políticamente como el plástico.

–La cuestión no puede presentarse de manera más limpia y clara. Aquí no hay misterios. Hemos llegado a un acuerdo, una petición de culpabilidad en la que se barajan varios cargos de asesinato en primer grado. El señor Chambers ya lo ha discutido con su cliente, y le ha detallado los riesgos de un proceso.

El riesgo, claro está, recae en la pena capital, algo que Roland propone evitar. No puede existir otra base para un entendimiento, nada más que negociar.

Roland habla más para Esterhauss y para Ingel que para mí. Intenta convencerles de la bondad de su propuesta, refiriéndose a las pruebas sobre los casos como si las conociera a fondo, como si hubiera estado husmeando en nuestros archivos cada noche desde hace meses. Según él, para el condado este proceso resulta una cuestión de jugársela a cara o cruz; nuestro caso sólo se sostiene sobre una serie de pruebas circunstanciales.

Lo interrumpo antes de que pueda ahondar en los detalles.

–Si tan débil parece nuestro caso –me dirijo a Chambers–, ¿por qué entonces se propone la admisión de culpabilidad y la petición de un acuerdo?

–Eso tal vez debería discutirlo con su subordinado –se refiere a Overroy y a la evaluación que éste ha hecho del caso.

¿Por qué preguntar al mono si puedo hablar con el que toca el organillo? –replico.

Roland me mira con fugaz hostilidad, pero Esterhauss estalla en carcajadas sin poderlo remediar.

–El señor Iganovich ha dado su consentimiento, en general, a los términos del acuerdo.

–¿Es eso cierto? –le pregunta Ingel a Chambers.

–Más o menos –contesta Adrian.

–¿A cambio de qué? –pregunto.

Roland se siente obligado a darme la espalda.

Respira hondo, pensando en cómo expresarlo, en cómo

disfrazar el asunto para que no parezca que lo está dando todo a cambio de nada.

–A cambio de la garantía de que este hombre no volverá a pisar la calle, a constituir un peligro para la sociedad.

–¿Quiere usted decir que no será ejecutado? –pregunto.

–Sí. –Roland se endereza un poco y saca pecho–. Proponemos cadena perpetua sin posibilidad de libertad condicional.

Antes de que yo pueda volver a meter baza, Roland ya está hablando de nuevo.

–Le anunciamos a la comunidad y a las familias de las víctimas que el acusado pasará el resto de su vida en la cárcel. En algunos casos, este castigo resulta peor que la muerte.

Está retorciendo la verdad para disminuir las consecuencias políticas que ese anuncio conllevaría. Desde luego, Roland sabe cómo presentar cosas así.

La cadena perpetua sin posibilidad de libertad condicional equivale a un eufemismo en este estado, ya que mientras haya tribunales y jueces que los presidan, siempre se puede abrir una salida a la calle. La gente que ahora comparte el espacio de esta oficina sabe muy bien que sólo existe una sentencia irrevocable.

–Olvídese de las garantías de seguridad ciudadana –digo–. ¿Cuáles son las bases jurídicas del suplicatorio?

Overroy me mira con ojos de conejo.

–Los códigos –afirma–. Está en los códigos.

Quiere decir que esta sentencia se menciona en los estatutos, algo que, por supuesto, todos sabemos. Sin duda, si le pasara los libros se iría al índice y buscaría «Perpetua sin condicional». Hasta ahí llegan los conocimientos jurídicos de Overroy.

–La cadena perpetua sin posibilidad de libertad condicional es una sentencia reconocida. Estoy seguro de eso –afirma, con voz sin embargo trémula a causa de la duda. Todavía no comprende el alcance de mi objeción.

–El señor Madriani –tercia Chambers– se refiere a cómo se justifica la sentencia teniendo en cuenta los estatutos. –A diferencia de Overroy, Adrian sí que ha entendido adónde voy a parar.

Bajo las leyes de este estado, en un caso de asesinato una cadena perpetua sin libertad condicional sólo resulta posible si los atenuantes superan a los agravantes.

En el caso que nos ocupa no veo que esto pueda ocurrir. Cuatro jóvenes brutalmente asesinados y clavados al suelo con estacas no representan, precisamente, una recomendación para la clemencia, y así se lo hago saber a los presentes.

–Agravantes y atenuantes suponen factores que el jurado debe valorar en la fase del proceso en que se debate la pena –señala Chambers. Lo que insinúa es que en este caso la regla no es aplicable, ya que a cambio de la admisión de culpabilidad se excluye el proceso–. El tribunal dispone de una libertad más amplia. Las partes pueden llegar a un acuerdo por razones tácticas.

A continuación cita el precedente de *El pueblo contra West*. Adrian se ha preparado bien para esta reunión, de eso no cabe la menor duda.

Me enfrento a Ingel. Ya va siendo hora de meterlo en un aprieto.

–¿Está usted dispuesto a conceder su aprobación a esto? ¿A sancionar un acuerdo bajo estos términos? Cuando existe un delito grave, el tribunal debe aprobar cualquier súplica.

Gestualiza, no parece seguro, y preferiría que fuese yo quien me comprometiera primero para luego colgarse de mis faldones. Después de todo, cuando lleguen las próximas elecciones hará tiempo que me habré ido, y entonces dispondrá de toda la libertad para echarme la culpa si se levanta una tormenta. «Este acuerdo fue impulsado por un fiscal incompetente que ya se ha marchado»; eso es lo que dirá llegado el momento.

Antes de que pueda hablar, Chambers acude en su ayuda.

–En este caso existen muchos atenuantes, señoría, y usted debe estar al corriente de ellos. Forman parte del pasado de mi cliente. –De repente la vida de Iganovich aparece llena de privaciones y sufrimientos que, según él, podría documentar.

Ingel sonríe. Es la percha que necesita para colgar su sombrero.

–Muy bien –asiente.

Claro que nosotros no podemos corroborar este presunto pasado desdichado del ruso, pues ni tenemos tiempo, ni su país se encuentra en condiciones de ofrecernos los datos dado el caos allí imperante.

–Señoría –dice Overroy–, para el estado el acuerdo parece

particularmente ventajoso. Iganovich se ha mostrado conforme en confesarse culpable de los dos últimos asesinatos.

La guinda del pastel. Overroy se refiere al asesinato de los Scofield, de manera que la pizarra queda limpia.

Miro a Esterhauss y distingo el brillo de sus ojos, ante la perspectiva de una rápida admisión de culpa que lo encerrará todo en el mismo saco. No habrá proceso y se pondrá fin a la publicidad que tan incómoda le resulta. Para él y otros decanos del condado eso representa el sueño quimérico de todo político.

Les recuerdo que el caso de los Scofield ni siquiera ha sido denunciado.

–Pues presentamos la acusación –dice Chambers–. ¿Tan difícil resulta?

–Estamos hablando de asesinatos múltiples –recuerdo–. La perpetua sin condicional suena ridícula en estas circunstancias. Aunque quisiera, no podría hacerlo en buena conciencia. En cuanto al caso Scofield –me vuelvo a Chambers–, ¿está su cliente preparado para una súplica que reconozca su autoría en esos crímenes?

–Será una súplica basada en la sentencia West, por razones tácticas.

Eso significa que Iganovich no declarará que ha cometido los asesinatos ante un tribunal, sino que presentará la súplica en función de una estrategia jurídica. Se trata de una ley «decisional» que, a pesar de ser vigente en este estado, para mi entender forma parte de una perniciosa política judicial.

–¿Por qué parece tan necesario incluir el caso Scofield en la súplica? –pregunto.

Me preocupa que al cargarle estos muertos al ruso, se cierre el caso y el verdadero asesino campe a sus anchas por el resto de sus días.

Chambers afirma que no puede seguir adelante si no añadimos el caso Scofield en el paquete. Por lo visto lo tiene todo bien calculado.

–Sin proceso la sentencia Kellet perdería su validez. –Habla del caso que citó durante la vista con el juez Fisher–. ¿Qué ganamos si no incluimos a Scofield? Presentamos la súplica por los cuatro chicos y el estado aún podrá acusar al ruso de los otros crímenes. Equivaldría a la pena de muerte, y eso no lo puedo aceptar.

Desde una perspectiva táctica no le falta razón, ya que para eliminar la posibilidad de la pena de muerte, Iganovich tiene que declararse culpable de todos los asesinatos.

Overroy, siempre dispuesto a colaborar, sugiere inmunidad para el caso Scofield. Incluso Ingel parpadea al escuchar esa oferta.

–No –digo–. No puedo hacerlo.

–Pues que no haya inmunidad. Acusémosle. Todavía no sabe por dónde vamos.

–Quiero decir que no hay trato. De ningún tipo.

Ingel salta de la silla, se pasea, me camela, me pide que considere los hechos, cosa que él, por otra parte, parece haber obviado. Quiere engancharme con el tema de las pruebas circunstanciales, que podrían hacerme perder el proceso.

–Me arriesgaré.

–Un proceso que vale millones –apunta Ingel–. Muy generoso de su parte, como si fuéramos ricos...

Esto comienza a ir mal. Presiento que pronto me pondrá la rodilla en la garganta, a medida que le vaya llegando la melodía de los ukeleles hawaianos y el calor de la arena caliente de Waikiki a los oídos y al culo, respectivamente.

Chambers respira hondo, y ofrece la sensación de que desea un acuerdo más de lo que yo mismo puedo imaginarme. Acaso sus defensas no resultan tan fuertes como quiere hacerme creer.

El juez comienza a acosarme con amenazas veladas de que no obtendré el beneficio de la duda en el proceso.

Me pregunto qué ha pasado con el juramento de sangre que Ingel le hizo a Acosta, el hombre que se halla detrás de todo esto. ¿Cómo explicarle el acuerdo que le evitará la pena de muerte al asesino de su sobrina?

Sin duda, Ingel se encuentra bajo la presión del condado. Entre la fidelidad a un colega y los caprichos de la política, al parecer se ha inclinado por lo segundo. Se dirige a mí de nuevo, me asegura que si cometo el mínimo desliz él mismo se encargará de que arrastre el estigma durante toda mi carrera.

–Los tribunales en esta parte del estado forman un universo finito, un mundo reducido. Tómelo como una advertencia. –Se acerca más a mi oído–. Asegúrese de que puede dormir en su cama antes de hacerla.

Miro a Esterhauss, que desvía los ojos. Todo indica que la reunión le ha dejado un mal sabor de boca.

Ingel se ha vuelto a colocar en el mismo sitio de antes, detrás de mí, a mi espalda, perforándome con la mirada un agujero en el cogote.

Me levanto y me enfrento a él.

–Podemos dar gracias a Dios por sus pequeños favores –digo.

–¿Qué quiere decir?

–Los padres fundadores vieron que era provechosa la separación de los tres poderes –contesto–. Así que yo presento los cargos y usted puede juzgarlos.

Me dirige una mirada caústica.

Y dicho eso alcanzo la puerta, cruzo el umbral, cierro suavemente y, a mis espaldas, se atenúa la algarabía de las voces, los lamentos y el rechinar de dientes.

30

Aunque haya caído en desgracia ante los poderes fácticos de la ciudad, por lo menos hoy disfruto de la admiración de Claude Dusalt. Como suele ocurrir en todas las pequeñas poblaciones, el contenido de mi reunión con Ingel se ha filtrado hasta en el seno de las fuerzas policiales; en concreto, la noticia de que he rechazado la petición de acuerdo para salvarle la vida al ruso.

–¿Cómo lo ha averiguado tan pronto? –pregunto–. La reunión se celebró ayer por la tarde.

–Si el juez no quiere hacer públicos sus trapos sucios –responde Claude–, no debería hablar delante de *su* gente.

En el condado de Davenport, la oficina del *sheriff* proporciona el personal de seguridad para los tribunales.

–El alguacil de Ingel –adivino.

Claude no quiere admitirlo, pero la respuesta es obvia.

A estas horas la noticia debe de ir de boca en boca. Excepciones aparte, entre la policía la basura se transmite más rápidamente que los pensamientos telepáticos, y en general resulta más fidedigna que la cadena de televisión CNN.

–Creí que esa gente hacía juramentos de sangre –digo–. Para trabajar en los tribunales, quiero decir. –Por lo común se considera un puesto de privilegio.

–Trabajar para Derek Ingel no es una maravilla. Digamos que mi fuente de información escogió la pajita más corta.

Desde el principio Claude se ha mostrado escrupuloso conmigo. A pesar de su incansable esfuerzo en perseguir cualquier pista que le he indicado, en su actitud también ha habido cierta reserva, algo más que la mera deferencia que se le dispensa a un fiscal. En su mente de sabueso, yo estaba marcado por el signo de Caín. Después de todo, yo llegué desde el otro lado de la ley, el de la defensa criminal. Nunca ha dicho nada, pero en sus ojos y en los sutiles términos del diálogo, Claude daba a entender, acaso sin pretenderlo, que sentía serias dudas acerca de la firmeza de mi compromiso. No estaba seguro de que yo fuera capaz de llegar hasta el fondo de este caso. Mi reunión con Ingel y Chambers, en la que le dije al juez que se guardara sus tratos para mejor ocasión, ha servido para acallar todas esas dudas.

Se sienta al volante de su coche policial sin distintivos y se desliza a cien kilómetros por hora por la cinta de la autopista, que desde las faldas de las colinas se dirige a Capital City y más allá de Davenport.

No fue una misión grata la de trasladar a Nikki y Sarah a lo que Claude ridiculiza ahora como nuestra «casa segura». La idea y el lugar no vinieron de él, sino de un compromiso necesario debido al continuo enfado de Nikki.

Esta mañana le han tomado las huellas dactilares en el departamento del *sheriff*, un procedimiento imprescindible para eliminarlas de la carta de amenaza, del sobre y de la foto. Pero los técnicos han encontrado otras huellas al espolvorear el material, las mías. Cogí la carta antes de darme cuenta de su contenido.

Nikki se siente ultrajada y obligada a pasar por todo esto en la cárcel, junto a todo tipo de delincuentes. Sabe que forma parte de la rutina, pero aún no entiende cómo ella y Sarah se han visto involucradas en el asunto. Además, ha tenido que echar por la borda una parte de sus limitadas vacaciones, hasta que termine el proceso. Su jefe le ha dicho que le mantiene la plaza, sin sueldo, si los días de vacaciones que le corresponden se consumen antes de que concluya el juicio. Ella había acumulado esos días para disfrutar de un largo período de descanso con su familia. Ahora todo esto ha quedado convertido en una ilusión más que desaparece como el humo.

No obstante, Nikki ha exigido un precio por ello.

–Ya que me voy de vacaciones –dijo–, quiero pasarlas en un centro turístico.

Por suerte mi mujer tiene una idea bastante modesta de lo que es darse la gran vida. Una camita con desayuno incluido en la pequeña ciudad de Coloma, el lugar donde Sutter encontró oro y, con ello, provocó la estampida que aún continúa hacia este estado.

Hace tres años pasamos aquí un aniversario, y ahora Nikki

regresa con Sarah y una pila de libros del parvulario, para hospedarse en una habitación con cama de bronce y hacer de maestra de mi hija en la Vineyard House. El edificio forma una mole de color blanco y estilo pseudovictoriano del siglo pasado, con las paredes exteriores cubiertas de glicina y otras enredaderas. Se dice que está encantado por el fantasma de su antiguo propietario, un hombre que sufría de demencia y a quien su mujer encadenó en el sotano. Empiezo a temer que yo acabaré igual si no termino pronto con este proceso, porque Nikki ya parece estar hasta las narices.

–No conozco el lugar –dice Claude.

–No habrá problemas –aseguro–. Se sentirán cómodas y a salvo.

–Demasiado concurrido para mi gusto. Habría ido mejor una casa particular o un apartamento. Lo he dispuesto todo para que disfruten de vigilancia continua –añade–. El *sheriff* del condado de El Dorado enviará un coche para que patrulle la zona. –Enseguida se apresura a aclarar que no considera necesaria esta medida.

Nikki se ha registrado bajo un nombre falso y ha pagado con dinero en metálico. Yo iré a pasar con ella todas las noches mientras dure el proceso. Supone un viaje de una hora, pero no quiero que duerman solas. Claude dice que exagero, que tantas precauciones probablemente resultan innecesarias. ¿Qué diablos estamos haciendo entonces?, pienso.

–De todos modos –continúa–, más vale así, de esta forma nos quedamos tranquilos. –Luego, sin perder un instante, empuja en mi dirección un objeto que ha aparecido en el asiento. Lo escondía debajo del abrigo, casi a la altura del cinturón de seguridad, como si estuviera esperando el momento oportuno–. Pensé que sería conveniente que lo llevara. –En su rostro se observa un semblante un tanto turbado y pesaroso al entregarme el objeto.

Cuando aparta la mano de él, distingo el brillante acero azulado de un pequeño revólver metido en una estrecha cartuchera de cuero.

–En la guantera encontrará el permiso de armas, para que pueda llevarlo discretamente. Emil lo firmó anoche.

Vaya si nos quedamos tranquilos.

Parece un tópico señalar que durante el proceso de un

caso, algo siempre acaba fallando, aunque en general eso no ocurre la víspera del alegato inicial. Con todo, la máxima se ha abatido sobre nuestro propio caso en este preciso momento y por debajo de la línea de flotación proverbial.

El laboratorio de fotografía donde Kay Sellig envió las fotos que han de presentarse en el proceso, a fin de mejorar la calidad de las mismas, ha extraviado una de nuestras pruebas centrales, un fragmento de cuerda que se utilizó en uno de los asesinatos. Sellig me informa de ello por teléfono.

–¿Cómo diablos...?

–La están buscando por todas partes. –Intenta calmarme. Me dice que en el laboratorio confían en encontrarla.

–¿Cuándo?

–Pues todavía no lo sabemos. Disponemos de fotos en color de todos los segmentos –añade.

Al parecer el laboratorio extravió la pieza de revestimiento de plástico cuando ya había concluido el revelado. Me pregunto en voz alta si no la habrán tirado a la basura en un descuido.

Sellig no puede afirmarlo, pero supone que no fue así.

–Saben para qué era, que se trataba de algo importante.

–Eso no les impidió perderla.

Se queda en silencio al otro lado de la línea. Ella se había opuesto a que las pruebas salieran de nuestra custodia, pero yo me empeñé en ampliar y mejorar las fotos, ya que constituyen el fundamento de nuestro caso. Ahora estoy pagando la factura por haber desoído su consejo.

Me dice que está a punto de marcharse al laboratorio para hablar con el propietario y ayudarles a buscar la pieza.

–Si no la encontramos –apunta–, tal vez el tribunal nos permita usar las fotos en su lugar.

–La defensa dispone de todo el derecho a solicitar que sus propios expertos examinen la cuerda. Yo no contaría con esa posibilidad.

Mañana por la mañana llegará el momento de mi alegato inicial. Hemos pasado dos días seleccionando nuestro jurado o, mejor dicho, el juez lo ha hecho. Ingel, fiel a su promesa de dureza, nos acorraló y al final insistió en tomar el juramento a los miembros él mismo, planteándoles además las preguntas que él consideró apropiadas y que nosotros pasamos por escrito. En casos criminales, los jueces gozan de autoridad para este procedimiento tras una iniciativa aprobada en unos comicios hace años, aunque la mayoría, que no incluye a Ingel, permite que sean los abogados quienes planteen las preguntas críticas.

Chambers pateó la sala del tribunal de arriba abajo, protestando por su exclusión de la fase de selección del jurado. No consiguió nada, excepto tal vez anotar otro motivo de apelación.

Que Ingel completara esta tarea en dos días cabe considerarse como un récord, ya que en un caso de asesinato el jurado debe estar «letalmente cualificado». A todos ellos debemos hacerles preguntas para asegurarnos de que si se decide que el acusado es culpable de los delitos que se le imputan, ninguno sentirá remordimientos a la hora de imponer la pena de muerte.

La prisa con que se ha llevado a cabo la selección la ha convertido en un ejercicio carente de sentido. Ni Goya ni yo conectamos realmente con este grupo de doce titulares y seis suplentes. Sospecho que Chambers anda tan a ciegas como nosotros, aunque no más que uno de los futuros miembros del jurado.

Cuando apareció el hombre en el banquillo con su bastón blanco, no tuve más remedio que objetar. Le indiqué a Ingel que gran parte de nuestra acusación se basaba en pruebas físicas que requerían un examen visual para poder así formarse una opinión. Me arrolló citándome un apartado del código penal que no permite excluir a un jurado por ser éste ciego. En última instancia tuve que echar mano del recurso de recusación preferente; así nos libramos del individuo, ante la sonrisa maliciosa de Ingel, que tal vez pensaba que en el futuro yo debería soportar las iras de las asociaciones de invidentes.

Él sabía tan bien como yo que nadie podría describir al jurado nuestras pruebas fotográficas sin caer con ello en un juicio de valor. En otras palabras, el jurado invidente no sólo aceptaría una descripción, sino también la interpretación de la misma que le diera el lector.

Contengo la respiración y le pregunto a Sellig qué pasa con nuestra prueba perdida. La crucial cuestión ahora.

–¿Sabe de qué segmento se trata? ¿Qué longitud tenía?

Los trozos de cuerda de nailon, dieciséis en total, diecisiete si contamos la cuerda enrollada descubierta en la furgoneta del ruso, constituyen los eslabones críticos de nuestra cadena de pruebas. Saber qué se ha perdido me dirá cuántos asesinatos deberán quedarse impunes si no encontramos antes la pieza.

Sellig rebusca en sus notas, y la oigo resoplar desde este lado de la línea.

Ha codificado los indicios con números y letras, marcándolos para la identificación. Después de un rato localiza lo que estaba buscando, la inscripción del segmento extraviado.

–Parece... sí. El dos–D.

Eso no me dice nada.

Me explica que sobre cada víctima se hallaron cuatro segmentos, dos atados a los tobillos y otros dos a las muñecas. Cada una de estas piezas lleva una letra, en una secuencia que va de la A a la D.

–El número asignado representa el orden de las víctimas. Ésta pertenece a la segunda, la última sección de cuerda que usaron en su caso.

–¿Julie Park?

–Sí.

Lo cual significa que la conexión entre Park y la tercera víctima ha quedado rota. A menos que demos con el segmento, podría verme obligado a renunciar a la acusación de asesinato de Julie Park y de su amigo, Jonathan Snider. Sin la cuerda no hay nada que los relacione con Iganovich, excepto un procedimiento similar en la comisión de los crímenes. Chambers, que se ha preparado para resolver la cuestión de la pauta similar entre los diversos asesinatos, me destrozaría el argumento en unos minutos.

Me reclino en la silla, respiro hondo y contemplo los agujeritos perforados en el techo. Me pregunto cómo podría reunir el valor para darle la noticia a Kim Park, y rezo para que este extremo no llegue a convertirse en realidad.

–Manténgame al corriente –le digo a Sellig–. Llámeme en cuanto hable con los del laboratorio. –Cuelgo.

Lenore espera con paciencia, sentada frente a mí. Ha oído parte de mi conversación con Sellig.

–¿Han perdido un fragmento de la cuerda? –pregunta.

Le dirijo un gesto afirmativo.

–Podríamos vernos forzados a prescindir de los cargos relacionados con Julie Park y Snider.

–Maldita sea.

Goya me lanza una mirada de pesadumbre, pero se rehace con rapidez e intenta tomarse las circunstancias de una manera positiva, creo que para animarme.

–Supongo que podría ser peor –dice–. Podrían haber perdido el último fragmento. –El que vincula el resto de piezas con la cuerda enrollada de la furgoneta. Con esa pérdida todo nuestro caso se iría al garete.

–Aún no hemos sacado nada en claro –digo–. Nuestra estrategia podría reducirse a la mínima expresión.

–¿A qué se refiere?

–Pues que Chambers ya se habrá puesto a tono con el caso Scofield. Si tenemos que renunciar a los cargos por el asesinato de Park y Snider, sólo nos quedarán dos que presentar ante el tribunal.

Por su expresión deduzco que ya sabe adónde voy a parar. No hay nada para distinguir el segundo par de asesinatos del de los Scofield. En ambos crímenes, el asesino utilizó secciones consecutivas de cuerda para atar a las víctimas, aunque las cuerdas no coinciden en uno y otro caso. Las estacas de metal del segundo asesinato sí coinciden, como las que se usaron con los Scofield. Pero, de nuevo, al igual que entre esos dos crímenes, las estacas son distintas.

–Hace que parezca como si el asesino hubiese cambiado de instrumentos para cada ocasión.

–Podemos irnos olvidando de nuestro experto en perfiles psicológicos –digo–. Sin Park y Snider no disponemos de una pauta criminal, sino sólo de un grupo aislado de crímenes horrendos. Y si Chambers es capaz de situar a su hombre en Canadá cuando se cometieron los asesinatos de Karen y Abbott Scofield...

Dejo que se imponga la conclusión obvia. El problema de toda teoría basada exclusivamente en pruebas circunstanciales reside en que, si se pierde una de las piedrecitas que la mantienen, todo el edificio se viene abajo.

31

Esta mañana, poco antes de entrar en la sala del tribunal, Lenore ha mantenido una entrevista con Lloyd Tolar, la primera que hemos conseguido con él en todo este tiempo. El contacto con este hombre resulta más difícil que con el Papa aunque, a juzgar por las apariencias, también parece más lascivo.

Lenore me lo describe: alto, cabello gris, distinguido... La clase de testigo que enamora a un jurado.

Han hablado de la prueba que él puede aportar. Una conversación cordial, aderezada con una minuciosa inspección visual de la anatomía de Lenore por parte del médico, que al final la invitó a almorzar.

–Un viejo verde –resume Goya.

Tendría que habérmelo figurado. Por lo que ella me cuenta, podría haberme ahorrado una docena de llamadas si le hubiera enviado la foto de mi asociada junto con la tarjeta profesional.

–Me ha dicho que cuando termine de exponer sus argumentos, el efecto será tal que no necesitaremos llamar al estrado a los expertos en perfiles psicológicos.

Ahora no me extraña que se mostrara tan arrogante aquel joven interno con quien hablé porque su jefe estaba ausente. Constituye una asignatura obligatoria en la facultad de medicina. Pero no nos pondremos a discutir con el buen doctor, ya que Lenore señala que el hombre tiene desparpajo, que habla con la autoridad de un dios y posee un currículum de campanillas.

Hoy no tengo más remedio que enfrentarme con el problema del fragmento de cuerda extraviado.

La mesa de la defensa está atestada. Chambers e Iganovich forman un bocadillo con el intérprete en medio. Al otro lado del ruso se encuentra Bob Haselid, una adquisición de última hora para el equipo de la defensa.

Haselid es un abogado joven con una creciente reputación entre sus colegas, un recién llegado con futuro. Servirá como abogado Keenan; es decir, el responsable de la fase de la defensa relativa a la pena, con el fin de salvarle la vida al ruso si le condenamos y el jurado considera diversos agravantes.

Antes de comenzar le he pedido a Ingel un aparte, al que acudirá también Chambers. El alguacil me hace un gesto con el dedo y otro a Adrian, y luego nos conduce a la estancia que hay detrás del estrado donde se sienta el juez.

Cuando llegamos, Ingel se está quitando pelusa de la toga; entre los dedos se le ha enredado un trocito de cinta adhesiva. La vida de un juez ocupado.

Me mira.

–¿Qué pasa? ¿Alguna precisión de última hora?

–Un problema –contesto.

Deja la toga negra en una esquina de su escritorio.

–Hable.

–Hemos perdido parte de nuestras pruebas –le informo.

Sus ojos muestran de manera evidente que esa mañana la vileza no corre por debajo de la superficie.

–Me han comunicado que la pérdida no es definitiva, que encontrarán el fragmento extraviado. –Intento restarle importancia al asunto.

–¿De qué prueba se trata?

–Un trozo de la cuerda de los dos primeros asesinatos, el revestimiento exterior de plástico. –Enseguida, antes de que él intervenga, le señalo que disponemos de fotos detalladas. A ver si pica con este cebo.

–Las fotografías de pruebas no constituyen pruebas –objeta–. Al menos en mi tribunal.

Por desgracia para mí, Ingel, a diferencia del Coco, ha usado su ejemplar del código de evidencias para algo más que como posavasos de su taza de café.

Aprovecha la ocasión para ponerme verde e insistir en su advertencia al respecto de las concesiones que el tribunal podría hacerme durante el proceso. Además, me pregunta, de manera no demasiado sutil, qué acusaciones se verán afectadas por la pérdida de la prueba. Sin duda con ello intenta averiguar el efecto que este contratiempo comportará para el caso de una de las víctimas, Sharon Collins. Ingel no desea comunicarle a Armando Acosta que las circunstancias le obligaron a tirar por la borda los cargos relativos al asesinato de su sobrina. Cuando advierte que Chambers está tomando nota de esta derivación de su interrogatorio, Ingel cambia de tema al momento.

–¿Cómo ocurrió? –inquiere.

–El laboratorio fotográfico –respondo–. Vinieron con su equipo a tomar algunas fotos. Por lo visto, perdieron el fragmento tras el revelado.

–¿Lo tiraron?

–Me han asegurado que eso resultaría muy improbable, señoría.

–Fiscal, cualquier metedura de pata que se produzca en su caso es de su entera responsabilidad. –Vaya, como si le hubiera pedido excusas.

–Ellos confían en recuperar ese fragmento –le aseguro.

–Bien. Entre tanto, ¿qué se supone que debemos hacer?

Chambers se huele una ventaja, un beneficio inesperado. En un caso en el que anda por medio una pena de muerte, la caballerosidad no constituye un rasgo distintivo de la sala del tribunal; los abogados de la defensa, los buenos, se entiende, no conceden tregua alguna.

Adrian se acerca a la mesa del prusiano.

–Nos opondremos a cualquier moción de aplazamiento –dice–. La defensa se muestra dispuesta a proceder. –Le recuerda al juez que el acusado no quiere que el proceso se demore.

Falta más de una semana para que se agote el período de sesenta días tras el cual se anularía el caso si el fiscal no presentase sus primeras alegaciones. No obstante, Ingel no se plantea de ningún modo la posibilidad de aplazar el proceso.

–Ya hemos seleccionado nuestro jurado –señala–. No voy a dejarlos sentados rumiando sobre los hechos mientras el fiscal se dedica a buscar pruebas extraviadas.

Los menos piadosos podrían acusar a Ingel de estar escuchando las guitarras hawaianas, pero lo cierto es que tiene razón. No hay nada más peligroso que un jurado inquieto una vez seleccionado, ya que se desatan toda clase de sospechas y de especulaciones en torno al caso que van a juzgar y de las pruebas que les serán presentadas.

La mayoría de los miembros del jurado ha leído relatos de estos asesinatos en la prensa, y ha visto en la televisión los cuerpos envueltos en sábanas blancas y muchos otros detalles posteriores a los crímenes.

–Estamos preparados para comenzar el proceso, y comenzaremos –afirma Ingel.

–No estoy solicitando un aplazamiento –intervengo–, sino una cierta demora.

Ingel me mira como si no conociera esta palabra.

Mi táctica no resulta nada excepcional. Nuestra estrategia se basa en que todos los fragmentos proceden de una única cuerda. Lo presentamos ante el gran jurado, y la importancia de la prueba aparecerá en la transcripción, que a estas alturas Chambers habrá leído y estudiado con sumo detalle. Que un segmento de esta cuerda se haya perdido no parece una insignificancia que la defensa vaya a ignorar.

Cuando se dé cuenta, presentará de inmediato una moción para que se desestimen los dos primeros cargos de asesinato, los de Julie Park y Jonathan Snider. Conociendo al prusiano y la actitud que ha adoptado respecto a mí, no deseo que el banquillo se precipite a una decisión rápida. Por eso he querido comentar el asunto en privado y extraoficialmente, a modo de ensayo que sirva para tranquilizarlo. Le pido un margen de tiempo para detener toda moción de desestimación hasta que consigamos encontrar la cuerda. En resumen, le estoy pidiendo cierta licencia para presentar mi caso entonces.

No se compromete.

Me recuerda que he gozado de la oportunidad de llegar a un acuerdo, la súplica propuesta en los seis casos de asesinato. Si pudiera, Ingel me ordenaría que me colocase una túnica de penitente para acto seguido echarme paletadas de arena sobre la cabeza. Por un momento pienso que quizá querría reabrir las negociaciones, pero sospecha que Adrian, que sigue acechando la presa, no se mostraría dispuesto. Así que el juez calla.

–¿Es muy importante esa prueba? –pregunta.

Pretende que le evalúe el daño causado a mi caso aquí, en presencia de Adrian. En lugar de eso, le proporciono los datos sin sacar conclusiones, y concluyo señalando que dos cargos de asesinato penden ahora de un hilo.

El alivio que se refleja en su rostro resulta palpable. Ahora ya sabe que la acusación por la muerte de la sobrina de Acosta se mantiene en pie. No tendrá que comunicarle malas noticias a su colega, al menos no todavía.

Adrian ve que su momento ha llegado.

–Solicito que se desestimen los cargos por los asesinatos de Park y Snider, los dos primeros, señoría.

Ingel levanta las dos manos para pedir serenidad.

–¿Se trata de la única prueba que vincula al acusado con estos crímenes? –pregunta–. ¿El segmento extraviado?

Le contesto que no.

–La relación entre las pruebas halladas en la furgoneta con los asesinatos de la segunda pareja y la pauta similar para los cuatro crímenes también ofrecen una vinculación con el acusado.

–Con tanto alcance, usted podría acabar ganando el campeonato del mundo de boxeo –tercia Chambers. Quiere decir que estoy llevando mis razones a un extremo. No le falta razón, pero por ahora eso es todo lo que puedo hacer.

–Los trozos de cuerda de los cuatro asesinatos proceden del mismo fabricante, al igual que las estacas de metal –le digo a Ingel.

Menciono el último detalle para conferirle un poco más de consistencia a mi argumento.

–Sí. Y un millón de personas podría haberlos adquirido en diez mil sitios distintos –replica Chambers.

–Se trata de una cuestión de hecho para el jurado –respondo, dirigiéndome a Ingel.

El juez pone cara de duda. Por lo menos le estoy haciendo pensar en la dirección correcta.

Adrian da saltos alrededor del escritorio del juez mientras insiste en que el asesinato de los Scofield también muestra una pauta similar y, sin embargo, su cliente no ha sido culpado del mismo. En lugar de ello, afirma, la policía ha admitido tácitamente que otra persona cometió esos crímenes.

–Hasta el momento, es lo único en lo que no se han equivocado.

Ya cambiará de opinión cuando le tire a la cara las pruebas médicas de Tolar, los resultados de la autopsia que recogen las heridas de cuchillo y corroboran el hecho de que los Scofield fueron asesinados en otra parte. A ver cómo es capaz de disfrazar eso una vez pueda encajarlo.

–Hace dos días estaba dispuesto a admitir la culpabilidad de su cliente en el caso Scofield –le observo.

–Consistió en un movimiento táctico –responde.

Sabe que no puedo presentar este argumento ni revelar nada que concierna a las negociaciones sobre el arreglo. La mención de este tema será un tabú durante el proceso, una política que se basa en la máxima de que la ley favorece los acuerdos. Si los acusados se enterasen de que el jurado dispone de sus cartas para presentar una súplica, la práctica habitual de las negociaciones desaparecería rápidamente.

Ingel levanta por fin la mirada. Ha tenido bastante.

–Lo incluiremos en el informe –anuncia.

Me concede este respiro a pesar de su animosidad contra mí. Sin embargo, una cosa sí resulta clara: no me evitará el vapuleo de la prensa. Los periódicos y la televisión disfrutarán como locos. Titulares, columnas de opinión, bromas en las noticias de las diez, todo a costa de un fiscal de distrito que ha perdido una prueba de vital importancia.

Todos mis problemas no le evitan a Adrian tener que resolver una importante dificultad en su caso. Debe explicar por qué la cuerda enrollada, la que ahora se asocia con el segundo asesinato doble, así como las estacas de metal, fueron halladas en el vehículo de su cliente.

Por el momento, Ingel ha rechazado la moción para anular los cargos por el asesinato de la primera pareja. Esto se realizó en ausencia del jurado, a fin de no influirlos con pruebas que quizá no se presentarán ante el tribunal.

No puedo sostener la mirada de Kim Park, que se encuentra sentado entre el público. Sé que durante la primera pausa me acosará en el pasillo, me preguntará cómo es posible hacer justicia tras semejante negligencia.

Para superar la creciente hostilidad de Ingel, me he contenido en mi alegato inicial al jurado; me he limitado a presentar las pruebas: la furgoneta, su registro, los objetos acusadores en su interior.

–Demostraremos, damas y caballeros, gracias al testimonio

de los expertos, la relación sociopática entre estos cuatro asesinatos, los métodos comunes empleados y el funcionamiento interno de una mente peligrosa y enferma. Pondremos al descubierto, sin el menor género de dudas, que el acusado Andre Iganovich cometió los cuatro asesinatos y que lo hizo de manera fría y calculada.

Presento la alfombra ensangrentada de la furgoneta. El análisis de la sangre indica que el ADN coincide con los de Sharon Collins y Rodney Slate. Los miembros del jurado abren unos ojos como platos.

Hablo de la cuerda, que es de la misma manufactura, del hecho de que algunos trozos encontrados en la segunda escena del crimen han sido examinados, que concuerdan de modo indiscutible con la cuerda enrollada que se recogió del vehículo del ruso. La importancia de mi pérdida, del segmento extraviado, pasa a un segundo plano, a juzgar por los movimientos de cabeza del jurado cuando anuncio que el forense estableció una conexión.

Concedo que el vehículo tenía una ventanilla rota, aunque no le concedo mayor importancia al detalle. Lo menciono sólo para que no me echen en cara después que lo he omitido.

Hablo de la pistola eléctrica incautada a Iganovich en el momento de su arresto, así como de las huellas de quemaduras encontradas en los cuerpos de Julie Park y Jonathan Snider, pruebas de las que el forense hablará más tarde.

Ingel muestra signos de inquietud cuando me enfrento con la cuestión final: el asesinato de los Scofield.

–Sin duda alguna –digo–, la defensa intentará confundirles con un tercero y último par de crímenes: las muertes de Abbott y Karen Scofield. En estos momentos, las pruebas que obran en nuestro poder nos permiten afirmar que se trata de dos crímenes de imitación.

Adopto un término medio en este punto, sin absolver del todo a Iganovich, pero dejando la puerta abierta por si más tarde aparecen evidencias que me permitan cambiar de parecer en el último momento y acusar al ruso antes de cerrar el caso. Lenore está especialmente nerviosa en cuanto a este punto. Me pide que hablemos de algo relacionado con los Scofield durante la pausa para el almuerzo.

–Las pruebas –le digo al jurado– demostrarán que existen

notables diferencias en la manera en que fueron cometidos estos últimos crímenes; por ello a estas alturas consideramos que Andre Iganovich es inocente de los mismos.

Empleo esta estrategia para suscitar la idea de una justicia imparcial que no insiste en la persecución a toda costa; aunque también resulta cierto que debo referirme a ello si no quiero dar la sensación de que estamos escurriendo el bulto, de que no queremos declarar que estos crímenes sin resolver son obra del mismo asesino.

Dicho esto, tomo asiento en la mesa del fiscal.

Chambers no reserva su alegato inicial para el comienzo de su caso, sino que en lugar de eso se pone de pie casi antes de indicárselo Ingel. No quiere perder tiempo para neutralizar cualquier baza importante que yo haya obtenido.

Se refiere al caso Scofield, al tema de que el verdadero asesino campa a sus anchas, a que su cliente se ha convertido en un acusado de conveniencia, un emigrante con un dominio limitado del lenguaje, un hombre que provoca un rechazo obvio, alguien fácil de acusar.

Ingel lo interrumpe.

–Procure no caer en teorías sociales, señor Chambers, y aténgase a las pruebas.

–Sí, señoría –Adrian cambia de táctica–. Las pruebas de este caso resultan puramente circunstanciales. El hecho es que mi cliente no se encontraría hoy en el banquillo de no ser por tres objetos: un montón de cuerda, algunas estacas metálicas y un pedazo de paño con sangre humana en él. Esto y la deducción de que si tales objetos fueron hallados en el vehículo del señor Iganovich, es porque pertenecen al señor Iganovich. Hasta aquí la hipótesis del fiscal en resumen. La primera impresión es que estos objetos pueden perjudicar la causa de mi cliente, pero consideren por un momento el resto de las pruebas, la parte que el señor Madriani ha obviado, la parte que ustedes desconocen.

Tras haber pronunciado esas palabras dirige su mirada hacia donde yo estoy sentado.

–Los datos probarán que, en efecto, una ventanilla del vehículo de mi cliente estaba rota, como admite de tan buena fe el fiscal. Lo que se calla es que esa ventanilla fue totalmente rota, de modo que cualquier persona que pasara por su lado tenía acceso al vehículo. En un aparcamiento público, abierto a los transeúntes, y durante varios días hasta que acudió la policía y encontró en el interior las pruebas que, en apariencia, incriminan a mi cliente. Sin embargo, la cuestión reside en que cualquiera pudo haber colocado allí los objetos, mientras el vehículo estaba aparcado.

–De nuevo cae en el ámbito de las teorías, señor Chambers –interrumpe Ingel–. Aténgase a las pruebas y evíteme tener que volvérselo a advertir.

–A ello iba, señoría, a señalar una prueba determinante.

Ingel lo mira y asiente.

–Durante algún tiempo la policía se basó en la hipótesis de que la ventanilla la había roto un gamberro, un posible testigo que habría mirado al interior, que pudo apreciar la presencia –se detiene un instante, un paréntesis mental para darle mayor efecto a lo que va a decir a continuación– o la ausencia de esas pruebas capitales. Tenían razón para creerlo así. El testimonio de sus propios agentes revelará que esta hipótesis fue puesta en práctica, pero sin resultado alguno. La propia policía se lo explicará a ustedes.

Me vuelvo hacia Lenore y le pregunto con los ojos cómo pudo enterarse Chambers de esto. Ella me acerca los labios al oído.

–Roland –susurra.

Los deditos de Overroy andan metidos en todo eso, revelaciones que sin duda le hizo a Adrian durante sus negociaciones en señal de buena fe.

–Pero la policía –agrega Chambers– no consiguió localizar a este testigo tan importante. Tal vez debería poner más empeño en la tarea, ya que somos nosotros quienes hemos descubierto al testigo.

Lenore está inclinada hacia mí para decirme algo cuando oye las palabras de Adrian. Se agarra con una mano a la barandilla del banquillo del jurado y desvía la cabeza en dirección a Chambers, que continúa con su perorata.

–Presentaremos un testigo –dice– que se confesará autor de la rotura de la ventanilla de la furgoneta. Este hombre no ha negociado nada a cambio de la admisión de los hechos y está dispuesto a pagar por su delito. –Como si ello constituyera una prueba de credibilidad, cuando en realidad se trata de un simple cargo por vandalismo, poco más que una travesura–. Nuestro testigo confesará bajo juramento que cuando rompió la ventanilla, pretendía desvalijar la furgoneta; que abrió la puerta y se coló dentro. Confesará de manera inequívoca que, ya dentro del vehículo, se llevó una decepción ya que no encontró nada; ni radio, ni cintas, ni herramientas, nada que tuviera algún valor.

Adrian se vuelve hacia mí, y antes de que comience a hablar intuyo lo que va a decir. Entonces suelta el bombazo.

–El testigo también declarará bajo juramento que el día que rompió la ventanilla no había dentro de la furgoneta ninguna cuerda enrollada, ni estacas de tienda de campaña, ni alfombra con sangre.

Dicho lo cual, Adrian me obsequia con una sonrisa afectada.

Lenore y yo mantenemos la viva imagen de la frialdad y fingimos indiferencia, bajo la actitud de quien sólo espera que llegue la hora del almuerzo.

Interiormente estoy que ardo, y me consume el deseo de examinar la lista de los testigos de Chambers, que tengo enterrada en el montón de documentos frente a mí.

Adrian toma asiento e Ingel consulta la hora

–Demasiado tarde para llamar a un testigo. Haremos ahora la pausa para el almuerzo. Señor Madriani, deberá usted estar preparado para su primer testigo cuando reanudemos la sesión. –Mira el reloj–. A la una y cuarto.

–Sí, señoría.

Advierte al jurado que no hable del caso y luego propina el martillazo de rigor.

32

Este mediodía Lenore y yo pedimos el almuerzo desde la oficina, unos bocadillos que nos llegan en una bolsa marrón del grasiento puesto donde los venden, a una manzana de distancia. Mientras una secretaria va a buscarlos, Lenore y yo hablamos de nuestra estrategia y examinamos la lista de testigos de Adrian. La ley nos obliga a intercambiar nuestras listas.

Ahora comienza a quedar claro el entramado de su estrategia. En un proceso que puede entrañar la pena capital, la defensa siempre constituye una variación de algún tema muy antiguo; en este caso, que alguien más cometió el delito, no el acusado.

Adrian le añadirá sus propios arreglos a esta vieja canción. Utilizará como maniobra de distracción el caso no resuelto del asesinato de los Scofield y empezará con nuestra propia hipótesis de que fue otra persona quien los mató. El hecho de que fiscalía y defensa nos mostremos de acuerdo en este punto le dará a su argumento un tinte de verosimilitud.

A partir de su lista de testigos podemos deducir el vértice de su ataque, un asalto en toda regla a las diferencias que dejan al caso Scofield al margen de los otros. Si otra persona asesinó a la pareja y si las discrepancias en la pauta de estos dos crímenes con el resto aparecen como ilusorias, Adrian habrá recorrido la mitad del camino.

Un vándalo no identificado propinará el golpe definitivo por el flanco. Un planeado golpe de gracia directo sobre la cabeza de nuestro caso. Si resulta creíble, este testigo puede destruir el único vínculo que une a Iganovich con las pruebas halladas en la furgoneta.

Lenore y yo estudiamos la lista como un vidente lee las hojas de té. Aquí se esconde mucho engaño, ya que las dos partes han procurado ofrecer unas listas lo más confusas posible, un océano de nombres con los que apenas si han intercambiado un saludo durante la investigación y que no tienen nada útil que declarar. De este modo, resulta más fácil ocultar a los otros que realmente importan, y se obliga a la otra parte a realizar un montón de trabajo antes del proceso.

A Adrian le he colocado a la que fuera peluquera de Julie Park, y también al lector de los contadores de gas de su apartamento. Aparte de otras dos docenas de nombres que sólo saben lo que han leído en los periódicos o visto en la televisión.

Pero uno cosecha lo que siembra. Examinar la lista de Adrian supone, en general, un ejercicio estéril. Una columna de nombres y direcciones, el mínimo requerido por la ley. Contamos también con el derecho de conocer cualquier informe escrito de testimonios preparado por testigos. Chambers lo ha mantenido todo en el plano de lo verbal.

En este proceso hemos carecido de tiempo para verificar sus testimonios, para enviar a Claude y sus muchachos a hablar con muchos de ellos y separar así el trigo de la paja. Estamos dando palos de ciego, sin la menor idea de cuál de estos nombres pertenece al misterioso gamberro de Chambers, su varita mágica. Con la punta del bolígrafo recorro la columna de los apellidos, un ejercicio inútil hasta que... uno me suena, me resulta familiar.

–James Sloan. –Miro a Goya–. ¿Le suena?

Ella niega con la cabeza.

Prosigo la lectura de la lista y no encuentro nada más.

Vuelvo a Sloan. Me pregunto dónde he oído ese nombre. Algo reciente, en las últimas semanas.

Cojo el teléfono y marco un número. Me contesta una voz femenina.

–Ester, soy Paul Madriani. Te llamo desde el edificio de enfrente.

Ester Peoples es la empleada responsable de los archivos de lo criminal en el juzgado del condado de Davenport. Puedo oír que está comiendo. Un burócrata más que sacrifica la hora del almuerzo.

–¿Puede comprobarme un nombre en el ordenador? –pregunto.

–Claro. ¿Desde cuándo?

–Un año.

Le doy el nombre, James Sloan, deletreando el apellido. Me llega el ruidito de las teclas, y al final la voz de Ester.

–¿Cuál de ellos quiere?

–¿Es que hay más de uno?

–Uno con tres cargos.

–¿De qué?

–Incendio intencionado, reducido a delito menor; dos cargos de vandalismo...

–Bingo.

Ester me proporciona el número de la seguridad social del individuo, le doy las gracias y pulso el botón que me da paso a otra línea. No marco, sino que el botón lo hace por sí solo. Claude no contesta, pero al tercer timbrazo oigo la voz de Denny Henderson.

Me comunica que Claude se encuentra de camino a mi oficina. Dusalt es mi primer testigo esta tarde. Prepararemos su declaración brevemente antes de regresar a la sala del tribunal.

–Denny. Quiero que me facilite la ficha más reciente de un tal James Sloan. –Le recito el número de seguridad social y el del expediente del juzgado, que también me ha proporcionado Ester.

–¿Ahora?

–No será para ayer.

Al otro extremo de la línea se emiten algunos gruñidos. Espero lo que me parecen diez largos minutos y por fin Henderson está de nuevo conmigo.

–Lo tengo –afirma.

–A ver si hay alguna foto.

Oígo cómo revuelve papeles y otra vez la voz.

–Encantador –dice.

–¿La tiene?

–Sí.

–Déjeme adivinar. Un tipejo de cara roja, pelos de punta, y marcas de viruela en la cara como burbujas de azufre en una caldera.

–¿Lo conoce usted?

–En cierto modo.

Es el príncipe de porcelana, pienso. En el lavabo del palacio de justicia, el día que me encontré con Adrian. El mocoso que se había hecho un lío con la bragueta. Antiguo cliente de Chambers.

La cazadora con remaches, el extraño peinado. Cuando Chambers se embarcó en la pequeña parodia de presentarnos, el nombre, James Sloan, me pareció un tanto incongruente. Y por eso se quedó anclado al borde de mi mente, por el contraste con el aspecto del individuo.

–Quiero todo lo que sepamos de él, de cualquier arresto, y rápido. Después quiero que acuda al palacio de justicia y que saque las disposiciones, las fichas del tribunal con respecto a los cargos.

–No me permitirán llevarme los originales.

–Pues haga fotocopias.

Cuenta el número de arrestos.

–Tardaré todo el día –replica.

–¿Tiene algo mejor que hacer? –Le digo que puede echarse el trabajo a cara o cruz con Claude. Me responde con un gruñido, porque sabe muy bien, con Claude en el tribunal, quién tendrá que cargar con el muerto. Nuevos murmullos de protesta y conato de despedida.

–Ah, Denny.

–¿Sí?

– Quiero un informe actualizado. A ver si el tipo tiene alguna acusación por delitos más serios en cualquier otra parte.

Colgamos a la vez.

–Estaría bien que pudiéramos colgarle un buen marrón –le digo a Lenore–. Una cosa así dejaría en mantillas su credibilidad ante el jurado. El delincuente convicto nunca se quita de encima ese sanbenito.

–¿Entonces conoce usted al testigo de Chambers?

–Si conozco a Chambers, sí.

–Pero ¿cómo encontró él al tipo y nosotros no?

–Usted da por sentado que lo encontró –respondo.

Me mira fijamente.

–Adrian es famoso por presentar testigos de conveniencia. Sabe solucionar los puntos débiles de sus casos al igual que un curandero con cualquier enfermedad imaginaria.

Tras observar a Adrian ante los tribunales durante años he aprendido que sus victorias penden del hilo del perjurio de sus testigos. Apesta. Como una buena dosis de gas mostaza lanzada desde el estrado.

Lenore me contempla con los ojos muy abiertos, asombrada de que un abogado, un miembro del tribunal después de todo, pueda cometer un acto semejante. Con toda su dura niñez y adolescencia en el barrio latino a las espaldas, si se profundiza un poco en el carácter de Lenore, se descubrirá que es una romántica.

–Adrian Chambers es capaz de cualquier cosa. No se contenta con retorcer la verdad, va más lejos –afirmo.

Haber visto a Chambers varias veces en acción me permite predecir su táctica con bastante seguridad.

–Cuando hagamos subir a Claude al estrado para que establezca los cimientos de las pruebas, Adrian lo interrogará acerca de nuestra hipótesis sobre el vándalo que rompió la ventanilla. Tampoco se olvidará de nuestros vanos esfuerzos para encontrar a este testigo. Gracias a Roland, Chambers edificará su defensa corroborando nuestras propias teorías pero modificando el mensaje. En su versión, el testigo rompió la ventanilla, pero afirmará que los objetos en que se basa nuestro caso no se hallaban dentro del vehículo. Ahí reside la ética de Chambers, en que cualquier cosa sirve a fin de derrotar al pérfido poder del Estado.

Llaman a la puerta.

–Pase.

Es Claude. Bajo el brazo lleva ficheros, carpetas con informes policiales y otros documentos obtenidos en el transcurso de la investigación. En el estrado recurrirá a estos materiales, si le falla la memoria.

–¿Preparado?

Esboza un gesto de duda.

–Tengo una cosa para usted. –Me entrega un trocito de papel que saca de una de las carpetas. Es un informe del laboratorio del Departamento de Justicia del Estado–. Un regalo de Kay Sellig.

Lo leo pero no entiendo nada.

–Su gente analizó los recortes con que se hizo la nota que le enviaron a casa. –La amenaza que acompañaba la foto de Sarah–. El autor cometió un pequeño descuido. Un grupo de palabras de las recortadas y pegadas a la nota contenía el símbolo de una marca comercial y un pequeño logotipo en una esquina. Microscópico pero tuvimos suerte, porque uno de los auxiliares del laboratorio reconoció el fragmento. Procede de la cubierta de una revista oficial que se distribuye en los departamentos de seguridad ciudadana, el *Criminal Law Reporter*.

Conozco la publicación. La reciben todas las comisarías para estar al corriente de las últimas decisiones de los tribunales sobre arrestos, registros y obtención de pruebas. Yo estoy suscrito a ella, como tantos otros abogados que trabajan en este campo.

–¿Alguna idea? –pregunto.

Claude frunce una ceja, insinuando que ya ha desarrollado su propia teoría.

–Podríamos comprobar si la policía de Davenport también está suscrita. –Sus ojos reflejan la imagen de Jess Amara.

–Hágalo.

Cambiamos de tema por el momento, pues el tiempo se nos echa encima. Le advierto acerca de las tácticas de Adrian en el interrogatorio, y le digo que intentará pescar detalles de nuestra hipótesis sobre el vándalo que rompió la ventanilla de la furgoneta. Gracias a la bocaza de Roland, ahora esto ha adquirido mucha mayor relevancia en el caso de la defensa.

Claude emplea unos cuantos términos malsonantes para calificar la acción de Overroy, pero luego me comenta que Roland también llegará a encontrarse en apuros. Uno de los investigadores que Claude asignó para ayudar a Kay Sellig a buscar el fragmento perdido ha hablado con el empleado que revelaba el material cuando se produjo el extravío.

–El hombre dice que vio a alguien rondando por el establecimiento el día que fotografiaban la cuerda. Se pusieron a hablar, y él se presentó como un gran aficionado a las cámaras. Manoseó todas las lentes. Después el tipo se marchó y una hora más tarde, cuando iban a cerrar, se dieron cuenta de que faltaba un fragmento.

–Déjeme adivinar –digo–. Roland.

–De pronto se ha convertido en un aficionado a la fotografía –señala Dusalt.

Esto no me sorprende. Debido a mi negativa a aceptar su oferta de acuerdo, parece muy normal que el resentimiento de Roland lo induzca a fastidiarme de esta manera. No se atrevería a coger toda la cuerda que asocia los asesinatos con el ruso, pero sí un fragmento. Ocasiona una pequeña herida, siéntate y espera.

Probablemente, el trozo aparecerá el día antes de que se cierre el caso, y entonces me veré obligado a arrastrarme de rodillas ante el juez Ingel para que me permita incluirlo en el juicio.

Claude mira a Goya.

–¿Se lo ha contado? –le pregunta.

–Todavía no.

–¿Qué pasa ahora?

Pasa lo que Lenore ha esperado para decirme. Ella y Claude han estado examinando la lista de Adrian durante dos días, en busca de la coartada que se nos viene encima, la persona o personas que declararían para colocar a Iganovich en Canadá cuando se cometió el asesinato de los Scofield. Si decidimos acusar a su cliente, Chambers recurrirá al testigo. Y si no lo acusamos, aún puede sacar partido de él, arrojar agua sobre nuestro caso a fin de erosionar las discrepancias entre los asesinatos y, por último, demostrar que su cliente no se hallaba en la ciudad en el momento de los hechos.

–Nadie encaja –dice Lenore.

Repasamos la lista, y ella especula que el testigo quizá reside en Canadá, alguien que lo hubiera visto allí y pudiera ahora especificar la fecha. En la lista no figuran direcciones canadienses.

–¿Y las agencias de viajes? Puede ser alguien que le vendiera el billete y lo recordara.

–Ya lo hemos comprobado –señala Goya–. Y hay algo más. Las compañías aéreas le han dado a Claude los informes que les solicitó hace unas semanas. Cuatro vuelos diarios de Capital City a Canadá. A una de las azafatas de Air Canada le parece recordar a alguien parecido al ruso. Lo reconoció mediante una fotografía.

–Pues ya está.

–El problema –tercia Claude– es que cuando la señora consultó su horario de vuelo, resultó que había visto al hombre un día después de los asesinatos. Hasta ese momento ella había estado de baja por maternidad.

Plomo derretido en mis venas. Unos instantes de silencio aturdido. Desde el principio hemos actuado bajo el supuesto de que Iganovich podía presentar una coartada perfecta para sus actividades el día en que asesinaron a los Scofield. Ahora, en el primer día del proceso, Dusalt y Lenore me derrumban este castillo de naipes. Nuestra teoría sobre los Scofield comienza a desmoronarse, y con ella las intangibles hipótesis de los psiquiatras, sus perfiles y pronósticos de la mente del asesino en serie. En mi opinión, el hecho de que el ruso se encontraba en la ciudad cuando fueron asesinados los Scofield posee mayor valor que mil pruebas psicológicas y tests Rorschach.

–Esto podría explicar por qué Chambers se mostraba tan inclinado a presentar una súplica con relación a estos cargos –indica Lenore–. A lo mejor sabe que su cliente es el autor de los hechos.

–Mierda.

Me levanto de la silla y paseo de un lado a otro.

–Mierda. ¿Por qué me dan esta información ahora?

–Necesitamos algún tiempo para localizar a la encargada de vuelo. Estaba fuera de la ciudad. Se queda aquí de vez en cuando, un día cada dos o tres semanas. –Claude dispone de varias excusas–. Además, la mujer no lo afirma con seguridad, cree que es él pero no podría jurarlo.

–De todas formas, deberíamos haber hablado con ella antes.

–Tal vez tendríamos que acusarlo. –Lenore se está poniendo nerviosa.

Miro a Claude.

–¿Qué clase de testigo sería esa mujer?

–¿Quiere la verdad?

–Aunque me duela.

–No parece lo bastante consistente como para subirla al estrado. Chambers se la comería viva con eso de que «puede que sea él, puede que no».

Me inclino hasta apoyarme en mi escritorio y me quedo mirando a los dos.

–Pueden estar seguros de que si acusamos a Iganovich, Adrian se sacará a otro testigo de la manga. Algún desgraciado declarará que él dejó al ruso en el avión, le estampó un beso en cada mejilla y le ajustó el cinturón de seguridad. Dos días antes de que se cargaran a los Scofield.

El silencio se abate sobre nosotros como una nube negra. Tal como están las cosas, yo preferiría ocupar el puesto de Chambers en ese juicio.

Lenore rompe el silencio.

–¿Qué margen concederá Ingel para la enmienda? –Se refiere a la que añadiría el caso Scofield a la lista de acusaciones a que se enfrenta el ruso.

–Tal vez hasta el cierre de nuestro caso principal. No más tarde, y a lo mejor ni siquiera tanto. Dependería de las pruebas. Deberíamos contar con algo muy serio.

–Un testigo presencial –dice ella–. Alguien que viera a los Scofield y a su asesino...

Los dos miramos a Claude, que sabe lo que estamos pensando. El testigo primordial, el de los árboles.

–Déme una pista y la seguiré –afirma Dusalt.

–¿Qué sabemos de él por ahora?

–La mira telescópica. No pudimos consolidar el rastro hasta el lugar donde fue comprada. No hay en ella huellas válidas; sólo una muy borrosa, que parece pertenecer a un pulgar. Lo mismo podemos decir del equipo de escalada, demasiado corriente para seguirle la pista. Según la información de Rattigan, del Centro Mundial de Aves Rapaces, lo más probable es que el testigo fuera un cazador furtivo que usa búhos para matar halcones peregrinos, tanto adultos como crías. Rattigan supone que el autor de este delito trabajaría en la oscuridad, de noche, sin tiros ruidosos que pudieran alarmar al vecindario. En cuanto a la razón de la matanza de halcones, Rattigan no tiene la menor idea. Dice que lo comprendería si los cogieran vivos, ya que al parecer son aves de cierto valor. En buenas condiciones, un halcón peregrino puede valer unos cincuenta mil, según Rattigan.

–¿Dólares?

Claude asiente.

–Nos hemos equivocado de profesión –afirma Claude–. Por los restos hallados en la plataforma y en el suelo, huesos y plumas, ese tío se cargó medio millón aquella noche.

Con todo lo que me relata Claude, me doy cuenta de que la búsqueda del testigo continúa donde se hallaba antes, o sea, en el punto cero.

–Quiero que compruebe una cosa –le digo–. Que uno de

sus hombres investigue un poco en el registro del condado, y en concreto el de la propiedad. Quiero saber quién es el propietario del terreno donde fueron encontrados los Scofield.

Claude toma nota.

–¿Para qué? –pregunta.

–Un presentimiento. Quizá hemos partido de una base errónea. –Claude me mira–. Sí, tal vez deberíamos empezar por el final, desde los cadáveres hacia atrás –sugiero–. ¿Qué tenemos si invertimos el orden?

–Ratones y comida para pájaros, al menos según Rattigan –contesta Claude–. Montones de documentos, desgraciadamente destruidos por Jeanette Scofield y Amara. Y la solicitud de una subvención para un viaje, que le entregué a usted. Eso es todo. No gran cosa.

Hago girar el sillón en el que estoy sentado y revuelvo una montaña de papeles en el mueble de detrás, hasta que encuentro una carpeta. La pongo sobre el escritorio y la abro. En el interior se encuentra la solicitud que redactó Abbott Scofield, pero que no llegó a firmar, y las facturas adjuntas. Las repaso. La cuenta del hotel, notas de restaurantes y, cuando Lenore se inclina sobre mí, dos entradas con la inscripción «San Diego Wild Animal Park».

–¿El zoo? –pregunto.

Por la cara que pone, diría que ella tampoco lo sabe.

En el cajón inferior de la mesa, Mario siempre tenía una guía turística del país. La saco y busco en el índice la lista de atracciones de San Diego. Nada. Busco bajo el epígrafe «Otros puntos de interés».

–«San Diego Wild Animal Park». Véase «Escondido».

Al fin encuentro la página. La anotación está debajo de «Lawrence Welk Resort Theatre».

Leo en voz alta para Lenore y Claude:

«El parque de animales en libertad de San Diego comprende una extensión de setecientas veinte hectáreas situadas a unos ocho kilómetros al este de la autopista I-15, salida Rancho Parkway. Más de dos mil quinientos animales, entre los que se incluyen elefantes, rinocerontes, cebras y jirafas, habitan en libertad en un terreno similar a un paisaje africano y asiático.

»Los visitantes pueden recorrer la reserva en un viaje de quince minutos en monorraíl, o contemplarlo desde atalayas construidas a lo largo de un sendero de tres kilómetros de longitud. Animales y aves...»

Me interrumpo en mitad de la frase.

«... pueden ser admirados en espectáculos presentados a diario en Nairobi Village.»

Guardo silencio y miro a Claude.

–¿Quiere que coja un avión a San Diego? –me pregunta.

Dusalt tiene que permanecer aquí para declarar.

–Que Henderson reserve el primer vuelo –digo–. Eso le gustará más que copiar todos los informes sobre el historial delictivo de James Sloan.

Claude Dusalt resulta un testigo impresionante en el estrado. Yo mismo me siento un poco sorprendido al apreciar su porte. El policía posee unos rasgos pronunciados y benignos, un toque aristocrático en su gran nariz y sus penetrantes ojos color esmeralda. Lleva para la ocasión su mejor traje de tres piezas, a rayas grises. Este hombre no necesita uniforme: dejará que su cargo de jefe de detectives hable por sí mismo.

Puede que parezca un poco cansado, por la prisa en volver aquí desde mi oficina puntualmente. Él insistió en ponerse en contacto con el departamento de policía de San Diego antes de que Henderson partiese. Un pequeño detalle de diplomacia. También quería coordinar la acción por si Henderson necesitase refuerzos una vez allí. Al final, casi tuvimos que llegar al tribunal corriendo, pues se nos hacía tarde.

Le pido que describa su currículum. Treinta años en el departamento de policía. Según sus cálculos, más de un centenar de investigaciones en casos de homicidio. Ahora se encuentra en esta sala para facilitarnos las bases de nuestro caso. Detrás de mí, un rumor constante compite con mi presentación del testigo. Se trata de la voz del intérprete, que traduce punto por punto al oído de Iganovich.

Enumeramos los asesinatos en orden cronológico, Julie Park y Jonathan Snider en primer lugar. Claude le dice al jurado que acudió a la escena del crimen menos de una hora después del descubrimiento de los cadáveres, y que se encargó de acordonar de inmediato la zona a lo largo de Putah Creek. Supervisó personalmente la recogida de pruebas en todo momento.

–¿También supervisó la toma de fotografías realizada por otros agentes? –pregunto.

–Así es.

Me dirijo a la mesa del fiscal, donde Goya tiene todos los documentos preparados. Me entrega una carpeta que contiene tres grupos de fotos. Le entrego una serie al alguacil para que la examine el juez, otra la dejo sobre la mesa de Chambers y la tercera se la doy a Claude en el estrado. Dejo transcurrir cierto tiempo para dar lugar a que Ingel y Chambers examinen las fotos. Anticipo toda clase de protestas por parte de la defensa.

Las fotos resultan impactantes. Aparecen las víctimas de cuerpo entero, clavadas al suelo con estacas. Probablemente, el jurado deseará haberse saltado el almuerzo.

Chambers las mira una por una, y las va depositando del revés sobre la mesa. No dice una sola palabra, sino que al concluir fija sus ojos en mí. Su rostro carece de toda expresión, toda una luz verde para que yo prosiga.

La actitud me sorprende, pero estoy comenzando a comprender su estrategia. Para qué pegar gritos, para qué escandalizarse de la naturaleza cruel de estos crímenes cuando uno basa su defensa en el simple hecho de que su cliente no los cometió.

Lo que procurará es distanciar al ruso de tales actos. Sin duda, abrumará con palabras de pésame y simpatía a las familias de las víctimas durante la última parte de su argumentación, a la vez que recriminará a la policía y al fiscal por no haber sido capaces de detener al verdadero culpable de tan horribles hechos.

Primera norma del combate en la sala del tribunal: no protestes a menos que sirva a tus fines. Si comenzase a objetar, el jurado se quedaría con la impresión de que la defensa intenta mitigar la gravedad de unos crímenes imperdonables.

Claude repasa rápidamente las fotos y las señala como las tomadas en el lugar del crimen. Pido que las marquen para su identificación y presento una moción con el fin de que se incluyan entre las pruebas.

Ingel se dirige a Chambers.

–¿Ninguna objeción? –El juez parece un poco extrañado, pero Adrian decide no mostrar ningún inconveniente al respecto.

–Me reservo mi opinión sobre las fotografías para cuando las haya visto todas –declara Ingel. Desea una moción única para las fotos de los cuatro asesinatos.

Repetimos el procedimiento con las fotos de Sharon Collins y Rodney Slate. Advierto el rostro de Ingel mientras observa una foto de Sharon, la sobrina de Acosta.

–¿Es necesario que veamos unas imágenes tan crudas? –pregunta.

No me había esperado eso, objeciones por parte del propio juez.

–Nos enfrentamos a una serie de crímenes brutales, señoría –respondo–, y considero imprescindible documentar los hechos apropiadamente.

–Debemos mostrarnos sensibles ante la presencia de familiares. –Coge la foto de Sharon–. Ésta resulta especialmente pavorosa. –Me mira para comprobar si me he dado cuenta. Vuelve a echar mano de otras fotos ya examinadas–. Y también algunas de éstas. Creo que podríamos proseguir sin ellas.

Aunque constituye un ejercicio poco habitual, el tribunal posee el poder de limitar las pruebas que considere inapropiadas. Ingel cita la sección del código pertinente y empieza a seleccionar las fotos. Se trata de una maniobra con la que pretende encubrir su verdadero propósito: excluir la foto en que aparece Sharon Collins de frente y desnuda. De esta forma procura evitar herir la delicada sensibilidad de Armando Acosta. El clan de las togas negras...

Presento una objeción, pero no me sirve de nada. Ingel la desestima con un rápido golpe de martillo, como si de este modo pudiese limpiar la imagen visual que el jurado ha recibido de cuatro terribles asesinatos.

Descubro en el rostro de Chambers una sonrisa de angelito. El tribunal le ha ahorrado una jornada de trabajo sin tener que implicarse en la contienda en ningún momento.

Le pido a Claude que nos informe de los detalles de los crímenes. Nos relata lo que vio en los respectivos escenarios. Las víctimas estaban atadas con cuerdas revestidas de plástico a estacas de metal clavadas en el suelo. Todas ellas presentaban una quinta estaca incrustada en el abdomen. Claude no incluye los detalles relacionados con las marcas de extrusión en el revestimiento de plástico, ya que esa parte se la reservamos a Kay Sellig, con la esperanza de poder encontrar el fragmento extraviado antes de llamarla a declarar.

Claude abre el camino a testigos posteriores, el guarda del campus universitario y el empleado de la grúa, que fue la primera persona en abrir la furgoneta y ver los objetos del interior. Sellig redondeará el testimonio.

Cuando Dusalt termina, centro la atención en un punto en concreto.

–Teniente Dusalt, ¿se cometió otra serie de dobles asesinatos similar a los descritos y que usted investigara por aquellas fechas?

–Sí, un asesinato doble, el del profesor universitario Abbott Scofield y el de Karen Scofield, de quien se había divorciado.

No puedo permitir que sea Chambers el primero en presentar este punto durante la exposición de su caso principal. Eludir la similitud de los asesinatos equivaldría a reconocer ante el jurado que tenemos algo que ocultar.

–Teniente, ¿puede explicárselo al jurado? Cuando fueron hallados los cadáveres de los Scofield, ¿comenzó usted a investigar creyendo que estos asesinatos fueron cometidos por la misma persona?

–En efecto, así lo creímos al principio.

–Pero a medida que avanzaba su investigación, surgieron hechos que le hicieron cambiar de parecer. ¿Es eso cierto?

–Sí.

–Protesto –Chambers se levanta–. Manipulación del testigo.

–Si se formula así la cuestión... –Ingel mantiene la objeción.

Formulo la misma pregunta con otras palabras.

–¿Cambió usted de idea con respecto a un único culpable de todos los crímenes?

–Sí.

–¿Qué le indujo a ello?

–Ciertos hechos que salieron a la luz durante la investigación y que nos llevaron a pensar que había más de un asesino.

–¿Puede relatarle estos hechos al jurado?

–Discrepancias entre el caso Scofield y los anteriores. Para empezar, la edad de las víctimas. Eran mayores que los cuatro estudiantes universitarios. También el método resultaba algo distinto. Además, el rostro de Karen Scofield estaba desfigurado, a diferencia de lo ocurrido en los crímenes anteriores.

Podía añadir más: la plataforma en los árboles, las aves muertas en aquel lugar, la sospecha de que existe una relación entre este acontecimiento y las muertes de Abbott y Karen. Pero Claude se lo reserva. Hemos decidido no mencionar ciertos detalles hasta más adelante.

–¿Y a qué conclusión llegó usted en vista de todo ello?

–A la conclusión de que existía un segundo asesino, que mató por su cuenta a los Scofield. Un imitador. Alguien que había seguido con mucho esmero los cuatro primeros asesinatos para copiarlos, o al menos para imitarlos, pero no con total exactitud.

–Durante sus años en la profesión, ¿se ha enfrentado alguna vez a un asesino de este tipo? ¿Ha oído al menos hablar de algún precedente?

–Yo no he trabajado en ningún caso similar, pero sí que los ha habido antes. Conozco algunos de asesinos de imitación.

–En la actualidad, ¿sus detectives siguen actuando como si un asesino de estas características fuera responsable de la muerte de los Scofield?

–Así es. Y mantendrán la misma línea a menos que aparezcan pruebas que nos indiquen lo contrario.

Claude y yo hemos preparado a conciencia este punto, insistiendo en la existencia de un segundo criminal pero dejando una rendija abierta a la posibilidad de rectificar, por si encontramos al testigo esencial.

Vuelvo a mi asiento y Claude queda en manos de Chambers.

Adrian se lo toma con calma.

–¿Puedo acercarme? –Le pide permiso a Ingel. En la mano sostiene unas fotografías.

–Adelante –responde Ingel.

–Teniente Dusalt, voy a mostrarle unas fotos y a preguntarle si las puede identificar. –Le entrega a Claude tres fotos brillantes, de doce por quince. Al mismo tiempo, Bob Haselid, su ayudante, nos entrega copias al juez y a mí. Son imágenes de la escena del crimen de los Scofield, obtenidas de nuestros archivos por imperativo legal. Adrian dispone de acceso a todo excepto lo relacionado con la plataforma en los árboles, ya que esta parte ha quedado protegida por el recurso de revisión del juez Fisher. Al menos, hasta que podamos encontrar al testigo.

–¿Reconoce esas fotos? –pregunta Adrian.

Claude las examina, las vuelve del revés para observar el sello del dorso que las identifica como parte de la evidencia.

–Son fotografías tomadas por nuestro departamento –afirma por fin.

–¿La oficina del *sheriff* del condado de Davenport?

–Sí.

–¿Y qué representan? ¿De qué son?

–Son tomas desde varios ángulos de los cadáveres de Abbott y Karen Scofield, en el lugar donde fueron asesinados.

–¿Dirigió usted las tomas?

–Sí.

–Tiene usted las otras fotografías, ahí, a su lado. –Adrian señala las que yo he mostrado anteriormente, lo que queda de mi montón de fotos.

Chambers coge una.

–Ésta es buena. –La muestra en alto desde lejos, primero al juez y después a mí. Recoje un primer plano de una mano, de un puño cerrado por la agonía de la muerte, con la carne de color morado debido a la sangre coagulada por el efecto de la cuerda que oprime estrechamente la muñeca.

–¿Qué es esta foto?

Claude la mira, la vuelve y lee la etiqueta del reverso.

–Es la mano derecha de Jonathan Snider.

–Bien, ahora examine esta otra foto.

Claude repite la misma operación, y después mira al abogado.

–¿Puede identificarla, teniente?

–Es la mano derecha de la víctima Abbott Scofield.

–Tras examinar y comparar las fotos, ¿observa usted alguna diferencia entre las cuerdas de las dos muñecas?

–No. El lazo es el mismo.

–¿Observa tal vez alguna diferencia entre los dos nudos?

–No.

–Bien. Usted es el investigador, y si existiera alguna diferencia entre los nudos la apreciaría, ¿no es así?

–Supongo.

–Pero bueno ¿distingue alguna diferencia?

–No, es un nudo común. Si yo hiciese diez nudos, probablemente nueve serían como ése.

–Pero ¿no hay una diferencia? –insiste Adrian, sin perder de vista el punto que quiere remarcar.

–No, no la hay.

–Aparte de los nudos y del modo en que las víctimas estaban atadas al suelo, ¿existía alguna diferencia en la posición de las víctimas? ¿Entre la de los estudiantes asesinados y los Scofield?

Claude reflexiona un momento.

–Ninguna diferencia apreciable.

–¿Absolutamente ninguna?

–No. –Claude lo admite a regañadientes.

–Y en cuanto a la estaca de metal usada para matar a las seis víctimas, ¿había alguna diferencia, en general, en la posición de este objeto en los cuerpos de las víctimas?

–Protesto. El testigo no es un experto en medicina. –Intento ayudar un poco a Claude.

–No pido experiencia médica –replica Chambers, al tiempo que se vuelve hacia mí–. Doy por sentado que el testigo conoce la diferencia entre la cabeza y el abdomen de un ser humano. ¿Estaban todas las estacas clavadas en el mismo sitio, más o menos con el mismo ángulo? ¿Siempre en el abdomen?

–El testigo puede responder a esa pregunta –indica Ingel.

Chambers me dirige una sonrisa tensa.

–Sí. –Claude contesta de manera escueta.

Chambers lo conduce a otro terreno resbaladizo, el de la posición de la ropa, en arco alrededor de la cabeza de las seis víctimas. Claude concede rápidamente que no existían diferencias destacables, ni siquiera apreciables, en ninguno de los seis casos en cuanto a la disposición de la ropa.

Chambers se separa unos pasos del estrado.

–Con respecto a la mutilación facial, usted parece haberle otorgado mucha importancia a la de Karen Scofield.

–Supongo que debo parecerle una persona curiosa. Para mí, arrancarle un ojo a un ser humano resulta muy grave.

Ingel le dirige una mirada penetrante, pero no dice nada.

–Ya sabe qué quiero decir –afirma Chambers–. ¿Tanto importa esta circunstancia a la hora de distinguir este asesinato de los otros?

–Según algunos expertos, sí. Los psiquiatras y psicólogos que estudian estas cosas aseguran que sí la tiene.

–Ah. Usted se basa en el dictamen de otros especialistas para expresar esta afirmación.

–Sí.

–¿Por sí solo no sería capaz de decir si esta mutilación basta para diferenciar este crimen de los otros?

–No.

Adrian parece muy contento de oír esta respuesta.

–Y naturalmente –prosigue–, si la desfiguración facial sólo fuera incidental en el crimen, una consecuencia no calculada de otro tipo de violencia, entonces aún resultaría menos significativa, o incluso carecería de toda relevancia. ¿Cierto?

–¿A qué se refiere?

–¿No es posible que la herida se produjera durante una lucha anterior a la muerte, incluso cuando la víctima fue atacada o inmovilizada? En ese caso la herida no sería ocasionada por una acción ya prevista.

–No lo sé.

–Dígame, teniente, durante sus años en el oficio habrá presenciado heridas recibidas en altercados, atracos y otros hechos similares, ¿nunca ha visto una herida en un ojo causada por una pelea?

–Supongo.

–Y si el autor de seis crímenes, durante la comisión de uno de ellos hirió o arrancó un ojo a una de sus víctimas, quizá porque estaban enzarzados en una pelea, ¿usted atribuiría a esa acción un significado especial?

–No lo sé.

–Si no fue a propósito, quiero decir, si usted supiera que no había sido hecho a propósito, no andaría afirmando que este crimen fue cometido por otro asesino.

–En efecto, si supiera que la herida fue accidental.

–En ese caso sería irrelevante, o sea, no tendría nada de significativo, nada que nos permitiera sacar conclusiones.

–Supongo que así es.

–Teniente Dusalt, ¿sabe usted si a Karen Scofield le arrancaron el ojo a propósito?

Claude me mira.

–Protesto –intervengo–. Sólo un especialista puede responder a esa pregunta.

–No, no. No le estoy solicitando una opinión al testigo. Lo que deseo averiguar es si posee datos, si dispone de alguna información, del tipo que sea, para determinar si la extracción del ojo de Karen Scofield fue intencionada.

–El testigo contestará la pregunta –decreta Ingel.

–No lo sé.

–De modo que no sabe si fue resultado de un acto voluntario.

–No.

–Además, no sabe si eso resulta significativo.

Claude exhibe todos los rostros del dolor. Es lo malo de la lógica, cuando cae en buenas manos puede alcanzarte con todo su impacto.

Chambers apremia.

–No –contesta por fin Claude–. No sé si el hecho resulta significativo.

–Entonces, ¿podemos dejar esta cuestión al margen?

Claude responde con un silencio pétreo acompañado de miradas mortíferas. Chambers lo ha llevado a su terreno como si le hubiera arrancado un par de muelas.

–Hablemos de la cuerda empleada para atar a las víctimas y las estacas de metal –continúa Chambers–. En primer lugar, la cuerda. –Me mira–. Es de un material muy común, ¿verdad? Quiero decir que usted o yo podríamos salir y comprar una igual en una docena de establecimientos de esta ciudad.

–No los he contado.
–Pero no se vende en un solo establecimiento, ¿verdad?
–No.
–Vaya, que es cuerda de tender. ¿Me equivoco?
–No.
–Está hecha de filamentos interiores y revestida de plástico blanco.
–Sí.
–En cuanto a las estacas metálicas, eran del tipo corriente, en forma de L, puntiagudas en un extremo. Las que se encuentran en un comercio de artículos para excursionistas. ¿Me equivoco?
–Supongo que no.
–Usted ha declarado que uno de los factores que le hicieron cambiar de parecer en cuanto a los crímenes reside en el hecho de que con los Scofield se utilizaron cuerdas y estacas distintas.
–En efecto.
–¿En que diferían de las de los otros crímenes?
–El fabricante no es el mismo.
–¿Se dio cuenta al mirarlas?
–No. Me lo comunicó nuestro laboratorio.
Adrian lo contempla con una expresión interrogadora.
–El laboratorio criminal del estado.
Yo podría objetar alegando que esa afirmación no tiene validez, pero lo que se está hablando ahora no puede perjudicarnos. Al contrario, sólo reforzará lo que Sellig declarará más adelante.
–Así que en todos los casos la cuerda fue fabricada por la misma empresa, y lo mismo puede aplicarse a las estacas. Excepto en el caso Scofield.
–Correcto.
–¿No hay ninguna otra diferencia entre unos objetos y otros? ¿No tiene otra razón?
Claude me mira indeciso. Por supuesto, le gustaría decirle al jurado que todos los trozos de cuerda usados para matar a los estudiantes procedían del mismo rollo, el que se encontró en la furgoneta del sospechoso. El problema es que sin el fragmento extraviado no podemos sostener esta suposición.

Me levanto de la silla.
–Señoría, ¿podemos acercarnos?
Ingel nos hace señas con un dedo.
Adrian y yo rodeamos al juez.
Ingel se está mostrando escrupuloso. No puede permitir que el tribunal incluya un testimonio en el informe basado en pruebas que tal vez no podamos presentar. Adrian es consciente de eso, claro, y ha golpeado pronto para exponer la cuestión ante el jurado sin darnos tiempo para encontrar el fragmento.
–Señoría, el señor Chambers sabe que no hemos hallado aún esa pieza, y que existe una relación entre todas ellas. Por eso intenta plantear la cuestión ante el jurado precisamente ahora a fin de aprovecharse de nuestra debilidad.
Chambers me mira.
–Fue usted quien perdió la cuerda.
No le presto atención y apelo al juez.
–El testigo no puede responder a la pregunta.
Ingel presiona un poco a Chambers con sutiles insinuaciones, para que retire esta cuestión por ahora y la reitere con otro testigo, tal vez Sellig.
–Mi pregunta es justa –dice Adrian–. Una cosa es que se le pida un margen al tribunal, y otra muy diferente que se me quiera pisotear.
–¿Su testigo dispone del fragmento? –me pregunta Ingel.
–Usted sabe que no, señoría.
–Entonces no ha lugar la protesta. –Me corta antes de que pueda decir nada y de esta forma zanja la cuestión. Nos retiramos.
Chambers hace que el relator del tribunal le lea la pregunta al testigo.
Claude mantiene toda su compostura. Ha aprovechado el tiempo de nuestro aparte para reflexionar.
–La respuesta a su pregunta es que sí había otra característica diferente en esos objetos.
Ingel por poco se rompe el cuello al volverse demasiado deprisa hacia el testigo, dispuesto a saltar de su asiento a la mínima mención de las cuerdas.
–Las estacas de metal utilizadas para matar a los estudiantes estaban muy afiladas. Probablemente, el asesino empleó

un afilador. En cambio, las estacas en el caso de los Scofield no presentaban esa característica.

Adrian le dirige una mirada fulminante.

–Yo pensaba en la cuerda –dice–. ¿Existía alguna otra diferencia, aparte de un único fabricante, para distinguir la cuerda usada con los estudiantes y la que se usó en el caso Scofield?

Claude se muerde un labio.

–Responda a la pregunta –le ordena Ingel.

–En este momento no disponemos de más pruebas –responde Claude.

–Conteste sí o no –le apremia Chambers–. ¿Existían algunas otras...?

–No.

–Gracias.

Chambers se aparta del estrado de los testigos, se toma unos segundos para reordenar sus ideas y luego vuelve a la carga.

–Bien, teniente Dusalt. Bajo las circunstancias que usted describe, ¿no resulta posible que un solo asesino matara a las seis víctimas en cuestión y, sencillamente, utilizara diferentes tipos de cuerda y estacas?

–Es posible.

–O sea que estos objetos pueden adquirirse en muchas tiendas del ramo, ¿verdad?

–Sí.

–Y si alguien las comprase, no habría certeza de que eran de la misma manufactura que las utilizadas en los cuatro primeros asesinatos.

–Supongo que no.

–Y si seguimos aún en el terreno de la hipótesis, supongamos que quien mató a los estudiantes se deshizo de las cuerdas y estacas que le quedaron después del segundo doble asesinato. Supongamos que las tiró, por ejemplo al cubo de la basura, o mejor aún, por la ventanilla rota de un vehículo estacionado en un aparcamiento público y que además pertenece a un desconocido. Supongamos que sucedió así. ¿No necesitaría esta persona aprovisionarse de nuevas cuerdas y estacas si quería volver a matar?

Estoy a punto de levantarme y objetar, pero Claude se me anticipa con su respuesta.

–A menos que tuviera acceso al vehículo. En ese caso, imagino que el individuo en cuestión volvería a recogerlas.

–Oh, pero supongamos que no tenía acceso a dicho vehículo. Entonces tendría que conseguir más cuerda y estacas, ¿no es cierto?

–Protesto. Se le está pidiendo al testigo que especule.

–Se aprueba la protesta.

Claude no responde. No necesita hacerlo. Adrian ha esbozado una escena clara, directa y audaz con toda la finura de un dibujo hecho por un niño. Como toda buena defensa: efectiva, sencilla y coherente.

–Teniente Dusalt, antes se refirió a la furgoneta del acusado, hallada en un aparcamiento público de un campus universitario. ¿Sabía usted que cuando las autoridades la descubrieron tenía una ventanilla rota?

–Sí.

–Durante el transcurso de la investigación, ¿usted, su departamento o la fiscalía se plantearon alguna hipótesis acerca de este hecho?

Uno de los inconvenientes de buscar pistas reside en que a veces vas y te vuelves de vacío, como el jurado podrá comprobar ahora mismo.

–Durante un tiempo pensamos que la ventanilla estaba rota como consecuencia de un acto de vandalismo al azar. –Claude hace lo posible para dar la sensación de que hemos abandonado esta hipótesis. No consigue nada.

–¿Llevó usted a cabo una investigación con la base de esta hipótesis? ¿Buscaron al gamberro?

–Sí.

–¿Y lo encontraron?

–No.

–He terminado con el testigo.

El cuerpo del intérprete no me impide advertir una gran sonrisa de dientes rotos y amarillentos. Andre Iganovich está mirando en mi dirección.

Observo a Lenore y veo el desaliento escrito en los pliegues de su ceño. Muchos días como el de hoy y Adrian no necesitará gran cosa para alcanzar su propósito. Unas pocas mentiras bien urdidas nos pueden doblegar.

33

Faltan unos minutos para el inicio de la sesión de esta mañana. En la mesa del fiscal, Lenore y yo estamos atareados ordenando los documentos y las pruebas físicas que necesitamos para el testimonio de hoy, ofrecido por el doctor Lloyd Tolar, nuestro patólogo. Él se encuentra en el pasillo, aislado de la sala, repasando sus notas. Hemos decidido que sea Lenore quien lo interrogue, pues con este testigo en concreto sus dotes de persuasión y sugestión van más allá de las que yo poseo. En un proceso como éste, hay que echar mano de cualquier ventaja que uno tiene al alcance.

Lenore no advierte la presencia de los abogados de la defensa, el intérprete y Andre Iganovich. Se concentra en su tarea. El único que nos concede especial atención es el ruso, que constantemente nos dirige gélidas miradas. Parece que no ha comprendido el formalismo propio de estos trámites, la indiferencia discreta y cortés que se dedican los rivales ante el tribunal. Por lo visto, Iganovich no comprende este aparente signo de profesionalidad, cuando lo propio sería que sus representantes se lanzasen contra nosotros a puñetazo limpio, ahora que nos encontramos solos en la sala.

Los guardias permanecen fuera en el pasillo, junto a la puerta trasera; dos toros con aspecto de preferir comer hierro que liarse a tiros.

Claude entra y se dirige hacia nosotros, ya que hoy se sienta en nuestra mesa. La ley de este estado dispone que las dos partes tienen derecho a designar un investigador jefe para que se les una. Alguien que te pueda susurrar al oído pequeños detalles críticos sobre el caso en el momento oportuno.

Claude parece nervioso. Se deja caer sobre la silla que hay junto a la mía y me comunica que tiene noticias.

–Un par de cosas –murmura.

Ha hablado con el departamento de policía de Davenport.

Parece que están suscritos al *Criminal Law Reporter*, la publicación de la que recortaron las letras para componer el mensaje anónimo que recibí. Claude me dice que tiran los ejemplares atrasados cuando aparece un nuevo ejemplar, de manera que quedan a la disposición de cualquier empleado que los quiera recoger.

–Adivine dónde guardan los números atrasados.

–Dígamelo.

–En el sótano del ayuntamiento. En el mismo lugar donde nuestro amigo Jess Amara quemó todas las notas de Scofield.

Resulta evidente que las sospechas de Claude han ido en aumento.

–Pero eso no es todo. –Ahora acerca la boca a mi oído para que ni siquiera Lenore se entere de lo que va a decirme–. La escritura de la propiedad donde se hallaron los cadáveres de los Scofield. Aún estoy con ello, pero dispongo de alguna información bastante interesante.

El propietario, a quien todavía no se ha identificado porque se oculta tras un testaferro que recibe las transferencias, financia el asunto con dinero extranjero.

–Un banco de Tokio –señala Claude–. Un consorcio de inversores japoneses.

Claude frunce el ceño con gravedad, con lo que quiere insinuarme el recuerdo del pequeño negocio que Jess Amara se lleva entre manos, la compañía comercial asiática.

Este tema no se ha seguido debidamente. Los cuerpos de los cuatro estudiantes fueron hallados en terrenos públicos, abiertos, sin cerca. En cambio, a los Scofield los mataron en un terreno privado y restringido al público con letreros de «prohibido el paso». Se me ocurre que quizá el asesino utilizó esta propiedad porque conocía el lugar. Tal vez un sitio donde se sentiría seguro, donde sabía que nadie lo molestaría.

Claude me pregunta qué quiere que haga en relación con todo este asunto.

Le digo que termine su pequeña investigación y que me comunique los resultados cuanto antes.

–¿Lo pongo bajo vigilancia? –Se refiere a Amara.

–Se daría cuenta enseguida y lo perderíamos.

Claude reflexiona un momento y me da la razón. No respetará a Amara, pero sospecha al igual que yo que conoce su oficio. Seguro que si lo seguimos, el tipo lo notará.

Claude me asegura que tendrá toda la información lista al final de la jornada, o a primera hora de la mañana como muy tarde.

El doctor Lloyd Tolar posee todo el aspecto de ser un testigo conflictivo para Adrian. Sus opiniones estarán avaladas por la ciencia, no por las especulaciones de los psiquiatras y sus teorías sobre el perfil psicológico. El médico examinó los cuerpos de todas las víctimas y exploró sus heridas. Antes de la pérdida del fragmento de cuerda, yo habría dicho que, después de Sellig, el doctor Tolar constituiría mi testimonio más sólido. Tal y como han ido las cosas, si Kay no logra hacerse con la pieza extraviada, es posible que Lloyd Tolar se convierta en la llave maestra de nuestro caso.

Esta mañana Lenore lo ha invitado a subir al banquillo de los testigos. Alto, imponente, con unos penetrantes ojos azules y una admirable compostura, toma asiento como si fuera el gran patriarca de la medicina.

–Doctor Tolar, ¿es usted el forense del condado de Davenport? –pregunta Lenore.

–Sí.

–¿También es miembro de la facultad de medicina de la Universidad de Davenport?

–Así es.

–¿Y qué enseña usted?

–Varios cursos, pero soy catedrático de patología médica y poseo la titulación requerida para patología forense.

No cesa de dirigirle miradas apreciativas a Lenore, que lleva puesto un traje azul ceñido y una blusa con chorreras, y que ahora se desenvuelve con movimientos felinos ante el banquillo.

Lenore le sale al paso con una oscura mirada mediterránea, una expresión meditativa que no captura el ardiente interés del fogoso médico.

–Explíquele al jurado en qué consiste la patología forense.

Goya se acerca a la barandilla del jurado y se apoya en una esquina alejada. Se aparta de la atención de Tolar, o al menos lo intenta, con el propósito de aparentar que el testigo se dirige al jurado mientras habla.

–La patología es el estudio de las enfermedades humanas, de los cambios anormales en los tejidos o en las funciones ocasionados por cualquier enfermedad.

–De modo que usted imparte clases sobre la misma materia en que se basa su trabajo para el condado de Davenport.

–Correcto.

–¿Qué experiencia posee usted en ese campo?

–He traído mi *currículum*.

Lo muestra. Parece más voluminoso que la guía telefónica de la ciudad de Davenport.

Tolar ha sido profesor en tres facultades de medicina del país, está acreditado en dos especialidades, dispone de certificación para practicar la medicina en este y en otros dos estados, y pertenece además a una docena de sociedades y colegios profesionales. Por si fuera poco, es autor de varios artículos académicos en el área de la patología, el último publicado en el *New England Journal of Medicine* hace cuatro meses.

Cuando concluye la exposición de sus méritos, respira de una manera entrecortada y se muestra más orgulloso que un pavo. El ego del macho.

Lenore se desliza suavemente a través de los puntos en común de estos asesinatos.

Tolar declara que desempeñó la función de forense en las escenas del crimen y que realizó todas las autopsias, las seis.

Observo que, cuando comenzamos a entrar en los detalles, Kim Park y su esposa abandonan la sala. Al parecer resulta demasiado para ellos. Otros dos padres dejaron de asistir el segundo día del proceso, aunque enviaron sustitutos, un tío y un primo. Sólo Jess Amara y Jeanette Scofield permanecen en la sala dentro del grupo de parientes más próximos.

–Entonces, doctor, ¿efectuó usted personalmente las autopsias de Julie Park, Jonathan Snider, Sharon Collins y Rodney Slate?

–Así es.

–¿Puede especificar las fechas en que se llevaron a cabo?

Tolar mira algo que mantiene sobre el regazo, sospecho

que copias de los informes de las autopsias. Le recita las fechas a Lenore.

–¿También efectuó las correspondientes a los cadáveres de Abbott y Karen Scofield?

–Sí.

Lenore regresa a la mesa del fiscal cuando de repente recuerda algo que la hace girar en redondo.

–Probablemente el detalle carece de interés, pero dígame, ¿conocía usted al doctor Scofield?

–Sé que enseñaba en la universidad. Nos habremos encontrado un par de veces en reuniones de profesores. Lo conocía, pero nuestro campus es enorme, con más de cuarenta y seis mil estudiantes y unos mil doscientos profesores.

–En cuanto a las autopsias de los Scofield, ¿recuerda la fecha?

Tolar consulta de nuevo los documentos que ha traído.

De pronto Chambers se levanta.

–Si el testigo está leyendo algo, nos gustaría enterarnos de lo que es –dice.

–Doctor Tolar –le interpela Ingel–. ¿Está usted leyendo algo? ¿Notas?

–Sí, notas, las mías. –Alza los papeles para que el jurado los vea–. Y una copia del informe de la autopsia de los Scofield.

–¿Son notas que tomó usted mismo, poco antes de las autopsias?

–Sí.

–¿Y preparó el informe de las autopsias enseguida o poco después de llevarlas a cabo?

–En efecto.

–¿Tiene usted un recuerdo independiente de esos sucesos, de las autopsias, de las fechas en que las realizó?

–Sí.

–De modo que esos documentos le sirven sólo para refrescar la memoria, para recordar detalles. ¿Correcto?

–Correcto.

Lenore mira a Chambers y éste se sienta. Acto seguido le repite al testigo la pregunta interrumpida.

El doctor afirma que hizo las autopsias de los dos cadáveres el mismo día, doce de julio de aquel mismo año.

Lenore se encamina paso a paso a su objetivo, que no aparece en los informes pero que el doctor Tolar se encargará de declarar: los Scofield fueron asesinados en otro lugar, lo cual implica una diferencia importante con los otros crímenes de Putah Creek. Eso va a trastornar mucho a Adrian, empeñado como está en que un mismo asesino, que no es su cliente, mató a las seis personas.

Ahora Chambers se mantiene ocupado en un diálogo con su abogado auxiliar, Haselid. No parecen estar muy de acuerdo, pues discuten en voz baja pero acaloradamente. Eso no ofrece muy buena impresión de dos profesionales que comparten las funciones de la defensa, pero con Adrian lo más probable es que su ayudante lo esté pasando mal. Haselid intenta sin duda aferrarse a la ética, desembarazarse de la porquería que Chambers habrá acumulado para cazar a este testigo. Imagino que la tarea no le resultará nada sencilla.

La conversación entre los dos va subiendo de tono lo suficiente para que al final Ingel se desconcierte y le obligue a interrumpir el testimonio.

–Señor Chambers, me gustaría que el jurado oyera lo que dicen ustedes.

Adrian le dirige la mirada. Presiento que los dos abogados disienten respecto a la estrategia que deben poner en práctica con este testigo.

–Señoría –dice Chambers–. Quisiéramos examinar la competencia del testigo. Su experiencia.

Lenore me dedica una mueca de extrañeza. Nuestro testigo no ejerce, desde luego, de matasanos de pueblo.

Con todo, Adrian tiene todo el derecho de cuestionar la competencia del testigo. Para este propósito la ley le autoriza a interrumpir nuestro propio interrogatorio y a formular preguntas al testigo, siempre dentro de los límites de esta cuestión.

Goya se encoge de hombros, como si le desease buena suerte, pero no se sienta, sino que permanece reclinada en la barandilla del jurado. Esta interrupción va a ser larga.

–Doctor, dice usted que realizó las autopsias de todas las víctimas, las seis. ¿Correcto?

–Sí.

–¿El doce de julio en el caso de los Scofield?

El médico frunce el ceño.

–Sí.

Miro a Lenore, que está pensando lo mismo que yo. ¿Qué tiene esto que ver con las aptitudes del forense?

Hago un movimiento con el hombro dirigido a Lenore, un pequeño codazo psicológico.

–Señoría, hemos accedido a este examen, pero a nada más. La defensa no está hablando de las aptitudes del testigo.

Ingel se dirige a Chambers.

–¿Qué me dice de eso, señor Chambers?

–Si me permite otro par de preguntas, comprobará que por este camino me acerco al núcleo mismo de la cuestión, la competencia del testigo para responder ante este tribunal.

–Un par de preguntas. Pero que sean breves y concisas.

–Dice usted que las autopsias de los Scofield se realizaron el doce de julio, ¿no es así?

Tolar vuelve a mirar el informe.

–Correcto.

Adrian se dirige a su mesa, recoge un par de documentos pero se mantiene a distancia del médico.

–¿También éstas, las de los Scofield? ¿Está seguro?

Advierto que por la sien de Tolar una gota de sudor emprende su viaje mejilla abajo, aunque la expresión del forense continúa impasible.

–Sí que hice esas autopsias.

–¿Porque disfruta de un contrato con el condado para realizar todas las autopsias que le soliciten los organismos oficiales?

–En efecto.

–Y las ha de practicar usted mismo. ¿Correcto?

–Sí.

–¿No hay otro médico que lo ayude bajo el mismo contrato?

–No.

–Le ayudan algunos de sus estudiantes, a los que supervisa. ¿Correcto? –Adrian lo sabe porque tiene en la mano una copia del contrato del condado.

–Sí.

–Entonces, cuéntele al tribunal cómo pudo usted efectuar estas últimas autopsias el doce de julio, entre las ocho y las dieciséis horas, si ese día se encontraba en Los Ángeles participando en un seminario de la Sociedad Médica Norteamericana. Un seminario sobre medicina forense.

Siento que me mareo, como si el aire hubiera abandonado mis pulmones. Permanezco sentado con cara de tonto, consciente de que los miembros del jurado me están observando. Pero no puedo evitarlo. Tengo visiones, y la última es que mi caso se derrumba sin remedio.

–Tendrá usted la fecha equivocada –insinúa Tolar.

–¿La de la autopsia?

–Protesto. –Lenore se me adelanta. Ha saltado al centro de la sala como un rayo–. Esto no tiene nada que ver con la aptitud del testigo, que es un médico con licencia estatal, cualificado para informar y comentar acerca del caso que nos ocupa.

Eso supone, naturalmente, prescindir del hecho de que el testigo está a punto de ser pillado en media docena de mentiras.

–Tiene todo que ver con su aptitud para declarar como testigo presencial de unas autopsias que no realizó en persona –replica Chambers–. Que ni siquiera observó.

Ingel le dirige una mirada penetrante a Tolar, de las que reserva cuando se huele perjurio.

–Le permitiré a la defensa que continúe –decide–. Unas pocas preguntas adicionales.

Lenore me dedica una mueca en la que se lee la súplica de que intervenga el destino, un terremoto, el rumor de la montaña Santa Elena, algo.

–Doctor Tolar, ¿no es cierto que el doce de julio, el día en que se les efectuó la autopsia a los cadáveres de los Scofield, usted se hallaba en Los Ángeles, a cuatrocientos cincuenta kilómetros de distancia, asistiendo a un seminario de la Sociedad Médica Norteamericana?

–Asistí a un seminario, pero no recuerdo en qué fecha fue.

–Pues deje que le refresque la memoria. –Adrian se acerca al estrado y le tiende a Tolar uno de los documentos que tenía en su mesa–. ¿Reconoce esta firma? –Chambers apunta con la pluma–. Aquí.

Tolar no abre la boca, pero levanta los ojos para posarlos en Lenore. En esa expresión, un vacío e ineficaz intento de controlar el pánico, en el movimiento imparable de su nuez, se confirma por primera vez que hemos caído en una profunda ciénaga.

–¿Reconoce la firma, doctor?

–Parece la mía.

–¿Y la fecha?

–Doce de julio.

–¿El mismo día en que se llevaron a cabo las autopsias?

–Sí.

–¿No es ésta la hoja de asistencia a un seminario celebrado en Los Ángeles?

–Habrán equivocado la fecha.

–Doctor, dispongo de las cintas grabadas durante la autopsia, las dos autopsias. ¿Quiere que las presente ante el jurado para que las escuchemos todos? ¿Quiere que oigan la voz y el nombre del estudiante que se encargó de las autopsias? –Adrian lo mira fijamente, después se vuelve hacia el jurado con énfasis a fin de obtener el efecto necesario. Es un experto en sacar todo el provecho a golpes como éste–. Su nombre y su voz, doctor, brillan por su ausencia en las dos cintas.

Tolar permanece en silencio.

–Está bien –concede al fin–. Puedo haberme olvidado. Hago muchas autopsias –afirma.

–¿Olvidado? –exclama Adrian–. ¿Ha olvidado usted que realizó una autopsia? En su mano tiene el informe. Lo ha leído. Por lo visto posee una buena documentación en cuanto a los detalles, y ahora nos viene con que ha olvidado que alguien, un estudiante en período de prácticas, que ni siquiera está licenciado en medicina ni cuenta con la supervisión necesaria, hizo la autopsia. Ha olvidado que ese estudiante, que cualquier estudiante, redactó el informe. Las opiniones y las conclusiones no son las suyas. –La voz de Chambers brama en la sala como la de un dios iracundo.

Ingel aporrea su mesa con el martillo.

–Basta –exclama–. El tribunal va a tomar una pausa. El abogado y el fiscal se reunirán conmigo.

–Bueno, ¿qué sabía usted y cuándo lo averiguó?

Ingel se me ha echado encima como si yo me encontrase en

el banquillo del acusado. Lenore estaba tomando la declaración, pero es mi culo el que va a estallar en llamas.

–Créame, señoría. No teníamos la menor idea. Es el forense del condado. Este hombre ha sido testigo en centenares de procesos, es un experto. ¿Cómo íbamos a saber que era capaz de una cosa semejante?

Le explico que lo preparamos con todo detalle, que repasamos con cuidado su testimonio, que nunca llegamos a sospechar que otra persona se hubiese encargado de las autopsias.

–Firmó el informe –añado.

–Firma todos los informes –salta Ingel–. Podría usted haber comprobado las cintas de las autopsias. Parece que alguien más tuvo el sentido común de hacerlo. –Mira en dirección a Adrian con una ligera sonrisa dibujada en el rostro.

Chambers se sienta junto a Haselid en el sofá de la esquina, con las piernas cruzadas. Extrañamente, no parece estar gozando de este momento tanto como yo habría imaginado. Se agita, nervioso, como si le resultara incómodo permanecer aquí. Quizá la culpabilidad le comienza a agriar la sangre, aunque dudo que esto le impida buscar testimonios sospechosos si éstos favorecen su causa.

Ingel está que hierve.

–Está usted metiendo la pata a más no poder. De momento ya ha conseguido extraviar una pieza vital, una prueba clave, y me ha metido en el banquillo de los testigos a un embustero hijo de puta. En mi sala.

Se calla la circunstancia de que ese embustero hijo de puta ha declarado con anterioridad muchas veces en esta misma sala. Y se calla también el hecho de que el condado puede acabar con las manos llenas de condenas sospechosas. Cuando se difunda la noticia, el tribunal de apelación se verá inundado de demandas, parecerá la cola de una gasolinera antes de subir el precio del combustible.

–¿Qué tenemos para mañana? –Ingel se muestra implacable–. ¿Unas cuantas pruebas amañadas? –Me arrincona sin poderle responder.

Goya da un salto al vacío.

–Se trata de una cuestión de fondo. –Lenore quiere decir que el testimonio de Tolar no debería quedar invalidado, que el jurado debería oírlo y luego sopesarlo teniendo en cuenta el factor adverso de la conducta del médico–. A pesar de todo, es un experto –exclama Goya–. Puede comentar el informe de la autopsia, y ofrecernos sus opiniones y conclusiones, deducidas a partir de la lectura del documento.

–Ni pensarlo –replica Ingel–. No en mi tribunal. Si quiere hablar de los cuatro jóvenes asesinados, no tengo nada que objetar. Al menos, mientras no averigüemos que tampoco llevó a cabo esas autopsias.

Mira a Chambers para ver si el defensor tiene algo que añadir. Éste se encoge de hombros, con una expresión que insinúa que quizá debería haberse tomado la molestia de investigar ese punto también.

–En cuanto a los Scofield, olvídese usted –dice Ingel.

Adrian desdobla las piernas y se arrima más a una esquina del sofá, quizá porque piensa que la reunión ha concluido. Pero entonces rompe a hablar.

–Señoría, desearíamos renovar nuestra moción de anulación de los dos primeros cargos de asesinato.

Resulta típico de Chambers pescar en río revuelto, y en este momento aprovecharse de la ira de Ingel. Aunque a decir verdad, si yo estuviera en su piel, entreviendo la posibilidad de un final rápido, también haría lo mismo.

El juez clava los ojos en él y ahoga su ira por un instante, con todo el esfuerzo que le supone cambiar de tema.

–El fragmento de cuerda extraviado –le recuerda Adrian–. Desearíamos renovar ahora nuestra moción para que se anulen los dos primeros cargos.

–Ahora no.

Ingel rechaza la propuesta con la mano. Está demasiado ocupado en machacarme para que le vengan a distraerlo con otras cosas. De un modo extraño, me salva la hirviente furia que atenaza al prusiano, que ha vuelto a fijar la mirada en mí. Ordena que me quede y despide a los demás. Me aguarda un torrente de insultos nacido del mismo infierno.

–El búho más grande que he visto en mi vida. –Así describe Denny Henderson al búho del parque de San Diego. Hablamos por teléfono–. Cuando abre las alas, parece un B-52.

Es la una y poco de la tarde. Todavía me escuece la paliza verbal que me ha propinado Ingel al final de la reunión. Me ha amenazado con acusarme ante el colegio de abogados por perjurio con soborno de un testigo, a pesar de que no tiene ninguna prueba de ello, de que carece del menor indicio de que yo conocía las mentiras de Tolar. Estoy seguro de que dentro de una hora su sermón se convertirá en la comidilla del palacio de justicia, y los jueces y sus empleados se complacerán en ella. Así son las cosas.

Después de patearme el culo, el juez aplazó la vista antes de lo previsto. Ya me imagino qué le contará por teléfono al Coco, al otro lado del río. Sin duda entre los dos ya habrán decidido mi futuro.

Lenore y yo tenemos una reunión con Ingel y Chambers a las cuatro, para hablar de las instrucciones al jurado. Resulta un tanto prematuro, pero Ingel ha dejado bien claro que al final nada de este proceso debe retrasar sus vacaciones. Cuando los miembros del jurado se encierren a deliberar, más les valdrá actuar con rapidez, ya que de lo contrario se les avecina un viaje. Ya me los imagino con guirnaldas en los hombros, partiendo cocos y comiendo *poi* durante sus conversaciones.

Claude está conmigo en mi despacho, los dos al teléfono. Denny ha conseguido encontrar el parque de San Diego, y se ha pasado la mañana entera siguiendo el espectáculo de los pájaros, hablando con el personal administrativo y con los entrenadores de los animales. Por fin se ha tropezado con un tipo interesante para nosotros. Ahora se encuentra en el departamento de policía de la ciudad.

–Ya no trabaja en el parque. Se llama Cleo Coltrane. Lo empaquetaron hace un año, ¿quiere saber por qué?

–Cuéntenoslo usted mismo. –Claude no está de humor para adivinanzas, mientras ve como su caso se le escapa por el desagüe.

–Posee antecedentes, dos condenas federales. –Denny comienza a leernos una sección de los códigos federales que concierne a Coltrane.

–¿Qué diablos es eso? –pregunta Claude.

–Violaciones del Decreto para las Especies en Peligro de Extinción –contesta Henderson–. Trabajó en el parque a tiempo parcial hasta que lo acusaron del primer delito –añade.

–¿Mataba pájaros? –pregunto.

–No. En los dos casos de que lo acusan lo pillaron poniéndoles trampas a aves protegidas. Las capturaba vivas.

Pienso que eso se acerca bastante a lo que andamos buscando, y que las piezas van encajando. De algún modo, Scofield le seguía el rastro a este individuo y dio con su dirección y puesto de trabajo. La gente que se ocupa de las especies en peligro de extinción no configura una fraternidad demasiado numerosa.

–¿Sabe dónde está?

–Claro. Ahora mismo en una celda, al fondo del pasillo. –Denny se muestra pletórico de orgullo. Casi lo puedo ver con los pies sobre la mesa de alguien y sorbiendo café de una taza prestada.

–¿Lo arrestó usted?

Esto constituye un factor importante, ya que no poseemos autoridad legal para detener a este hombre. Necesitaríamos una orden emitida por un juez de un tribunal superior, además de cierto grado de reticencia a cooperar por parte del testigo, a fin de poder retenerlo legalmente, incluso como testigo material, para su propia protección.

–No tuve que hacerlo –responde Denny–. Todo ha ido sobre ruedas. Al parecer había un mandamiento contra él por una infracción de tráfico. Aquí los agentes son muy amables y dispuestos a cooperar. –Quiere decir que utilizarán cualquier pretexto para pescar a un testigo necesario.

–¿Lo ha interrogado?

–Ahí está lo malo. Lo niega todo. No suelta prenda.

Ya me figuro que con dos condenas federales a las espaldas, el señor Coltrane no arde en deseos de ofrecer más información comprometedora. Lo que hacía en la plataforma aquella noche podría costarle al menos dos años en uno de los hoteles federales del país.

Sin embargo, en estos momentos lo que me interesa es cómo podríamos trasladar a Coltrane al norte, donde Claude y yo podríamos aplicarle un tratamiento más sutil, mediante una especie de lavativa psicológica.

Le digo a Denny que no se marche, que le volveremos a

llamar. Me pongo en contacto con el fiscal de distrito de San Diego. No se halla en la oficina, pero me atiende su ayudante. Me presento y me ofrece todo tipo de cortesías, ya que el hombre me toma por lo que no soy, fiscal titular. No le quito la ilusión, sino que aprovecho para lanzarle todo tipo de súplicas desesperadas. En cinco minutos le he puesto al corriente de nuestro problema y se muestra dispuesto a colaborar con nosotros, a extender una citación a nuestro favor. Lo hará enseguida si podemos enviarle por fax una copia con indicación de origen, junto con otra de nuestra denuncia. Cuelgo, instruyo a una de las secretarias respecto a lo que hay que hacer y vuelvo a llamar a Denny.

–¿Dónde está ese hombre?

–En la celda todavía.

–¿Puede ponerlo al teléfono?

–Ahora mismo.

Mucho movimiento al otro extremo del hilo, ruido de pasos, portazos. Pasan tres minutos y ya estoy hablando con Cleo Coltrane.

–¿Señor Coltrane?

Silencio absoluto, como si el individuo no reconociera su propio nombre.

–Sí. –Una voz desabrida, lo que cabe esperar en estos casos.

–Me llamo Paul Madriani, señor Coltrane. Soy fiscal del distrito del condado de Davenport. En estos momentos está llegando a San Diego una citación para que actúe usted como testigo en un juicio.

Silencio, sólo una tos de fondo.

–¿Entiende lo que le digo?

–Hummm. –Me da la sensación de que aprieta los labios y que entra de repente en un estado de amnesia provocado por mis últimas palabras.

–Señor Coltrane, tenemos razones para creer que su vida corre peligro a causa de lo que presenció en Putah Creek, aquella noche. No tiene usted que responder a ninguna pregunta –digo–, pero creo que sabe de lo que estoy hablando.

Nada, ningún sonido al otro extremo de la línea.

No resulta probable que me cuente por teléfono cosas que no le diría a Denny y al resto de los presentes, a los que ve deshechos en cálidas sonrisas. Qué más da. Sin la confirmación específica de que éste es nuestro testigo principal, no preciso todavía ceñirme a la orden del juez Fisher, no tengo por qué descubrirles la identidad del testigo a Adrian y compañía. En estos instantes Coltrane no representa más que una pista, aunque en el fondo de mi corazón sienta que supone mucho más.

–¿Está usted ahí?

–Sí. –Parece más cauto.

–Creo entender que se encuentra retenido a causa de una infracción de tráfico. Como usted sabe, no se trata de nada grave, pero no por eso dejará de costarle algún dinero y quizá una temporada en la cárcel. Me encuentro en situación de ayudarle. –El fiscal como buen samaritano–. Estoy dispuesto a hablar con el fiscal del distrito para pedirle que anule los cargos contra usted, a cambio de que usted venga aquí voluntariamente, bajo citación, para que podamos hablar. No puedo garantizarle que el fiscal del distrito acceda a mis ruegos, pero supongo que todo saldrá como esperamos. Puedo obtener el compromiso en firme antes de que usted emprenda el viaje acompañado de mi oficial. ¿Me comprende?

–Sí.

–Ahora bien, usted no tiene que decir nada cuando esté aquí, sólo escuchar. Creo que debería ser consciente del peligro que corre su integridad física. No está usted arrestado, eso quiero dejárselo bien claro. Sólo deseamos hablar con usted. ¿Dispuesto a hacerlo?

–Ah. Déjeme que le haga una pregunta: ¿me encerrará en la cárcel?

Debería estar más preocupado por las luces brillantes de la sala de interrogatorios y la falta de sueño.

–No. Le traeremos aquí en avión, con billete de ida y vuelta, pagando nosotros. Se alojará en un hotel. –No le digo que puede verse rodeado de Denny y otra docena de agentes, aquí en este edificio. En estos momentos mi único objetivo es echarle el guante. Cuando lo tenga enfrente de mí, verá como Jekyll se transforma en Hyde–. Sólo deseo hablar con usted –insisto al igual que una araña atrae a una mosca.

Silencio. Está sopesando sus opciones.

–Si no viene usted por propia voluntad, sólo tendremos

que esperar a que la justicia le haga cumplir la pena y luego le enviaremos la citación de todas maneras. Y si no se presenta usted, nos veremos en la obligación de arrestarle. –No le comento que cuando lo suelten, nuestro caso contra Andre Iganovich ya será historia.

–Parece que no tengo alternativa –dice.

–Sí la tiene. Puede escoger la vía fácil o la vía dura.

–Supongo que voy a ir –afirma.

–Estupendo. Ahora lo devolverán a su celda, pero sólo durante unos minutos hasta que yo arregle el asunto. Espero verle pronto.

–Claro –contesta con voz cínica.

Denny se pone al teléfono. Oigo cerrarse una puerta, tal vez la de Coltrane, que ya ha regresado a la celda. Denny suelta carcajadas con un tono especialmente agudo.

–Debería usted vender zapatos –me dice–. Mocasines de piel. –Alcanzo a oír las risas de los otros agentes.

Le doy a Denny unas rápidas instrucciones antes de cortar la comunicación. Hay un vuelo a última hora de San Diego a Capital City, y Denny no parece seguro de poderlo coger. Dice que si no llega a tiempo, hasta mañana por la mañana no podrá presentarse con Coltrane.

Le pido que haga lo que pueda, y que nos mantenga informados. Cuelgo.

–¿Cree usted que es él? –pregunta Claude.

–¿Usted no?

–Ni siquiera ha preguntado por qué quieren matarlo. ¿No es eso lo primero que usted preguntaría si le dijeran que su vida corre peligro y usted no supiera la razón?

–Sí, ya lo he advertido. Cuando llegue podemos someterle a prueba. Contamos con algunas cartas para jugar, detalles que sólo el hombre de la plataforma podría reconocer.

Claude sale para arreglar el viaje de Henderson. Después se irá a casa para descabezar un sueño. La noche será larga.

Tras cerrar la puerta de mi despacho, me encuentro solo por primera vez desde esta mañana. Con la espalda reclinada en la pared, me entrego a la meditación de las opciones de que yo mismo dispongo.

Con el fiasco de Tolar ante el tribunal, no me queda más remedio que confiar en la suerte. Ya no puedo sentarme y refinar mi versión del asesino imitador. Antes de seguir, he de averiguar si Andre Iganovich es el autor de la muerte de los Scofield. Cleo Coltrane constituye mi única tabla de salvación para mantener mi reputación y tal vez mi carrera.

Es un presentimiento, pero que se basa en la perversa naturaleza de Adrian Chambers: la coartada del ruso, ese as que Chambers se guarda en la manga, que ha conseguido ocultar hasta ahora, no es más que un fraude.

Comienzo a creer que desde el principio me he equivocado al pensar en un asesino de imitación, que por la razón que sea Iganovich empleó un cuchillo para asesinar a los Scofield, que los mató en otra parte y los trasladó a la orilla del río. Cuando descubra la verdad, sabré el porqué. Si Cleo Coltrane puede identificar a Iganovich como el asesino de aquella noche en Putah Creek, entonces ese testigo de cargo se convertirá en mi píldora envenenada, algo que usaré para desbaratar la estrategia de Chambers, su teoría de la defensa.

Cojo el teléfono y llamo a Nikki, que estará en su cárcel dorada con cama y desayuno. Me responde la recepcionista.

–Laura Warren –digo. Es el nombre con que se registró mi mujer.

–Ha salido con su hija.

–¿Adónde se ha ido?

–No lo sé. Salieron hace horas.

–Cuando vuelva, dígale que llame a su marido, por favor. –Le doy el número y me pregunto adónde habrá ido Nikki, en un pueblecito sin tiendas y sin centro comercial, en el que la gente pasea por las calles al caer la noche.

34

Oigo unos golpecitos en mi puerta y tras el cristal traslúcido se perfila una figura. El nombre de Mario aún está estampado y desde dentro se ve del revés, como una imagen en un espejo.

–Pase.

Mi rostro adquiere una expresión sombría al reconocer a mi visitante.

–¿Tiene un minuto? –Adrian Chambers lleva el traje arrugado, el cuello de la camisa abierto y el nudo de la corbata suelto.

Lo miro y me pregunto para qué habrá venido. Supongo que sabe lo que estoy pensando.

–Dusalt me ha dicho que usted podría estar aquí. Me tropecé con él hace veinte minutos, en el aparcamiento del departamento de policía. Iba a alguna parte.

A Claude se le hacía tarde para llegar al aeropuerto. Denny ha cogido el último vuelo del día por los pelos, y hará unos diez minutos que Claude se habrá reunido con él y su agria carga.

–Estoy trabajando en las instrucciones al jurado –le contesto. Él tendría que estar haciendo lo mismo: la reunión se celebrará dentro de una hora.

Levanta los ojos al cielo.

–El muy cabrón está obsesionado, ¿verdad? –Se refiere a Ingel y sus prisas para instruir al jurado–. ¿Dispone de un par de minutos? –insiste–. Me gustaría hablar con usted.

Consulto la hora.

–No me queda mucho tiempo. –Intento librarme de él.

Me alegro de que Claude no se traiga aquí a Coltrane. Un encuentro casual con Adrian y nuestro caso podría presentar un giro desfavorable, aunque resulta difícil de imaginar cuál en concreto. Chambers posee el olfato de un sabueso, y ver a alguien a quien no ha visto antes, en mitad del proceso, le llevaría a malignas conclusiones con respecto al testigo.

–Será sólo un segundo –añade.

Le dedico una mirada molesta.

Deja caer el maletín y se saca un paquete de cigarrillos del bolsillo de la chaqueta. Me ofrece uno y lo rechazo. Adrian parece cansado. No ha ejercido durante cinco años, y quizá no recordaba el esfuerzo físico y mental que supone un juicio por asesinato. Algunos colegas míos que rondan los cincuenta comienzan a considerar este trabajo propio de gente joven, y se sienten como futbolistas de primera división que ya van arrastrando los riñones por los campos cuando apenas tienen treinta años.

Le señalo una de las sillas para clientes. Se sienta.

–¿Qué pasa?

–He oído cosas. Rumores. –Enciende el cigarrillo, y me fijo en el fulgor del tabaco al arder. Habla entrecortadamente, al tiempo que se desprende de algunas hebras que se le han pegado a la lengua–. Ésta es una ciudad pequeña, y el colegio de abogados forma un grupo cerrado, aquí y en Capital City.

No nos miramos. En lugar de eso, los ojos de Chambers se pasean por la estancia, se posan en los retratos de las paredes, en las ventanas, en todo menos en mí. Su idea de la calma equivale a un mapa de rabiosa indiferencia.

–Por lo que entiendo, usted cree que yo acepté este caso como una especie de venganza, que se trata de algo personal entre usted y yo. –No sonríe al decir esto, lo que a decir verdad me importa un bledo–. Al parecer, usted va diciendo por ahí que yo me ocupé del caso sólo para joderle. –Ahora me mira, la primera vez que percibo el impacto directo de sus ojos.

Se lo he contado a algunas personas, a Claude, a Harry y a un par más; amigos íntimos en quienes creía que podía confiar. Ahora me siento como un idiota, traicionado por mi propia indiscreción. Y no es que mi suposición resulte falsa, sino que me la refiere con mis propias palabras.

Le sonrío, casi me río.

–Bueno, Adrian, admitirá que no nos profesamos precisamente un cariño fraternal.

–Tenemos nuestras diferencias –admite.

Que pueda calificar de «diferencias» cinco años de inhabilitación ofrece una buena idea de la capacidad de aparentar que posee Chambers.

–Bueno, ¿y qué desea? –Esta conversación me comienza a inquietar.

–Se me ocurrió que ya era hora de dejar las cosas en su punto. Quiero que usted sepa que, en lo que a mí respecta, no existe tal idea de venganza. No acepté este caso porque usted ande metido en él. Ni es usted tan importante para mí, ni yo soy un tipo tan obsesivo.

–Esta charla debería mantenerla con su psiquiatra –contesto.

Para Adrian, este acto supone desnudar por completo su alma, algo insólito para cualquier abogado.

–Como usted quiera –afirma–. Si prefiere mantener las lanzas en alto, allá usted. No vaya entonces por ahí diciéndole a la gente que he emprendido una cruzada para vengarme, porque es usted quien quiere continuar el enfrentamiento.

Estas palabras me contienen unos momentos. He aquí un individuo al que desprecio y que ahora se dedica a analizarme y ofrecerme un diagnóstico tan justo que resulta doblemente molesto.

–Lo de hoy no me proporcionó ningún placer. –Comenta el castigo que se ganó el doctor Tolar en el estrado–. Hice lo que tenía que hacer: luchar por mi cliente. No olvide que yo también recibí lo mío. –Alude a su intento de perjurio, a la maquinación con pruebas falsas que le valió cinco años de suspensión profesional.

De repente lo veo todo claro. Piensa que soy como él. Cree que yo sabía lo de Tolar, que mi testigo mentía. A medida que Chambers va hablando, descubro que para él ésta constituye una buena razón para firmar la paz. Considera que ahora compartimos algo, que tenemos un punto en común. También yo soy un ángel caído.

Lo miro, a punto de echarlo de mi oficina.

–Ingel le amenazó con llevar el asunto a la asociación, ¿verdad? Malditos jueces. Una toga y una pensión vitalicia y se olvidan de lo que representa ganarse el pan.

Antes de que yo pueda decir palabra, ya me está contando cómo se enteró de lo de Tolar. La curiosidad me silencia y contiene por unos instantes mi ira.

–Mucha suerte. Otro cliente, por un tema civil. –Le dedica una sonrisa a su buena fortuna–. El chico trabaja en un laboratorio de la facultad de medicina. Por allí se dice que Tolar es un mamón, y que con su trabajo fijo y un sueldo de seis cifras, cree que el mundo está en deuda con él por su coeficiente intelectual.

Adrian mira a su alrededor. No hay ceniceros. Deja caer la ceniza sobre la alfombra y la aplasta con el pie.

–Con esos antecedentes, no supuso un problema hallar la prueba. ¿Con qué frecuencia se escucha la cinta de una autopsia cuando se está preparando un caso? ¿Qué abogado dispone de tiempo para eso? Pero ya ve, sonó la flauta por casualidad.

Típico de Adrian. Yo sonrío plácidamente con estas confidencias que ahora carecen ya de todo valor, porque el daño ya está hecho. Pero él espera un poco de buena voluntad a cambio de su «regalo». No ha terminado.

–Le diré que lo de las heridas de cuchillo, el que los Scofield murieran en otra parte, me sorprendió.

Adrian debe de creer que un oráculo le envió las copias de las cintas de las autopsias. Gracias a ellas, todos los espacios en blanco se llenaban de contenido. Referencias crípticas a «laceraciones de bordes agudos en las entradas de las heridas», como se lee en los informes, se convertían en heridas de arma blanca producidas antes de que fueran clavadas las estacas. En los informes escritos se mencionaba que en la escena del crimen se encontró muy poca sangre, sin ofrecer más explicaciones. En cambio la cinta resultaba mucho más precisa: los Scofield no fueron asesinados donde se encontraron sus cuerpos.

Que nosotros retuviéramos algunos de estos hallazgos y conclusiones para mantenerlos a oscuras constituye un obstáculo que Adrian sabe apreciar.

–Todo vale –dice.

–Me alegro de que lo vea así. Ahora, como le he dicho, estoy muy ocupado.

–Pero eso es sólo parte de lo que he venido a decirle. No estoy ciego. El jurado no parece lo que habríamos deseado. Desde nuestra posición, el hecho de que Ingel preguntara a algunos de sus miembros dejó mucho que desear. En cuanto a usted... bien, su caso ha sufrido algunos tropiezos.

–Gracias por su diagnóstico, pero si no le importa prefiero esperar el veredicto del jurado.

Levanta una mano y sonríe.

–No pretendía ofenderle. Es lo que suele ocurrir en los procesos, que las cosas escapan a nuestro control.

Dada su creativa aproximación a las pruebas, me sorprende que admita esta posibilidad.

–Yo sé que puedo encontrarme en serios apuros antes del final de la causa –continúa–. Los objetos de la furgoneta, la ventanilla rota. ¿Quién sabe qué decidirá un jurado al respecto? Por esa razón he venido aquí. Mi cliente está nervioso. Por la noche sueña con la muerte.

No me aclara si esas visiones se refieren a las muertes de las víctimas o a la que le aguarda a él mismo si se dictamina su culpabilidad.

–Comprenda que yo no estoy de acuerdo con esto, al menos no necesariamente. Pero Iganovich quiere que lo intente de nuevo. Una reducción de la pena.

–¿Qué pretende usted? ¿Una súplica?

Me sorprende enormemente que, con la posición desastrosa en que se encuentra mi caso, Chambers aborde siquiera esta cuestión.

Me mira de un modo casi extraño.

–No el mismo trato que usted parece dar por supuesto. Su caso carece de la fuerza que poseía al principio. Su hipótesis presenta serios vacíos, y por eso no estoy seguro de que ésta sea una buena idea por parte de mi cliente.

De pronto lo comprendo. Desde luego, este hombre parece tener una bola de cristal. De algún modo, lo sabe. En alguna parte lo habrá oído, alguien le ha pasado la voz. Siguen las filtraciones. Alguien le ha dicho que tenemos al testigo de cargo. La confirmación. En estos momentos, Adrian Chambers tal vez no sabe su nombre, pero en el fondo de su corazón siente la certeza de que Cleo Coltrane apuntará a Iganovich como asesino de los Scofield.

–¿Por qué se muestra tan generoso? –pregunto–. No parece muy lógico.

Compone un gesto que viene a decir: «Cosas que pasan».

–Segundo grado, penas concurrentes, de quince años a perpetua. Los seis en el mismo paquete. Ningún cabo suelto.

Adrian mueve la mano para señalarme que pase lo que pase, dentro de los límites de su propuesta, claro.

–Significa un resultado seguro para los dos. Y me parece que el juez también se mostrará de acuerdo.

Quizá esté en lo cierto, ya que en estos momentos no se puede decir que Ingel confíe mucho en mis habilidades. Azuzado por Costa, Ingel hará cualquier cosa para evitar la absolución del ruso o, aún peor, una anulación del proceso por falta de pruebas.

Adrian me estudia el rostro como un vendedor de alfombras a punto de cerrar una venta. Me dispongo a responderle cuando suena el teléfono privado, el que no está disponible al público.

–Un segundo –con la mano le indico a Adrian que espere.

Me responde que no me preocupe, que adelante, y mientras mantiene su cigarrillo en la mano.

Cojo el auricular. Es Claude.

–Adivine quién lo está buscando –dice.

–¿Sí?

–Adrian.

–Lo sé.

–Ah, está ahí. ¿No puede usted hablar?

–Justo. ¿Dónde está usted?

–Tenemos un problema.

–¿No será Denny? –Tengo cuidado con lo que digo delante de Adrian.

–No, él está bien. Con Coltrane.

De fondo me llega el rumor de gente moviéndose y un sistema de megafonía. Claude se halla en el aeropuerto.

–El problema es que Coltrane sólo quiere hablar con usted. Dice que el trato lo hizo con el fiscal y de ahí no pasa. Si no viene usted, llamará a un abogado.

Desde luego, eso representa un grave problema, ya que si Coltrane se pone en contacto con un abogado, lo primero que éste le aconsejará es que no abra la boca. Tardaremos una semana, tal vez un mes, en negociar el asunto con el abogado, respecto a las concesiones sobre los cargos federales, y para entonces mi caso contra Iganovich formará parte de la historia.

Respiro hondo. Ingel me matará. A lo peor cursa una orden de arresto contra mí, pero debo arriesgarme. Lenore me sustituirá a las cuatro para hablar de las instrucciones al jurado.

–Iré –le digo a Claude–. Asegúrele que iré.

Anoto la información que me da en la agenda, inclinándola hacia mí a fin de que Chambers no vea lo que escribo. Compongo la palabra «Coltrane» a lo largo de la fecha. Claude consulta la hora: a las cuatro y cuarto. Intentaré desaparecer sin que Ingel pueda encontrarme.

–¿Dónde?

–Sala de interrogatorios número cuatro, planta baja de la cárcel.

Lo anoto junto al nombre.

–¿Qué quiere Chambers? –pregunta Claude.

–Ahora no –respondo–. Hablaremos más tarde. Nos vemos dentro de unos minutos.

Claude cuelga.

Vuelvo a mirar a Adrian, que permanece sentado y aparentemente distraído, como si estuviera haciéndome un favor al ofrecerme un resultado seguro contra la posible arbitrariedad del jurado.

–¿Algún problema?

–Nada que no pueda solucionar. –Sonrío–. No hay trato –anuncio.

Desdobla las piernas y entorna los ojos.

–¿Por qué no? Su caso está cubierto de mierda.

–Lo dicho. Me arriesgaré con el jurado.

Empieza a soltar tacos, y por el cristal de la puerta distingo siluetas de secretarias atentas a la retahíla de Chambers. El hombre acaba con el rostro como un tomate.

–Nada personal, Adrian. –Esto lo pone frenético.

–Bien. Está usted acabado. Nos veremos en el tribunal.

Al salir pega tal portazo que por poco rompe el cristal. Llamo por el interfono, y Lenore contesta enseguida.

–Se ha presentado un problema, Lenore. Tendrá que acudir sola a la reunión.

En el cuartito, no mucho mayor que un armario y mal iluminado, Claude y yo miramos por el falso espejo la sala de interrogatorios de la prisión del condado. Aún está vacío. Denny trae a Coltrane desde una de las celdas.

Le he explicado a Claude el trato de última hora que Adrian me propuso. Opina lo mismo que yo: Chambers tiene prisa por llegar a un acuerdo antes de que el testigo le reviente el caso acusando a Iganovich. Pero Claude tampoco tiene la menor idea de cómo ha podido enterarse Adrian.

–Será vidente –se burla.

Hago una mueca. Con Adrian nunca se sabe.

Denny propina unos golpecitos a nuestro cubículo al pasar, la señal de que Coltrane ha llegado y de que debemos hablar en voz baja.

En mis manos tengo el periódico vespertino de Capital City, que he comprado mientras venía aquí. Ya se encuentra plagado de noticias coronadas por titulares poco gratificantes, con el doctor Tolar y su desastrosa actuación en el banquillo como protagonistas. En primera página incluyen una foto a tres columnas, en la que aparece un sonriente Iganovich flanqueado por sus dos abogados. El fotógrafo es un periodista espabilado que se escurrió en la sala del tribunal segundos después de que se decretara el aplazamiento, cuando Ingel ya había salido y los agentes estaban a punto de coger al ruso para devolverlo a su celda.

Se abre el cuarto de interrogatorios y entra un hombre seguido de Henderson.

El ruido de los pies sobre un suelo de cemento revestido de linóleo nos llega desde el diminuto altavoz fijado en el techo.

–Siéntese –dice Henderson. Le indica una silla junto a una mesita de acero atornillada al suelo, y luego abandona la sala.

Cleo Coltrane posee un rostro sin edad aparente. De estatura media, resulta menudo, enjuto, y tiene las piernas arqueadas. Lleva unos vaqueros desgastados y botas camperas. En la coronilla, el cabello rubio y sucio se le levanta en mechones que recuerdan la corona de la Estatua de la Libertad.

La camisa, muy remendada, parece de una talla más grande de la que le corresponde, con botones de imitación a nácar. La lleva suelta, como una bandera en un día en que no sopla ni una brizna de brisa. La voz cauta que oí por teléfono queda un tanto desmentida por esta figura que tengo delante, en este cuarto siniestro bajo una cruda luz. El personaje desprende un cierto aire de inocencia fronteriza, la compostura del hombre medio.

Desde un extremo de la mesita mira en torno suyo, a nada en concreto, aunque varias veces posa sus ojos en el espejo, como si sospechara que hay alguien detrás.

Un momento después Henderson se nos une en el cubículo. No se ha duchado desde ayer y acaba de salir de un avión. Me alegro de no tener que quedarme aquí.

–Deséenos suerte –le digo.

Permanecerá en el cubículo a fin de observar la conversación y tomar notas, por si a nosotros se nos escapa algún detalle. Si queremos que Coltrane hable, no conviene que haya demasiada gente a su alrededor.

Salimos Claude y yo. Acto seguido entramos en el cuarto de interrogatorios.

Coltrane salta de la silla. Es más bien flacucho y comienza a hacer gestos nerviosos con las manos, sin saber dónde ponerlas. Me dedica una sonrisa tímida, la que uno podría recibir de un forastero en las praderas de Montana.

–Señor Coltrane –digo–. Soy Paul Madriani. Hablamos por teléfono.

–Oh, sí. –Una sonrisa inocente y, al saludarme, una mano áspera y cálida.

Sin embargo, el hombre no se muestra especialmente hostil. Si siente ansiedad en estos instantes, no será por nuestra anterior conversación telefónica.

Le presento a Claude, que le ofrece la mejor mirada posible en un policía; una amenaza mortal encubierta, una ligera inclinación y nada de estrechar manos.

–Siéntese, por favor. Vamos, relájese. Sólo queremos conversar con usted durante un ratito. ¿Le apetece un café?

–Bueno.

–¿Leche y azúcar?

–Sólo azúcar.

Claude le ordena al agente del pasillo que traiga café.

–Si quiere fumar, adelante.

Niega con la cabeza.

Dusalt y yo nos quedamos de pie, él con la espalda reclinada en la pared que tengo detrás. Tomo la palabra.

–Señor Coltrane, le hemos estado buscando durante mucho tiempo.

Él se señala el pecho con un dedo, para indicar su extrañeza ante tal desmesurado interés.

–Sí, a usted. No sabíamos su nombre, pero le hemos buscado por todas partes. Estoy seguro de que a estas alturas ya sabrá usted que aquí se han producido varios asesinatos, crímenes brutales que han costado la vida a cuatro estudiantes, a un distinguido profesor universitario y a su ex esposa. En estos momentos hay un proceso en marcha relacionado con algunos de estos cargos, y creemos tener al asesino.

Me mira con ojos de cordero.

–También creemos que usted fue testigo de dos de estos crímenes –continúo–, o que al menos vio los cuerpos mientras los clavaban con estacas, desde una plataforma en los árboles junto a Putah Creek.

Está sacudiendo la cabeza.

–No –dice–. Yo no fui. Debió de ser otra persona.

Lo miro con una sonrisa bonachona en el rostro, similar a la que reservo para Sarah cuando niega que las pequeñas huellas al lado del interruptor de la cocina pertenecen a sus deditos.

–Como le señalé por teléfono, quienquiera que cometió estos crímenes, en particular los dos últimos, muy pronto averiguará que hubo un testigo. Le buscará a usted del mismo modo que le hemos encontrado nosotros. Lo mejor, sobre todo para usted, sería que nosotros diéramos con el asesino antes de que él dé con usted.

Advierto que a Coltrane se le mueve mucho la nuez mientras reflexiona un poco. No se trata de la primera vez que se mete en líos, pero nunca del calibre del que ahora carga sobre sus espaldas.

–¿Puedo mascar tabaco? –pregunta.

Se inclina hacia delante y del bolsillo trasero del pantalón saca una latita redonda. Parece que vaya a ofrecerme una porción, pero declino con la mano, al tiempo que miro a Claude. Éste levanta los ojos al cielo como diciendo: «Aquí tenemos a un verdadero ganador».

–Sabemos qué se llevaba usted entre manos, lo de los halcones, y contamos con pruebas materiales. Podría incluso decirse que nos hemos convertido en expertos en aves de presa en los últimos meses.

–¿Ah, sí? ¿Y qué me llevaba yo entre manos?

–Usted tenía y entrenaba grandes búhos. Varios expertos nos han señalado que los búhos son enemigos naturales del halcón peregrino. En la escena del último doble crimen fueron cazados algunos halcones.

Guarda silencio.

–En la plataforma de los árboles hemos hallado plumas que pertenecen a un gran búho.

La esencia del arte del interrogatorio consiste en hacer creer que uno sabe más de lo que realmente sabe.

–Usted tiene antecedentes –tercia Claude–. Delitos federales que pagó con la cárcel. Pero eso no nos importa. Lo único que nos interesa es nuestro caso de asesinato.

–Yo no he matado a nadie –replica Coltrane con tranquilidad y sin perder la compostura. Se está metiendo en la boca, entre la encía y la cara interna de la mejilla, un trozo del tamaño de una nuez.

Claude le dedica una expresión incrédula.

–Escuche, ¿estoy bajo arresto?

–No, no. Ya le he dicho que no lo está. –Mi mayor preocupación es que se haga el listo y quiera irse o pedir un abogado.

–Pero ¿creen que cometí un delito?

Esbozo una mueca.

–Tal vez, pero aquí no trabajamos con leyes federales. Eso es cosa del gobierno. Claro que podríamos ayudarles, pasarles las pruebas y que ellos dispongan de ellas como les vaya mejor.

Por primera vez aparta la mirada de mí y la dirige a alguna otra parte.

–Hay muchos búhos –aduce.

–Eso no lo sé. Lo que sí sé es que los del parque de San Diego me han informado que usted tenía uno. ¿Me repite el nombre?

Me mira, pero en silencio.

–*Harvey* –dice Dusalt.

–*Harvey*. –Hago una pausa–. Como el conejo. –La gente del parque nos comentó que le puso este nombre al búho en honor al conejo–. ¿Eligió usted el nombre?

Asiente.

Harvey está ahora en manos de los cuidadores de San Diego. Lo encontraron en un terreno de las afueras de la ciudad alquilado por Coltrane, en el que mantenía dos caballos cerca de la caravana que le servía de vivienda. Las autoridades se ocuparon de los animales mientras el dueño se hallaba en la cárcel. En realidad, están esperando a que la naturaleza siga su curso: el búho soltará algunas plumas en su jaula, ya que no pueden arrancarlas sin un mandato judicial de búsqueda. Pero si la naturaleza les pone las pruebas en bandeja, eso ya resulta otro cantar.

Llega el café. Coltrane remueve un poco el azúcar que le echa mientras lo observamos. Dejamos pasar el tiempo, hablamos de trivialidades a medida que él recupera la serenidad. Deposito el periódico sobre la mesa, frente a él.

–¿Ha tenido tiempo de leerlo? –le pregunto.

Niega con la cabeza.

–Adelante. El teniente y yo debemos hablar de un asunto fuera. Volveremos dentro de un par de minutos.

Salimos.

–Sabe escuchar –dice Claude–. El problema es que no habla mucho.

–Quien parece escuchar a menudo está pensando en otra cosa –indico–. En este caso creo que el señor Coltrane piensa en el lío en que se ha metido.

Rápidamente entramos en el cubículo desde donde Denny observa la escena. Cerramos la puerta.

Coltrane aún está sentado, leyendo.

–¿Qué hace? –pregunta Claude.

–Como si se muriera de ganas de leer las noticias –responde Henderson–. Bueno, al menos la noticia de primera plana.

–¿Ha mirado la foto?

–Varias veces –señala–. Lee un poco y enseguida vuelve a fijarse en la imagen.

Lo compruebo por mí mismo, mientras Denny habla, y lo contemplamos durante unos minutos. Ahora busca el grueso de la noticia en las páginas interiores. Este hombre debería tomar lecciones para aprender a leer mejor. Incluso Sarah podría enseñarle a hacerlo con mayor soltura. Cierra el periódico en tres ocasiones, vuelve a pasar las hojas para examinar de nuevo la foto y, al final, busca de nuevo la historia en el interior.

Ya ha dispuesto del tiempo que necesitaba. Se ha levantado de la silla y pasea por el cuarto para estirar las piernas.

–No le permitamos que se relaje demasiado –dice Claude.

Regresamos al cuarto.

Retomamos la charla trivial, y le hablo de una mujer que trabaja en mi oficina, una atractiva abogada que se llama Lenore.

–Debe ser agradable para usted –comenta Coltrane.

–Lenore Goya trabajaba antes en la oficina estatal del fiscal en California.

La sonrisa desaparece de su rostro, y se diría que no parece muy interesado en ver a ninguno de sus viejos amigos de esa oficina. Un paso más en el camino, trillado de pequeñas amenazas, unas más sutiles que otras.

Se vuelve a sentar.

Esta vez Claude toma la iniciativa, y aquí no hay rodeos que valgan.

–Te puedes ahorrar el sermón del vaquero –dice–. Hace tiempo que perdí el interés después de morir Will Rogers.

Se intercambian miradas y, sin embargo, Coltrane no se muestra muy impresionado.

–Tenemos tu mira telescópica. –Ahora Claude se inclina sobre la mesa y acerca su rostro al de Coltrane–. La que te olvidaste en la plataforma, ¿te acuerdas? Le hemos estado siguiendo la pista a esta mira, porque no se fabrican muchas de ese estilo. Es muy cara para un mamón como tú.

El lenguaje no parece influir en la actitud de Coltrane. Claude levanta un poco más el tono de su voz y suelta unos cuantos tacos más. De repente sus palabras se convierten en susurros.

–Muy ceñidos esos vaqueros, ¿no? Bonito culo.

Coltrane lo mira, sin saber si debería sentirse ofendido.

–¿Te han explicado alguna vez lo que hacen los presidiarios para aflojar culitos así? –pregunta Claude–. Lo hacen muy bien, y parece que les gusta el trabajito.

El hombre masca el tabaco que se ha metido en la boca. Continúa sin dar señales de inquietud; al contrario, su semblante parece indicar que antes tendrían que pillarlo.

–Seis personas muertas y a ti sólo te importa encubrir al asesino –Claude me dirige una mirada–. Pero ya me encargaré yo de que ese culo tuyo vaya a parar a una cárcel federal, y tan rápido que no podrás creerlo. Venga, quiero saber lo que viste y quiero saberlo ya.

Coltrane clava los ojos en el periódico para desviar la atención de Claude; otra manera de negarse a hablar. Dusalt se lo arranca de las manos y lo desparrama por el suelo.

Tras esa acción, Coltrane retira su silla tanto como puede para huir de Claude, y se pone rígido como si fuera a recibir terapia de choque en la cabeza. No parece muy seguro de lo que Claude es capaz de hacerle, y me sigue con la mirada, signo de que me considera su protector, de que algo nos une, una promesa. Al menos conmigo recibe café y azúcar.

–La mira telescópica –continúa Claude–. Hay huellas en la mira.

No resulta del todo cierto. Sólo hay una y muy borrosa, inservible.

–Estamos esperando a que nos lleguen las tuyas por cable –Dusalt intenta asustarlo.

En realidad, este proceso se lleva a cabo al instante hoy día mediante el ordenador. Un hecho que probablemente ignora Coltrane.

Dusalt le informa que si alcanzamos un trato ahora, antes de que comparemos las huellas, todo resultará mucho más fácil: le ayudaremos con el juez federal, hablaremos y declararemos en su favor. Pero los poderes de persuasión de Claude se agotan tras ensayar algunas variaciones sobre el mismo tema. Coltrane ya ha encajado los peores golpes y se mantiene en sus trece.

Claude me insinúa con la mirada que tal vez deberíamos probarlo con el sistema de la lavativa. Hacemos una pausa, ya que el hombre quiere ir al lavabo. Sale de la sala acompañado por un agente.

Fuera, en el pasillo, Denny, Dusalt y yo nos agrupamos frente a una ventana junto a la escalera de incendios, para respirar un poco de aire fresco.

He intentado ponerme en contacto con Nikki en Coloma,

tres veces en las dos últimas horas. Aún no ha regresdo y estoy empezando a preocuparme.

–¿Alguna idea? –le pregunto a Claude.

Está en blanco.

El sol se pone más pronto cada día y, a través del enrejado, distingo la sombra de la noche en el horizonte. No sé de qué sirve una ventana al lado de una escalera de incendios, si está sellada con rejas.

Son las siete menos cuarto. En los cuarteles de Ingel, Lenore estará enfrascada de lleno con el juez y Chambers en esa guerra de trincheras que representa la fase de las instrucciones para el jurado. Con tanto detalle por cubrir, no terminarán hasta bien pasadas las nueve.

–¿Qué quiere usted hacer? –me pregunta Claude. Lo que desea saber es a qué hora voy a acudir a la reunión.

–Insistiremos un rato más y después lo dejaremos descansar. Trasládelo a un hotel y mañana, después de la sesión del tribunal, volveremos a interrogarlo.

–Tarde o temprano querrá llamar a un abogado o exigirá que lo pongamos en libertad.

–Ya le proporcionaré un abogado. Alguien del Departamento de Justicia de Estados Unidos. –El mensaje resulta evidente. Cleo Coltrane no saldrá de esta ciudad hasta que nos cuente lo que sabe.

A lo lejos oigo unos tacones sobre el pavimento que se acercan a nosotros. Al cabo de unos segundos Betty, una de las secretarias más veteranas, dobla la esquina del pasillo.

–Señor Madriani, le hemos buscado por todas partes.

–¿Qué pasa?

–Ha llamado el juez Ingel. Insistió mucho en saber por qué no había acudido a la reunión. Parece muy enfadado. –Así describe Betty al juez, al prusiano. Ya puedo imaginarme cómo debe de sentirse.

–¿Cómo me ha encontrado usted? –No se lo he dicho a nadie, aunque de todas formas tenía el presentimiento de que al final darían conmigo.

–No fue fácil. –Un matiz de exasperación escapa de su voz–. El juez quería hablar con un abogado.

–Déjeme adivinar –digo–. Roland.

Asiente.

–Contestó al teléfono y el juez le dio un rapapolvo. –Me lo cuenta como si tuviera que estarle agradecido a Roland.

–¿Qué le dijo Overroy?

–Entró en su despacho, vio la nota y le notificó al juez que usted se hallaba aquí con un tal Coltrane.

De buena gana soltaría unas cuantas maldiciones. Sin duda, Ingel se lo repetirá a Chambers mientras se desahoga. Adrian no es tonto. He dejado de asistir a la reunión con ellos para hablar con alguien en la cárcel, mi testigo de cargo. Adrian se sentirá furioso con Fisher y su recurso, que me ha permitido silenciar la presencia del testigo aquí. Puedo percibir una nueva andanada de Ingel mientras que el feliz Chambers le ayuda a rematarme, después de haber despreciado su oferta de acuerdo.

Sacudo la cabeza, deseando estar con Nikki en estos momentos, respirando el aire de la montaña. En cualquier parte menos aquí.

–Parecían furiosos –afirma Betty.

–¿Parecían?

–El señor Chambers llamó hace cinco minutos, muy poco después que el juez. Dijo que el empleado y el alguacil se habían ido a casa, pero que la puerta de la sala permanecería abierta para usted.

Frunzo el ceño. Adrian ha tomado el mando, y probablemente esté pisoteando a Lenore, impartiéndole instrucciones que nadie le ha pedido. Si no acudo pronto, me lo encontraré vestido con la toga de Ingel.

–Le esperan allí –añade Betty.

–Maravilloso.

Levanto la mirada, le doy las gracias a Betty y le digo que puede marcharse a casa. ¿Para qué cebarse en el mensajero?

–Tráigalo de nuevo –Claude se da cuenta de que me refiero a Coltrane–. Sáquelo del retrete si es necesario.

Dentro de la sala, los ojos de Coltrane y su silencio me conceden el turno de hablar.

–Cleo. ¿Puedo llamarle Cleo?

Afirma en silencio.

En la mano sostengo una gran carpeta de la que extraigo

una foto brillante, de doce por quince. La dejo frente a Coltrane, sobre la mesa.

–¿Conoce usted a esta mujer?

Observa fijamente la foto de Karen Scofield y traga saliva. El color marrón de la sangre coagulada y la órbita vacía lo contemplan desde la mesa.

Niega con la cabeza.

–Usted no la conocía, pero la ha visto. ¿En el arroyo, aquella noche?

Sacude la cabeza de nuevo.

–No. No la he visto nunca.

–Esas marcas –señalo la mejilla y la ceja–. Usted sabe cómo fueron hechas, Cleo.

Este detalle ha lastrado el caso desde el principio; los perfiles psicológicos, las teorías de desfiguración facial de los expertos. El violento ataque al rostro de Karen Scofield, el ojo que le falta, me han confundido durante semanas hasta ayer, cuando en la quietud de mi despacho al atardecer, mientras trabajaba solo, cayó sobre mí la revelación.

–Permítame explicarle cómo ocurrió. Estas señales fueron producidas por las garras de una gran ave de presa, la que usted posee, Cleo. Las garras de *Harvey*.

Cierra los ojos y niega insistentemente con la cabeza, pero no pronuncia palabra.

Esta mañana Claude envió por cable una copia de esta foto a William Rattigan, del Centro Mundial de Aves Rapaces. Él nos ha desvelado lo que no han conseguido descifrar los patólogos ni los psiquiatras: que el vaciado del ojo no fue obra del asesino, sino de las afiladísimas garras de una gigantesca ave rapaz.

Le concedo a Coltrane unos instantes más ante la foto.

–Ha sido un día muy largo. –Suavizo la voz–. Comienzo a sentirme cansado. Así que voy a decirle lo que le va a ocurrir. Y créame, esto va a misa.

No tiene sentido seguir arrastrando esta situación.

–¿Ha oído hablar del ADN?

–Sí.

–Genética. Cromosomas, esos ladrillos básicos de la vida que nos distinguen a unos de los otros. Sus cromosomas son distintos de los míos y los míos distintos de los del teniente.

Coltrane mira a Claude como complacido por la idea.

–Su material genético le pertenece exclusivamente a usted, y basta un cabello, una gota de sangre, incluso un poco de saliva, para identificarlo.

Deja de mascar y reflexiona con intensidad. ¿Escupió en la plataforma? Por sus ojos puedo entrever que no está muy seguro.

–Con un poco de su saliva y una gota de su sangre podríamos determinar si usted se encontraba en ese lugar, y casi excluir al resto de la humanidad.

Mientras le explico esto, echo mano al bolsillo trasero del pantalón. Coltrane parece pensar que voy a sacar un instrumento punzante, una aguja para extraerle sangre. En cambio le muestro una pequeña pluma de ave, delicada y muy fina, que sostengo con dos dedos y hago girar lentamente ante sus ojos.

–Cleo, más tarde podemos sacar sangre. Porque también *Harvey* tiene cromosomas.

Su rostro me indica que estas últimas palabras, toda esta historia de la pluma, una pluma de paloma que recogí en la calle en mi camino hacia la cárcel, han ejercido en él un gran impacto, han flexionado profundamente una cuerda muy sensible en su interior. Como un misil teledirigido... Él y *Harvey* están atrapados, aves del mismo plumaje.

Coltrane respira hondo. Me mira primero a mí, luego a Claude.

–¿Pueden hacer eso? –Habla de la prueba de ADN.

–Podemos –afirmo–. Y si tenemos que hacerlo, usted se la va a cargar con todo el equipo. –Ahora mi voz resulta cortante. Ya estoy hasta los huevos de tanta monserga.

Se le agita la nuez, la remoja como un donut en la leche, y pasea los ojos por la sala, con breves miradas dirigidas a mí y a Claude.

–Me han dicho que el mínimo que le impondrán por lo que ha hecho son tres años. Los miembros del tribunal que otorga la libertad provisional no saltarán de alegría cuando se enteren de que usted se negó a ayudarnos a capturar un asesino. Cleo –me acerco cada vez más a él–, créame: si no nos ayuda, le caerán más de tres años.

Mi tono de voz adquiere toda la autoridad de Jehová cuando grabó los Mandamientos en las Tablas de la Ley.

Me mira con los ojos muy abiertos, se toma un tiempo para reflexionar en silencio y pasan los segundos mientras calibra sus opciones. Está a punto de hablar. Se le afloja la mandíbula...

Y en este preciso instante se abre la puerta.

Es Denny Henderson.

Si las miradas matasen, Henderson necesitaría ahora mismo los servicios de una funeraria.

Se ha quebrado el momento mágico, y Coltrane se encierra de nuevo en su mutismo.

–¿Qué coño pasa?

–Pensé que le gustaría verlo. –Me muestra un fragmento de papel, una esquina de una página amarilla de la guía telefónica, donde ha escrito un nombre.

–¿Qué es esto?

–El nombre del propietario del terreno junto a Putah Creek, donde fueron asesinados los Scofield.

Miro el fragmento de papel, lo leo y antes de atar todos los cabos ya siento la voz de alarma en el centro de mi ser. Lo había tenido delante de mí durante todo el tiempo... La sangre desaparece de mi rostro y parece que, como el plomo, se me asienta en la boca del estómago. Siento más miedo que ira. Levanto los ojos hacia Claude.

–¿Qué pasa?

Arrugo la nota, me lanzo sobre Coltrane y lo cojo del cuello de la camisa. Cegado por la adrenalina, lo arranco de la silla y lo tiro contra la mesa. Muestra una expresión de agudo dolor al pegarse el golpe en los riñones.

–Hábleme del hombre del arroyo. Ahora.

Coltrane abre mucho los ojos. Acaba de descubrir un aspecto de mi personalidad que no sospechaba.

Claude y Denny me agarran por detrás, tratan de obligarme a soltar el cuello de Coltrane. Es lo que suele pasar con una descarga de adrenalina. En estos momentos haría falta un ejército para contenerme.

El hombre respira entrecortadamente y con sus manos trata de desprenderse de mí. Se agita de una manera que parece señalar que si lo dejo, hablará.

–Está bien. Déjeme. Se lo diré... –Tiene el rostro enrojecido. Cuando al fin aflojo la tenaza, le tiembla todo el cuerpo.

Recupero a duras penas la entereza. Le arreglo un poco el cuello de la camisa, lo compongo un poco y le ayudo a sentarse. A su vez, Denny y Claude me sueltan, pero sin alejarse por si vuelvo a enfurecerme.

Yo me dirijo adonde yace el periódico, en el suelo, y lo recojo. Lo extiendo sobre la mesa ante Coltrane y dejo la primera página bien visible. Le propino una palmada a la foto.

–Ahora identifique al hombre que vio en Putah Creek aquella noche, el que se hallaba junto a los cuerpos –le ordeno.

Retrocede pero se detiene. Me mira de nuevo, y en su semblante aparece el gesto de quien espera que en el último instante le aparten el cáliz de la boca. Pero ve que mi expresión no puede ser más resuelta mientras mantengo la mirada clavada en la foto.

Entonces, con un gesto deliberado, rápido y seguro, Cleo Coltrane señala con un dedo nudoso una de las caras que figuran en la foto del periódico.

En este instante de revelación mi mente se inunda de sensaciones desbocadas, imágenes de fulgurantes estacas de metal hundiéndose en carne blanda, veo el rostro infernal del hombre que mató a Abbott y Karen Scofield... aquella noche... la noche en que Adrian Chambers los asesinó.

35

Mientras cruzamos corriendo la plaza, los tres compartimos una misma idea. La repiten nuestras lenguas en la miríada de formas en que se resuelve el temor y se convierte en una burla nerviosa.

Los tres pensamos si Adrian Chambers sospecha que lo hemos averiguado.

–A lo mejor Ingel no dijo nada. –El buen pensamiento de Claude para el día de hoy. Mantiene la esperanza de que el juez se haya callado, sin estallar en gritos e insultos cuando le dijeron que yo estaba reunido con un tal Coltrane.

Pasamos junto a la fuente, sin dejar de correr. Denny se está quedando atrás.

Si Ingel no ha dicho nada, puede que los tres sigan allí sentados discutiendo ociosamente las complejidades de las instrucciones a los jurados.

–¿Por qué reconocería Chambers el nombre de Coltrane? –pregunta Denny. Aún anda medio paso por detrás, literal y figuradamente hablando.

–¿Quién cree usted que contrató a Cleo? –le grito con la voz entrecortada.

–¿Chambers?

–Exacto.

La notita en el papel de la guía telefónica que me pasó me dio la respuesta. El nombre del propietario del terreno próximo a Putah Creek donde mataron a los Scofield era A. C. Asociados. La firma de Adrian, su pequeño imperio. Estaba escrito en la tarjeta que me entregó el primer día que nos volvimos a ver, cuando me tropecé con él en Capital City al salir de la cárcel con Harry.

Coltrane ya nos ha confesado que lo contrataron por teléfono y le pagaron en metálico por correo, que nunca llegó a ver a su patrón y ni siquiera sabía su nombre. Como enamorados caídos en desgracia, sus caminos sólo se cruzaron por una jugarreta del destino, la casualidad de un caminito de grava que daba acceso a un terreno aislado, cerca de un arroyo. Una senda que cada uno de ellos usaba por distintos motivos.

Pienso en Lenore mientras subimos los escalones del palacio de justicia. Intento calmarme repitiéndome que Adrian es, después de todo, un abogado. Carecería de sentido emplear más violencia; pero por otra parte me enfrento a Adrian Chambers, un hombre que ya ha matado dos veces.

Antes de salir de la cárcel, Claude hizo dos llamadas. Una a la sala del tribunal de Ingel, en un intento de advertir al juez. No obtuvo respuesta. La segunda llamada fue a la unidad de fuerzas especiales del condado. Pasará más o menos media hora antes de que se reúnan, ya que los hombres que componen este destacamento proceden de todas las partes del condado.

La puerta principal del edificio está cerrada. Con la mano aclaro el cristal empañado y distingo una luz macilenta en el interior, procedente del despacho del empleado de la entrada. Pero no hay ningún agente, ningún oficial de guardia. O tal vez esté haciendo la ronda.

–Vamos. –Me dirijo al aparcamiento, en la parte trasera. La puerta del sótano, la que conduce a la biblioteca, seguirá abierta. Es la entrada de los abogados que desean trabajar fuera de los horarios habituales.

Henderson ya se ha rezagado y se halla a casi media manzana de nosotros. Sin detenerme a esperarlo, entro por la puerta que me llevará al sótano, donde está el montacargas. Claude me sigue pisándome los talones.

Ya dentro miro atrás y no veo a Henderson. No podemos esperar. Pulso el botón del cuarto y desciende la pesada puerta enrejada del montacargas.

Un minuto después Claude y yo nos encontramos en el departamento cuatro. La sala del tribunal permanece a oscuras, aunque a través de las largas ranuras de las pesadas puertas blindadas, advierto luces al fondo, en el puesto de la secretaria cercano a los aposentos del juez. Aguzo el oído, pero son varios centímetros de roble y acero lo que me separa del interior. No oigo nada. Alcanzo el pesado tirador de la puerta, le doy un poco la vuelta, un par de centímetros. Sigo sin oír nada.

–Probablemente la puerta del despacho del juez está cerrada –le digo a Claude.

–Sí.

Se está sacando algo de la pernera del pantalón, un objeto que lleva sujeto al tobillo. Una pistola semiautomática que lleva como refuerzo.

–Aquí tiene el seguro –me susurra mientras me indica el lugar.

Sacudo con la cabeza y rechazo el arma.

–Acabaría disparándome a mí mismo. –Pone cara de no creerme–. O alguien resultaría herido.

–De eso se trata.

–No. Guárdela usted. Además, ni siquiera sabemos si ahí dentro está pasando algo malo.

Claude me dedica la mirada que reserva para los insensatos.

–Escuche, ellos me están esperando. ¿Por qué no actuar como un abogado? Entro y miro. Usted observa desde la puerta. Si oigo voces, le haré una señal. Entre y espere allí. –Le indico un punto envuelto en sombra, cerca del banco del juez.

–¿Y luego qué?

–Entraré en la sala y escucharé. Le aseguro que desde donde le he dicho oirá lo que se dice sin necesidad de entrar. Lo sé por experiencia.

–Sí. –Espera el resto del plan.

–Si están hablando de las instrucciones para el jurado, entraré y le daré al juez cualquier excusa, que los bomberos están abajo, que sale humo del sótano y quieren evacuar el edificio. Cuando comiencen a salir, usted detiene a Chambers.

Me mira y frunce la nariz, con un estilo muy europeo que viene a significar que resulta un plan tan bueno como otro cualquiera.

Se guarda la pistola pequeña en el bolsillo de la chaqueta y del abrigo extrae una más voluminosa. Un arma de acero azul con un cañón como el de una pieza de artillería.

Me agazapo y vuelvo a coger el tirador. Empujo, me pongo de pie y entro. Me hallo en la antesala, pequeña y oscura.

Una sección de cuatro por cuatro que se abre directamente a la misma sala del tribunal. Compruebo la puerta tras de mí, para cerciorarme de que no se ha cerrado a mis espaldas. Contemplo la sala. El estrado del juez, al fondo, está envuelto en sombras. Sólo difusos trazos y las puntas de bronce de las banderas. No distingo nada más. Ningún movimiento. Un rayo de luz viva llega desde el cuarto a la izquierda del estrado y se estrella junto al asiento de la secretaria. Sigo sin oír voces, sólo el zumbido constante de la ventilación, pequeñas rendijas en el alto techo.

Avanzo despacio por el pasillo central, hacia la barandilla del estrado del juez. Delicadamente, con dos dedos, abro la puerta oscilante, paso y la cierro sin ruido.

Me vuelvo a mirar. Claude me observa desde su puesto, y distingo el brillo del cañón de su pistola. Alguien se le acerca por detrás, una gran figura que se le aproxima, que ya se cierne sobre sus hombros. Debe de ser Denny, que por fin ha llegado.

Me he deslizado por el lado del banco y he llegado a los peldaños que conducen al mismo, al sillón del juez. Veo que el asiento ha girado sobre su eje y que tengo el respaldo de cara. Intento ajustar los ojos a la oscuridad.

Hay algo extraño en el sillón, una curiosa deformidad, como un tumor que surgiera de la parte trasera. El cuero del centro parece como elevado e hinchado por un bulto enorme y distorsionado.

He visto bastante para saber que ya es hora de que Claude se una a mí en esta sala. Me vuelvo para hacerle señas pero no lo encuentro. Allí no hay nadie. Espero un momento por si acaso se ha movido o ha cambiado de posición. Nada.

Miro el sillón de nuevo, arriba en el estrado. Ni sombra de movimiento ni voces en la parte trasera. Me quito los mocasines con cuidado y subo los peldaños. Ya arriba, le doy un empujoncito suave al respaldo, para hacerlo girar. Lo hace como un carrusel, pero lentamente. En la penumbra se dibuja la silueta de un hombre, con las facciones descompuestas, derrumbado en el asiento. Los ojos parecen dos anchos óvalos blancos, y la boca está muy abierta. El hilillo de sangre se mezcla con el negro de la toga y desaparece entre los pliegues de la ropa. Clavada en el pecho, una de las agudas estacas de metal que se hallaba en el carrito de las pruebas. Derek Ingel ya no se irá de vacaciones.

Me quedo inmóvil, como si mis pies se hubieran clavado al suelo. No me puedo mover. Permanezco así unos largos segundos. No puedo apartar la mirada del rostro muerto del juez.

Un ruido. Un ligero sonido, un clik metálico en la parte trasera, me saca de mi estupor. No veo a nadie. Claude ha desaparecido. De pronto me doy cuenta. Alguien ha pulsado el botón que cierra la puerta por dentro.

El departamento cuatro funciona como tribunal de lo criminal en este edificio. Entre otras muchas medidas de seguridad, dispone de puertas blindadas, que pueden ser activadas electrónicamente desde dos puntos, el puesto del alguacil bajo el banco del juez y la mesa de la secretaria. Una vez cerradas, estas puertas sólo pueden abrirse con las llaves del alguacil.

Estoy atrapado en esta sala, atrapado con la muerte. Pienso en Lenore, que se encontrará en algún lugar, detrás. Desearía tener a mano la pequeña pistola que me ofreció Claude. ¿Dónde diablos se ha metido este hombre?

En estas circunstancias, y con la sangre goteando por los peldaños, reúno la suficiente presencia de ánimo, o tal vez la estupidez propiciada por la costumbre, para buscar mis zapatos.

Avanzo hacia el carrito de las pruebas y advierto que de las cuatro agudas estacas de veinte centímetros de punta de hierro afilado, sólo quedan dos. La tercera está clavada en el pecho de Ingel. Cojo una de ellas.

Sigo el pasillo apoyado en la pared en dirección a las habitaciones privadas de detrás. Ahí la luz de los fluorescentes del techo resulta intensa. Asomo con mucho cuidado parte de la cabeza al interior del cuarto de la secretaria. Está vacío. Un llavero sobre la mesa, que parece el de un carcelero. Cuatro llaves. Supongo que una de ellas abrirá las puertas de seguridad de la entrada. Están tan visiblemente dispuestas en el centro de la mesa que se me ocurre que quizá sea una trampa.

A la izquierda queda la puerta de acceso a las habitaciones, entreabierta. Dentro, luces encendidas, pero desde este ángulo no distingo el interior. Tendría que situarme detrás de la mesa de la secretaria para obtener una mejor posición.

A mi derecha y un poco detrás de mí, hay otra puerta cerrada. Conduce al pasillo privado de la parte trasera de todas las salas del tribunal de esta planta. Lo utilizan los jueces y sus equipos para comunicarse y pasarse documentos. El pasillo está bloqueado con puertas de metal a ambos extremos de la planta; de lo contrario, desembocaría en los pasillos usados por el público. Tengo entendido que sólo los jueces conocen la pequeña combinación de botones que les permite acceder a este reducto, el pasillo privado tras las puertas de acero.

Examino el cuartito de la secretaria, los lugares donde podría ocultarse Adrian, si es que me está esperando. Son pocos. Imagino que se esconde en las habitaciones del juez.

Entro con la estaca en alto, dispuesto a utilizarla si se tercia.

Ahora veo el despacho de Ingel, la mesa y el sillón.

Entonces la descubro. Lenore se encuentra tendida en el sofá, en la pared más lejana del despacho, de espaldas a mí. Parece atada de pies y manos, con cuerda blanca. Adrian ha hecho buen uso de nuestro carrito con las pruebas. Allí encontró todo lo que necesitaba.

Al pasar junto a la mesa de la secretaria miro a ambos lados. Debajo observo el rincón del archivo, escruto cualquier lugar que pueda servirle de escondite a Adrian. Cojo las llaves de la mesa y, a pesar de mi cautela, tintinean un poco.

Avanzo poco a poco hacia el despacho de Ingel. Compruebo la abertura, miro por el resquicio de los goznes. Detrás de la puerta no hay nadie. Tengo la estaca preparada, por si alguien se me echa encima. Adrian ya debe de saber que estoy aquí. Podría haber salido por la puerta trasera, en una expeditiva huida, pero no puedo olvidar el sonido metálico de la puerta al cerrarse desde dentro.

Está aquí, lo sé. Pensar que no se trata de una cuestión personal equivale a querer negarse a la realidad. Sus palabras, esta tarde en mi despacho, su intento final de acuerdo, constituyeron una declaración más apropiada para un psiquiatra que para mí.

Ahora veo a Lenore con mayor claridad, aunque no distingo si respira. Hay todo un charco oscuro de sangre coagulada sobre la blusa blanca, cerca del cuello. Clavo los ojos en este espectáculo, y deduzco que con tanta sangre Lenore no puede seguir viva. Siento una ira imponente, la misma descarga de adrenalina que casi me lleva a estrangular a Coltrane hace un rato. Como plomo ardiente que me quema la cara y las manos, contemplo a Lenore Goya hecha un ovillo, con las rodillas levantadas, los brazos retorcidos y atados a la espalda.

Si Adrian Chambers se halla en esta habitación, uno de los dos no saldrá con vida.

Empujo lentamente la puerta hasta que se abre del todo. Piso el umbral mientras describe su arco.

Nada.

La estancia está vacía. Sólo en el hueco junto a la mesa podría esconderse alguien. Al final de su trayectoria, la puerta choca con la pared y produce un suave sonido sordo que, sin embargo, provoca un repentino movimiento. Es Lenore, que se ha esforzado en girar la cabeza. Me acerco deprisa, le toco un brazo y advierto el calor humano. Lenore aún vive. De pronto me doy cuenta de que la ha atado con la toalla ensangrentada de la furgoneta del ruso, otra de nuestras pruebas. Le quito a Lenore esta mordaza.

–¿Dónde está? –le pregunto.

–No lo sé. Se fue a mis espaldas, a alguna parte, y perdí el sonido de sus pasos.

Me debato con la cuerda de las muñecas y deshago el nudo después de algunos segundos. Ella se incorpora y juntos intentamos liberarle los tobillos, pero el nudo resulta muy fuerte. Recurro a las tijeras de la mesa, sin preocuparme de conservar las pruebas en buen estado.

–Vámonos de aquí.

La ayudo a levantarse. Nos dirigimos a la puerta, cruzamos el cuarto de la secretaria y seguimos el corredor que conduce a la sala. Como no hay luz, nuestros ojos tardan un rato en adaptarse a la oscuridad.

Oigo un ruido. Alguien empuja las puertas de entrada, intenta abrir la cerradura. Por las ranuras veo a Denny Henderson y a otro agente, vestido de negro y con un rifle automático en las manos. Ahora los dos forcejean con una puerta de ciento cuarenta kilos.

Denny me hace señas, aporrea la puerta, se mueve, intenta gritarme algo a través de las rendijas. Me acerco la mano al oído y encojo los hombros dándole a entender que no oigo nada.

Doy un paso y de pronto siento una punzada abrasadora en el hombro izquierdo. El dolor se adueña de toda la parte superior de mi cuerpo. Aturdido, miro abajo y veo que por la chaqueta asoma una punta de frío metal afilado. Unos cinco centímetros. Me fallan las rodillas y me invade la náusea. De repente el metal desaparece y noto el tirón que me lo arranca del cuerpo.

Me vuelvo y ataco ciegamente con la estaca. No doy en el blanco, pero distingo la silueta de Chambers a contraluz, detrás de nosotros.

–Corra –le digo a Lenore. Me hallo entre ella y Adrian, pero él me aparta bruscamente y ella no es lo bastante rápida. La coge de un brazo y levanta la estaca. Con la mía apunto a la cara y le causo una herida en forma de arco. Grita, y en lugar de hundirle la estaca a Lenore, le asesta un puñetazo en la mandíbula que la hace retroceder hasta derrumbarse sobre el estrado.

Se gira hacia mí y descarga un golpe que se clava en la pared. Yo me arrastro por el suelo, trato de aferrarme a algo que me permita incorporarme, pero resbalo sobre mi propia sangre, que no cesa de brotar de mi herida.

Ahora Adrian se encamina hacia Lenore, que ha conseguido levantarse y sube los peldaños del estrado del juez, su única vía de escape. Ya casi ha llegado arriba cuando Adrian le aferra el tobillo, le arranca el zapato y la envía tambaleándose contra la bandera. Ella le propina una patada con el otro pie, lo suficiente para que Adrian quede a mi alcance. Mareado, con la visión borrosa, ataco y le alcanzo una pierna... le atravieso el pantalón y le hundo la punta de la estaca en el muslo. Nada grave, pero al menos eso lo distrae por unos instantes.

Se vuelve y lo tengo delante, erguido, una enorme figura que se cierne dispuesta a matar, con los ojos gélidos de un perro rabioso. Levanta los brazos y con las dos manos esgrime la estaca. Un sumo sacerdote a punto de consumar el sacrificio a los dioses.

Y de pronto por la camisa le surge una aguda punta de lanza. Le ha atravesado el cuerpo y sobresale nueve o diez centímetros. Adrian se queda suspendido en el aire, como inmovilizado por el ataque. Enseguida, la sangre de sus pulmones comienza a borbotear, y en su rostro se refleja una expresión casi burlona, una especie de saludo al otro mundo que ya le está esperando. Después se derrumba hasta formar un amasijo en el suelo. La bandera, casi a media asta y enrollada en su montante, queda clavada en su espalda.

Detrás de Adrian Chambers, con los pies separados para mantener el equilibrio y la barbilla ensangrentada, se yergue Lenore, que contempla el cuerpo inerte sin el menor asomo de piedad ni remordimiento en sus ojos.

La visión que se graba en mi mente mientras la oscuridad se cierne sobre mí es una imagen de fuego y de viento, chispas en el aire, la imagen eterna de una diosa ancestral de la guerra.

EPÍLOGO

Han transcurrido cinco meses. El proceso del ruso ha terminado en juicio nulo por errores de procedimiento, envenenado como estaba por las sucias maniobras del abogado de la defensa.

Hoy el hombro me duele y eso me incita a pensar. He aprendido que hay días buenos y días malos, como consecuencia del recuerdo de Adrian Chambers. Los médicos me aseguran que con el tiempo y sus cuidados me recuperaré del todo.

Durante estos meses Nikki se ha portado bien conmigo. Se ha olvidado del peligro al que, sin querer, expuse a mi familia. Por lo visto, cuando intenté localizarla por teléfono al hotel de Coloma, ella se había ido con Sarah a ver una película en Placerville. Alquiló un coche para recorrer los treinta kilómetros de distancia hasta el pueblo. Tengo una factura que lo demuestra.

Nikki permaneció las semanas de mi convalecencia en casa, cuidándome. Me limpiaba la herida, me la secaba y vendaba. Hemos hablado largamente sobre la vida y el valor del amor. Al final he aprendido que, entre todas sus cualidades, la principal virtud de Nikki es su capacidad de perdonar. Ahora me está esperando fuera, en el coche.

Cuando paso por recepción, Jane Rhodes me saluda con una sonrisa. Parece que la atmósfera resulta más relajada en este lugar últimamente, tal vez debido a una falsa impresión producto del alivio que siento al cederle la antorcha a otro.

Mientras me dirijo a la puerta, observo a un hombre vestido con un mono blanco rascando las letras doradas del cristal traslúcido; el último vestigio de la presencia de Mario está cayendo en fragmentos sobre el suelo.

Necesitaré ayuda para sacar algunas cajas y llevarlas al coche. Un par de empleados de la oficina se han ofrecido a ello.

Aún están saliendo a la luz algunas piezas sueltas de la historia. Permanecí tres días en el hospital antes de enterarme de lo que le había sucedido a Claude esa noche. Recibió una grave contusión cerebral, de la que tardó un mes en recuperarse. En la cabeza le ha quedado una marca que delata el impacto de un pesado objeto de mármol, un pisapapeles de la mesa de Ingel. La sombra que vi abalanzarse sobre él no pertenecía a Denny, sino a Chambers.

La policía ha seguido los pasos que dio Chambers, el rastro que dejó tras de sí. Después de matar a Ingel y de amordazar a Lenore, salió de la sala por el pasillo trasero. Abrió la puerta que conduce al espacio para el público y de este modo cogió a Claude por sorpresa. Luego desanduvo el camino y volvió a la sala. El resto ya es historia.

Adrian, según todas las apariencias, se había endeudado hasta las cejas con negocios inmobiliarios que emprendió después de su inhabilitación. Por un lado, los terrenos perdieron valor y, por el otro, Adrian vivía a lo grande. He visto las oficinas de A. C. Asociados, en un edificio de muchas plantas en la otra orilla del río, en Capital City; más lujosas que el lavabo privado del Papa y casi tan artísticas. Había concebido un esquema Ponzi de considerables proporciones para mantenerse a flote, o sea, que echaba mano del dinero de los últimos inversores para pagar a los primeros. En estos momentos, un pequeño ejército de contables intenta descifrar el enredo a fin de precisar la cantidad defraudada. Mis cálculos personales se detuvieron cuando las deudas arrojaban un total de doce millones de dólares y, por lo que me han señalado, es posible que al final la cantidad ascienda al doble.

Adrian estaba acorralado. Ya se le acababa el tiempo cuando consiguió hacerse con un contrato sobre la propiedad de Putah Creek. Si lograba después venderlo a unos promotores inmobiliarios, podría salir de la situación en que se hallaba y ponerse a flote. Pero entonces se presentó el problema de las aves.

Los halcones peregrinos capturaron la atención de Adrian tras hablar con un campesino de la zona, molesto porque los halcones le mataban sus palomas. El caso es que estas quejas, ratificadas por la viuda del campesino, desembocaron en un extraño accidente. La policía investiga ahora cómo ese hombre pudo aparecer aplastado bajo las ruedas de su propio tractor, y destrozado por los cortantes discos de metal con los que araba el campo. Probablemente nunca llegaremos a saber si la mano de Adrian anduvo por medio.

Unas preguntas y una breve investigación sirvieron para que Chambers comprendiera el peligro. La urbanización de estos terrenos requeriría un informe sobre su impacto ambiental, un documento más extenso que la Biblia y con tantos detalles como el libro sagrado de la historia de la creación. Si las agencias gubernamentales descubrían por el informe la presencia de una especie en peligro de extinción, Adrian tendría que despedirse del negocio para siempre. La propiedad sería declarada hábitat natural del halcón peregrino, con lo que se impediría la urbanización con fines comerciales. El valor inmobiliario de los terrenos se iría a pique, y al no poder hacer frente a sus deudas, Chambers acabaría en la cárcel por un período más largo que el anterior.

En este momento entra en escena Cleo Coltrane. Cuando los Scofield advirtieron que las aves desaparecían en gran número, víctimas de algún depredador natural, comenzaron a estrechar el cerco sobre Cleo y, por lo tanto, sobre Adrian. Éste, acosado como se sentía, desesperado ante la necesidad de saldar sus deudas, se vio obligado a desembarazarse de este nuevo problema. Dos muertos más, ¿qué importancia tenía eso? Además, contaba con la pantalla protectora de los asesinatos de Putah Creek; no tenía que arriesgarse a dar cuenta de accidentes inexplicables, como el del campesino.

Debería haberlo comprendido por la insistencia de Chambers en poner en el mismo saco los seis crímenes. Adrian confiaba en que el tribunal condenaría a Iganovich por todos los asesinatos, y de esta forma el caso quedaría cerrado. Ningún jurado se interesaría por otro sospechoso cuando el ruso estuviera ya en prisión. Para Adrian no se trataba de una cuestión de justicia, sino de eficiencia, ya que sabía que Iganovich había matado a los cuatro estudiantes. Por eso se convertía en el candidato idóneo para asumir la autoría de los dos últimos crímenes.

En cuanto al ruso, la policía de Oregón y la del condado de Orange han cerrado la brecha de otra serie de asesinatos no resueltos. Con el tiempo y la ayuda del Departamento de

Estado, hemos hallado una espeluznante senda de cadáveres; doce al menos en tres países de la Europa del Este, lugares en los que Iganovich residió mientras esperaba el visado de entrada a los Estados Unidos. Que este hombre pudiera convertirse con tanta facilidad en guarda jurado dice mucho acerca de este negocio.

Hemos encontrado también el fragmento de cuerda extraviado. Como por arte de magia, apareció en su bolsa de plástico, marcada y a la vista de todo el mundo, en el suelo cerca del lugar en que los fotógrafos estaban procesando los datos el día que el fragmento desapareció. La encontraron el día después de que Chambers estuvo a punto de despacharme al otro mundo, y al parecer ese mismo día una empleada del laboratorio de revelado pilló a Roland hurgando en las estanterías. Me han dicho que Roland ha recibido una citación de Claude para hablar sobre ese asunto esta misma tarde.

Creo que Adrian dijo una verdad durante nuestra última reunión en mi oficina. Su actuación en los casos de Putah Creek no formaba parte de una venganza personal. Como había observado Jacoby en Canadá, Chambers casi dio alcance a Iganovich cuando éste huía hacia el norte; tanto afán sentía por ser el defensor del asesino de Putah Creek, fuera quien fuese. Tuvo que devorar documentos y pegar el oído al suelo durante días a fin de seguir los pasos de la policía. No era un cazador en busca de fama y gloria, sino un hombre desesperado por lograr que la defensa derivara en su beneficio.

Todos sus incansables esfuerzos para alcanzar un acuerdo fueron inspirados por esa necesidad. De ahí su recurso de súplica en el que su defendido se declaraba autor de los seis asesinatos, un trato sucio y rápido que le permitiría resolver de un plumazo todos sus problemas. Cuando le falló el primer intento, recurrió a métodos más expeditivos: la foto de Sarah jugando y el anónimo. La policía ha descubierto que el tipo de papel de la nota, sobre el que pegó las letras recortadas, resulta el mismo que el de unas hojas halladas en un cajón del despacho de Adrian. También han encontrado ediciones antiguas del *Criminal Law Reporter*, con el tipo de letra idéntico al de la nota que me envió.

Descuelgo de la pared un último objeto colocado en mi ausencia, una declaración de méritos otorgada por las fuerzas vivas del condado, el epílogo de acciones maquiavélicas nacidas de la mente de Emil.

Al meterlo en la caja, una sombra tapa la puerta. Es Lenore Goya, que se ha metido en el bolsillo la imaginación del público tras su comportamiento durante la lucha por nuestras vidas. Los periódicos del estado, los del país entero, han relatado la historia con todo lujo de detalles. Parece que nunca la justicia fue tan bien servida en el tribunal de Ingel como aquella noche en que Lenore la impartió a punta de lanza.

Para salvar la cara, los poderes fácticos del condado le han ofrecido el puesto de Mario. Creo que han llegado tarde, ya que Lenore está desbordada con ofertas mucho mejores, incluida la del gobernador, que le ha puesto en bandeja el cargo de Ingel. No me imagino a Lenore vistiendo una toga. Resultaría un trabajo demasiado aburrido para ella.

–¿Cómo se encuentra? –pregunta.

–Bien. ¿Y usted? –De su rostro han desaparecido ya las señales de las heridas que le ocasionó Adrian.

Sonríe, y su mirada me asegura que las cosas no podrían irle mejor.

–Se ha perdido usted la retirada de Overroy. Se llevó las mejores cajas.

Él también ha desalojado su despacho, tras comprender la indirecta y aceptar el puente de plata que le han sugerido: retirarse, ahora que puede. La reputación de Roland se ha hundido a los ojos de las fuerzas vivas del condado ya que, aparte del tema del trozo de cuerda perdido, su papel en las ofertas de acuerdo con Adrian ha provocado indignación en las altas instancias. El hecho de que lo engañaran de forma tan evidente. La parte que correspondió a los políticos, o sea, su disposición a aceptar cualquier cosa, incluso a arrastrarse por el suelo si fuera preciso, eso ya resulta agua pasada.

–¿Quién se encarga de Iganovich? –pregunto.

–El fiscal general. Pensamos que sería lo más adecuado. –Lenore sabe que no permanecerá aquí el tiempo suficiente para concluir este caso.

Me cuenta que, entre otras cosas, está considerando un puesto de supervisora en la oficina del fiscal de Capital City.

–Quizá nos encontremos de nuevo a través del mar que separa a la defensa de la fiscalía.

–Quizá. –Sonrío y le tiendo la mano del brazo sano. Ella se acerca y me estampa un suave y breve beso en el cuello. Luego me da un achuchón y desaparece del despacho.

Desciendo los peldaños de piedra gris hacia la plaza y el coche que me espera. A más de ciento cincuenta kilómetros, diviso el agudo contorno de las sierras contra un imponente y casi increíble cielo azul. El aire es cortante. Se acerca diciembre.

Me vuelvo hacia el oeste, hacia los campos labrados donde el viento fragua tormentas de polvo. A lo lejos oigo un silbido leve, agudo; como el grito de un ave rapaz surcando el aire. Me detengo, doy media vuelta y escucho. Es un sonido cristalino, claro e inconfundible. Es el viento que gime por los cañones de Putah Creek.

Título de la edición original: *Prime Witness*
Traducción del inglés: Manuel Lloris,
cedida por Ediciones B, S.A.
Diseño: Winfried Bährle
Ilustración: Xavier Martínez
Foto de solapa: © Melanie Mages

Círculo de Lectores, S.A. (Sociedad Unipersonal)
Valencia, 344, 08009 Barcelona
1 3 5 7 9 7 9 0 4 8 6 4 2

Licencia editorial para Círculo de Lectores
por cortesía de Ediciones B, S.A.

Depósito legal: B. 6674-1997
Fotocomposición: Fotoletra, S.A., Barcelona
Impresión y encuadernación: Printer industria gráfica, s.a.
N. II, Cuatro caminos s/n, 08620 Sant Vicenç dels Horts
Barcelona, 1997. Impreso en España
ISBN 84-226-6010-5
N.° 35774